中国社会科学院大学文库

感性批评和现当代小说

刘继业 著

中国社会科学出版社

图书在版编目(CIP)数据

感性批评和现当代小说/刘继业著. —北京：中国社会科学出版社，2020.9

（中国社会科学院大学文库）

ISBN 978-7-5203-7059-2

Ⅰ.①感… Ⅱ.①刘… Ⅲ.①现代小说—小说研究—中国②小说研究—中国—当代 Ⅳ.①I207.42

中国版本图书馆 CIP 数据核字（2020）第 158263 号

出 版 人	赵剑英
责任编辑	刘　芳
责任校对	张跃斌
责任印制	李寡寡

出　　版	中国社会科学出版社
社　　址	北京鼓楼西大街甲 158 号
邮　　编	100720
网　　址	http://www.csspw.cn
发 行 部	010-84083685
门 市 部	010-84029450
经　　销	新华书店及其他书店
印　　刷	北京明恒达印务有限公司
装　　订	廊坊市广阳区广增装订厂
版　　次	2020 年 9 月第 1 版
印　　次	2020 年 9 月第 1 次印刷
开　　本	710×1000　1/16
印　　张	19.75
插　　页	2
字　　数	271 千字
定　　价	98.00 元

凡购买中国社会科学出版社图书，如有质量问题请与本社营销中心联系调换
电话：010-84083683
版权所有　侵权必究

中国社会科学院大学文库学术研究系列
编辑委员会

主　任　张政文
副主任　王新清　林　维
编　委
　　　　张　跣　李永森　钟德寿　柴宝勇　赵一红
　　　　张菀洺　蔡礼强　何　晶　王莉君　孙　远
　　　　陈　涛　王　炜

总　序

张政文[*]

恩格斯说："一个民族要想站在科学的最高峰，就一刻也不能没有理论思维。"人类社会每一次重大跃进，人类文明每一次重大发展，都离不开哲学社会科学的知识变革和思想先导。中国特色社会主义进入新时代，党中央提出"加快构建中国特色哲学社会科学学科体系、学术体系、话语体系"的重大论断与战略任务。可以说，新时代对哲学社会科学知识和优秀人才的需要比以往任何时候都更为迫切，建设中国特色社会主义一流文科大学的愿望也比以往任何时候都更为强烈。身处这样一个伟大时代，因应这样一种战略机遇，2017年5月，中国社会科学院大学以中国社会科学院研究生院为基础正式创建。学校依托中国社会科学院建设发展，基础雄厚、实力斐然。中国社会科学院是党中央直接领导、国务院直属的中国哲学社会科学研究的最高学术机构和综合研究中心，新时期党中央对其定位是马克思主义的坚强阵地、党中央国务院重要的思想库和智囊团、中国哲学社会科学研究的最高殿堂。使命召唤担当，方向引领未来。建校以来，中国社会科学院大学聚焦"为党育人、为国育才"这一党之大计、国之大计，坚持党对高校的全面领导，坚持社会主义办学方向，坚持扎根中国大地办大学，依托社科院强大的学科

---

[*] 中国社会科学院大学党委常务副书记、校长、教授、博士生导师。

优势和学术队伍优势，以大院制改革为抓手，实施研究所全面支持大学建设发展的融合战略，优进优出、一池活水、优势互补、使命共担，形成中国社会科学院办学优势与特色。学校始终把立德树人作为立身之本，把思想政治工作摆在突出位置，坚持科教融合、强化内涵发展，在人才培养、科学研究、社会服务、文化传承创新、国际交流合作等方面不断开拓创新，为争创"双一流"大学打下坚实基础，积淀了先进的发展经验，呈现出蓬勃的发展态势，成就了今天享誉国内的"社科大"品牌。"中国社会科学院大学文库"就是学校倾力打造的学术品牌，如果将学校之前的学术研究、学术出版比作一道道清澈的溪流，"中国社会科学院大学文库"的推出可谓厚积薄发、百川归海，恰逢其时、意义深远。为其作序，我深感荣幸和骄傲。

高校处于科技第一生产力、人才第一资源、创新第一动力的结合点，是新时代繁荣发展哲学社会科学，建设中国特色哲学社会科学创新体系的重要组成部分。我校建校基础中国社会科学院研究生院是我国第一所人文社会科学研究生院，是我国最高层次的哲学社会科学人才培养基地。周扬、温济泽、胡绳、江流、浦山、方克立、李铁映等一大批曾经在研究生院任职任教的名家大师，坚持运用马克思主义开展哲学社会科学的教学与研究，产出了一大批对文化积累和学科建设具有重大意义、在国内外产生重大影响、能够代表国家水准的重大研究成果，培养了一大批政治可靠、作风过硬、理论深厚、学术精湛的哲学社会科学高端人才，为我国哲学社会科学发展进行了开拓性努力。秉承这一传统，依托中国社会科学院哲学社会科学人才资源丰富、学科门类齐全、基础研究优势明显、国际学术交流活跃的优势，我校把积极推进哲学社会科学基础理论研究和创新，努力建设既体现时代精神又具有鲜明中国特色的哲学社会科学学科体系、学术体系、话语体系作为矢志不渝的追求和义不容辞的责任。以"双一流"和"新文科"建设为抓手，启动实施重大学术创新平台支持计划、创新研究项目支持计划、教育管理科学研究支持计划、科研奖励支持计划等一系列教学科研战略支持计划，全力抓好"大平台、大团队、大项目、大成果""四大"建设，坚持正确的政治方向、学术导向和价值取向，把政治要求、意识形态纪律作为首要标准，贯穿选题设计、科研立项、项目研究、成果运用全过程，以高度的文化自觉和坚定的文化自信，围绕重大理论和实践问题展开深入研究，不断推进知识创新、理论创新、方法创新，不断推出有思想含量、理论分量和话语质量的学术、教材和思政研究成果。"中国社会科学院大学文库"正是对这种历史底蕴和学术精神的传承与发展，更是新时代我校"双一流"建设、科学研究、教育教学改革和思政工作创新发展的集中展示与推介，是学校打造学术精品，彰显中国气派的生动实践。

"中国社会科学院大学文库"按照成果性质分为"学术研究系列""教材系列"和"思政研究系列"三大系列，并在此分类下根据学科建设和人才培养的需求建立相应的引导主题。"学术研究系列"旨在以理论研究创新为基础，在学术命题、学术思想、学术观点、学术话语上聚焦聚力，注重高原上起高峰，推出集大成的引领性、时代性和原创性的高层次成果。"教材系列"旨在服务国家教材建设重大战略，推出适应中国特色社会主义发展要求，立足学术和教学前沿，体现社科院和社科大优势与特色，辐射本硕博各个层次，涵盖纸质和数字化等多种载体的系列课程教材。"思政研究系列"旨在聚焦重大理论问题、工作探索、实践经验等领域，推出一批思想政治教育领域具有影响力的理论和实践研究成果。文库将借助与中国社会科学出版社的战略合作，加大高层次成果的产出与传播。既突出学术研究的理论性、学术性和创新性，推出新时代哲学社会科学研究、教材编写和思政研究的最新理论成果；又注重引导围绕国家重大战略需求开展前瞻性、针对性、储备性政策研究，推出既通"天线"、又接"地气"，能有效发挥思想库、智囊团作用的智库研究成果。文库坚持"方向性、开放式、高水平"的建设理念，以马克思主义为领航，严把学术出版的政治方向关、价值取向关与学术安全关、学术质量关。入选文库的作者，既有德高望重的学部委员、著名学者，又有成果丰硕、担当中坚的学术带头人，更有崭露头角的"青椒"新秀；既以我校专职教师为主体，也包括受聘学校特聘教授、岗位教师的社科院研究人员。我们力争通过文库的分批、分类持续推出，打通全方位、全领域、全要素的高水平哲学社会科学创新成果的转化与输出渠道，集中展示、持续推广、广泛传播学校科学研究、教材建设和思政工作创新发展的最新成果与精品力作，力争高原之上起高峰，以高水平的科研成果支撑高质量人才培养，服务新时代中国特色哲学社会科学"三大体系"建设。

历史表明，社会大变革的时代，一定是哲学社会科学大发展的时代。当代中国正经历着我国历史上最为广泛而深刻的社会变革，也正在进行着人类历史上最为宏大而独特的实践创新。这种前无古人的伟大实践，必将给理论创造、学术繁荣提供强大动力和广阔空间。我们深知，科学研究是永无止境的事业，学科建设与发展、理论探索和创新、人才培养及教育绝非朝夕之事，需要在接续奋斗中担当新作为、创造新辉煌。未来已来，将至已至。我校将以"中国社会科学院大学文库"建设为契机，充分发挥中国特色社会主义教育的育人优势，实施以育人育才为中心的哲学社会科学教学与研究整体发展战略，传承中国社会科学院深厚的哲学社会科学研究底蕴和40多年的研究生高端人才培养经验，秉承"笃学慎思明辨尚行"的校训精神，积极推动社科大教育与社科院科研深度融合，坚持以马克思主义为指导，坚持把论文写在大地上，坚持不忘本来、吸收外来、面向未来，深入研究和回答新时代面临的重大理论问题、重大现实问题和重大实践问题，立志做大学问、做真学问，以清醒的理论自觉、坚定的学术自信、科学的思维方法，积极为党和人民述学立论、育人育才，致力于产出高显示度、集大成的引领性、标志性原创成果，倾心于培养又红又专、德才兼备、全面发展的哲学社会科学高精尖人才，自觉担负起历史赋予的光荣使命，为推进新时代哲学社会科学教学与研究，创新中国特色、中国风骨、中国气派的哲学社会科学学科体系、学术体系、话语体系贡献社科大的一份力量。

目 录

绪论 当代长篇小说阅读和研究的感性品质 …………………（1）

第一章 魏连殳的长嚎，为了什么？
　　　　——鲁迅小说《孤独者》新释 ……………………（15）

第二章 郁达夫小说《迟桂花》给予《边城》的启迪 …………（26）

第三章 文本之外的《边城》………………………………………（40）

第四章 从沈从文的"四朵灯花"到海子的"四姐妹" …………（52）

第五章 岁月流逝之中的成长碎屑
　　　　——张爱玲《小团圆》中对父亲记忆的改写 ………（67）

第六章 《金锁记》的两个"关键词" ……………………………（73）

第七章 现代中国小说短论一束 …………………………………（82）
　第一节 《边城》的秘密 ………………………………………（82）
　第二节 《围城》阅读札记 ……………………………………（87）

第三节　萧红和张爱玲：文学天才的两种境界 …………………（92）
第四节　给"张迷"泼一点点冷水 ……………………………………（96）

第八章　当代成长写作中的深潜诗意和忧伤：韩东的长篇小说
　　　　《小城好汉之英特迈往》……………………………………（102）

第九章　王刚的《英格力士》：成长中的母亲阴影和来自
　　　　另一种文明的启迪 ……………………………………………（113）

第十章　王刚的《喀什噶尔》：成长写作的饱满质地和克制品质 ……（131）

第十一章　艾伟的《南方》：文学在当下语境中的探索和挣扎 ……（139）

第十二章　严歌苓的《心理医生在吗》：不断返回成长核心的
　　　　　女性写作 ……………………………………………………（146）

第十三章　严歌苓的《芳华》：再次重写的青春和岁月感怀 ………（157）

第十四章　最深处是歉疚和忏悔
　　　　　——论《秦腔》中的引生和白雪 ………………………（175）

第十五章　韩少功的《日夜书》：向感性、诗意和文学性的
　　　　　谨慎回归 ……………………………………………………（188）

第十六章　笛安的《景恒街》：走向大作家之途 ………………………（205）

第十七章　当代小说阅读批评 …………………………………………（213）
第一节　《世界上所有的夜晚》：死亡书写的悲怆、博大之境 ……（213）

第二节　《教授》:信息过剩时代的浮泛描绘 …………………… (217)
　　第三节　《长江为何如此远》:当代小说一种新的可能性 ……… (220)

第十八章　当代小说短论 …………………………………………… (226)
　　第一节　《日夜书》之后的期待 ……………………………………… (226)
　　第二节　邱妙津的《鳄鱼手记》:那些被悲伤压倒的年轻人 …… (230)
　　第三节　当今长篇小说创作中的数量崇拜 ………………………… (234)
　　第四节　勿为作家乱拿主意 ………………………………………… (236)
　　第五节　文学批评的大度、宽容和分寸感 ………………………… (241)
　　第六节　当代中国文坛的长跑选手 ………………………………… (246)

第十九章　近年来当代长篇小说中的"新闻" …………………… (252)

第二十章　论当代中国的"文学经典" …………………………… (261)

第二十一章　我们时代的短促风月 ………………………………… (270)

第二十二章　当代文学断想录 ……………………………………… (286)

后记 …………………………………………………………………… (304)

绪论　当代长篇小说阅读和研究的感性品质

一

这里所要讨论的，当然不是一般读者阅读小说的行为，而是文学研究、文学评论这一层面上的小说阅读，文学研究和批评的起点是阅读，强调这一点，也是这里讨论的一个主旨。而且，这里聚焦的，主要是当代尤其是当下的长篇小说的阅读。

之所以在小说研究的层面上探究和倡导一种充分感性的阅读，缘于新时期以来近三十年间当代小说研究盛行不衰的方法论热潮。准确地说，是自1985年以来，在当代长篇小说研究中，历经了各种主要是来自西方文论和西方哲学的"方法"热：系统论、存在主义批评、原型批评、精神分析、结构主义、后结构主义和解构主义批评、后现代主义、西方马克思主义、新历史主义批评、新殖民主义批评、现象学批评、族裔批评、对话理论、接受美学等，凡此种种不一而足。这其中，一度西方结构主义范畴中的小说叙事学理论较为长久地吸引了更多中国学人的关注。而来自西方理论体系的女性主义批评，也是一个延续至今的批评视角和方法。到了90年代中后期，纯文学层面的研究逐渐受到冷落，文化研究的理论、思路和视角，在短短几年内成为另一种颇为显豁的"主流"，小说生产的外部环境及"场域"、小说的社会意识形态意义、小说文本与现实生活之间的纠结与歧异等非文本性因素得到格外的关注。文化研究有席卷小说乃至文学研究之势，一时之间似乎为文学研究并扩了一片最为广阔的领地。

十多年以前，即有学者对这样的方法热、理论热有过感受和思考：

> 我们的整个文学研究与文学教学都越来越远离文学了。我曾在课堂上公开表示我对北大中文系的本科生与研究生（其实也包括我自己）的两大不满：一是习惯于不着边际的宏观"神侃"和烦琐的所谓科学分析，而不注重文本的细读，特别是对文学语言的品味，失去了起码的艺术感悟、敏感于直觉力；二是将对中国的现代作品的研究，变成西方的或中国传统的某个理论、概念的正确性或可行性的一个实证，成了自己得心应手地构筑模式、摆弄材料的智力游戏。在我看来，这两种倾向都有可能导致文学本性的丧失。①

钱理群先生忧虑的是对于概念和理论的热衷会使文学研习者忽略文本细读，丧失良好的文学感受力。近些年来，方法论热潮有逐渐降温的倾向，则好像也显示了追随类似于西方伊格尔顿等学者在"理论之后"思考的思维轨迹。叙事学和文化研究包括女性主义批评，多年以后回顾，也并未产生标志性的、经典性的、令人信服的研究成果。近些年来，在方法论逐渐冷却之后，小说研究步入了一个较为沉潜、也较为务实的各自探求的无序化状态。目前的状况，与90年代文学批评言必称德里达、福柯、法兰克福学派的情形相比，多少显得更有自信一点。

在这种方法热逐渐隐退的背景之下，我也注意到了某些过分的反拨，比如2014年在上海的《文学报》较有影响的"新批评"专栏里面，一些作者像陈歆耕、陈冲、韩石山等，时时在行文之中，较为激烈地表达着对于"学院派"研究整体性的反感和奚落，明显走向了另一

---

① 钱理群：《文学本体与本性的召唤——〈诗化小说研究书系〉总序》，转引自吴晓东《镜花水月的世界——废名〈桥〉的诗学研读》，广西教育出版社2003年版，第5页。

种极端。

而一个基本和明显的事实则是,这么多年来学术界、评论界认为西方文学思潮、西方文学理论的热潮,对于当代中国作家的创作来说,影响其实微乎其微。相对来说,每年的诺贝尔文学奖评奖和大量输入的西方电影,才是西方艺术对于当代中国作家最大的刺激和灵感来源。

经历了方法论热潮洗礼之后的小说阅读,很难再出现较为一致的对于某种或某几种西方理论与方法的迷信,当然也更不可能走向反"学院派"式的对于西方理论的轻视和否定。在长篇小说的批评和研究之中,需要充分肯定和倡导感性阅读的意义,不为理论和方法所约束,不将作品视为某种理论或方法的注脚,同时又能充分体现出一个研究者、批评者的独立判断与多年来的阅读和思考形成的深厚学养,以及个人的文学、学术情怀和兴趣。

之所以将感性阅读的话题与当代长篇小说的阅读、评论和研究结合起来,当然源自当代中国文坛发展的实际状况,它几乎就是一个必然的选择。首先是长篇小说数量的爆发式增长。1987年,当时活跃的几位青年作家较为集中推出了像《金牧场》(张承志)、《古船》(张炜)、《浮躁》(贾平凹)等一批在当代文学发展上具有代表性的长篇小说,然后又经历了1993年以《废都》(贾平凹)、《白鹿原》(陈忠实)、《八里情仇》(京夫)、《热爱命运》(程海)、《最后一个匈奴》(高建群)五部长篇小说的集中面世为代表的"陕军东征"的刺激,长篇小说创作逐步进入一个兴盛的时期。到目前为止,每年至少4000部的长篇小说创作数量,对于每一位当代文学的研究者和从事当代文学史工作的学者,都是一个不小的挑战。每一位学者,事实上都不可能将全部的甚至十分之一的长篇小说纳入自己的视野和研究范围内,即使是从事当代小说史研究的学者也一样,再也不可能像研究中国现代小说、"十七年小说"和80年代小说那样尽量穷尽长篇小说作品。作家作品的选择、研究对象的选择,因之无可避免就是一件带有充分个人性、个性化的工作。相对于现代小说、"十七年小说"以及1987年之前的文学发展来说,当下的长篇小说创作,才是当代文学发展的一个基本常态。新文学初始阶段的第一个十年没有长篇小说,因之1949年之前整体的长篇小说产量较低,也是自然的事情,"十七年小说"处于一种高度政治化的时代环境之中,1987年之前基本也可以理解为一种创作的恢复。这样看来,长篇小说的数量在激增之后稳定在每年四千余部或数千部的水平,将会是以后的当代文学发展的一个常态。一个研究者再也不可能做到对研究对象做"涸泽而渔"式的占有了。

除此之外,一个研究者,即一个训练有素的阅读者,他总是只能选择阅读那些符合他个人生活经历及长久学术训练养成的一种甚至他自己可能都不能明确感知的特殊口味的作品,他的选择总是有限的、狭窄的,甚至这也是他的阅读和批评能够有效、有力量的重要前提之一。在接受美学的代表性理论家斯坦利·费什看来:"一个有经验的实践者的阅读行为之所以行之有效,并不取决于'文本本身',也不是由某一关于文本阅读的包罗万象的理论而决定的,而是取决于他现在所遵从或实践的传统,他在其参照因素及方向已经确立的某一点上所进行的对话,因此他做出的选择范围会非常有限。"① 明确这一点,一个读者、研究者反而可以充分放任自己的感性,抛开一切西方理论的束缚,来直接面对小说。在当代小说研究及批评领域,某些重要的批评现象事实上都是根源于研究者个人的感性。比如陈思和教授对于贾平凹小说的关注和高度评价,《秦腔》出版之后不久,他即接连写下两篇篇幅很长的论文《试论〈秦腔〉的现实主义艺术》和《再论〈秦腔〉:文化传统的衰落与重返民间》进行细致的阐释,② 而相映成趣的则是评论家李建军对贾平凹和莫言这两位中国当代最重要小说家的持久的反感和严厉的批判,甚至在莫言2012年10月获得诺贝尔文学奖之后,仍然坚持自己的这种强烈否定性的判断。另外,李建军又高度推崇《白鹿原》,而资深的学

---

① [美]斯坦利·费什:《读者反应批评:理论与实践》,文楚安译,中国社会科学出版社1998年版,第2页。
② 陈思和:《当代小说阅读五种》,复旦大学出版社2010年版。

者孙绍振先生，则接连写过好几篇文章，对《白鹿原》进行了毫不留情的批判。①

个人的个性、喜好、学养、经历、社会交往等多种因素，都会影响着对小说作品的判断。深入的、独特的解读，浸染着研究者个体充分的感性。

这里特别强调感性在长篇小说阅读中的意义，另一个充分的理由就是，由于文本本身较大的容量，面对一部长篇小说，不可能像面对一首诗、一部中、短篇小说那样照顾到文本的全貌或者大部分的细节，不能掰得很开很细，长篇小说本身就是对一段长度和深广度较大的生活的反顾、记录、关注、审视或理解，每一个读者和研究者，必然会忽略或遗漏其中不少的部分。甚至可以说，任何一种所谓对长篇小说理性的研究，都只是对文本极少片段的理解。即使从方法论意义上来说，长篇小说的阅读和研究，也必须充分调动个人的感性，尽可能摒弃特定理论视角或者具体批评方法等先入之见的影响。

二

中国学术界在这些年的探索之中，很难、也没有形成真正属于自己的理论体系和独特的行之有效的方法和方法论。明确了这一点，是不是反而可以放弃建立理论体系和方法论的宏大意图，而是全身心去面对当代、当下的作品，从而有所发现和创获？同时，在从事长篇小说的批评和研究之时，也绝不应该局限于某一种或几种理论或方法。简单地说就是，作为一个经历了长久的正规文学理论学习和训练的专业研究者，在他面对长篇小说文本的时候，他反而应该是一个忘记或者抛弃一切文学理论、文学批评方法的普通读者，一个能从阅读中发现真正乐趣的普通读者。

---

① 孙绍振：《挑剔文坛》，福建人民出版社2001年版。

长篇小说感性阅读品质的一个主要体现，或者说体现长篇小说阅读这活动感性品质的一个主要地方即在阅读之前和阅读之时，面对长篇小说文本，合格的读者，既不带任何先入之见，没有行之有效的行为模式和准则，也不带任何具体的所要达到的目的。它就是一项相当感性、轻松的活动，任由文本和作家带领着这个似乎无欲无求的天真的读者前行。也就是说，感性阅读要求读者的，只是这样一项相当简单的任务：你要开始认真阅读这部长篇小说。

这个没有具体任务的感性阅读活动，超越了任何具体的中西方文论流派，超越了具体的功利目的，但是也有它之所以为感性的一些特征或者说总体性的要求。这种感性，基于两种面对文本时必要的又似乎是自然而然的心理期待。

第一，怀带着对美的追求。

不管社会现实生活怎么变化，不管文学发展、创新的潮流怎么起伏更迭，人类之所以需要文学，在于文学有一种根深蒂固的能够满足人类追求真善美的心理的功能。尽管会有争论，这一点无须做过多的纠缠。真和善的极致就是最高的美，从这个角度来看，长篇小说因为较大的容量，往往可以在一个文本之内涵括多个层次的美：语言之美、细节之美、篇章之美、想象之美、自然之美、装饰之美、匠心之美、青春之美、爱情之美、亲情之美、人情之美、伦理之美、人性之美、情怀之美、智慧之美、信仰之美……

当然，每一个长篇文本可能都会各有侧重，比如：贾平凹的《商州》对秦地山川河流的描述展现的自然之奇美，山阳的男人尤其是山阳女子之美："视她是仙也好，是神也好，是观音，是菩萨，是小羊小鹿等一切可爱可亲的小兽也好，反正印象从此不灭。"[①] 他的长篇《秦腔》里的白雪，更是一个毫无缺点、完美的秦地女子。事实上，有了这么一个感性的念头，对于小说的批评和研究就已经展开了。正是由此出发，

---

① 贾平凹：《商州》，上海三联书店 2012 年版，第 52 页。

我在解读《秦腔》这么一部极其厚重的大部头作品时，找到了自己进入作品的途径，通过抽茧剥笋式的发掘和推演，最后得出这样的结论："让我们揪心的，也不会是秦腔的衰败，秦腔的衰败在小说中之所以是令人唏嘘的，仅仅只是因为秦腔是白雪的生命寄托！让我们久久动容的，是白雪菩萨般惊人的美！是白雪的无辜、白雪深深的凄苦、孤独和悲伤！正是在这个意义上，《秦腔》成为 50 岁时的贾平凹必须要耐烦写出的作品，是他的生命、他的心灵稍稍得以安宁的寄托。阅读和评价《秦腔》，必须探讨在很难看见的文本深层，浸透着、饱含着作家个人在这种乡土衰落进程中的忧思和感怀，饱含着作家个人内心深处的歉疚和怅惘，岁月逝去的深沉追怀。"① 作品是感性的，对作品的把握和理解，也必须、必然从感性出发。

钱锺书的《围城》，则可视为智慧之美的代表。那种连绵不断的比喻，那种刻薄之中对于人性的观照，那种在小说结束之际因为透彻了解而来的深深悲悯，都相当动人。当代作家韩少功的长篇小说《马桥词典》《暗示》和《日夜书》，也都洋溢、充盈着这样一种智慧之美。当然，仅从个人的阅读感受来看，在他发表、出版于 2018 年年底的最新长篇小说《修改过程》，这种独属于韩少功式的智慧之美似乎大大削弱，笔调之间，也不免有些流于油滑。

鹿桥以自己在西南联大的大学生活为原型和背景的长篇小说《未央歌》之所以感人、让人留恋、给人启迪，则出于那种洋溢全书的青春之美。中国当代文学中，还罕有这样纯净的长篇小说作品。在我的阅读印象中，只有霍达的《穆斯林的葬礼》是一部集中表现青春之美的当代长篇，这种达乎极端的纯净、纯粹的美，是可以让每一位读者为之落泪的！

张承志 1987 年出版的小说《金牧场》，也是一部展露纯粹青春激情的长篇，而他 1991 年出版的《心灵史》，则整个地浸染在一种信仰之美

---

① 刘继业：《最深处是歉疚和忏悔——论〈秦腔〉中的引生和白雪》，《湖南大学学报》（社会科学版）2013 年第 6 期。

的神圣光辉之中！任何一个当代小说的阅读者、研究者，如果他无法为这样的美所吸引、所打动，他的阅读必然是任务性的、过于理性的，他的阅读无法始终受到美的吸引，当然也无法真正进入作品。从某种意义上来说，解读长篇小说，就是要从文本之中，发掘出丰富的、各个层面的美来。

第二，怀带着对陌生的向往。

米兰·昆德拉有一部长篇小说《生活在别处》，小说第一句就提及："'生活在别处'是兰波的一句名言。"在这里，"生活在别处"既是理解小说主人公、诗人雅罗米尔的成长和心智的一把钥匙，同时，在我看来，也可以借用为绝大多数的优秀长篇小说的一种不可或缺的特质。而作为一名文学读者，尤其是长篇小说的读者和研究者，如果缺乏这种对于"在别处的生活"的激情和向往，他就不可能真正欣赏和把握他面前的任何一部长篇小说。这里，事实上是在指出一种观点：对陌生的向往，既是优秀的长篇小说，同时也是优秀的读者需要具备的一种特质。二者其实是一而二、二而一的一个关系。对于作品来说，不难理解。源于新批评的"陌生化"一词，既是现代诗论的一个已经深入人心的概念，同时也是一切文学类型的一个普泛化艺术要求。任何一部优秀的文学作品，它必须提供一种此前的作品所未涉及的某个事物，才能取得自己厕身于文学史的依据和底气。而读者，则必须时时保持对于这种陌生的向往和机敏。

对陌生的向往，其实也是读者对于长篇小说的一种永久的期待。每一个人能够经历的生活，都是非常有限的，无论你游历了多少国家，无论你能有多么长寿，你只能拥有本质上是极其平凡的生活和普通、平凡的一生。正是对于日常生活和生活本质的洞察，使很多读者走向了长篇小说，因为只有长篇小说，能够在一个不短的篇幅和空间中，提供给读者一个相对完整的另一种生活、另一种全新的人事。这是健康的"猎奇"，是对个人生活不足的确认，同时也就是对于摆脱这种生活平庸化体验的一次小小而严肃的努力。例如我个人，多年来就喜欢一个非职业作家王刚的小说，他的中篇集《秋天的愤怒》，长篇小说《英格力士》和《喀什噶尔》，展现的全部是作家少年时在新疆的生活。新疆目前我还没去过一次，好像想去的冲动也不是特别明显，但是这些展现20世纪五六十年代新疆生活的小说，却让我沉迷，就因为那一种完全不同于内地的生活气息，那种不同的人与人相处的方式，既让我惊讶，也让我沉思，事实上，只是在对这几本小说的阅读中，新疆在我心中，已经十分熟悉了，我的内心感到充实、新鲜。

比如对鹿桥长篇小说《未央歌》的阅读，一个星期沉浸在这本厚厚的小说之中，你满脑子都是西南联大那一群青年大学生的身影，他们于你完全是陌生的，但是仅从文字之中，你都能感受到蔺燕梅、伍宝笙她们惊人的美丽和不同的风致，并且，从此之后，你在阅读任何种类关于西南联大的书籍和文章的时候，你都已经拥有了一个充实的对照系，这种感觉是非常棒的。

对陌生的向往，也并非完全是表面的健康的"猎奇"，也有对于发现生活深度的期待，发现日常生活深层的期待，所以有时候，那些写身边人事的小说，它不能提供全新的环境、氛围和全新的人物及人际关系，但是它能让你从一个意想不到的角度，反观你自己的生活。比如作家张旻的小说，有很多都是写20世纪八九十年代上海郊区一个师范学校的年轻师生们的生活。多年前我自己也在湖南的一个师范学校工作过两年，所以内心首先有一种认同，有一种欣赏，它们展现的那种师范学校的生活，那种氛围是可以通过文字逐渐弥漫开来的。但是，张旻描写的，却绝不是我个人能够体验到的生活，那种细微的、潜隐于各种细节中的男女交往，那种波澜不惊的生活表面之下千回百转的层层细浪，却无比动人，这就是小说的另一种陌生化的魔力，它能让你在无比的熟悉中发现全新的东西，无形中，它最终会触发你对自身境遇的感知和思考。

这种心态中的小说阅读，完全不是枯燥的，它是在寻求"研究对象"，但它同时是一种难得的精神享受，是日常生活中自己主动去索取的精神礼物。

三

作为专业的小说研究者,自然经受过或多或少文学理论和批评方法的学习训练,这本身就是文学研习自然而必要的一环,甚至是一种长久的、日常性的学习。但是,即使是认识到这样一个事实,我们在处理长篇小说时,仍然可以、也应该用一种完全"感性的"方式,对待这些理论和方法,以感性的方式面对、审视、评价小说文本。

这种感性的方式,首先是将文学理论和批评方法等视为可以随手取用、又随用随弃的工具。

在阅读的时候,自然也就同时进入了对于小说的研究,但是,这种研究是没有"理论任务"的,即它摒弃了任何一种先入之见和理论预设,不是要拿着某种理论在作品中寻找印证理论的实例,不是要显示西方理论在当代文学中的适应性和巨大威力。另外,在阅读开始的时候,它也应该是没有具体的"研究任务"的,为什么?小说研究的对象只是面前这个文本,但是,具体要"研究"一些什么,则应该在阅读中逐渐涌现出它越来越清晰的面目,阅读和研究,就是发现小说的特质,发现和研究这本小说别具一格、不落俗套的地方,发现和研究这部小说与作家经历、情感、个性、既往写作等之间的关系。也就是说,真正的小说研究不是读后感,一二三四几点罗列下来小说"特色",对于研究者来说,一部小说真正的"特色"只有一个,将这个唯一的特殊之处发现出来、阐述到位,一次合格的研究工作就结束了。换言之,小说研究需要的是一种强烈的"问题意识",而这个"问题",必须在阅读过程之中极其偶然地呈现出来。

研究者的阅读,面对的是各种各样文本的细节,以及随着阅读的推进,各种细节构筑成的一个个场景。这些细节和场景,就是一部长篇小说的结构单位和核心要素,而"问题",就在这些细节和场景之中。

在阅读余华的《在细雨中呼喊》时,读到大约三分之一篇幅时,我突然意识到在小说中有一个这样的细节:小说中绝大多数的人物语

言,都不是对话,而是自言自语,并且这种自话自说都不是长篇大论,往往是蹦出几个字,立即戛然而止。这样的例子很多,比如:

> 他的嘴唇被风吹得哆哆嗦嗦,他对我们说:
> "那边有个死人。"

> 这事给我哥哥留下了深刻的印象,有一次他神情黯然地说:
> "当我们想成为城里人时,城里人却在想成为歌唱家。"①

这样的例子比比皆是,当这样的句式在小说中的出现超过了 20 次时,作为研究者就应该确认,已经找到了这部小说细节上一个明显的特征了。而这样的细节必然和作家对于人物性格、命运、特定场景中人际交往的一种理解交织在一起。

比如贾平凹的长篇小说中,自《废都》开始,至少有七八部小说里都有对于女性背影,尤其是臀部完全个人化的描写,也有重复到令人厌恶的砸大便等恶俗的细节,这些似乎无关紧要,可是,如果一个研究者,能够通过大量的阅读,将这样的细节一一钩稽,一定能得出有说服力的结论来。

有时甚至是最小的细节,都能得出有意义的、让人始料未及的结论。在我阅读韩东的长篇小说《小城好汉之英特迈往》时,发现韩东在不断地用一个词:"不禁",甚至出现了"这看似平淡的一拳不禁凝聚了朱红军的平生所学"这样的句子。经过简单论述,最后达到一个结论:"有些写作的细节,可以成为作家个性和癖好的寄托,但事情总是过犹不及,即使仅仅只是词语的沉溺和放纵,有时也会将作家带到一个不佳的境地。沉溺会成为一种心态,渐渐腐蚀清明的、正常的写作状态。"②

---

① 余华:《在细雨中呼喊》,上海文艺出版社 2004 年版,第 4、15 页。
② 刘继业:《当代成长写作中的深潜诗意和忧伤:论韩东的长篇新作〈小城好汉之英特迈往〉》,《理论与创作》2009 年第 2 期。

也就是说，关于小说的评价和研究，所有的问题和结论，都必须来自小说中一个个具体的细节和场景，至于对这些细节和场景的分析，是直接得出一个结论性的内容，还是用某种西方的文学理论或方法做一些发现，应该视具体细节和场景而定。而这些细节和场景，恰恰是可以向所有的古典、现代、后现代文艺理论全面敞开的，这些理论和方法，只是在遇到细节和场景时，可以自如选取的一些工具。那么，在一个小说研究的论文之中，视具体的细节和场景，可以同时包含精神分析的、女性主义的、后殖民主义的、形式主义的等多种的理论和方法。如此，小说研究才是真正尊重文本和作家，也才能真正有所发现。

其次，感性的小说阅读和研究品质，也体现在小说评论和研究中的行文方式，它不会是严丝合缝的逻辑的推理，它必须寻找一种和面对的小说本身相契合的文字。

这方面，20世纪三四十年代的刘西渭，至今仍是难以超越的高峰。无论是面对一首小诗，还是一部长篇小说，刘西渭都能充分运用个人的感性，用绝不枯燥、文采斐然的文字传达出他对作品的判断。比如他对卞之琳多首新诗作品的评价，比如他对何其芳的新诗、巴金小说的评价，都是这种范例。沈从文1949年3月6日谈到《边城》等作品及苏雪林、韩侍桁等人的批评时，还回忆道：

> 不幸得很是直到二十四年，才有个刘西渭先生，能从《边城》和其他《三三》等短篇中，看出诗的抒情与年青生活心受伤后的痛楚，交织在文字与形式里，如何见出画面并音乐效果。唯有这个批评家从作品深处与文字表面，发掘出那么一点真实。其余毁誉都难得其平。[①]

[①] 沈从文：《关于西南漆器及其他》，《沈从文全集》第27卷，北岳文艺出版社2002年版，第25页。

作为作家的沈从文,对于批评家寄望不大,但"作品深处与文字表面""一点真实"等语,实际上就是理想的小说研究应该着力之处。只有刘西渭的批评能稍稍接近《边城》,而刘西渭《〈边城〉和〈八骏图〉》的文笔,也是自然、轻灵,绝不拖泥带水、枯燥而面目可憎的。在中国现代文坛,另有一个评论家常风先生,可以说是和刘西渭最为接近的,一部《逝水集》,都是这种行文潇洒、决不黏滞的风格。此外,20世纪三四十年代的中国现代文坛之中,还有几位批评家如李影心、沈宝基、罗大冈、少若(吴小如)、李广田等,也在践行着刘西渭开创的这种印象主义的批评。

在当代文坛当然也有这样的批评家,作家同样企望能得到批评家知音般的理解。

贾平凹在长篇小说《老生》出版后,毫不避讳自己对于评论的关注和失望:

> 《老生》出版后,我读过了许多评论文章,这些文章总在说"民间写史"这个词,而我在写作中并没有这个词在脑子里闪现过,我只是写我经历过的长辈人曾经给我讲的事,其中的人和事都是有真实性,绝不是一种戏说,这如同小说里那些奇异的事并不是要故意"魔幻",而是我的故乡在以前多有发生,那里的生活就是如此。①

让贾平凹惊讶和失望的"民间写史"这个词,恰恰就是一种理论的前见,是用一个与作品关系不大的理论"探照灯"去搜寻作品中与"民间写史"相关的细节和场景,也能铺叙成文,但是,作家是不认同这样的批评的。大家都在说这个,从贾平凹的感受,也可见当今文坛强大的理论预设式批评带给作家的困惑和干扰。贾平凹先生对李建军恶评的恼怒,在当代文坛,应该是一个极有意义的事件。

相反地,陈思和教授多年来一直对贾平凹的创作给予了高度的关

---

① 傅小平:《理想的"文学之都"是什么样的?》,《文学报》2014年12月4日。

注，给予了细致、及时、正肯的评价。陈思和教授的系列"贾平凹批评"，其实正充溢着一种优秀的"感性品质"，这是他读贾平凹长篇小说《秦腔》时的文字：

> 读这部小说的感觉，就像是早春时节你走在郊外的田野上，天气虽然还很寒冷，衣服也并没有减少，但是该开花的时候就开花了，该发芽的时候就发芽了，你走到田野里去看一看，春天就这样突然地来到了。《秦腔》所描写的正是这样的感觉，自然状态的民间日常生活就是那么一天天地过去了、琐琐碎碎地过去了，而历史的脚步造就暗藏在其中，无形无迹，却是那么地存在了。这是真正的现实主义艺术的魅力。①

陈思和教授在这样短短一段文字中，提及"读这部小说的感觉""《秦腔》所描写的正是这样的感觉"，一个批评家，同时要认真兼顾、考虑自己阅读时的"感觉"和作品传达出来的"感觉"。而陈思和教授同时也是用充分感性的、抒情性的笔触描述了自己阅读这部长篇小说时的美好感觉。当代文坛这样的批评文字并不多，而这，我觉得恰恰是陈思和先生的批评有力量的一个原因，阅读时的感觉那么美好，当然值得用美好的、印象式的语言描述出来，更重要的是，批评和研究的激情，也主要来自这么美好的阅读体验。这就是长篇小说阅读和批评之中感性品质的一个极佳例证。

本章发表于《小说评论》2019 年第 6 期

---

① 陈思和：《当代小说阅读五种》，复旦大学出版社 2010 年版，第 92—93 页。

第一章　魏连殳的长嚎，为了什么？

——鲁迅小说《孤独者》新释

一

《孤独者》这篇小说于 1925 年 10 月 17 日写毕，没有在报刊上公开发表过。《呐喊》里的小说，入集之前都发表过，《彷徨》里也只有《孤独者》和《伤逝》两篇小说在入集前没有发表。当然，后来在《故事新编》中的八篇小说中，有四篇小说《理水》《采薇》《非攻》和《起死》在入集之前也没有在报刊上公开发表。但是，这四篇小说分别写于 1935 年 11 月、1935 年 12 月、1934 年 8 月和 1935 年 12 月，《故事新编》1936 年 1 月由文化生活出版社出版，除了《非攻》一篇在自己的抽屉放得稍久一点之外，其余几篇等于是刚写成不久就编集面世了。

《伤逝》于 1925 年 10 月 21 日写毕，和《孤独者》完篇的时间相距不过四天。这两篇小说，篇幅仅短于《阿 Q 正传》，都在 13000 字左右。在鲁迅的小说创作生涯中，这一周左右的时间，应该是最为精力旺盛、情绪饱满的时期。可以想象，是一种极强的创作冲动和浓烈的创作热情在推动着他，燃烧着他。在不到一周的时间之内，写成两篇这样长篇幅的小说，然后将之放在自己的抽屉里将近一年时间，对于 20 年代声名日盛的鲁迅来说，确实是一件罕见的事情。

这种情形，当然早已为我们重视和深思，1993 年，王晓明在《无

法直面的人生 鲁迅传》一书中曾经发问:

> 他在一个星期中连续写下《孤独者》和《伤逝》,却不像对《阿Q正传》那样立刻送出去刊载,直至第二年收入《彷徨》,都没有单独发表,这是否正表明他的惶惑,他不知道该怎样处理这些小说?我想到他在《小杂感》中的话:创作有时候"只要有一个人看便满足",什么叫"一个人看"?除了给朋友和爱人,是否也是给自己看?①

《呐喊》和《彷徨》两部小说,在整体艺术气质上表现出的不同风貌,我们一般将其缘由理解为鲁迅在"五四"时期"遵将令"创作时的热切激昂与五四新文化运动退潮后的消沉落寞这样两种心态和情绪。在《彷徨》中,又尤其以《在酒楼上》《孤独者》《伤逝》这三篇表现和思考当时知识分子精神困境的小说显得最为独特,这是三篇关于"孤独者"的故事,它们具有共同的内省和严厉自剖的性质,深沉、浓烈的抒情风格。明确标示为《孤独者》的这一篇小说,这方面当然显得更为独特。

二

这篇小说,一直以来被认为是鲁迅小说里包含了特别多鲁迅的个性风格和真实生活痕迹的一篇。《在酒楼上》和《孤独者》两篇,我们现在认为都体现了鲁迅的一种艺术创造,即通过两个人的对话展示叙述者个人内心的两种声音,由此进行自己灵魂的反省和自剖。《在酒楼上》的吕韦甫身上,还可以更多地看到范爱农的影子,《孤独者》中的魏连殳和"我",则被视为鲁迅内心两种声音的外化,体现着他心灵深处的

---

① 王晓明:《无法直面的人生　鲁迅传》,上海文艺出版社1993年版,第107页。

矛盾与焦灼。

在这种思路下,我们往往将索引式的考证推向极端,而有意无意地忽略魏连殳和鲁迅生活中的相异之处。比如,魏连殳自幼失去父母,从未结婚等细节都不为研究者涉及,一些索引式的考证则显得勉强。我们关于小说中第一节魏连殳祖母丧礼上的场景的理解,就是一个这样的还存在一些问题的地方。

在第一节,魏连殳在平静地完成丧礼的一切仪式之后,"忽然,他流下泪来了,接着就失声,立刻又变成长嚎,像一匹受伤的狼,当深夜在旷野中嚎叫,惨伤里夹杂着愤怒和悲哀"。在最后一节,"我"离开魏连殳的丧礼,有这样的一段:"我快步走着,仿佛要从一种沉重的东西中冲出,但是不能够。耳朵中有什么挣扎着,久之,久之,终于挣扎出来了,隐约像是长嚎,像一匹受伤的狼,当深夜在旷野中嚎叫,惨伤里夹杂着愤怒和悲哀。"在这前后相隔很长的两节中,有这样一个长达27个字的句子,被一字不漏地重复了两遍,无疑,这是小说关于"孤独者"情绪渲染的高潮,当然是鲁迅十分讲究和用心之处。

这一句关于长嚎的描绘,以及整个魏连殳参加祖母丧礼的场景,我们的理解就过于拘泥于艺术和现实之间的对应了。对于鲁迅小说作索引式理解非常突出的周作人,在处理这篇小说时,也显得犹疑不决。在1952年《鲁迅的故家》一书中,周作人连续写了三篇文章《祖母(一)》《祖母(二)》和《关于穿衣服》来处理《孤独者》中关于祖母丧礼的一节。这也可以见出他对于这篇小说的看重,但是在具体行文中,是有矛盾的。

祖母去世时,周作人没能回来,在《祖母(二)》一文中,他说:"那时的事情本来我不知道,在场的人差不多已死光了,可是碰巧在鲁迅的小说里记录有一点,在《彷徨》里所收的一篇《孤独者》中间。这里的主人公魏连殳不知道指的什么人,但其中这一件事确是写他自己的。"关于这一节中的"长嚎",文中这样交代:"这篇是当作小说发表的,但这一段也是事实,从前也听到鲁老太太说过,虽然没有像这样的叙述有力量。"

　　周作人完全将小说等同生活，这是一个明显存在问题的思路，但是就这样，他也还是不知魏连殳的现实原型。而他指认的事实，也不是自己所见。所以，在《鲁迅的故家》一书中周作人关于《孤独者》所做的索引式的考证，事实上很难靠得住，对这篇小说的理解，按照他鲁迅小说必有特定生活原型的思路，他自己就是犹疑不决的。

　　在1954年《鲁迅小说里的人物》一书中，周作人又为《孤独者》连续写下了四篇文章《〈孤独者〉》《祖母》《斜角纸》和《本家与亲戚》。这次也并没能提供更多有价值的信息，也许，只不过表明周作人对于这篇小说的看重和某种困惑。在《〈孤独者〉》一文的最后，他说："这一段写得很好，也都是事实，后来鲁老太太曾说起过，虽然只是大概，但是那个大概却是与本文所写是一致的。著者在小说及散文上不少自述的部分，却似乎没有写得那么切实的，而且这一段又是很少有人知道的事情，所以正是值得珍重的材料吧。"这里不过是重复了先前的《祖母（二）》一文的观点，却更加直接地将小说当成印证生活的材料。这样处理，当然更难以自圆其说。在《祖母》一文中，他发现小说与现实的暌违，连殳从城里赶回乡下的路程，有一百七十里，"在事实上却有点不合"，因为杭州到绍兴最远处也不过八九十里。然后他说："那一年我还没有回国，所以关于祖母的丧事并无什么见闻的事情可以补充，却是相反地引了本文来用，这经过证明，相信是合于事实的。"

三

　　周作人关于《孤独者》一系列回忆性质的文章，成为此后理解这篇小说的一个基本起点。周作人本人的回忆既然存在问题，必然也制约着我们对于这篇小说，尤其是小说里魏连殳"长嚎"的理解。李欧梵这样说：

周作人曾评论说，鲁迅所有的小说、散文作品中没有一篇和他生活中的真实这么相像。这显然是鲁迅生活中曾经震撼过他心的极少数场景之一。值得注意的是：这一场景也具有独异个人被庸众围绕的原型结构。庸众的反应也是典型的，他们不能理解魏连殳感情深处的孤独悲怆。①

李欧梵引用的是《鲁迅小说里的人物》一书，明显地，他的转述与周作人的原意并非相合，李欧梵将生活真实更加直接地与小说等同起来。在上述论述之后，他说："他的孤独与其说是外界强加的，毋宁说是他自己制造的。……在《孤独者》以后，鲁迅的小说就不再写孤独的个人了。魏连殳之死似乎结束了从'狂人'开始的孤独个人的谱系。"李欧梵对于《孤独者》的理解，被整合到他自己关于鲁迅小说主题研究的内在思路之中。

王晓明在他的鲁迅传记中，有一节专章《魏连殳的雄辩》，对于《孤独者》的理解也建立在周作人的起点上，文中说："小说的许多素材，像魏连殳殓葬祖母，在城中遭受流言和恶意的包围，都是取自作者的亲历，也没有夸张，几乎就是实录。"② 周作人在《祖母（二）》一文中，还说明鲁老太太口中鲁迅参加葬礼时的情形还不及小说生动，"没有像这样的叙述有力量"。王著则认为小说中葬礼一节和生活真实相比，"也没有夸张"。和李欧梵一样，都不自觉地将周作人的回忆变成确凿无疑的真实，或者改动周作人的原意更直接地将小说和鲁迅生平对等起来。

本书这里死抠细节的挑剔，并非能动摇李欧梵、王晓明等论者在周作人回忆基础之上的有关《孤独者》的理解。因为他们的理解都有一个整体的鲁迅观支撑着，在对于鲁迅创作趋向的把握上，有自身的逻辑

---

① 李欧梵：《铁屋中的呐喊》，尹慧珉译，岳麓书社1999年版，第95页。
② 王晓明：《无法直面的人生　鲁迅传》，上海文艺出版社1993年版，第104页。

思路。但是，这种挑剔存在的理由是，如果不是为了从整体上把握鲁迅，而只是作为一种细读式的研究把握《孤独者》这篇作品，从一个靠不住的起点出发，就很难理解鲁迅这篇小说的创作意图或一些属于鲁迅式奇特的艺术风格和缈远的个人寄托。

四

将鲁迅参加祖母的葬礼这件并非靠得住的场景，等同于小说场景，当然让人难以信服。这种理解削弱了鲁迅浓墨重彩地刻画出来的魏连殳狼一样的"长嗥"的艺术创造力。同时，将之理解为现实的"长嗥"，一方面失之机械，另一方面也缩小了这个独异意象的丰厚内涵和隐秘的个人寄托，也简单化了鲁迅小说艺术创造的与众不同。

我们对于《孤独者》有一个较为普遍的共识，魏连殳和"我"，分别寄托了鲁迅内心的多种困惑，或者说，鲁迅是在通过两个人物的相互驳诘，展示自己心灵的挣扎。小说第三节里有一次"我"与魏连殳的对话：

"我总不解你那时的大哭……"于是鹘突地问了。

"我的祖母入殓的时候罢？是的，你不解的。"他一面点灯，一面冷静地说。

这里，其实应该理解为鲁迅对读者的告白。"长嗥"大有深意，然而，不说。

首先，从这里就可以明确，魏连殳的"长嗥"，不是为了祖母。何况小说在第三节中还曾经明确声明，"她的晚年，据我想，是总算不很辛苦的，享寿也不小了，正无须我来下泪。况且哭的人不是多着么？……"一味将小说场景等同于现实，将"长嗥"理解为"几乎就是实录"，也是与小说原意明显背离的。

至此，可以确认，魏连殳的"长嚎"，是这个"孤独者"为了自己的宣泄，为了自己的孤独。所谓在为"亲手造成孤独，又放在嘴里去咀嚼的人的一生"而哭。但是，就算达到这个结论，也只是原文的表层意思，不至于让魏连殳对我说"是的，你不解的"之类大有深意的话。换言之，我们已知道，魏连殳的"长嚎"，是为了"孤独者"自身的孤独。现在要达到的结论的关键之处就应该是，这种魏连殳为之"长嚎"的孤独，到底源自什么样的独特人生体验，它的让魏连殳认为别人，包括"我"都不可能理解的内涵到底是什么呢？为孤独而"长嚎"，已经清楚，剩下的问题是：孤独本身是什么样的？

除了返回来细读原文，再求助于历来分析这篇小说所不可缺少的索引式理解，将之与鲁迅独特的人生体验结合起来，好像也别无更好的途径。

五

在小说中有一个"我"与魏连殳对话的内容，常为我们轻轻放过。在"我"与魏连殳的交往中，有五次涉及家庭和婚姻的内容：

一、常说家庭应该破坏，一领薪水却一定立即寄给他的祖母，一日也不拖延。(《鲁迅全集》第 2 卷，人民文学出版社 1981 年版，第 86 页)

二、我很想问他何以至今还是单身，但因为不很熟，终于不好开口。(第 90 页)

三、"呵！过继给你？"不禁惊叫了，"你不是还没有娶亲么？""他们知道我不娶的了。但这都没有什么关系……"(第 92 页)

四、"总而言之：关键就全在你没有孩子。你究竟为什么老不结婚的呢？"我忽而到了转舵的话，也是久已想问的话，觉得这时是最好的机会了。

他诧异地看着我，过了一会，眼光便移到他自己的膝髁上去了，于是就吸烟，没有回答。（第93页）

五、他就是胡闹，不想办一点正经事。我是想到过的，也劝过他。这么年纪了，应该成家；照现在的样子，结一门亲很容易；如果没有门当户对的，先买几个姨太太也可以：人总是应该像个样子的。可是他一听到就笑起来，说道："老家伙，你还是总替别人惦记着这等事么？（第106—107页）

这样一些内容，分散在一万三千字之中并不显眼，放在一起，就可看出，魏连殳的单身，始终是"我"疑惑、关注的问题。魏连殳每次对于这个话题的回避，是鲁迅留给"我"和读者的谜。应注意的是，小说里"我"的婚姻状况，对于"我"和叙述者同样是讳莫如深的。

尽管如此，这些内容还是可以揭示出一点：魏连殳的婚姻状况，是构成他"孤独"的一个原因，一个隐晦却又挥之不去的孤独元素。在魏连殳的葬礼上，房东老太婆做了一个"解释"，说魏连殳如果听了她的话，娶亲或者买几个姨太太，"现在何至于独自冷清清地在阴间摸索，至少，也可以听到几声亲人的哭声……"很明显，这是叙述者对于理解婚姻造成魏连殳孤独本质有意制造的"误读"。对于不同精神层次的人来说，孤独的表象事实一样，但是老太婆之类，很难进入到它们之间纠缠的真实内核。

从某种意义上来说，鲁迅作为叙述者，数次隐约暗示婚姻与孤独的纠缠，而不提供解答，其间的真实，可能只对于他自己才有意义。或许，这也是鲁迅写完这篇小说之后，不拿出发表的原因？这是鲁迅写作极端个人化的例子。

但叙述者既然提供了揭示孤独内核的方向，我们可以依据这种可能性的存在，做出理解。

六

婚姻与孤独，至此，从文本细读中，找到一个可能打开孤独内核的途径。过分强调生平、传记等与创作之间联系的做法，已为我们所警惕。但是，既然周作人曾试图从每一篇鲁迅小说里找出生活原型，这种做法至少启发我们，对于鲁迅小说，索引式思维并未失效。

我们自然会从小说回溯到鲁迅自己那场难堪的婚礼。1906年7月26日（农历六月六日），是鲁迅奉母命与朱安结婚的日子。鹿地亘记载了鲁迅关于这场婚礼的一段话："那时，家里的人因为听说我是新派人物，曾担心我可能不拜祖先，反对旧式的婚礼。可我还是默默地按他们说的办了。"[①] 据鲁迅结婚时当"行郎"的周冠五回忆，鲁迅在拜堂时，"一句话也没有讲，扶他也不推辞。见了新媳妇照样一声不响，脸上有些阴郁，很沉闷"[②]。

至此，虽然是揣测，我们依然可以将这场婚姻和魏连殳祖母葬礼上的场景联系起来。因为，二者之间，两个仪式的参与者鲁迅和魏连殳，他们的心态、行事方式，以及他们的行为留给旁观者的印象，等等，都惊人地相似。尤其是鲁迅自己多年之后的回忆，"新派""旧式的""默默地按他们说的办了"等语句，和《孤独者》第一节"我"关于魏连殳参加葬礼情形的描述，更是实现了情绪上、体验上、文字风格上的惊人一致。

相反，周作人在《祖母（二）》中说的"那时的事情本来我不知道，在场的人差不多已死光了，可是碰巧在鲁迅的小说里记录有一点"，

---

① 林志浩：《鲁迅传》，北京十月文艺出版社1991年版，第55页。
② 同上。

参加那场葬礼的人差不多死光了，鲁迅也从未谈及，那场后来我们确信不误的现实葬礼场景，依据原来在小说！哪一个更真实可信呢？

　　这绝不会是偶然巧合。那场婚姻，给予鲁迅心灵的伤害，实在过于深重，使他对于人生，感觉一片阴郁和消沉，了无生趣。此后，他对爱情、婚姻幸福，再不会有过多企盼和希望。这种来自个人生活的、切身的痛楚和伤痕，使他很长一段时间体验到无法排遣的虚无与绝望，并将这种情绪扩散开去，浸染着他对于生活与现实的理解。这是一种真实的"惨伤"！

　　婚礼→葬礼，将现实婚礼上的场景，移植到小说的葬礼场景之中，或者说，将现实中的婚礼，变形为小说中的葬礼！由此，鲁迅在创作中，实现了对于生活的复仇。一方面，这场婚礼将他对于爱情、婚姻、人生幸福的企望，无情地像葬礼一样埋葬了。另一方面，鲁迅在短短两三天紧张的创作中，将压抑自己近十年的噩梦，也通过这场葬礼将它深深埋葬了！并且，在将这个沉闷的、"默默的"婚礼场景移植到葬礼之中时，为了展示这种伤痛的刻骨铭心，以及一抖十年来的憋屈与绝望，鲁迅天才地加上这一声令人惊悸的、像受伤的狼发出的"长嗥"，"惨伤里夹杂着愤怒与悲哀"！

　　这就是魏连殳"长嗥"的秘密。也是《孤独者》这篇小说最重要的一个关节。

　　这也是在这次"长嗥"之后，魏连殳对于自己的婚姻状况，从不向任何人提及，讳莫如深的理由。魏连殳是单身，或许，这种对生活的变形，也是一种艺术的报复？魏连殳父母双亡，除祖母外没有亲人，或许这也是某种难以言说的、隐秘的复仇？这些，就只能是揣测了。

　　从婚礼到葬礼的这种位移与变形，也可以间接地展示出鲁迅内心深处某种阴郁的心理和复杂莫测的艺术构思方式。

　　或者，这种向生活复仇的方式，对于鲁迅小说来说并非特例。《铸剑》中"宴之敖者"这个人物，当年谁又能想象得到是对于羽太信子的复仇呢？今天，我们尽可以将鲁迅的复仇提升到哲学的角度，也完全有必要，但鲁迅当年的创作，至少在最初的那一闪念间，仅仅只是一种痛快的、针对具体人事的、在自己内心深处实现的报复。

至此，《孤独者》一篇，原来细究起来成问题的枝节，基本上可以理顺了。由此，我们最后也可以对于索引式理解鲁迅小说的方法，做一个必要的补充。周作人式拘谨地将生活真实与小说一一对应的思路，至今还自觉、更多的是无意识地支配着我们的思路，制约着我们对于鲁迅小说的理解。鲁迅有一段谈自己的小说、为我们熟稔的话：

> 所写的事迹，大抵有一点见过或听到过的缘由，但决不会全用这事实，只是采取一端，加以改造，或生发开去，到足以几乎完全发表我的意见。人物的模特儿也一样，没有专用过一个人，往往嘴在浙江，脸在北京，衣服在山西，是一个拼凑起来的脚色。有人说，我的那一篇是骂谁，某一篇又是骂谁，那是完全胡说的。①

鲁迅说得十分清楚，也可以拿来作《孤独者》的一个恰当注脚。但是，我们在具体分析某篇作品时，却往往不经意忘记这些。索引式研究，对于鲁迅小说理解是一个有效途径，但是如果拘泥地、机械地运用，就会产生难以解释或难以自圆其说的问题，对于理解鲁迅小说那种奇特的、跳跃式的、高度个人化的艺术创造，显得捉襟见肘、不得要领。

本章发表于《鲁迅世界》2006 年第 2 期

---

① 鲁迅：《我怎么做起小说来》，《鲁迅全集》第 4 卷，人民文学出版社 2005 年版，第 527 页。

第二章　郁达夫小说《迟桂花》给予《边城》的启迪

《边城》是沈从文的传世名作，在整个中国现代文学史上，也是不可多得的第一流作品，更是中国现代抒情小说创作系列之中的顶峰之作。这一点，现在已无人怀疑。1999 年 6 月，香港《亚洲周刊》推出"20 世纪中文小说一百强排行榜"，对 20 世纪全世界范围内用中文写作的小说进行排名。《呐喊》位列第一，《边城》名列第二（前 5 名作品还包括《骆驼祥子》《传奇》和《围城》）。如果以单篇作品衡量，则《边城》事实上位列第一。这个排行榜是邀请余秋雨、王蒙、王晓明、谢冕、刘以鬯、施淑、黄孟文、王德威等 14 位中国内地、香港、台湾、马来西亚、新加坡及北美作家、学者评选出来的，对于理解 20 世纪小说，应该说是有一定参考价值的。本文要做的工作就是要论述清楚，《边城》这样一部在 20 世纪华文小说创作中地位极高的作品，它的产生，受到了郁达夫、废名等作家作品，尤其是抒情小说杰作《迟桂花》的深刻影响，由此见出，《边城》对于中国现代文学的发展来说，也并非突兀之作，而是中国现代文学在形成自身文学传统的进程中自然孕育出来的一部杰作。我相信，撇开对于中国现代文学史的整体理解不谈，即使是对于《边城》这样一个单部作品的理解，这种工作也是有必要、有意义的。

一

郁达夫的散文《给一个文学青年的公开状》，写于1924年11月13日，11月16日发表于北京《晨报》的文艺副刊"晨报副镌"。这篇散文有着对于郁达夫此前的写作来说习见的穷愁潦倒的感叹，在一个知名作家对于无名文学青年的同情和同病相怜之情的抒写之中，同时充溢着对于不合理社会的抨击，是郁达夫散文创作的名篇。同时，因为文中的"文学青年"是后来成为现代文坛大家的沈从文，这篇散文更拥有了独特的文学史价值与意义。这篇散文也提示了一个基本的事实：在沈从文早期的创作生涯之中，早已成名的作家郁达夫占有着重要的地位。

1936年，已经发表了《边城》、成为文坛第一流作家的沈从文，在良友图书公司出版了创作生涯十年精选作品集《从文小说习作选》，在序言中，他对于提携自己进入文坛的几个关键人物表达了由衷的感激之情："这样一本厚厚的书能够和你们见面，需要出版者的勇气，同时还有几个人，特别值得记忆，我也想向你们提提：徐志摩先生，胡适之先生，林宰平先生，郁达夫先生，陈通伯先生，杨今甫先生，这十年来没有他们对我种种的帮助和鼓励，这集子里的作品不会产生，不会存在。"① 这六个人，都是在一些文坛现实人事上，予以沈从文直接帮助和鼓励的。这六个人中，除了早期写过少数作品的杨今甫即杨振声之外，只有郁达夫是以小说家身份厕身文坛的。因此，可以说，郁达夫不但在现实人事上，为沈从文步入文坛提供了直接帮助，同时，他自己的小说创作，也深刻影响了沈从文的创作面貌，正是一个自然的事实。即使到了晚年，沈从文在1981年4月11日湖南省文联座谈会上，依然说

---

① 沈从文：《习作选集代序》，《沈从文全集》第9卷，北岳文艺出版社2002年版，第7页。

过这样的话:"主要帮我忙的应当感谢的是郁达夫先生同徐志摩先生,他们对我起鼓励作用。"①

金介甫在论述沈从文的早期小说创作时,说过这样一段话:

> 沈从文在文学上始终采取严肃态度,通过心理剖析把作品人物写得栩栩如生,常常通过作品中人物的叛逆性语言表达"自己"标新立异的变态心理。这些作品中人物的苦恼计有:性的饥渴、手淫、失眠、结核病、精神疲惫和偏执狂——就是说,郁达夫作品中人物的诸般杂症,除了赌钱、嫖妓、酗酒之外,在沈的作品里几乎照单全收。②

金介甫在后文并没有展开这个话题,他关于郁达夫给予沈从文早期创作影响的这个判断,对于理解沈从文的创作来说,却是一个敏锐的、有价值的发现。沈从文早期大量作品如《棉鞋》《用A字记录下来的故事》《松子君》《到北海去》《公寓中》《老实人》《篁君日记》等,都是郁达夫式的穷愁潦倒、性欲压抑与变态发泄这类题材的抒写,直至1928年的《不死日记》、1929年的《一个天才的通信》,郁达夫式的自叙传气息依然十分浓厚。沈从文的早期创作,或者说《边城》之前的小说,基本上沿着乡村与都市的二元对立式的结构展开,但是这二者之外,还有大量小说是在刻画处身都市的"我"的生活情状,这类小说,是典型的郁达夫式的作品。可以见出郁达夫小说创作对于沈从文早期小说的深刻影响。

这一时期,沈从文关于乡村题材的小说,也主要以一种特殊的乡土风情或者猎奇性的乡村生活场景取胜。

---

① 王亚蓉编:《沈从文晚年口述》,陕西师范大学出版社2003年版,第91页。
② [美]金介甫:《沈从文传》(全译本),符家钦译,湖南文艺出版社1992年版,第88页。

二

对于郁达夫创作的责难与批判,在二三十年代从来不曾停止。但是,沈从文对于郁达夫及其创作,则始终持肯定的、积极的理解,即使是在太阳社一类作家群起而攻之、判定郁达夫已经落伍的时期,依然如此。这种态度和批评姿态,不单关乎郁达夫对于他的提携的感激,也出于内心对郁达夫小说艺术的钦服。

在效仿郁达夫的起点上开始创作的沈从文,始终关注着郁达夫的创作状态。

沈从文发表于1930年的评论《郁达夫张资平及其影响》一文,非常充分地展现出这种姿态。对于张资平,基本是否定性批评,对于郁达夫,则有肯定,有客观描述,更有在"时代方向掉了头"的时期替郁达夫辩解的成分。

这篇文章,关于郁达夫的论述,可以把握为这样三个方面:一是,郁达夫直到最近的小说创作;二是,目前的沉默;三是,郁达夫创作的将来。关于第一点,沈从文认为:"把写尽自己心上的激动一点为最大义务,是自然主义的文学。郁达夫,是这样一个人。他也就因为这方法的把持,不松手,从起首到最近,还是一个模样,他的成就算是最纯净的成就。"关于第二点,沈从文认为:"他的沉默也仍然告给我们'忠于自己'的一种可尊敬的态度。"关于第三点,沈从文有这样的观点:"取向前姿势,而有希望向前,能理解性苦闷以外的苦闷,用有丰采的文字表现出来,是郁达夫。""在新的时代开展下,郁达夫为一种激浪所影响,或将给我们一个机会加以诚实的敬视。"① 通篇文章之中,是对郁达夫小说创作的客观描述,没有挑剔和指责的成分,尤其是文中关

---

① 沈从文:《郁达夫张资平及其影响》,《沈从文全集》第16卷,北岳文艺出版社2002年版,第193页。

于郁达夫目前沉默状态和以后创作方向的论述,更显示出沈从文对于作为小说家的郁达夫的钦服。

紧接着,在第二年发表的长篇评论《论中国创作小说》中,沈从文也对郁达夫的创作做了高度评价。此文对于鲁迅和郭沫若的创作,都有一些挑剔、否定的批评,对于郁达夫,指出他目前的沉默,"然而展览苦闷由个人转为群众,十年来新的成就,是还无人能及郁达夫的。说明自己,分析自己,刻画自己,作品所提出的一点纠纷处,正是国内大多数青年心中所感到的纠纷处。郁达夫,因为新的生活使他沉默了,然而作品提出的问题,说到的苦闷,却依然存在于中国多数年青人生活里,一时不会失去的。"①对于郁达夫此前的小说,作出了高度的评价。对于郁达夫目前的这种沉默,沈从文将之与鲁迅做了对比,对郁达夫表示了充分的理解:

> 鲁迅使人忧郁,是客观的写到中国小都市的一切,郁达夫,只会写他本身,但那却是文明青年人自己。中国农村是崩溃了,毁灭了,为长期的混战,为土匪骚扰,为新的物质所侵入。可赞美的或可憎恶的,皆在渐渐失去原来的型范,鲁迅不能凝视新的一切了。但年青人心灵的悲剧,却依然存在,在沉默里存在,郁达夫,则以另外意义而沉默了的。②

在这两篇论文中,沈从文提及的郁达夫的沉默,应该是指 1928 年之后,郁达夫创作量的急剧减少。1929 年,郁达夫只发表了《马蜂的毒刺》一篇小说,1930 年只发表了三篇:《纸币的跳跃》《杨梅烧酒》和《十三夜》,1931 年也只发表了未完稿《屋楼》。沈从文一方面对于郁达夫 1929 年之前的创作予以高度评价,另一方面对近三年来郁达夫的沉默,则持以充分的理解。这些都可以看出,沈从文钦服、尊敬作为

---

① 沈从文:《论中国创作小说》,《沈从文文集》第 16 卷,北岳文艺出版社 2002 年版,第 207—208 页。
② 同上书,第 208 页。

小说家的郁达夫，并且，一直以来始终在关注着郁达夫的创作状态，并对郁达夫以后的小说创作，持一种积极乐观的理解。

至此，我们终于可以设定这样的考察思路：郁达夫的创作对于沈从文早期小说产生了深刻的影响，是可以认定的事实。郁达夫1928年之后，有近三年时间步入创作的减产期。但是，沈从文依然在耐心地、乐观地关注着、等待着郁达夫的新变。所以，我们同样可以认定，郁达夫度过三年的枯窘期之后的小说创作，依然对于青年作家沈从文产生着影响和启示。

由此，我们再来谈论、考察《迟桂花》和《边城》之间的关系，考察沈从文所受到的来自郁达夫的启迪，就不显突兀和主观了。

三

1932年，是郁达夫小说创作的第二个高峰期。1922年，郁达夫发表了7篇小说（《茫茫夜》《怀乡病者》《空虚》《秋柳》《血泪》《孤独》《春潮》《采石矶》），1923年，如果不算《还乡记》和《还乡后记》两篇（经常被收入小说集，但郁达夫自己曾经收入1936年4月北新书局出版的《达夫散文集》之中），发表了5篇小说（《茑萝行》《青烟》《春风沉醉的晚上》《秋河》《离散之前》《人妖》），这是从1921年出版《沉沦》一直到1928年以来，发表小说数量最多的两年。随后进入1929年至1931年这一段沈从文所说的沉默期。郁达夫在1927年曾感慨地说："后来回到上海来小住，闲时也上从前住过的地方去走走，一种怀旧之情，落魄之感，重新将我的创作欲唤起，一直到现在止，虽则这中间，也曾南去广州，北返北京，行色匆匆，不曾坐下来做过伟大的东西，但自家思想，今后仿佛还能够奋斗，还能够重新回复到一九二三年当时的元气的样子。"[①] 他自己也很留恋1922年和1923年这样创

[①] 郁达夫：《五六年来创作生活的回顾》，《郁达夫全集》第10卷，浙江大学出版社2007年版，第312页。

作精力旺盛的时期，这是他小说创作的第一个高峰期。自 1929 年开始沉默三年之后，郁达夫迎来了自己小说创作的第二个高峰期。1933 年，他发表了《她是一个弱女子》《马缨花开的时候》《东梓关》《迟桂花》《碧浪湖的秋夜》《瓢儿和尚》6 篇小说，数量上与 1922 年和 1923 年持平。而且，《她是一个弱女子》在郁达夫的小说中，是篇幅最长的作品，《迟桂花》一篇，则是郁达夫小说创作的顶峰。

对于一直在关注着郁达夫、并对郁达夫的"沉默"作过认真思考的沈从文来说，郁达夫第二个创作高峰期中的作品，自然是他高度关注、细细揣摩的对象。其实，还不单是郁达夫的小说为沈从文所关注。早在 1928 年 7 月和 8 月，郁达夫在他自己和鲁迅合编的《奔流》月刊第一卷第二、三期发表译作德国作家 R. 林道的小说《幸福的摆》的时候，就引起了沈从文的重视。郁达夫偶然留下了这样的记录：

> 在三四年前，我曾译过他的一篇《幸福的摆》（先在《奔流》上发表，现收在生活书店印行的《达夫所译短篇集》中），发表的当时，沈从文曾对我说，他以为这是我自己做的小说，而加了一个外国人的假名的，这虽则不是他的唯一代表的作品，但读了之后，他的作风，他的思想，他的作品的主题，也大略可以领会得到了。①

郁达夫在《奔流》月刊上发表的一篇译作，都引起沈从文如此的兴趣。可以想见，当 1932 年 12 月，郁达夫在影响更大的杂志《现代》第二卷第二期发表《迟桂花》时，沈从文感受到的，该是一种怎样的兴味！更为巧合的是，让沈从文误以为是郁达夫借用外国人名字发表的这篇译作《幸福的摆》，恰恰是产生名作《迟桂花》的主要触

---

① 郁达夫：《林道的短篇小说》，《郁达夫全集》第 11 卷，浙江大学出版社 2007 年版，第 171 页。

第二章 郁达夫小说《迟桂花》给予《边城》的启迪

因之一。

《迟桂花》发表于《现代》的时间是 1932 年 12 月 1 日。三个月后,也就是 1933 年 2 月,郁达夫在上海天马书店出版了小说、散文合集《忏余集》,共 12 篇文章,其中包括《沧州日记》和《水明楼日记》。这两篇日记记的正是郁达夫 1932 年 10 月 6 日至 11 月 10 日在杭州疗养肺病、创作《迟桂花》时的生活。在 10 月 10 日的日记里有这样的文字:

> 今天天气阴了,心倒沉静了下来,若天天能保持着今天似的心境,那么每天至少可以写得二三千字。
> 《迟桂花》的内容,写出来怕将与《幸福的摆》有点气味相通,我也想在这篇小说里写出一个病肺者的性格来。①

《迟桂花》至 11 月 20 日才完成,这是在写作中途作家的自述。

沈从文怀疑《幸福的摆》是达夫自作,郁达夫自己点出在写作过程中《幸福的摆》给予《迟桂花》整体意蕴和氛围、风格等方面的影响。由此可知,沈从文对于郁达夫的小说,有着极为深刻的感受和认知。对于达夫译作《幸福的摆》尚且如此热心,对于受《幸福的摆》启示而产生的郁达夫沉默多年之后的这一篇传世名作《迟桂花》,沈从文所受的启发,当然会更为深刻。从中获得的创作启迪,当然会影响到这个一直景仰、一直追随郁达夫的沈从文的小说创作。

《迟桂花》发表于 1932 年 12 月 1 日,1933 年 2 月收入《忏余集》,1933 年 3 月,又收入天马书店出版的《达夫自选集》,这篇作品,在不到半年时间之内,被郁达夫以不同方式三次面市,它给予沈从文的印象,当然比译作《幸福的摆》要强烈得多,这是一个虽缺乏确证材料、却毋庸置疑的事实。《边城》1933 年 9 月开始动笔,至 1934 年年初完

---

① 郁达夫:《沧州日记》,《郁达夫全集》第 5 卷,浙江大学出版社 2007 年版,第 320 页。

成,正是在《迟桂花》面世半年之后的事情。并且,郁达夫 1933 年发表的几篇小说如《东梓关》《迟桂花》《瓢儿和尚》等,尤其是《迟桂花》,与此前的小说创作相比,事实上是实现了一个很大的转变。他不再热衷于表现性的苦闷与发泄,而是寻求情感的宁静、隽永之美。表现男女题材的小说创作之中,情感因素坚决地驱逐了欲望的纠缠,也终于实现了一种超越肉欲的男女之间情感的交流和沟通,呈现出动人的、优美的韵致与风姿。沈从文也正是通过《边城》的创作,告别了早期郁达夫式的自我暴露性质的创作路数。

四

如此,可以说,郁达夫小说创作的转变,启示了沈从文的艺术嬗变。

从具体的创作细节等方面来看,我们也还可以找到一些虽隐晦,然而细细搜寻依然能够发现的《迟桂花》与《边城》二者之间的联系。

在收入《忏余集》的《沧州日记》之中,记于 10 月 7 日的日记有这样的内容:

> 早餐后,就由清波门坐船至赤山埠,翻石屋岭,出满觉陇,在石屋洞大仁寺内,遇见了弘道小学学生的旅行团。中有一位十七八岁的女人,大约是教员之一,相貌有点像霞,对她看了几眼,她倒似乎有些害起羞来了。
>
> ············
>
> 在南高峰的深山里,一个人徘徊于樵径石垒间时,忽而一阵香气吹来,有点使人兴奋,似乎要触发性欲的样子,桂花香气,亦何尝不暗而艳,顺口得诗一句。叫作"九月秋迟桂始花",秋迟或作山深,但没有上一句。"五更衾薄寒难耐",或可对对,这是今晨的实事,今晚上当去延益里取一条被来。

第二章 郁达夫小说《迟桂花》给予《边城》的启迪

傍晚出去喝酒,回来已将五点,看见太阳下了西山。今晚上当可高枕安眠,因已去延益里拿了一条被来了。

今天的一天漫步,倒很可以写一篇短篇。①

这是已经确认的《迟桂花》的现实来源。郁达夫有意将《沧州日记》《水明楼日记》放在《迟桂花》之后收入《忏余集》,正是提请读者注意《迟桂花》的创作触因。从这一段日记来看,这篇小说和以前自叙传小说不同,只是有一点现实的触因,基本上是靠想象结撰而成。由此可以认为,小说最后特意加上的一段"作者附著":"读者注意!这小说中的人物事迹,当然都是虚拟的,请大家不要误会。"应是实情,是一个自叙传小说家出现新的艺术转变之后,避免读者以老眼光阅读作品作出的声明。当时,充分肯定郁达夫创作的评论家苏汶曾从细节上做出了挑剔:

《迟桂花》的重心是在写山里少妇莲姑的迟暮之感。这原是一个难以抓住的题材,而作者为这特殊心境而配合上去的背景,人物,故事,都非常精密,而且适当。这自然比《东梓关》为复杂,多一点立体的意味。所可惜者,篇中的"我"和莲姑游山那一段,行动举止都太露骨,据个人想象,一位山里的少妇是不象会有这种情形的,因而对全篇都缺乏亲切之感。②

读郁达夫自叙传式的小说习惯了,读这种以想象为主的小说,就会产生这种"缺乏亲切之感"的感受,当然是一种不尽合理的挑剔了。在 40 年代,就开始有论者理解、欣赏郁达夫这种"把事实加以提炼剪

---

① 郁达夫:《沧州日记》,《郁达夫全集》第 5 卷,浙江大学出版社 2007 年版,第 318—319 页。

② 苏汶:《忏余集》,载王自立、陈子善《郁达夫研究资料》(上),天津人民出版社 1982 年版,第 380 页。

裁，融合诗与真实而成为艺术品"的高超手腕了。① 现在我们依然认同这种理解：《迟桂花》是小说家融合心灵的体验、诗意的感悟和自由的想象写成的一部抒情小说杰作。

这种经由郁达夫《忏余集》有意显露的新的小说结撰方式，也开启了《边城》的写作。从前面引用的《沧州日记》里的一句："中有一位十七八岁的女人，大约是教员之一，相貌有点像霞，对她看了几眼，她倒似乎有些害起羞来了。"可以确知，郁达夫是在迟开的桂花的清香里，为清新的女性之美所感动，从而写成了《迟桂花》。虚构的莲姑形象，是将这位十七八岁的女教员和王映霞这样两个现实中打动自己的女性为蓝本和原型综合而成的，寄托着自己真实的爱恋。重要的是，这一点，也并非我们今天的发现，1946年就有论者指出：

> 至于女主角莲，她实在是那位女教师和王映霞和作者当时所憬慕的女性的三位一体，而末者更远为重要。②

《边城》中15岁的翠翠这个形象的塑造，沈从文采用的正是郁达夫创造莲姑时的同一种方式。在《湘散记行》中的《老伴》一文中，沈从文明确交代，翠翠来自自己17年前在泸溪县一个绒线铺里的女孩：

> 那女孩子名叫"翠翠"，我写《边城》时，弄渡船的外孙女，明慧温柔的品性，就从那绒线铺里小女孩脱胎而来。③

在发表于1946年的散文《水云》中，沈从文在回忆新婚后创作的《边城》时，又一次谈到了翠翠的来源：

---

① 韩刚：《读郁达夫先生的〈迟桂花〉》，载王自立、陈子善《郁达夫研究资料》（上），天津人民出版社1982年版，第416页。
② 同上。
③ 沈从文：《湘行散记·老伴》，《沈从文全集》第11卷，北岳文艺出版社2002年版，第293页。

因此每天大清早,就在院落中一个红木八条腿小小方桌上,放下一叠白纸,一面让细碎阳光晒在纸上,一面也将我某种受压抑的梦写在纸上。故事上的人物,一面从一年前在青岛崂山北九水旁所见的一个乡村女子,取得生活的必然,一面就用身边黑脸长眉新妇作范本,取得性格上的素朴良善式样。①

这两次交代之间并不矛盾,恰恰构成互补。在沈从文1933年9月开始写作《边城》之时,正像大半年前郁达夫写作《迟桂花》一模一样,他也为生活中女性的美所感动,也将偶然邂逅的女子和自己的新婚妻子融合在一起,塑造出小说中的女性主人公,从中寄托深深的爱恋与温情。沈从文非常关注、熟悉并钦服郁达夫的创作,所以,我们说《边城》在女性主人公的塑造上,受到《迟桂花》的启迪,是能够站立起来的结论。构成《边城》一个有机部分的景物和环境描写,也不单是《迟桂花》,而且是郁达夫小说的一个基本特征。

这一点,对于《边城》是非常重要的。作家所有的温情和惆怅,都寄托在女性人物的描述之中,他才能那么细致耐心、那么从容不迫地一路写下来。这两篇抒情小说呈现出同样的舒缓从容的韵致,正是这样的原因。

五

郁达夫前期自叙传式的小说,对于沈从文早期小说创作产生了极大影响。郁达夫于1932年年底写出《迟桂花》,沈从文1933年9月开始写作《边城》,前者还开启了后者的写作。两个小说家都由此实现了对于早期描写性压抑和性变态等自我暴露式小说写作的超越。两人早期的

---

① 沈从文:《水云》,《沈从文全集》第12卷,北岳文艺出版社2002年版,第110—111页。

小说事实上都具有某种猎奇式的东西，而自此又都呈现出明净、纯粹、从容的抒情风致。有趣的是，郁达夫在写出《迟桂花》之后不久，就很少写小说了。沈从文写完《边城》，事实上开启自己40年代抽象式的写作方式，挖掘深了，而格局的变小也是明显的事实。两个作家的这种创作历程的嬗变，是否存在一些可以抽象出来的艺术规律性的东西呢？本文无力作这方面的探究，只是揭示一个事实：《边城》不是一个突如其来的、突兀的作品。事实上，对于30年代初期的文坛来说，沈从文得到来自郁达夫的启迪，是一个青年作家自觉地接受当时文坛一个大师级作家的影响，正是极其自然的事情。

　　细读的方式还可以发现，《边城》中翠翠形象的创造，也许还有废名小说《竹林的故事》的潜在影响。在《竹林的故事》中，三姑娘从来不和其他女孩子一样去看正、二月间城里的赛龙灯，她要陪妈妈。

> 三姑娘的拒绝，本是很自然的，妈妈的神情反而有点莫名其妙了！①
> 三姑娘同妈妈间的争吵，其原因都在自己的过于乖巧……②

　　《边城》中的翠翠，也和爷爷就谁该去城里看端午节的赛龙船，引起了不短的争论。最后，翠翠不愿一个人去看船，要爷爷一起去。

> 祖父明白那个意思，是翠翠玩心与爱心相战争的结果。为了祖父的牵绊，应当玩的也无法去玩，这不成！祖父含笑说："翠翠，你这是为什么？说定了又翻悔，同茶峒人平素品德不相称。我们应当说一是一，不许三心二意。我记性并不坏到这样子，把你答应了我的即刻忘掉！"祖父虽那么说，很显然的事，祖父对于翠翠的

---

① 废名：《竹林的故事》，载王风《废名集》第1卷，北京大学出版社2009年版，第120页。
② 同上书，第121页。

打算是同意的。但人太乖巧，祖父有点愀然不乐了。①

两个都不到 15 岁的小女孩，都那么驯良、懂事。一个因为"过于乖巧"，而让母亲"莫名其妙"和自己吵起来；一个因为"人太乖巧"，而让祖父"愀然不乐"，这是惊人的巧合吗？不像郁达夫之与沈从文，我们以前的研究还几乎没有涉及，废名与沈从文之间的艺术承传，是早已为我们认定的常识。所以，这个几乎一致的巧合，事实上可以看成沈从文小小的艺术借用。《边城》中，当然有废名小说的影子。

这种梳理和论述，基本上已清楚地呈现出《边城》受到的来自同时代作品尤其是《迟桂花》的深刻影响。《边城》在中国现代文学史上的出现，并非突兀，它反而显示出中国现代文学传统的深厚和扎实。同时，对这些事实的梳理，也并不会影响对于《边城》的高度评价。任何一部优秀作品的产生，都不会是空前绝后的事实，而是一个文学传统之中自然的一环。而且，沈从文在借鉴的同时，更有超越。简单一个例证，《迟桂花》和《竹林的故事》里面，郁达夫和废名都从来不涉及女性内心活动的直接刻画和描摹，只从外在的容貌和言语间接处理，从这方面衡量，基本上可以视为一种静态的人物。而《边城》最为动人的一个成分就是对于翠翠心理的细细描摹，翠翠是更为生动的女孩形象。这里，事实上关涉作家持有的小说观的不同而产生艺术效果的区别。仅从这一个小小的例证来看，《边城》具有更为独特的艺术魅力，体现的也是更为开放的艺术视野和艺术胸襟。

本章发表于《浙江社会科学》2006 年第 1 期

---

① 沈从文：《边城》，《沈从文全集》第 8 卷，北岳文艺出版社 2002 年版，第 89 页。

第三章 文本之外的《边城》

沈从文的《边城》，是中国现当代文学史上少数几本第一流的、不可多得的长篇小说创作之一，更是中国现代抒情小说创作系列之中的顶峰之作。《边城》写于沈从文的盛年和创作高潮之际，事实上也是他自己再也无法超越的一个艺术高峰。自从20世纪70年代在美国的夏志清对于这部小说的高度评价开始为国内文学界和学界知悉以来，我们对这部作品同样给予了充分重视和细致的研究。

尽管我们已经充分认识到《边城》在整个华文创作中的崇高地位，对于这部作品也给予了充分的关注，但是，我们以前关注更多的是这部作品本身的艺术成就。而这部作品许多在文本之外的东西，比如它的现实触因，它的文学承传，它对于沈从文创作和生活的意义等饶富意味的问题，还并没有为我们所集中关注。这部看似单纯的作品，事实上还有不少有待探究的谜。对于这些问题的探索，也许可以使我们更为深切地理解这部作品和沈从文这个作家。

一 创造的岁月与《边城》：甜蜜与忧伤的交错

"当时住在西安门内达子营一个单独小小院子里。院中墙角有一株枣树和一株槐树，曾为起了个名字叫'一槐一枣庐'。终日有阳光从树枝间筛下细碎阳光到全院，我却将一个十八世纪仿宋灯笼式红木小方桌搁在小院中，大清早就开始写我的《边城》。从树影筛下的细碎阳光，布满小桌上，对我启发极大。"这是沈从文1981年为重新印行《湘行散记》作序时，写下的与《边城》有关的一段文字。其时，这位享誉中外的大作家，已经80岁了，距离当年创作《边城》的日子，也已经快50年了！

其实，在离这近40年前的1946年，沈从文在长篇散文《水云》中，就有着相似的回忆："我结了婚，一个小小院落中一株槐树，遮蔽了半个长而狭的院子。从细碎树叶间筛下细碎的日影，铺在方砖地上，映照在明净纸窗间，无不给我对于生命或生活一种新的启示。""因此每天大清早，就在院落中一个红木八腿小小方桌上，放下一叠白纸，一面让细碎阳光晒在纸上，一面也将我某种受压抑的梦写在纸上。"

写作《边城》的日子，对于沈从文来说，总是与阳光、温暖、明净等字眼相连，一直是他生命中最为美好、使他时时反顾的回忆。那是1933年9月，31岁的沈从文新婚不久。此前，经过近十年的奋斗，从一个湘西小城走出来的小学生沈从文，已经出版了十余部小说，成为当时文坛执牛耳的人物。这位当年想上大学而不能如愿的青年，如今已成为一所著名国立大学的教师，他追求多年、聪敏明慧、时年23岁的张兆和女士，也已成为自己温柔美丽的主妇。正是在这种诸事顺遂、精力弥满的时候，沈从文写出了这部传世杰作。有趣的是，沈从文的好友、著名作家巴金，也是在新婚不久的40年代，写成了他最好的长篇小说作品——凄清愁苦、沉郁压抑的《寒夜》。

与这一段生活相和谐，《边城》是一部温润莹洁、纯粹完美的书，文字的感觉是那么饱满、柔和。但是，它又是那么让人忧伤，因为，它本身就是一部浸透着一种难以拂拭的淡淡忧伤的作品。按照美国知名的沈从文研究专家金介甫先生《沈从文传》中的说法，这是"一部愁苦的悲剧"。

为什么事业和爱情、家庭都非常完美，正当壮年的沈从文，会写出这样一本被忧伤浸透的小说呢？

二 "压抑的梦"和"蕴藏的热情"

这一点,从《边城》的文本自身,其实是很难得到理解的。叙述者本身显得极其冷静客观,他只是在描摹风景,静静地、舒缓从容地叙说在岁月的流逝中一个小女孩的命运中的偶然与必然。

1936年5月,上海良友图书印刷公司出版了《从文小说习作选》,没有收入篇幅较长的《边城》,但是在书前面的《习作选集代序》一文之中,沈从文却第一次集中、深入地谈及《边城》的创作。他说,在这部书里,"我要表现的本是一种'人生的形式',一种'优美,健康,自然,而又不悖乎人性的人生形式'"。是要通过这个简单的故事,"为人类'爱'字作一度恰如其分的说明"。似乎说得明明白白,其实有点模糊。一直以来,我们就没有能够理直气壮地从这段文字得出自然的结论,《边城》的真正内核,就是"人性"与"爱"的纠缠。

对于这部厕身中国现代文学极少数最优秀之列的长篇作品——依笔者个人的眼光,不过《蚀》三部曲、《呼兰河传》《围城》《京华烟云》等寥寥几部——来说,这样的结论,当然是一种相当的简化。但是,只有从这点出发,才能触及沈从文当初写这部书的真实心态。按照一些曾经一度颇为流行、受到英美新批评或某种结构主义文论影响的论者的思路,这种对于创作动机的探究,缺乏意义和学理的必然性。但是,对于沈从文和《边城》来说,这种探究,恰恰是达到理解的一个关节,同时也是饶富意味和趣味的事情。正是在前面这篇《习作选集代序》中,沈从文说过一段对于自己的读者多少有些显得不恭的话:"我作品能够在市场上流行,实际上近于买椟还珠,你们能欣赏我故事的清新,照例那作品背后隐伏的热情却忽略了,你们能欣赏我文字的朴实,照例那作品背后隐伏的悲痛也忽略了。""你倘若毫无成见,还可以慢慢的接触作品中人物的情绪,也接触到作者的情绪,那不会使你堕落的!"我自己曾经由此出发,在文学讨论课上,循循善诱地带领学生分析《边城》

的悲剧性和《边城》悲剧的实质。何尝不是又一次"买椟还珠"!

沈从文看重作品后面"隐伏的热情",希望读者接触到"作者的情绪",如果过分依赖纯文本分析,很难成为沈从文期盼的那种"你们少数的少数",他内心只为这"少数的少数"写作,因为他们能够在他的作品里"发现一种燃烧的热情"(《习作选集代序》)。

在写于 40 年代的长篇散文《水云》中,他说写《边城》是源于"受压抑的梦"。在沈从文其他散文文字之中,也常喜欢用"积压""堆积"等带有固体质感的词语,来形容青少年时期的情感生活或情感体验。过去近 30 年来受压抑的情感,或者说没有得到实现的那些隐约、美好却常常带来屈辱的情感,在他结婚之后,还时常使他反顾,它们"堆积"在那里,容他细细回味、清理,在内心的橱窗里重新一一摆放整齐,为他关于男人与女人、爱情与婚姻、人性与伦理、欲望与道德等纷纭复杂问题的思考提供参照,也使他能够有足够的耐心思考,然后试图去以合理的而又不委屈自己的情感方式,实现所谓理想的人生。

认明这一点,我们始可以认真对待、理解沈从文一些情绪反省与《边城》写作的关联。

多年苦苦的爱情追求落实为婚姻,然而却并未能中和、稀释过往日子里所堆积的情感印象。人心里总还有难以填满的情感的空缺,一些飘忽的情感印痕,若干年前瞬间体验到的"爱"与"惊讶",一缕清秀眉宇间淡淡的微笑……都还在缠绕着这个处身幸福之中的中年人的记忆和情感。何况,以后的生命中,还会有一些尚可期待的美丽灵魂的邂逅和精致肉体的神性所带来的感动与惊讶呢。沈从文只有在一种需要足够耐心的写作中,方可望来安排自己那一颗柔软的、然而纷乱的心。

三 沈从文陈述翠翠的三个来历:"过去"漂浮的影子

沈从文在《水云》一文中,论及《边城》时这样说,"没有一个人知道我是在什么感情下写成这个作品",连朋友刘西渭也"就完全得不到我如何用这个故事填补过去生命中一点哀乐的原因"（刘西渭认为《边城》是二佬唱给翠翠的情歌，当然鲁莽了些）。"没有一个人知道"，并不值得一个普通读者为此过分内疚，因为文本本身无法提供具体的线索。但是我们还是得更进一步，细细梳理沈从文在作品完成后几十年间陆陆续续提供的一些零碎暗示，并作出合理的推断，方可望知晓促成《边城》产生的较为具体的缘由。

引起我们兴趣的首先是小说主人公翠翠，《边城》之所以让读者产生一种拂之不去的忧伤，主要是因为这个乖巧得让人心痛的女孩子的命运。如果从现实主义文学理论既定的所谓典型人物的要求来看，这个人物缺乏更多的普遍性。王瑶先生生前主要就是从这一点来衡量，判定《边城》并非一部杰作，并由此限定了他对于沈从文的评价。这种思考确实也敏锐地看出了沈从文小说创作的某种特征。但是，沈从文自己首先就没有想到要塑造典型人物，他只是通过对一个乡村女孩的刻画，寄托自己纷纭的心绪和思考。或者，只是一个懂事而乖巧的女孩打动了他的心，他没有想到更多属于艺术史上的一些既定规范。

1988年，沈从文在姚云、李隽培改编的电影文学剧本《边城》的稿件上，写下了大量评改文字，在这些文字里，沈从文曾经三次强调翠翠的年龄："翠翠应是一个尚未成年女孩""尚未成年"，"小说翠翠直到这时，还并不完全成熟才符合情形"。直到晚年，小女孩翠翠的形象，依然十分清晰地刻印在沈从文的脑海之中，容不得更改。因为她过多地承载了沈从文青少年时期的记忆和那些隐秘而珍贵的情感体验。

沈从文数次谈及翠翠这个人物的原型。每次都不尽一致。在和《边城》几乎同时创作的《湘行散记》一书的《老伴》一文中，沈从文交代翠翠来自17年前自己当兵时在泸溪县一个绒线铺里的女孩子，他们几个当兵的伙伴，都对这女孩印象极好，却只有一个叫"傩右"的勇敢些，将那好感表白了出来。17年后，沈从文在县城里恍惚出神，他在同一个绒线铺又见到了一个酷似当年"翠翠"的女孩，却是那个傩右和当年那个女孩的女儿！沈从文感慨万千，"我有点忧郁，有点寂寞","这地方在我生活史上占了一个位置，提起来真使我又痛苦又快乐"。少年时期一段没有勇气表白的爱恋，17年的光阴，只是使它发酵、变浓。

翠翠的第二个来源，是1933年和张兆和一起，在青岛崂山溪边洗手时，看见的对岸一个穿着孝服报庙的姑娘。沈从文在写给张兆和的《湘行书简》中有所提及，却没有像《湘行散记》中交代绒线铺女孩那样的详细。在这里，也许只是一种让他难以忘却的美感动着他。

翠翠的第三个来源，是张兆和。在1946年的散文《水云》中，沈从文又一次谈到翠翠的来源："故事上的人物，一面从一年前在青岛崂山北九水旁所见的一个乡村女子，取得生活的必然，一面就用身边黑脸长眉新妇作范本，取得性格上的素朴良善式样。"

这是沈从文关于翠翠这个形象来源的自述，大致可以看出写《边城》、写翠翠的现实触因。是由一种久远的过去岁月中没有能够拥有的女性的美触发而来的感动和惆怅。他试图通过对于这个健康纯朴、聪敏明慧的女孩的细细描摹，平复多年来的伤感和隐痛。以及通过将三个年轻女性形象糅合在一起的写法，将得到和无法得到的情感与美，在想象里调和成自己心灵深处的安慰。

从这个角度来看，《边城》是一部完全为沈从文自己心灵创作的一部作品，只为了一个忧伤的记忆，一场少年时期美得心酸的梦。创作早期，尤其是1928年、1929年这两年，沈从文大量以边地风情为内容的作品，制作起来迅速而不免粗糙，他经常抱怨书商的压榨使得他停不下来。这种急就式的写作，使得《边城》以前的作品精粗杂陈、良莠不齐。像这样，在阳光与树影交织之下，一周一小节的写作，是认真写给过往岁月的挽歌，也是在从容里为自己创作的安魂曲。

四 文学启迪：翠翠的第四个来源

小说创作毕竟是一件复杂、精细的事情，尤其是对于已经建立了文坛声名和地位的沈从文来说。在细致的阅读之中，我感觉，光有沈从文自己所说的这种现实感触，事实上还难以真正触发他的创造力。而且，如果光从这一点来理解，是否会存在过分拔高《边城》在中国现代文学中的独创性的因素呢？翠翠不仅仅是一个从现实记忆中搬移过来的女孩。沈从文的创造，不只是他自己对于现实的思索，还有他接受的文学启迪。这部杰出的作品，在中国现代文学史上，却也并非空谷足音，而是有着它隐秘的文学承传。

沈从文的创作受到废名的深刻影响，这是一个清晰的、早已成为定论的事实。但是，我们对于这种影响的理解，往往流于一种稍显空泛、模糊的作品风格、气味、气质等的辨认和体味，缺乏扎实的、细密的、具体的分析。事实上，关于整个京派作家之间的文学承传，我们的理解都存在同样的问题。可以感知，却缺乏明晰的指认。

沈从文自己从不讳言废名的影响，但是他更看重他与废名之间的区别。在他的专论《论冯文炳》一文中，沈从文详细陈述了自己的创作与废名的联系，以及废名创作存在的问题。其实每一个作家，都会将自己的创作理解为对于另一个作家的超越，这是人之常情。但是，更有意义的事实可能是：尽管可以超越，但是对一个作家来说，如果他的创作是受另一个作家的启发，那么这种启发、这种最初的创作触因，对于一篇作品的得以产生这一个事实来说，触因比超越的成分重要得多。

沈从文在1926年写的《北京之文艺刊物及作者》一文中提及废名，"我个人是很喜欢他的东西的"，"他的创作写得极其细致，但并不累赘，把自己儿时所得印象，用女人似的笔致写来，至少是我为他那篇《竹林的故事》（集中之一），已深深的感动了"。这是沈从文开始写作不久时写的文章，乐于这么坦诚地承认别人给予的影响。《竹林的故事》这个深深感动着他的短篇小说，和《边城》正是同一种轻淡、隽永的情调和气氛。尤为值得我们注意的是，翠翠性格的主要方面，和《竹林的故事》中的三姑娘，有着内在的、惊人的相通。

以前的研究，还没有关注到这样一个文本之间的事实。

第三章　文本之外的《边城》

废名小说中的年轻女孩，一个主要的性格特征是乖巧、驯良。《浣衣母》里面的驼背姑娘，《柚子》里面的柚子表妹……《竹林的故事》里面的三姑娘，更是一个这样的女孩。8岁就替妈妈洗衣，正二月赛龙灯，三姑娘为了陪妈妈，而故意说没有什么好看的。"三姑娘的拒绝，本是很自然的，妈妈的神情反而有点莫名其妙了！""三姑娘同妈妈间的争吵，其原因都在自己的过于乖巧"，因为过于体贴亲人、过于懂事、过于乖巧而让亲人有一种莫名的忧虑。

再回过头来看翠翠，端午看船，是她内心盛大的节日，但是她宁愿爷爷去，或者陪着爷爷守船，祖父明白翠翠这是"玩心与爱心相战争的结果"，"祖父对于翠翠的打算是同意的。但人太乖巧，祖父有点愀然不乐了"（《边城》第七节）。小说同样极力刻画她的乖巧，让亲人为之不乐。

为什么呢？

这样的女孩终究是要寂寞一生的！

亲人的担忧，骨子里是一种宿命的理解。

三姑娘和翠翠，同样的乖巧，同样的因为乖巧而让亲人忧虑，沈从文承认《竹林的故事》深深地感动过他，在这样的氛围中浸淫过久，说翠翠的性格以及沈从文对于翠翠命运的理解等，来源于三姑娘这个女孩的直接启示，应该不是什么大胆、无端的揣测。这不是比较文学平行研究的视角，而是切实的影响研究得出的自然的、却也简单明了的结论。

翠翠的形象来源于三姑娘，这里见出废名小说对于沈从文创作巨大而直接的影响，因为，尽管《边城》不是一部以塑造典型人物为标的的典型现实主义杰作，但翠翠这个形象，依然是《边城》的核心。她单纯、乖巧，性格缺乏复杂和变化之处，并非能影响我们对于《边城》艺术成就的高度评价。

从文学承传的角度来看，还可以看出《边城》领受的另外一个文学启迪，那就是郁达夫的《迟桂花》。

郁达夫是最早关注青年沈从文的著名作家，他的散文名篇《给一个文学青年的公开状》，给他们以后的交往，提供了坚实的基础。沈从文登上文坛，直接来源于徐志摩、郁达夫的帮助。郁达夫对于沈从文创作的影响，也是清晰的、得到认定的事实。沈从文早期一大批不免自我暴露瑕疵的作品如《用A字记录下来的事》《老实人》《松子君》《不死日记》《一个天才的通信》等，是典型郁达夫式的。金介甫在《沈从文传》中说："性的饥渴、手淫、失眠、结核病、精神疲惫和偏执狂——就是说，郁达夫作品人物的诸般杂症，除了赌钱、嫖妓、酗酒之外，在沈的作品里几乎照单全收。"但是，我们认定了郁达夫这类"自叙传"小说对于沈从文早期小说的影响，却没有能够继续跟踪下来。那就是，随着郁达夫创作的转变，沈从文的创作也同样产生了转变。1932年面世的《迟桂花》，同样给予1933年开始写作的《边城》以深刻的启示。

从当年郁达夫和沈从文两人在文坛的地位、声誉和已取得的文学成就等方面来看，这种影响，相当于一个小说大师对于一个少壮青年作家的影响。

在郁达夫早期作品中，男女之间的交往缺乏情感的因素，主要表现为男性的欲望指向，直到1927年创作的《过去》，情感因素抬头了，女性的情感体验排斥、驱逐了男性的欲望，使男性自愧和反省。这是郁达夫创作的一个转折点，也是《迟桂花》这个传世名篇的合理的起点。

《迟桂花》呈现出宁静从容、自然健康的美，呈现出一个优秀小说家必要的节制的风度，这些，和《边城》都是极为相通的，尽管以前我们还缺乏相关的论述。这是中国现代抒情小说系列中不可多得的两个名篇。如果说，这种说法基本上属于一种主观的感受，那么郁达夫自己曾经提供过一点隐约的记录，可以为这种说法提供佐证。根据郁达夫写于1932年10月的《沧州日记》，《迟桂花》的写作，人物、事件并非像以前创作的那样有着十分真实的自叙传色彩，但是也是在现实刺激之下的一种想象，而"迟桂花"这一意象则直接来自10月的一次杭州之游。但是这部小说的创作，也有着德国作家林道的短篇小说《幸福的摆》的影响和启发，郁达夫曾经将这篇小说译出并在《奔流》杂志发表。郁达夫1935年发表的《林道的短篇小说》一文，里面有这样的文字："我曾译过他的一篇《幸福的摆》（先在《奔流》发表，现收在生活书店印行的《达夫所译短篇集》中），发表的当时，沈从文曾对我说，他以为这是我自己做的小说，而加了一个外国人的假名的。"郁达夫的译作，沈从文都是这样细心体味，而尤其这篇《幸福的摆》，是启发了《迟桂花》的创作的，《迟桂花》发表于1932年12月出版的《现代》杂志，《现代》在当时的影响，只有比《奔流》大的，沈从文对于这篇非译作的郁达夫小说，当然会更为用心体味。郁达夫在《迟桂花》中，一改前期小说感伤与暴露的写法，呈现宁静从容的风致，第二年，沈从文通过《边城》中这个客观讲述别人故事的小说，告别前期那种郁达夫式自我暴露的写作，难道这两者之间，没有必然的联系吗？

至此，我们可以放心地作一个结论：《边城》这部第一流的现代小说，它有沈从文自身情感体验的直接刺激，也有必要的文学启迪和文学承传。尽管地位极高，超凡脱俗，它在中国现代小说史的出现，却也并非一个突兀的事件。从《竹林的故事》和《迟桂花》，到《边城》，我们见出了现代优秀抒情小说的一个清晰脉络。

五 《边城》作为桥梁：向"未来"与"虚空"凝眸

在1946年的《水云》一文中，沈从文满怀惆怅与深思，回忆了曾经在自己的情感生活中出现的四个"偶然"——四个与之有着欲断还休的情感牵扯的美丽女性，笔调极其柔和、温婉，态度极其严肃，在情感与欲望的纠缠之中，充满对于理想人生的抽象思索。其中的第三个"偶然"，一个美丽的模特，让沈从文这个"乡下人"见识了身体的动人之美与神性。

早在1941年的小说《看虹录》中，沈从文已经更详尽地呈现出这一个"偶然"的"美丽精致的肉体"引起他的炫目的惊奇！如何理会生命中美的诱惑，一个人，该如何正视他的生命中的"偶然"与"必然"，如何诠释人性与爱情、婚姻等，是 40 年代沈从文文学关注的中心之一。还有小说《梦与现实》《摘星录》、散文《烛虚》《潜渊》《长庚》《生命》以及系列冥想式散文《七色魇集》等一大批 40 年代作品，都有这种色彩。都因为某种欲说还休的隐秘的爱与性的纠缠，使得文风尖新晦涩，现实既无从畅快淋漓地坦露，又必须记录这些身体与心灵的煎熬，沈从文的文风，在这批作品之中，只有一个劲朝向乖僻与抽象之途。这一批面貌独特的作品，不单将沈从文自己的创作划分为一个新的阶段，也使沈从文与整个文坛显得暌违与隔阂。在 80 年代，老人沈从文曾天真地说，这批作品，当年他曾经小心地不让张兆和读到。

这些在抗日战争中写于云南边陲的作品，显得与当时整个中国的现实格格不入。因而不单在昆明，在整个文坛都产生了不小的影响。人们为沈从文的变化感到惊讶。从 1946 年起，沈从文逐步感受到来自左翼的巨大压力，这批作品自然也是攻击的重点。郭沫若在 1948 年著名的《斥反动文艺》一文，指出沈从文这个"桃红色作家"，这个"看虹摘星"的"风流小生"，历来是作为反动派而活动着的！"风流"而"反动"，这样的评语，随着现实政治的发展，足以让沈从文心理崩溃。也不得不承认，郭沫若是并非迟钝的，在这一堆晦涩抽象的作品中，能读出作者的"风流"来。这种抽象，来自婚姻之外的爱的惊讶、美的诱惑——这种"情感发炎"！由这种煎熬过渡到对于理想人生形式的抽象思考，人性与爱，性与生命，生活形式与生命的本真，等等。可贵的是，这个曾经备受压抑、现在已经功成名就的苦恼的中年人，尽管纠缠在这些个人的乱麻之中，却没有尽量沉溺，而是由此出发，思考整个人类、人性的缺陷与美，开始"向人类的远景凝眸"。

所以，尽管学术界对于 40 年代沈从文创作出现的抽象倾向，作了不少深入的、有见地的阐发，尽可以更深地生发开去。但是，由我们上面的简单描述，也可以感知，这种抽象的、冥思式的写作，这种隐晦艰涩的姿态，其内在的心理资源，和 1933 年、1934 年写作《边城》之时相比，并未呈现过多异质性的东西。40 年代一批作品基本的格局与思路，在《边城》之中已经大致定型。从这种角度来看，40 年代沈从文的创作，表面出现了一个巨大转折，实质依然是那种由《边城》开创的、为自己的心灵的挽歌式写作。正是在这个意义上，《边城》成为一座桥梁，将原来那个津津乐道那些边地传奇的青年故事能手，过渡为一个纠缠在自己内心、纠缠于生命抽象思索、进而向人类的远景凝眸的中年人。

对于沈从文自己来说，《边城》也是一个转折点，一座桥梁，同时又是一个再也跨越不过的高峰。

本章发表于《名作欣赏》2008 年第 9 期

第四章　从沈从文的"四朵灯花"到海子的"四姐妹"

沈从文两万八千字散文《水云——我怎么创造故事，故事怎么创造我》，是整个20世纪40年代撰写的篇幅最长最重要的散文作品，在中国现代文学史上也是一个奇迹。

此文收于2002年北岳文艺出版社《沈从文全集》第12卷，"定本"题为《水云》，去掉了最初在1943年1月15日桂林出版、由熊佛西主编的《文学创作》第1卷第4期和1943年2月15日出版的《文学创作》第1卷第5期连载发表时的副标题："——我怎么创造故事，故事怎么创造我"，全集版《水云》文末还有沈从文自己的题注字样：

  三十五年五月
  昆明重校
  三十六年八月二十八校正

文后附有全集的编者说明："本篇曾发表于1943年1月《文学创作》第1卷第4期和1943年2月《文学创作》第1卷第5期，署名沈从文。1947年，作者将其收入拟交开明书店印行的《王谢子弟》集，对文章重作校订。此次所收，为1947年8月校定稿。"

沈从文自己的题注和《沈从文全集》编者的这一段说明，都是靠得住的事实。仍需补充的是，此文除1943年《文学创作》版和1947年《王谢子弟》版之外，还有一个版本，同样署名沈从文，发表于1944年9月15日重庆出版的《时与潮文艺》第5卷第1期，文末附注"卅三年五月三日重庆"，这个版本还有"——我怎么创造故事，故事怎么创造我"这个副标题，因此可以确认：副标题是在收入《王谢子弟》文集时删掉的。

《时与潮文艺》版的《水云——我怎么创造故事，故事怎么创造我》发表时间距离《文学创作》的初版已有一年半以上，基本未作删除，只作了一些字词的订正和删改，但已有一些文句的增加，到了1948年《王谢子弟》版，沈从文增加了更多文句，有时甚至是整个段落的增加，这些增加的文句、段落与初版时的文本细细比较，有时能得到意味深长的启示。

中国现代文学最常见的情形是，全集或文集版的"定本"，都会比初版本作出不少删节，而这个发表两次、入集多次的《水云》，"定本"除了只删掉"——我怎么创造故事，故事怎么创造我"这个副标题之外，文本正文的文字基本没有删节，反而增加了不少字句和段落，我粗略计数了一下，增加的文字大约在两千两百字，几近最初发表版本的十分之一，比例算是很高了。"定本"还将最初发表时的六个段落之间的分节符号"××××"换成了用文字标示分节的"第一节"至"第六节"。从这些改动和多次发表入集的情形来看，沈从文自己对《水云》这篇大篇幅的散文，是非常看重的。一般读者读到的是这个删去副标题、文字和内容都更为饱满、充实的"定本"即全集版《水云》。我的阅读当然也主要依据于此，但是在某些关键段落，对勘"定本"相较于初版本所增添的文字，倒也会有一些有意思的发现。

在1942年、1943年那样的特殊的战争年代（初版本没有注明写作时间，那么我们根据发表时间1943年1月15日，大致可以断定是写于1942年下半年），沈从文却沉陷于个人的记忆和当下心绪，专心致志地写作着个人的"新爱欲传奇"。另外，散文体现出的耐心、细腻和坦诚，即使放在中国当代文坛也都是罕见的。

作为一个小说家，沈从文创作的"思想"和价值取向并不复杂，就是一个城乡二元对立的模式，所有关乎乡村的人事都是美好的、温暖的、可以理解或者可悲悯的，而所有关乎城市的人事，则都是可鄙、可恨、可叹、可笑的，这一点学界已有共识，在依由二元对立模式建立起来的沈从文小说艺术世界中，《边城》和《八骏图》这两篇小说分别代表了乡村和城市两种题材作品在艺术上所取得的极致。而《水云》恰好较为详细地、具体介绍和回顾了这两部代表作的写作情形及其发表、出版后延伸的思考。这也为理解这两部沈从文重要的代表作品提供了极为宝贵的第一手资料，是理解沈从文小说创作的一个不错的切入口。

此外，《水云》的绝大部分篇幅，令人惊讶地放在了他与这十余年来所遭遇的四个"偶然"——即四位婚外女性的交往上面，这也是阅读《水云》给予读者的最大冲击之处。

在以前的沈从文研究中，学术界对于他40年代一批"向虚空凝眸"的抽象性写作，已经给予了充分关注。近些年来，有一个较引人注目的突破，是对沈从文40年代小说集《看虹摘星录》的发现和围绕它而对沈从文整个40年代创作展开的"索引式研究"。自2008年以来，解志熙教授和他的博士生裴春芳、陈越集中发现了一批为《沈从文全集》未收录的佚文，有两篇文章特别重要。

裴春芳发表于2009年第2期《十月》杂志的《星光虹影或可证——沈从文四十年代小说的爱欲内涵发微》，她发现目前收入全集的《摘星录》实为最初发表的小说《梦与现实》，后又以"新摘星录"为题发表过，而最初在香港《大风》杂志以笔名"李綦周"发表的真正的、原本的《摘星录》，则一直被《梦与现实》所替换。这样，裴春芳就第一次确定了《看虹摘星录》的篇目：《看虹录》《梦与现实》《摘星录》《〈看虹摘星录〉后记》。而裴春芳在对这篇新发现的《摘星录》进行研究时，结合沈从文其他作品，论证其中的女主人公为张充和，《看虹摘星录》也实是沈从文记录自己和小姨子张充和爱欲经历的体验和记忆。

裴春芳的文章引发了北京大学商金林教授的商榷和反驳，他发表在2010年《中国现代文学研究丛刊》第2期的文章《关于〈摘星录〉考释的若干商榷》，从张充和的生日、在北大就读时姓名等细节入手，尤其是对沈从文致张兆和一封信件不同于裴春芳的理解和分析，确实指出了裴春芳文中论证不太严密之处。我的理解是，裴春芳第一次指出张充和与沈从文40年代爱欲抒写的关系，踏入一个不小的学术禁区，而一定要将《梦与现实》和《摘星录》等小说中的女主人公与张充和女士等同起来，也留下可以质疑之处。商金林教授的质疑事实上将这个方向的学术探讨极大地深入化了。

2012年，解志熙教授在《中国现代文学研究丛刊》第10、11、12期连载发表了近十万字的长篇论文《爱欲抒写的"诗与真"——沈从文现代时期的文学行为叙论》，我理解为沈从文研究继美国学者金介甫的工作之后所取得的最重要的突破性成果。解志熙教授通过大量他自己和裴春芳、陈越新发现的沈从文佚文，和收入全集的沈从文作品对读，并结合大量其他作家的文本和自己的多次采访，在论文的后两节，进一步论证了张充和在沈从文40年代的"爱欲抒写"中的重要地位。论文中还有少数材料论据并未给出确实的注解和出处，相信随着学术界对沈从文研究的整体性推进，解志熙教授和他的弟子们的沈从文研究会更加露出其锐利、"狰狞"的面目，将沈从文研究更推进到一个全新阶段。

在这样的背景之下，再来细细阅读《水云》，尤其是与四位"偶然"有关的文字，或者能有更细腻的体会。

《水云》第一句"青岛的五月"，稍显突兀，表明这篇可能写于1942年下半年的散文，采用的是直接依据线性时间顺序的叙述。结合对沈从文生平的理解，第一节应当是写他1932年5月在青岛大学时的所见所思，在海边的自我对话。此时未婚，但已在心理上等待着名字都叫作"偶然"的各色女性，等待着"那些偶然的微笑，明亮的眼目，纤秀的手足，有式样的颈肩，谦退的性格，以及常常附于美丽自觉而来的彼此轻微妒嫉"。

第二节交代《八骏图》的写作，沈从文有意将发表在1935年8月1日第5卷第2期《文学》杂志上的《八骏图》的发表时间，提前两年放在了他离开青岛大学的1933年，将1934年发表的《边城》的写作和发表放在了《八骏图》之后。《水云》中还言之凿凿地写他怎么在海滨回来之后，用了一个通宵写成《八骏图》，而事实上是在1935年的北平写成。这至少提示一点，散文《水云》，尤其是"定本"的全集版《水云》的叙述，并不能完全当成客观事实。在这里提到在海边见到的现实中穿"黄绸袍子"的、在小说《八骏图》中穿"浅黄颜色袍子女人"即教授庚的女朋友，依据金介甫在《沈从文传》中的考证，我在阅读《水云》时，便自动将这第一位"偶然"先入为主地视为当时青岛大学的校花俞姗女士。

第三节全力在写"两年后"即1934年回到北平两次遇到一位"偶然"（按沈从文年谱，他辞去青岛大学教职回北平应该是在1933年7月，准确描述应该是"一年多后"）的具体情形。也按金介甫先生的考证亦已为学术界所接受的结论，这位"偶然"几无疑义应为沈从文婚前认识、与之交往10年左右的女诗人高青子（原名高韵秀）。涉及高青子的文字里，本节几次提及用"偶然"的"缺点"及幸福婚姻的幻影保护到自己，从而使两人的交往保持在"友谊"这个名分上。那么，后一节里提及"缺点"的那位"偶然"，则可同样视为高青子。

第四节首先回顾《边城》的写作，然后依次较为详细地交代了包括第三节已出现的这位"偶然"在内的一共四位"偶然"！第一位"偶然"即金介甫考证的俞姗，这一节未再多提及。让人惊讶的是，关于第二个"偶然"，有这么一句："偶然之一和我之友谊越来越不同了。一年余以来努力的趋避，在十分钟内即证明等于精力白费。偶然的缺点依旧保留在我印象中……""一年余来""十分钟内"等暗示性过强的语言，委婉表明与这位"偶然"已有性爱关系。在写这位"偶然"离开我时：

第四章 从沈从文的"四朵灯花"到海子的"四姐妹"　　57

走时的神气，和事前心情上的纷乱，竟与她在某一时写的一个故事完全相同，不同处只是所要去的方向而已。

至于家中那一个呢……

我们已经确认这第二位偶然即高青子，沈从文这里提及的"一个故事"即收入1937年以"青子"为名、商务印书馆出版的小说集《虹霓集》中，此集包含《紫》《黄》《黑》《灰》《白》《毕业与就业》六篇小说，五篇与颜色相关的小说，自然让我们联想到沈从文40年代已编就、未出版的《七色魇集》（包括《水云》《绿魇》《黑魇》《白魇》《赤魇》《青色魇》《橙魇》），二者之间的对应关系无可怀疑，也确证了与高青子长达10年的情爱关系在沈从文的情绪和创作上占有的巨大分量。

有意思的是，上文中"至于家中那一个呢……"这一句，在初版和《时与潮文艺》版中都没有，是《王谢子弟》版后来加上去的。

关于第三位"偶然"，有这样的文字："看出自然所给予一个年青肉体完美处和精细处""我从一个人的肉体上认识了神"。并且，在初版的"且即此为止，我并不曾用其它方式破坏这种神的印象"。这两句话之间，全集版《水云》插入了一句"除了在《看虹录》一个短短故事上作小小叙述"，在目前我所见的关于沈从文"爱欲抒写"的研究成果里，还没有涉及沈从文的这个夫子自道，反而常常将《看虹录》一文的原型落实为高青子。关于这第三位"偶然"，首先有"是上海成衣匠和理发匠等等，在一个年青肉体上所表现的优美技巧"。暗示她来自上海。饶有意味的是，这一段最末一句初版为："这个传奇是……"而《时与潮文艺》版的《水云——我怎么创造故事，故事怎么创造我》中和全集版《水云》中，则都增加为这么一句："这个传奇结束于偶然回返到上海去作时装表演为止的。若说故事离奇而华美，比我记忆中世界上任何作品还温雅动人多了。"那么，这一位来自上海，似可确定，而其身份为"时装模特"，则显得突兀而醒目。至少到目前为止，学界对沈从文生活中出现的这一位"时装模特",完全没有正视,解志熙教授及其弟子也回避了这一个细节。

关于生命中的"偶然",初版《水云——我怎么创造故事,故事怎么创造我》提及上述三个之外,亦就此为止,而在《时与潮文艺》版的《水云——我怎么创造故事,故事怎么创造我》和全集版《水云》中,则增加了这么令人印象极深的一小段:

> 第四个是……说及时,或许会使一些人因妒嫉而疯狂,不提它也好。

解志熙教授在《爱欲抒写的"诗与真"——沈从文现代时期的文学行为叙论》的长文中,在论及《水云》中这第四个"偶然"是张充和时,有这么一段:

> 说到这个进入自己生命中的最后一个美丽女性——即所谓"第四个'偶然'",沈从文便故意卖关子道:"第四个是……说及时,或许会使一些人因妒嫉而疯狂,不提它也好。"可是又禁不住暗示道:"至于家中的那一个呢……",这实在有趣地像煞"此地无银三百两"了。

对照《水云》第四节,不难看出解志熙教授在这里将紧接第二个"偶然"后的"至于家中的那一个呢……"这一句,悄然挪移、论证时将之用到了第四个"偶然"身上。那么这个"暗示"可能就是不存在或者说不太立得住脚的,更何谈"此地无银三百两"之类。解志熙教授的获奖长篇论文(《中国现代文学研究丛刊》2012年度优秀论文奖)是近年沈从文研究最大的突破,但在运用《水云》进行论证的时候,不免也出现了一个细节上的小小误读。另外,裴春芳认为《梦与现实》《看虹录》和《摘星录》的女主人公都是张充和,而解志熙教授则认为

《摘星录》写的是"旧爱"高青子,可能也有新欢的影子,而《看虹录》和《梦与现实》女主人公则为张充和女士。师生对于《看虹摘星录》原型是谁的理解也并非一致。

解志熙教授和他的博士的集中研究,可以确证张充和在沈从文创作和生活中的地位,也是40年代沈从文"爱欲抒写"的一个来源,但在指认哪部作品以张充和为原型的问题上,还需进一步精确,需要更严密更细致的论证和更有说服力的史料。

第五节首句是"再过了四年,战争把世界地图和人类历史全改了过来"。那么,这一句至少在《水云》一文中明确表明,第四节中与四位"偶然"的交往,都是在战前,准确说是在1934年前后。裴春芳博士和解志熙教授的考证,重心放在40年代沈从文和张充和人生轨迹的考述,没有对这一点进行论证,也是在论据使用上一个较明显的纰漏。也就是说,即使《水云》在这里使用了"障眼法"(在我的阅读中,《水云》将与四个"偶然"的交往全部放在战前,可能确实也有故意模糊时间、空间的意图,或者是出乎文本段落等的考虑),那也必须首先进行猜测、辨析,而不是毫不提及如此重要的文本细节。这一节叙述的是那个与"缺点"联系在一起的"偶然"的离开,这位"偶然",毫无疑义是高青子。在裴春芳的论文中,极力降低高青子在《看虹摘星录》中的影响,而写于《看虹摘星录》之后的《水云》中,高青子则绝对是占篇幅最多、最重要的一位"偶然"。这一点,与沈从文将自己的文集命名为灵感来自高青子《虹霓集》的《七色魇集》,是相辅相成的事实。一定要将张充和列为沈从文"爱欲抒写"最为重要的现实来源,有意贬低高青子的存在,裴春芳博士的论证,让人质疑之处不会太少。

第五节在各个版本中都有这么一句:

> 在偶然之一过去所以自处的"安全"方式上,我发现了节制的美丽。在另外一个偶然目前所以自见的"忘我"方式上,我又发现了忠诚的美丽。在三个偶然所希望于未来"谨慎"方式上,

> 我还发现了谦退中包含勇气与明智的美丽。在第四……

最末的这一句三个字"在第四……",初版及《时与潮文艺》版均无,为文集版和全集版所加。

有意思的是,在第六节,全集版又将四位偶然作了一次逐一排列:

> 两个海边景物的明丽处相差不多,不同处其一或是一颗孤独的心的归宿上,其一却是热情与梦结合而为一,使偶然由神变人的家。其一是用孤独心情为自己去找寻那些蚌壳,由蚌壳产生想象,其一是带了几个孩子去为孩子找寻那些原来式样的蚌壳,让孩子们把这些小小蚌壳和稚弱情感连接起来。……

这一段,初版和《时与潮文艺》版的《水云——我怎么创造故事,故事怎么创造我》中,都只写至前面两个"其一",后面两个"其一"的内容,为全集版《水云》所加。

《水云》最后两节中的这两段文字,两次将四位"偶然"进行了逐一的排列,对于特别熟悉沈从文作品和生平的读者,真是大有深意存焉。目前为止,我们大体可以将第一、第二个"偶然"认定为俞姗(关于沈从文和俞姗的交往,目前的材料也还太少,研究非常薄弱)和高青子,但是第三(《水云》提及为在上海的"时装模特")、第四个,即使经过了解志熙教授和裴春芳博士等的艰苦而卓见成效的工作,也还难以将其中之一确证为张充和女士。细细对照这两段文字,我只能说,这在初版《水云——我怎么创造故事,故事怎么创造我》中没有提及的第四位"偶然",这位提及"或许会使一些人因妒嫉而疯狂"的第四个"偶然",可能根本不是张充和女士,而是一位已抚育有"几个孩子"的某位已婚夫人(前段引文中提及"几个孩子")!情感之事,本极微妙,尤其婚外情,并且还是在 40 年代的昆明,沈从文即使想为"偶然"的离开及生命的流逝留下文字的永久性纪念,又怎么可能在文中坦诚到让当时的朋友和读者心里有谱的程度，更何况我们后世的读者……

在反复阅读《水云》及细细品味这两段将四个"偶然"逐一排列的文字，以及参阅更多的其他文献，我倒是对于第三和第四位"偶然"，心目中有在张充和女士之外的其他两个人选，当然也还在艰难的论据的建立过程之中，并且也只能是另一篇文章或者论文的主题了。目前还只能说：《水云》的四个"偶然"之谜，还亟待中国现代文学研究者破解。

《水云》的第六节即最后一节，有几个细节让人怦然心动：

> 正好准备你的事业，即用一支笔，来好好的保留最后一个浪漫派在二十世纪生命取予（全集版"取予"改为"挥霍"）的形式，也结束了这个时代这种情感发炎的症候。
>
> 在充满古典与雅致的诗歌失去光辉和意义时，来谨谨慎慎写最后一首抒情诗。

写作《水云》时的沈从文，非常自觉将自己的这次写作视为20世纪最后一个浪漫派在写作最后一首"抒情诗"。这样的表述，让我突然联想起1989年5月26日在山海关卧轨自杀的诗人海子。在当代诗坛，海子正是被公认为中国20世纪的最后一位浪漫派诗人，随着海子的离世，不单是浪漫主义诗歌，浪漫主义精神也随之远离中国诗坛了！

《水云》的最后，写作通宵的作家凝望着昆明郊区呈贡乡下自己小屋中深夜里油灯的灯花：

> 我当真就把灯花剔落了。重新添了两个灯头，灯光立刻亮了许多。我要试试看能否有四朵灯花在这深夜中同时开放。

长篇散文结束时，突然出现了这么一个美丽而令人柔肠百结的场景！有意思的是，初版《水云——我怎么创造故事，故事怎么创造我》在第四节没有提及第四个"偶然"，而结尾这一句恰恰也是"四朵灯花"，恰好说明其实这篇散文一开始，沈从文心中就有四位"偶然"的身影在心头，他确实是为了怕提及第四位"偶然"而引起一些人因妒嫉而来的"疯狂"！

一个已婚男人，在抗日战争还远未看到胜利的曙光之时的昆明西南联大时期的1942年，幻想能有"四朵灯花"在深夜里为他"同时开放"，这是一个多么奢侈、华丽、荒唐的梦啊！

这也许就是《水云》长久打动着我的主要原因：它太空灵又太实在，它太本分又太大胆，它太美丽又太荒唐，它太纠结又太洒脱……它有对情感小心翼翼的呵护，绝无假道学嘴脸，它属于那个时代但又远远超越了那个年代，它永远是为少数人而写的不求真正理解的心灵之歌！

在这个自命为20世纪最后一个浪漫派的沈从文婚外情感中的四位女子、生命中的四个"偶然"幻化而成的深夜里的"四朵灯花"，她们是那么微弱又那么炫目。毫无来由地，让我再次想起了20世纪真正的最后一个浪漫派诗人海子在自杀前仅仅一个月时写作的传世名作《四姐妹》：

四姐妹

荒凉的山岗上站着四姐妹
所有的风只向她们吹
所有的日子都为她们破碎

空气中的一棵麦子
高举到我的头顶
我身在这荒芜的山岗
怀念我空空的房间，落满灰尘

我爱过的这糊涂的四姐妹啊

光芒四射的四姐妹

夜里我头枕卷册和神州

想起蓝色远方的四姐妹

我爱过的这糊涂的四姐妹啊

像爱着我亲手写下的四首诗

我的美丽的结伴而行的四姐妹

比命运女神还要多出一个

赶着美丽苍白的奶牛 走向月亮形的山峰

到了二月，你是从哪里来的

天上滚过春天的雷，你是从哪里来的

不和陌生人一起来

不和运货马车一起来

不和鸟群一起来

四姐妹抱着这一棵

一棵空气中的麦子

抱着昨天的大雪，今天的雨水

明天的粮食与灰烬

这是绝望的麦子

请告诉四姐妹：这是绝望的麦子

永远是这样

风后面是风

天空上面是天空

道路前面还是道路

1989. 2. 23.

诗人燎原在《扑向太阳之豹——海子评传》（南海出版公司2001年版）中提及，海子短暂的一生爱过四位女子：一是仅比他小两三岁的女学生、名作《给B的生日》中的B，第二位是《献诗——给S》中的S，当年昌平县文化馆的工作人员。海子还有一首较长的诗《太阳和野花——给AP》，这位A是大学时认识、后来在成都某医科大学工作的女子，P可能即为传世名作《日记》中的"姐姐"——海子在中国政法大学的已婚女同事。除此四位之外，燎原还记载了海子在西藏旅游时对于当时离异女诗人H炽热而短暂的倾慕。在海子留下来近百万字的作品，尤其是近300首抒情短诗之中，为B、S、A、P这四位女子，尤其是其中的B写下的爱情诗数量不少，成为海子抒情诗中最为动人的部分。海子喜欢通宵写作，比如1989年2月2日这天就写下了《黑夜的献诗》，一个多月后写作的《春天，十个海子》后面注明"1989.3.14 凌晨3点～4点"。《四姐妹》也是在深夜写成，里面有"夜里我头枕卷册和神州"和四姐妹"赶着美丽苍白的奶牛／走向月亮形的山峰"等语，在这种深夜，处在一种对于爱情和深爱过的女子的某种悲伤心绪之中，极易产生难以控制的幻觉，B、S、A、P彼此之间不会相互认识，但开篇第一句就是"荒凉的山岗上站着四姐妹"！自己爱过的四位素不相识的女子——"光芒四射的四姐妹"列队而行，在深夜里是何等奇异、壮观的场景啊！

　　通宵写作、自认为是最后一个浪漫派的42岁时的沈从文，深夜里望着呈贡乡下茅屋里的油灯，等待"四朵灯花"同时为他开放。47年之后，北京郊区昌平"乡下"的深夜里，中国新诗公认的20世纪最后一位浪漫派诗人、25岁的海子当真就在这样的夜晚看到了"我的美丽的结伴而行的四姐妹"！中国现当代文学里关于爱情最荒唐、最离奇、最奢侈、最华丽、最动人的篇章，恰恰只能由这两位自觉的浪漫主义者完成！

　　沈从文和海子爱恋着的女子，为何都是四位？当然最好理解为偶合。某一次我在课上组织讨论《围城》，有位学生说方鸿渐生活中出现的四位女子鲍小姐、苏文纨、唐晓芙和孙柔嘉，令他一一对应地想起贾宝玉生活中的袭人、晴雯、黛玉和宝钗，一个是有过性关系的，一个是刀子嘴豆腐心的，一个是理想女子，一个是老婆。不能将这样的联想完全视作武断的臆想，这里面或许也有可以用原型批评理论的思路来理解的地方吧？不管怎样，它是对于人性复杂的一次试探性理解。

在写作这篇文章的时候，偶然翻阅玛格丽特·杜拉斯的一本小册子《写作》（上海译文出版社2005年版），第27页有这么一段，我愿意将它在这里完整地抄写下来：

> 我想这正是我责怪书籍的一点，因为一般来说，它们并不自由。通过文字就能看出来：书被制作，被组织，被管辖，可以说变得规规矩矩。这是作家经常对自己使用的审查职能。于是作家成了自身的警察。我指的是寻求良好的形式，也就是最通常、最清楚、最无害的形式。还有几代人死气沉沉，书写得十分腼腆，甚至还有年轻人。这是些可爱的书，但没有任何发展，没有黑夜。没有沉默。换句话说，没有真正的作者。应景的书，解闷的书，旅行的书。但不是嵌入思想、讲述一切生命的黑色哀伤的书，而是一切思想的老生常谈。

在我看来，这一段话也正好可以作为《水云》、收入《水云》的文集《七色魇集》以及小说集《看虹摘星录》等的一个恰当的注解，也可以理解为在现实中其实很腼腆的诗人海子的爱情诗的一个注解，它们正是"嵌入思想、讲述一切生命的黑色哀伤的书"！

和它们相比，中国现当代文学中，又充斥了多少"死气沉沉""书写得十分腼腆"的作品呢！我们有太多的职业作家，还正在安全地写作着一本本"没有真正的作者"的书！我们的书写越来越娴熟，却越来越了无生气。20世纪90年代，贾平凹的《废都》震惊文坛，但后来的十余部长篇，再不敢如此真诚袒露自己，卫慧《上海宝贝》

虽然被禁，也因此暴得大名，随后她却脱胎换骨，写出了《我的禅》这样的从题目看就很"干净"的长篇，和她同时成名的棉棉也干脆开始大张旗鼓信奉起了佛教来。这些例子，真不由让我有杀人放火受招安之慨！

　　一些在文坛功成名就的作家，选择了更安全的方式，将写作和新闻事件牵扯起来，更进一步将写作的内容和作家的个人体验等撇清。余华用新闻"串烧"连缀而成的小长篇《第七日》，不管作家用力多猛，读者总觉得牵强，并非成功之作。比如王安忆的《匿名》，灵感也来自新闻报道。迟子建的长篇小说《群山之巅》，同样融入了太多的新闻热点事件，比如东北的某个灭门案、清华朱令案等。比如贾平凹的《老生》，更将"华南虎"好几个热点事件等直接写入小说中，简直让人心痛不已：长篇小说怎么可以这么写、怎么都这样写！你只会感觉，当代职业作家的写作，已经进入那种只要坐在桌旁，就可以开始按部就班写作一部又一部长篇小说的"境界"，这种写作无须作家个人心灵的真切体验，无须关涉任何个人内在的焦灼和纠结，很安全，作家不会有"道德风险"，但它也同时失去了文学史中的经典作品那样长久打动人心的力量，失去了对于社会和人性探险般的探索所带来的持久的震撼和启迪。

　　鄙弃那些被一部又一部快速制作出来的当代长篇小说，而对像沈从文笔下"四朵灯花"微弱的光芒、海子《四姐妹》中荒唐的想象等永远感怀不已。

　　本章发表于《现代中文学刊》2017年第10期，中国人民大学书报资料中心《中国现代、当代文学研究》2018年第1期全文转载。

第五章　岁月流逝之中的成长碎屑

——张爱玲《小团圆》中对父亲记忆的改写

自1996年去世至今，张爱玲仍然不断引起读者和研究者持续的关注，是现代中国文学中不多的几位一直引起热切关注的作家之一。尤其是《小团圆》，因为呈现着非常明显的自叙传式写作的特点，成为目前理解和走近张爱玲最好的一部作品。对于"张迷"来说，《小团圆》实在是一部可以细细把玩的长篇，从某种意义上也是一部集大成之作，它可以将张爱玲以前的一些散文和小说联结、统一起来，将她一系列作品和其生平联系起来，构成独属于张爱玲的一个个系列，成为理解这个天才女作家内心的重要契机。

《小团圆》处理的是张爱玲自己童年至30岁时的生活经历，尤其是从在香港读大学到30岁这一段，更是小说的重点篇幅。读完这部小说，我们甚至有理由猜想，张爱玲这么严格地将《小团圆》处理的时间限定在30岁之前，是否意味着一种非常自觉的写作呢？或者说，她想用另一部长篇来处理30岁之后的生活历程？要是读者们幸运的话，几年后再冒出一部张爱玲写30岁之后生活和感受的长篇新作，或许也不是特别让我们惊讶的事情。

正因为《小团圆》主要的时间幅度是少女时期至30岁，生命中最为美好的一段，这也是小说特别吸引读者的地方。对于张爱玲这样一位天才的作家，我们以前很难有这样集中的机会近距离接近她。亲情、爱情、婚姻、性爱、战乱、疏离、背叛、挣扎、堕胎……这样一些熟悉又异常丰富的题材，都围绕着张爱玲这么一个个性独异的天才女作家，实在也是热爱张爱玲的读者和研究者难得的福分。从这个意义上来说，《小团圆》是张爱玲无意之间写出的一部真正的成长小说。这里我们只对《小团圆》中一个小小的关于父亲的片段做一些梳理，来看张爱玲这种传记型写作中记忆改写的痕迹，也见出张爱玲独特的心理体验及表达。

有关父亲的记忆，在《小团圆》中，还只是成长之中的一些碎屑，但是它们有着耐人寻味的内涵。

在1944年发表的长篇散文《私语》中，张爱玲详细地回忆了中学毕业后与父亲的一次严重冲突。彼时张爱玲父母已经离婚，父亲再婚了，张爱玲和父亲、后母住一起。中学毕业那年母亲从法国回来，张爱玲跑去和母亲住了一周，回来后受到后母的刁难。在《私语》中，张爱玲用了3000字左右的篇幅，详细交代了这次大冲突的来龙去脉和自己受到的巨大心理伤害。

张爱玲第一次的书写中，父亲这次动手打人的场景令人惊恐：

> 我父亲趿着拖鞋，拍达拍达冲下楼来，揪住我，拳足交加，吼道："你还打人！你打人我就打你！今天非打死你不可！"我觉得我的头偏到这一边，又偏到那一边，无数次，耳朵也震聋了。我坐在地下，躺在地下了，他还揪住我的头发一阵踢。

很难相信这是一个贵族家庭中的父亲对于亲生女儿的所为。之后因为张爱玲要逃出铁门，父亲甚至用一个大花瓶朝她头上直砸下来。在这篇散文的后面，张爱玲交代，被暴打之后，父亲将她监禁在一间空房中达半年时间之久。她这么描述自己被监禁不久之后的心情："数星期内我已经老了许多年。我把手紧紧捏住阳台上的木栏杆，仿佛木头上可以榨出水来。"年仅17岁的她甚至想到了死。也就是在这半年的监禁中，她还得了严重的痢疾,差点真的死去。

这篇散文的写作,相距文中交代的父亲打人及监禁事件,不过4年时间,里面的回忆尤其是写自己心情的文字,是十分真实、真切的,可以完全相信其真实性。"数星期内我已经老了许多年。"我们甚至可以这么推测,正是这种少年时遭遇的来自亲人的罕见暴力,让22岁、23岁的张爱玲的心态变得苍老、世故,这也是张爱玲刚出道的小说和散文之中,就屡屡道及"苍凉"二字的主要理由。

和《私语》同样发表于1944年的散文《童言无忌》的末尾,张爱玲也曾回忆了关于父亲的一件事。弟弟吃饭时为一点小事,父亲打了他一个嘴巴,当时在饭桌上的张爱玲眼泪直流,以至丢下饭碗冲到隔壁浴室,立在镜子前看眼泪滔滔留下来,"我咬着牙说:'我要报仇。有一天我要报仇。'"

中学毕业这一年所受的来自父亲的巨大创伤,让青年时代的张爱玲恨意难平。正是通过四五年后的这两篇散文作品,张爱玲实现了某种形式的对于父亲和继母的第一次复仇。

这种复仇并未停止,或者更恰当地说,17岁少女时代的这次经历,已经成为很长时间内的噩梦,她必须通过自己最为擅长的写作来平复它,缓解它,遗忘它。充分意识到这种创伤之深,使我们有理由相信,在张爱玲50年代初完成的长篇小说《十八春》中,一个重要的情节,即姐夫祝鸿才强奸曼桢后,姐姐曼璐监禁曼桢的情节,即隐秘地来自于17岁时这一次的创伤。在这部共十八章的长篇小说中,张爱玲用了整三章的篇幅完整地刻画了这一大段情节的来龙去脉。

曼桢被强奸、监禁在两间小房子里,房间门都被钉死了,只从一个门洞里送进来饭菜,直到曼桢怀孕要生小孩了被送进医院,才从那里出来,现实中的半年在这里变成了近一年时间,但是被监禁在小房子里、失去自由的感受是一致的。曼桢从房间望出去,感觉到院子里阴森的紫荆花树下的鬼魂;听见外面世钧的声音,想喊救命但是只听到喉咙里的一种沙沙之声;在高烧和疯狂之下的绝望等,这些,都和《私语》里真实写自己被监禁在小房子里的感受是一致的。小说这样写曼桢被送进医院、离开被监禁的房子之时的感受：

> 她终于出来了。死也要死在外面。她恨透了那所房子，这次出去是再也不会回去了，除非是在噩梦中。她知道她会梦见它的。无论活到多大，她也难以忘记那魔宫似的房屋与花园，在恐怖的梦里她会一次一次地回到那里去。

这是长篇小说中的一段文字，对于熟悉、热爱张爱玲的读者来说，它其实是张爱玲自我心灵的慰藉。小说是要充分虚构的，但是张爱玲在晚年的《惘然记》中仍然说："只有小说可以不尊重隐私。但是并不是窥视别人，而是暂时或多或少的认同，像演员沉浸在一个角色里，也成为自身的一次经验。"曼桢被监禁的心理感受，分明来自张爱玲少女时期的"一次经验"，它已变成一个多年摆脱不去的"噩梦"，所以，即使父亲在这里没有出现，这种屈辱、痛苦、绝望的心理体验的现实源头，大部分仍然来自于他。只是在小说里，张爱玲夸张了、无比扩大了现实和散文《私语》中交代的那种晦暗的心理感受，将那种少女时期的屈辱、痛苦的心理体验通过曲折的情节设计推向极端。至此，张爱玲或许也稍微平缓了那种多年来的强烈感受。多年后，张爱玲将《十八春》做了一些修改，并换了《半生缘》的名字，但是这三章基本上保持原样。

在《十八春》中，没有出现父亲的身影，一方面固然是小说情节设计的限制，也可以理解为随着30岁将近，张爱玲对于父亲的那种在《童言无忌》中发誓要报仇的心态逐渐淡去，但是少女时期的创伤依旧，甚至在回忆和写作之中变得更深，同时也只有在写作中发泄出来，内心方不至于那么紧张、尴尬、压抑。

当年父亲和继母带来的屈辱，当然会在自传性的《小团圆》中再现。但是，只要是对前述张爱玲作品印象深刻的读者，阅读《小团圆》

中关于同一事件的描述，初读之下多少会有些疑惑。

在《小团圆》中，张爱玲省略了被打的缘由，整件事情的交代前后也只用了100余字，相比《私语》中3000字的篇幅已是大幅缩水。父亲打她一事，在小说中被简化成这样一句："激得乃德打了她一顿。"也省略了在《私语》中交代的父亲用大花瓶砸自己的事情，被打后，"一住下来就放心了些，那两场乱梦颠倒似的风暴倒已经去远了。似乎无论出了什么事，她只要一个人过一阵子就好了。这是来自童年深处的一种浑，也是一种定力。"

《小团圆》对于这一事件的反顾和追述，已显得很克制，和30岁之前涉及此事的文字比起来，可以算得上是轻描淡写了。它只不过确认了那一场被打事件的真实存在，却极力淡化了暴力的程度和它对于自己的影响，似乎只不过是成长中众多事件中极为普通的一件。

按之以普通的人情物理，可以确认被打之后仅仅四五年的散文《私语》和《童言无忌》中关于此事的记载和对父亲的描述是更接近生活真相的。30岁左右写作《十八春》时，已经省略了作为暴力施予者的父亲，却夸张、扩大了那种少女时代最深的屈辱，以见出创伤之深。和22岁、30岁时的心态不同，写作《小团圆》时，张爱玲已经50多岁了，再回首往事，当年的恨已不存在，有一种理解、宽容面对的心态。并且，在《小团圆》中，张爱玲对于父亲的回忆，在大致不偏离真实的前提之下，恰恰偏重于父亲身上善良、天真至少是可以理解和同情的一面，比如父亲阅读的书籍和英文签名，比如对于父母离婚的无动于衷等。

这样几篇构成明显互文性的张爱玲作品，揭示出成长与亲情的复杂纠缠。即使对于一个贵族出身、外表娴静的女子，她的成长也是险象环生、惊心动魄的，而且在成长之中的屈辱和痛苦，既来自少年成长的本身，也来自亲情带来的伤害，青春的叛逆即使以过于沉默的方式暗暗进行着，也足以使亲人之间彼此感到沮丧和恼怒，二者之间的冲突曾经带给张爱玲长久的噩梦般的记忆，促使她甚至在散文中发出要报仇的呼声。但是，随着岁月的流逝，亲人的逝去，自己年岁的渐长和变老，这种恨意逐渐消失，只留下一些成长的缤纷碎屑，作为曾经的生命和光阴存在的依据。

比张爱玲早10年登上文坛的天才作家萧红，少年时也因为母亲早逝，再娶的父亲常常对她暴力相向，最后是为了逃婚离开父亲和故乡的。但是在她离世前一年写作的《呼兰河传》中，涉及自己家庭的回忆却没有任何关于父亲负面的回忆。当年写作此书时，萧红一度有离开香港回家求得父亲谅解、和父亲一起生活的想法，而在同时写作的《小城三月》中，她恰恰对童年和少女时大家庭其乐融融的氛围做了细致的刻画。少年时期和中、老年时期，这两位天才的女作家对于同样灰暗的生活记忆的追述和改写，是成长和生命流逝的清晰痕迹，也是血浓于水的普遍人性的自然流露。

即使仅从对父亲记忆的改写这一点清晰然而微小的痕迹，我们都可以感知晚年的张爱玲在写作《小团圆》这部重要的长篇小说时，对人世抱有的一种平静、理解和宽容的心态。其实不单是对于父亲的记忆如此，对于邵之雍何尝不是这样。在小说中，张爱玲罕见地写了数节性爱描写，这样的笔法，也是对往事的沉溺，而这种沉溺本身，恰恰曲折地传达着时过境迁之后，对于伤害过自己的前夫的宽容。多年来，我们高度推重张爱玲出道不久的1943、1944年"传奇"时期的小说作品，但是，对于一个小说家来说，中晚年时期的作品，可能蕴涵着更深的对人世的感慨和洞察，更微茫的心迹，更值得我们充分重视。

本章发表于《名作欣赏》2016年第1期

第六章 《金锁记》的两个"关键词"

《金锁记》最初连载于1943年11月10日出版的《杂志》第12卷第2期和12月10日出版的《杂志》第12卷第3期,小说发表时,还附有张爱玲手绘的曹七巧、姜季泽、姜长安、芝寿四幅小说人物画像的插图,足以说明它当时即是《杂志》月刊隆重推出的作品。

在《金锁记》的经典化过程之中,有两个重要的事件。一是傅雷以"迅雨"为名发表的《论张爱玲的小说》,在这篇以严厉批评为主旨的论文当中,傅雷对于《金锁记》给予了极大的推崇:"毫无疑问,《金锁记》是张女士截止目前为止的最完满之作,颇有《狂人日记》中某些故事的风味。至少也该列为我们文坛最美的收获之一。"① 二是夏志清1961年英文出版的《中国现代小说史》中,后来人尽皆知的极端称颂:"《金锁记》长达50页,据我看来,这是中国从古以来最伟大的中篇小说。这篇小说的叙事方法和文章风格很明显地受到了中国旧小说的影响。但是中国旧小说可能任意道来,随随便便,不够严谨。《金锁记》的道德意义和心理描写,却极尽深刻之能事。从这点看来,作者还是受西洋小说的影响为多。"② 在如此高度好评的基点之上,直至今日《金锁记》依然不断得到重新解读,毫无疑问成为中国现代文学史上为

---

① 迅雨:《论张爱玲的小说》,《万象》1944年第11期。
② 夏志清:《中国现代小说史》,北京大学出版社2005年版,第261页。

数不多的经受了时间考验的真正经典。

在这些阐释中，有独具慧眼的个人感性的阅读，也有不少是依据新的理论视野作出的阐释，有些解读的目的其实也并非《金锁记》本身，而在于试验理论的新锐，这也是目前中国现代文学阐释中的某种常态。而从作品本身细读之中得出的切实的、令人信服的解读尚不多见。对于这篇常读常新的经典，本文不敢奢望能得到全面理解，只是从作品中拈出两个"关键词"，试图达到不失客观、几能视为定论的理解。

一 两个关键词：苍凉和疯狂

《金锁记》的第一个"关键词"是"苍凉"。

曹七巧是一个性格刚硬的人，"三十年来她戴着黄金的枷。她用那沉重的枷角劈杀了几个人，没死的也送了半条命"。作为小说最重要的主人公的她，当然很少会感知人生苍凉的况味，在小说中，体会苍凉的人生况味的，是七巧的女儿姜长安。

长安第一次感受苍凉，是在14岁，在沪范女中刚读了半年的她丢了一条褥单，怕七巧去学校闹，"对于十四岁的人，那似乎有天大的重要。她母亲去闹一场，她以后拿什么脸去见人？她宁死也不到学校里去了。她的朋友们，她所喜欢的音乐教员，不久就会忘记了有这么一个女孩子，来了半年，又无缘无故悄悄的走了。走得干净。她觉得她这牺牲是一个美丽的，苍凉的手势"。初涉人世的少女，刚刚接触到青春和情感的美好，这一切就倏忽而逝，这样的抉择，其实来自对母亲和生活的深刻认知，从这个意义上来说，苍凉其实不是突如其来的人生感触，它内在的质地，来自这个不正常家庭的日积月累和潜移默化。

长安再次真切感受到人世苍凉的况味，是在28岁，正好又是一个十四年！这是长安不堪忍受七巧多次赤裸裸的羞辱，和童世舫解除订婚关系之后："这是她的生命里顶完美的一段，与其让别人给它加上一个不堪的尾巴，不如她自己早早结束了它。一个美丽而苍凉的手势——她知道她会懊悔的,她知道她会懊悔的,然而她抬了抬眉毛,做出不介意的样子,说道:'既然娘不愿意结这头亲,我去回掉他们就是了。'"

两次主动舍弃的,都是长安截至当时生命中体验到的最为美好的东西。这种决然、决绝的姿态,是深深的无奈,在张爱玲看来只是"一个美丽的,苍凉的手势""一个美丽而苍凉的手势",分别在小说前后部分、两次强调这样一个抽象的"手势",无疑是张爱玲有意为之的安排,它们在小说中前后两次的出现,让每一个读者都印象深刻,张爱玲必须要在这个将情绪和人生体验都推向极端的小说里,也依然从头至尾一直保留她所有小说都有的那种对于人世苍凉的理解。张爱玲在《自己的文章》中曾区分过曹七巧和白流苏的不同:"所以我的小说里,除了《金锁记》里的曹七巧,全是些不彻底的人物。"但是,《金锁记》虽然写得"彻底",却因为有长安深深的感触,依然清晰地保存了张爱玲小说那一种独特的底色和风格。

《金锁记》的第二个关键词是"疯狂"。

它主要地由这个性格刚硬、带着黄金的枷锁的曹七巧来呈现。和对苍凉的理解一样,疯狂也是贯穿小说始终、却更为重要的一个关键词。但是,人不能自我感知到自身的疯狂,因此,七巧的疯狂,均是由别人眼里的七巧这个视角呈现出来的。

还是远在小说的前半部,七巧的瘫子丈夫还未去世时,她的哥嫂来姜公馆看七巧,却受到七巧毫不留情面的奚落,出门后她嫂子说:"我们这位姑奶奶怎么换了个人?没出嫁时不过要强些,嘴头上琐碎些,就连后来我们去瞧她,虽是比从前暴躁些,也还有个分寸,不似如今疯疯傻傻,说话有一句没一句,就没一点儿得人心的地方。"从农村来的嫂子分明看出,此时在小说中还并未明显变态的七巧已经"疯疯傻傻"了!

这是张爱玲第一次为七巧的"疯狂"所做的铺垫。

七巧早已接近疯狂,必然会将这种疯狂加之于别人身上,这是小说中第二次涉及"疯狂"这个关键词:"芝寿猛然坐起身来,哗喇揭开了帐子，这是个疯狂的世界。丈夫不像个丈夫，婆婆也不像个婆婆。不是他们疯了，就是她疯了。"

七巧的疯狂，第三次是由童世舫发现的：

> 门外日色昏黄，楼梯上铺着湖绿花格子漆布地衣，一级一级上去，通入没有光的所在。世舫直觉地感到那是一个疯人——无缘无故的，他只是毛骨悚然。①

此时的童世舫，是一个心智健全、从海外留学回来见过世面的35岁男子，通过他的这种"直觉"，这种"毛骨悚然"，张爱玲其实非常明确地告诉读者，此时的曹七巧，已经是一个真正的、病入骨髓的"疯人"了。夏志清先生在小说史中解读至此，曾说："她应付童世舫那段真好，她的计谋是成功了，可是她既无愧疚之感，也并不得意。丧失了人的情感，她已经不是人。"② 夏志清先生在这里是从道德意义上对曹七巧进行批评，却不是对于心理学意义上的曹七巧的认知。写至此，小说已经就要收束了，从"疯狂"这个关键词的梳理来看，我们甚至可以说：

《金锁记》写的，正是一个疯子的成长史！张爱玲并没有就此止步，而是继续将曹七巧的疯狂推向极端，在曹七巧向童世舫点出长安吃鸦片烟、稍作解释即中断这个话题的中间，张爱玲不再借助小说人物之口，小说叙述者忍不住发出这样的评价：

> 七巧有一个疯子的审慎与机智。③

疯子，在一般人的眼中，至少在很多从未接触过疯子的读者心中，

---

① 张爱玲：《金锁记》，《杂志》1943年第3期。
② 夏志清：《中国现代小说史》，北京大学出版社2005年版，第265页。
③ 张爱玲：《金锁记》，《杂志》1943年第3期。

是可怕的，疯狂的、丧失理智的，但是张爱玲却发现了"一个疯子的审慎与机智"！大学时代，我曾经见过一个记忆力超群的女疯子，她有段时间连续站在我们学校物理楼前，背诵当天的《人民日报》社论，记忆力超群。然而她正是人们公认的疯子，她也并不是那种暴烈的疯狂，在她自己的思维世界里，可能恰恰是"审慎与机智"的，每想及此，总是会特别佩服张爱玲的发现。对日常生活中习焉不察的偏见和误解的洞察，这也是区分天才作家和一般作家的试金石。

二 苍凉和疯狂视野中的月亮

张爱玲善写月亮，也常写月亮，《金锁记》中的月亮描写也向来为人所关注。① 也有论者专门分析《金锁记》中的月亮描写，认为小说中"月亮是女性悲剧命运的象征""月亮是扭曲的人性的象征""月亮是作者的悲剧意识的象征"。② 这种分析固然有其合理之处，但是也多少失之空泛，而且主要是论述了小说中月亮描写的作用，"月亮"本身反而被忽略。

《金锁记》中的八处月亮描写，有着多方的形态，不是可有可无和模糊空泛的点缀，也不是一般的景物描写。在我们的解读之中，《金锁记》中的月亮描写，也和小说中的两个关键词、这部小说的两种基调"苍凉"和"疯狂"相一致，大致可以视为两类，即苍凉视野中的月亮和疯狂视野中的月亮。

小说开始和结尾的对于"三十年前的月亮"的描写，相互呼应，给小说一种整体性的苍凉之感。长安退学之后，张爱玲用了"一个美丽的，苍凉的手势"之语作结，紧接着又写了长安眼中半夜里的月亮："窗格子

---

① 这方面的研究成果很多，这里可参见许子东《物化苍凉——张爱玲意象技巧初探》一文，《华东师范大学学报》（社会科学版）2001年第5期。

② 吕素云：《月光下的悲剧——浅析〈金锁记〉的月亮意象》，《当代小说》（下）2011年第2期。

里,月亮从云里出来了。墨灰的天,几点疏星,模糊的缺月,像石印的图画,下面白云蒸腾,树顶上透出街灯淡淡的圆光。"① 这里的笔调是素淡的,轻柔的,"像石印的图画",与小说开头"像朵云轩信笺上落了一滴泪珠"一样,传达出一种古旧的气息,一种苍凉的情怀。

接着这段月亮描写不久,是这样的一段月亮描写:

> 隔着玻璃窗望出去,影影绰绰乌云里有个月亮,一搭黑,一搭白,像个戏剧化的狰狞的脸谱。一点,一点,月亮缓缓的从云里出来了,黑云底下透出一线炯炯的光,是面具底下的眼睛。天是无底洞的深青色。②

这是插入在曹七巧和儿子长白通宵吸食鸦片烟这一情节之间的一段,是张爱玲月亮描写中最具个人化特质的一处。这时,常年受着性压抑之苦的曹七巧,开始变态地盘问儿子、儿媳床笫之间的细节并散布出去,已经是典型的"疯人"行为了,因之,这段月亮描写,也只有从"疯狂"的视野去看,才能得到清晰、贴切的理解。"影影绰绰""戏剧化的狰狞的脸谱""炯炯的光""面具底下的眼睛"等语,使得这一段文字中的月亮显得那么怪异和鬼气森森,小说中明确交代长安去睡了,长白打着烟泡,这是七巧眼中的月亮,一个疯人在做了不动声色的疯狂之举后,所看到的"狰狞"的月。张爱玲在这里连续用了"脸谱"和"面具"两个词来形容月亮,是否也暗指此期的曹七巧对于人和人生的一种深入骨髓的不信任呢?"狰狞",也许是曹七巧给某些读者的印象,在这里,又何尝不是曹七巧这个性格刚硬的女人内心深处的恐惧的暗示呢?

这之后,有三处疯狂视野之中的月亮描写,都与芝寿有关。"这是个疯狂的世界。丈夫不像个丈夫,婆婆也不像个婆婆。不是他们疯了,

---

① 张爱玲:《金锁记》,《杂志》1943 年第 3 期。
② 同上。

就是她疯了。今天晚上的月亮比哪一天都好,高高的一轮满月,万里无云,像是黑漆的天上一个白太阳。遍地的蓝影子,帐顶上也是蓝影子,她的一双脚也在那死寂的蓝影子里。"这里的月亮不狰狞,还"比哪一天都好",却像一个"白太阳",这里更多的是一个被迫害、濒临疯狂的可怜女人的幻觉。紧接着,张爱玲又连续用了两段月亮描写,将芝寿的疯狂加深加浓,"窗外还是那使人汗毛凛凛的反常的明月——漆黑的天上一个灼灼的小而白的太阳"。这是印象的加深。"月光里,她的脚没有一点血色——青、绿、紫、冷去的尸身的颜色。她想死,她想死。她怕这月亮光,又不敢开灯。"这里写的是月亮带给她的压抑和恐惧。

《金锁记》中,除了上述三处描写苍凉视野中的月亮和四处描写疯狂视野中的月亮之外,还有一小段,似乎很难将之归属于苍凉或疯狂,这是小说刚开始不久仆人小双和凤箫议论主子家事之后睡去后的月亮:

> 天就快亮了。那扁扁的下弦月,低一点,低一点,大一点,像赤金的脸盆,沉了下去。天是森冷的蟹壳青,天底下黑黑魆魆的只有些矮楼房,因此一望望很远。①

这不是小说中某个主人公视野中的月亮,而是叙述者描摹的月亮,这里的下弦月,"低一点,低一点",有张爱玲熟稔的苍凉意味,"像赤金的脸盆",却分明又有一种隐隐压抑着的疯狂!

三 苍凉和疯狂的边界

正像前述"那扁扁的下弦月"那一段月亮描写同时包含有苍凉和疯狂的意味一样,在《金锁记》中,苍凉和疯狂的边界,可能并非那么泾渭分明。

---

① 张爱玲:《金锁记》,《杂志》1943 年第 2 期。

必须重视的是，《金锁记》中从苍凉视野刻画的月亮，带有较为明显的旧小说和传统文学的印痕，而从疯狂视野刻画的月亮，怪异而新颖，是张爱玲小说中全新的创造。苍凉是张爱玲小说情绪内涵的常态，而"疯狂"这个关键词的拈出，使得《金锁记》的分量，在张爱玲全部小说中显得分外的重。"这是个疯狂的世界"！整篇《金锁记》，几乎可以仅仅就从芝寿的这句话作出最凝练、最集中的解读。

从这个角度来看人生苍凉之感的体验者、承担者姜长安的人生选择和行为举止，令人惊异的是，在她的隐忍和沉默之中，在她放弃美好事物的那种毅然决然之中，在她分别在 14 岁和 28 岁的心中作出的那个抽象的"美丽而苍凉的手势"之中，都会感知到一种平静中的疯狂！那种不作任何努力，对事物的发展不抱任何希望的心态，是只有长久在那个压抑的家庭里生活的女子才拥有的。几十年来，曹七巧从一个乡下姑娘成长为一个疯人，在这个疯人监督之下成长的女儿长安，其实血脉中已经蕴含着同样疯狂的因子，只不过曹七巧是外露的、侵犯性的，而长安是内向的、自戕性的。

所以，苍凉的外衣之下，其实底子里也是疯狂，不过是一种深深的、平静中的疯狂！由此理解，我们也许还会发现，在小说中两次重复的、与长安相关的"Long Long Ago"的调子，既有无奈和苍凉，又何尝没有内蕴的轻微讽刺！那是对人生中平静里的疯狂的独到体味和发现。按照发展心理学的观点，人的成长会经历婴儿期、儿童早期、游戏阶段、上学阶段（6—10 岁）、少年期、成年早期、成年中期、老年期等几个阶段，"如果不能平稳地度过任何一个阶段，正常的健康发展就会受阻"①。长安 14 岁作出的那个抽象的"美丽的，苍凉的手势"，可以说是真正的苍凉和感伤，正是在少年期主动舍弃生命中最美好的事物的决绝，使得她的少年期再也无法"平稳地度过"，所以在 28 岁时的成年期的健康发展，也就自然受阻了。也就是说，此时的长安，在精神

---

① ［美］墨顿·亨特：《心理学的故事》下卷，李斯译，海南出版社 1999 年版，第 511 页。

气质上其实和母亲曹七巧有着某种程度的一致性,所以这次在心底里再次作出那个抽象的"美丽而苍凉的手势"之后,她听见"Long Long Ago"的调子,却不知是自己不知不觉之间吹出来的:

> 长安着了魔似的,去找那吹口琴的人——去找她自己。①

这里就不单是苍凉了,丢失了真正的自己的长安,在她沉默、隐忍的外表下埋着的是真正的疯狂!在这里,尤其是在长安第二次作出的这个抽象的苍凉手势之中,《金锁记》中的两个关键词——苍凉和疯狂——实现了内在真正的沟通!

我们说的苍凉和疯狂的边界,可能并非那么泾渭分明,此即其一:苍凉之中深蕴疯狂。其二则为:疯狂的人生底子,其实是更深的苍凉。小说最后,老年的曹七巧回顾自己在姜公馆的 30 年,也是在不知不觉之间,"她摸索着腕上的翠玉镯子,徐徐将那镯子顺着骨瘦如柴的手臂往上推,一直推到腋下"。这里还是刻画平静中的疯狂,但是慢慢地,回想起在农村做姑娘时候的事情,"七巧挪了挪头底下的荷叶边小洋枕,凑上脸去揉擦了一下,那一面的一滴眼泪她就懒怠去揩拭,由它挂在腮上,渐渐自己干了"。在这里,这个早已定型的、心思用尽的疯人,对自己的人生选择,做出了无言的、却是真正理性的、彻底的否决。这种看破一生的否决,才真正深深浸染着人世苍凉之感。张爱玲正是这样,通过情欲压抑和压抑情欲变态发泄的故事,最终传达出自己理解的爱情的虚幻、生命的悖谬和人世的苍凉这样一个大的主题。由此,我们也能理解,在这篇以疯狂为最重要关键词的小说,为何会这么结尾:"三十年前的月亮早已沉下去,三十年前的人也死了,然而三十年前的故事还没完——完不了。"她终于要将平静生活中的真正疯狂,导向人世更深处的苍凉。

---

① 张爱玲:《金锁记》,《杂志》1943 年第 3 期。

第七章　现代中国小说短论一束

第一节　《边城》的秘密

"这个人也许永远不回来了,也许'明天'回来!"

《边城》最后的一句,总是让无数的读者为之久久感叹不已。

在大学文学课堂上讲过多次《边城》,也组织过多次关于《边城》和《围城》的讨论。每次讨论,总是有学生相信二老会回来,也有更多的学生相信二老不会回来,即使回来了,翠翠和二老也不会在一起或者不会幸福。两方都有他们充足的、足以自圆其说的理由。我曾经认为,可能乐观的读者会理解得乐观一些,愿意悲观一点的读者,则会理解得更悲观一些。也有读者显得犹豫不定,不会得出斩钉截铁的结论。比如2016年的课上,一位重庆女生发言说:他们在那里,"这个人"三个字是有讲求、有特殊含义的,用这三个字称呼对方,表明在翠翠心里,早已把二老当成自己人了,说"这个人"也许不回来了,是一个小女生先在心里小悲观一下,为的是引出后一句中的希望来,但是,后一句中的"明天",却又是加了引号的,让人依然纠结。这种解读细腻、体贴、深入,结论也因之模糊不明,但这种解读,对于理解《边城》的丰富性来说,无疑是一个小小的突破。

读者的种种感悟,有读者自身因素的制约,更多的则来源于这本薄薄的、却仍然复杂的小书《边城》本身。猜测"这个人"会不会回来,也许难有定论，索性可以不纠缠。但是，却可以由此出发，探讨读者为何会对这样一本小书产生这样差别很大的理解，而每一位读者又都推崇着、热爱着这本书。

一个事实是，不管你怎么理解结尾，每一位读完《边城》的读者，心里都会有一种久久萦绕不去，或浓或淡的忧伤和悲戚，这种最终没有得到婚姻确认的纯美爱情，总是让人难以释怀。另外，每一位读者都不会认为《边城》是一本使人消极的书。它恰恰会使我们反省当下生活，小说的阅读过程，也是为现实的当下生活提供一种精神支撑的过程。正因此，每一个读完《边城》的读者，都会有一种内心特别充实的感觉。

这就是我们在这里要探讨的有关《边城》的一个不小的秘密：近80年前的一本无比忧伤的小说，为何恰恰会让21世纪的读者，从中汲取、得到生活的启迪、信心和勇气？

1933年9月9日，沈从文和他已追求了三年多的张兆和女士在北平结婚，此时的沈从文已是北大教授，春风得意，正处于一生中最为惬意的时光，但是，恰恰就是在这年九月，新婚几天之后，沈从文就开始写作这本他一生中最为忧伤的作品。沈从文1934年在《湘行散记》中的散文《老伴》中交代，翠翠来源于他自己17年前爱过的一位泸溪县城卖绒线的叫小翠的女孩。1946年在长篇散文《水云》中又说，翠翠来源于在青岛崂山遇见的一位报庙的女孩和自己身边"黑脸长眉"的新婚妻子。结合这两种说法，我们大致可以认定，翠翠来源于沈从文生活中的三位年轻女性。小说中所有的文字，全部在讲述这么一个简单、隽永、清新的有关亲情和爱情的故事，从中看不出丝毫作家个人的主观情绪。但是，沈从文写作这个故事之时，则是怀带着个人无限的爱和柔情，将爱情的美好以及少年时纯真的、刻骨铭心却已永远失却的爱所带来的忧伤，完全融汇在小说文字的展开之中。沈从文创造了一种文字极其客观、骨子里却全然主观的小说写法。正是作家自己始终沉浸在这种遥远的少年岁月带来的忧伤之中，所以，这种忧伤和悲戚，自然或不自然地逐渐浸润在整篇小说的文字之中、文字的背面。

也只有怀带着这份爱和柔情，沈从文在创作《边城》之时，才会显得那么细致、耐心，那么从容不迫，因为一切都与自己逝去的岁月有关。这部一共21节、不到8万字的小说，他基本上是每周写一节，中间还因为回湖南中断了一个多月，他愿意写得更耐心一些，可以陪伴作品里的人们更久一些，而多年来作家自己内心郁结的情绪，也慢慢得以在字里行间氤氲开来。

但是，对这种忧伤的爱情的刻画的同时，沈从文对于湘西秀美清新的自然之美，对茶峒小城醇厚朴实的乡土风俗之美，对这小城里人与人相处中体现出来的人性之美，也做了极为耐心、细腻的描摹和呈现。凡此种种，又使得《边城》具有一种内在的乐观气质。从主题分析来说，可以这么把握《边城》：这是一首献给纯净自然和温厚乡土的抒情诗，一曲献给淳朴爱情和美好人性的忧伤挽歌。自然、乡土、爱情和人性，缺一不可，共同支撑着这部小说。

大老落水死了，爷爷也在暴风雨之夜离开了人世，小说无疑可以理解为一个悲剧。但是，坦然承受着一份各自命运的边城人民，则始终不曾灰心、放弃、堕落，反而体现出始终如一的勤恳、执着。这些品质，当然不可能来自作家的虚构和想象，而是来自记忆和孕育小说的这片僻远的湘西土地。这里有一个饶富意味的史料。

在沈从文的儿子沈虎雏先生1991年整理成书的《湘行书简》中，沈从文在1934年1月18日下午四点写给张兆和的信上，说及湘西这些河上的拉船人时，有这么一段话：

> 这些人不需我们来可怜，我们应当来尊敬来爱。他们那么庄严忠实的生，却在自然上各担负自己那分命运，为自己，为儿女而活下去。不管怎么样活，却从不逃避为了活而应有的一切努力。他们在他们那分习惯生活里、命运里，也依然是哭、笑、吃、喝，对于寒暑的来临，更感觉到这四时交递的严重。

从这封写给新婚夫人的家信中可看得出，这些家乡的水手们，给了沈从文极大的触动。

在 1934 年出版的《湘行散记》中，恰好也有一篇散文，题目即为《一九三四年一月十八》，在谈及对这些水手的印象时，也有这么一段：

> 他们那么忠实庄严的生活，担负了自己那份命运，为自己，为儿女，继续在这世界中活下去。不问所过的是如何贫贱艰难的日子，却从不逃避为了求生而应有的一切努力。在他们生活、爱憎、得失里，也依然摊派了哭、笑、吃、喝。对于寒暑的来临，他们便更比其他世界上人感到四时交递的严肃。

只有少许文字表述的不同，在写给新婚夫人的家信和正式发表的散文之中，表达了一样的文意。在家信中，更是明确表达了对于这篇土地上的人们不是"可怜"，而是"尊敬"和"爱"的情感。此时，也正是在创作《边城》的时期。可以认定：家信和散文同时表达的这份情感和理解，深深触动着作家沈从文，构成了他理解边城人们的基本视角。因之，《边城》中所有人，爷爷、翠翠、顺顺、二老、大老、杨马兵……在遭遇命运的打击之时，永远不逃避、不放弃，而是坦然承受，永远抱着一份对于生活、生命的认真、执着和勤恳。

面对任何打击，他们都不会被击垮，更不会无聊、绝望和堕落。在沈从文的都市题材小说中，比如《绅士的太太》《一个女剧员的生活》《八骏图》等，有知识、有地位的男男女女，却一个个不是性放纵就是性压抑，呈现出一种深深的无聊和生活的堕落，与边城中的人们，正是对立存在的人生两极。以至于沈从文在《边城》中，甚至有点愤激地写道："即便是娼妓，也常常较之知羞耻的城市中人还更可信任。"

在小说中，边城的人们认真地、郑重其事地迎接着、准备着、欢度着每一个端午节、中秋节和新年。沈从文耐心地描绘了三个端午的具体情形，划龙船、敲锣打鼓、放鞭炮、戴红花、抓鸭子……不一而足。这里面有深意存焉。端午节是一场盛大的生活仪式，通过这个郑重其事的仪式，那里的人们传达出一种发自内心的认真和乐观，一种对于日常生活的深深热爱和执着。

　　如此等等，在小说中始终存在着，构成在忧伤爱情之外充满勃勃生机的一面，一种乐天知命的豁达和洒脱。即使在处理爱情主题时，在深深的悲戚和忧伤之中，沈从文也愿意写得更富人情味一点。小说最后交代，杨马兵当年爱过翠翠的母亲，给翠翠母亲唱过情歌。由此，作为读者我们多少心安一些。杨马兵会好好地照顾着翠翠，不会让翠翠受哪怕一点点委屈，因为陪伴翠翠，既是沉重的责任，于他，又何尝不是一种心灵的需要和慰藉？每读至此，我都会深深感动。甚至在一次上课时曾大胆放言，在忠厚的老人杨马兵身上，又何尝没有作家沈从文自己的影子。

　　凡此种种，今天的读者不可能漠视，也无法不被感染。多年前的一次讨论，大三的余大锐同学说，《边城》不是悲剧，因为它更多传达了人们对悲剧主动的承担。几年前，来自内蒙古的大二女生李响发言说，关于端午节的描绘，有一种发自内心的欢乐。边城中的人们生活不丰富，但却更热爱生活，闭塞山林里更有一种丰富的情怀……学生们的这些发言，都深深地触动着我，改变着、启发着作为文学教师的我对于这部作品细部和整体性的理解。同时也让我意识到，《边城》和其他一些真正的文学经典，只有在一遍又一遍细致的阅读之中，才会不断地有那种新的、吉光片羽式的发现和瞬间的领悟，只有在细致耐心的阅读和思考之中，才会逐渐接近作品，也接近和逐渐领悟人生的一些意义和真谛。是啊，爷爷、翠翠、杨马兵他们，甚至都没有见过汽车，我们今天呢？有飞机、有动车高铁、有超市、手机、电视、网络，较之他们，我们的生活不可谓不丰富，但是我们不时会感觉无聊，不时要压抑想堕落的冲动，我们的年轻人，会有人自闭，会有人抑郁，会有因为恋爱失败等而轻率地选择轻生……

　　这就是《边城》的一个秘密，它始终将爱情的忧伤、悲哀和边城中人们面对生活和命运的那一份执着、认真紧紧结合在一起，两者相辅相成，密不可分，共同构成作品丰富复杂的面貌和气质。它会让读者忧伤、悲戚却永远不会消极消沉。它乐观，却不浮躁浅薄，也正因此，《边城》这部近80年前面世的文学经典，对于当下和后世的人们，永远葆有着它难以替代的价值和意义。

第二节 《围城》阅读札记

在《文本之外的〈边城〉》一文中曾提及，1999年6月，香港《亚洲周刊》推出"20世纪中文小说一百强排行榜"，对20世纪全世界范围内用中文写作的小说进行排名。《呐喊》位列第一，《边城》名列第二，前5名作品还依次包括老舍的《骆驼祥子》、张爱玲的《传奇》和钱锺书的《围城》。

一 如何理解方鸿渐？

《围城》这部小说，人们往往在理解主人公方鸿渐时感到困惑，不好轻易下断语和结论，有时觉得此人滑稽可恨，有时又不免让人同情；你可以说他不学无术，又不得不承认他颇有急智，比书中绝大部分知识分子都要高明；他荒唐，却不让你反感；他无能，却激不起你内心的优越……

这其中的原因是什么呢？到底怎样给方鸿渐下一个结论呢？必须认定：尽管复杂，作为一个小说人物，还是可以下一个基本的结论的。

小说一开始，就是方鸿渐和鲍小姐的风流，船上茶房的不解和轻蔑，方鸿渐关于鸦片和梅毒的荒唐演讲，这些内容，以及其中掺杂的大量轻微或尖刻的讽刺，可以看出钱锺书是准备充分，力图将这个方鸿渐刻画成一个不学无术、轻薄浮滑、一无是处的留学生的。但是随着小说情节的逐步推进，作者的态度发生了缓慢、微妙的变化。从杨绛先生

《记钱锺书与〈围城〉》可以知道，这部书是一种看似客观的体验式写作，内容和人物，在作者心中沉浸得太久，写着写着，钱锺书不自觉地将太多自己的感受融入方鸿渐心中。而且，他写得很慢，两年之中，以每天500字的速度从容舒缓地展开，他来得及将自己的体验极为细腻、细致地铺展到小说中去，这种写作方式，使作家无法和人物分开，使得这个原本要备受挖苦和指责的人物，逐渐变得让人可以理解、同情、接受了。正是作者在漫长的写作过程中，内心感受的微妙变化，使得方鸿渐这个原本要仔细考察、严厉解剖的客体性人物，逐步承担了许多作者自己的情感和现实人生的体验，钱锺书越来越认同方鸿渐，下笔自然由刻薄转向温情，小说越到后面，气氛越来越压抑沉重，读者很难再从具体的讽刺、一以贯之的美妙比喻之中得到前半部感受到的那种轻松与诙谐。

正是作者前后态度的这种变化，带来方鸿渐这个人物前后某种不一致的地方，显得颇为复杂，以至于我们很难用静态的词语来给他下一个断语，使这个成年人的性格好像还具有了一种成长的过程。这个人玩世不恭、放荡荒唐、优柔寡断，然而并不坏，心地还算善良，为人处事洒脱不羁，他始终在奔跑、漂泊，没有止息，在与过去不断的告别之中成长，在宿命般的挣扎之中走向人生的虚幻与辛酸⋯⋯

二 方鸿渐优柔寡断吗？

尽管很难给方鸿渐下一个干脆利落的断语，但是很多时候，我们还是认定这个人物是不值得肯定的。已被学术界和读者广泛认定的"新儒林外史"的这一称号，表明这部小说的基调确实是讽刺与揭露的，方鸿渐作为主人公自然难辞其咎。他被视为一个时代知识分子病症的承担者，其中，优柔寡断是他性格的主要方面。这一点，也得到大部分读者的首肯。

但是，细细一想，可能也不尽然。方鸿渐尽管有不少缺点，性格中也不乏幽默、大度、风趣的一面，正是这一点，使他在40年代的知识分子群中显得难得地开放、外向。我们可以将这个人物和当时现实中的知识分子做点比较。在《夏济安日记》中呈现出的西南联大年轻教授夏济安，总会爱上一些漂亮的女孩子，如同方鸿渐爱上比自己小很多的唐晓芙。但是夏济安从来不敢采取什么具体的行动表达爱慕之情，他只是偷偷地打量，并不时在日记里记录下来。相比之下，方鸿渐请唐晓芙吃饭，打电话、写信，就显得大方、主动得多。现实中西南联大也有像吴宓这样经常闹与女学生有关的恋爱悲剧的教授，相比之下，好像也比方鸿渐高明不到哪里。和这些同时代现实中的知识分子相比，方鸿渐一点也不优柔寡断，反而很有行动力。

优柔寡断应该是内心的犹豫、缺乏主见在行动上体现出的犹疑和反复。方鸿渐是这样的吗？即使是让读者印象最深的他与苏文纨的交往，可能也并不能得出这个结论。在他们交往一开始，方鸿渐其实就已经认定自己不爱苏小姐，内心的主意一定，苏小姐再怎么努力，在方鸿渐那里也不可能得到回应。他之所以还虚与委蛇，有性格上的原因，但可能很难归结为弱点，他在逃避，在拖泥带水地逃避，是想不让苏小姐有损颜面与自尊地逃避，反而体现了一种对于女性的必要尊重。逃避不是优柔寡断，他早已认定，不会和苏小姐有什么一生的约定。

和孙柔嘉的情况有所不同，有孙柔嘉的心计的因素，也有感情因素。两人在赴三闾大学的路途之中，并无恶感，反而时有相互的照顾和体贴。到了三闾大学，在那样一个尔虞我诈的环境之中，方鸿渐和柔嘉呈现出相同的气质。钱锺书对于他们的爱情并无过多的揶揄。在他们正式接触之时，钱锺书还这样描绘方鸿渐的心理活动："是不是爱她——有一点点爱她呢？"这就够了！他着力刻画回上海之后，双方家庭对于各自心境的影响，就是这个意思。他们的分手，外部的因素更多。所以，从这个角度来看，方鸿渐与孙柔嘉的交往，并不能得出方鸿渐优柔寡断的结论。苏文纨是博士，是世家之女，孙柔嘉是一个靠自己打拼的卑微者，可能是这个区别带来方鸿渐内心不同的感受和不同的行为应对方式。

三　从"围城"意象说起

《围城》在第三章中点出了小说标题的寓意。褚慎明和苏文纨分别点出结婚像鸟笼和城堡的比喻。苏文纨解说结婚这个城堡："城外的人想冲进去,城里的人想逃出来。"我们现在理解《围城》,总会抓住这句话,将围城意象从爱情婚姻进一步推开去,将之视为整个人生处于的一种难以挣脱的"围城"困窘和人性自身的困境的象征。

钱锺书提炼出"围城"这样一个整体性意象,的确是了不得的一个天才性创造,揭示了人类生活的某个本质性方面。但是这样一个意象的选择,可能更多出自一种灵感突现的瞬间感受。如果真要较真,这个意象作为全书的标题,还是可以挑剔一番的。

在小说中,除了苏文纨和孙柔嘉,其实并没有谁迫切地想冲进婚姻这个城堡,方鸿渐追求唐晓芙,是发自强烈的爱情冲动,并非基于婚姻的考虑,以后方鸿渐对于走进婚姻也一直有隐隐的抵触,并非想冲进去。苏文纨和曹元朗的婚姻,两个高雅的俗人凑到一块,倒也琴瑟和鸣,相得益彰,并没有冲进去后又想逃出来的想法。孙柔嘉和方鸿渐婚姻的危机,其实并非他们自身,而主要来自双方亲朋好友的干扰。他们自己好像也没有主动想逃出来的意愿,倒是一直在尽力维持着这段婚姻。所以从婚姻的角度来看,关于围城的议论,在小说的具体内容方面并没有体现出来,而是落空了。

在爱情方面,钱锺书可能更为执着。每一个读完《围城》的人,都不会忘记了赵辛楣这个人。一方面,这个人固然有点单调,事业上显得游刃有余,和方鸿渐恰成一个对照,使得方鸿渐后来想仰仗他得到一个职位。另一方面,这个性格单纯的人又让人喜爱。说开去一点,现代小说里,比如鲁迅《孤独者》中魏连殳和我,郁达夫《迟桂花》中翁则生和老郁,以及《围城》里方鸿渐和赵辛楣,处理的都是男性之间的友谊,这种男人之间的友谊使这些小说颇具一种动人之处。男性之间的友谊来源于相互的知根知底。赵辛楣对方鸿渐的优点缺点一目了然，所以能够容忍、接受这个人。方鸿渐对赵辛楣也是明察秋毫。在三闾大学，方鸿渐甚至比赵辛楣自己更早清醒地意识到辛楣对汪太太的痴情，在第七章中方鸿渐对他说："我看你对汪太太有点儿迷，我劝你少去。咱们这批人，关在这山谷里，生活枯燥，没有正常的消遣，情感一触即发，要避免刺激它。"辛楣否认，但脸红了。辛楣爱汪太太，是因为她像他爱慕多年的初恋情人苏文纨小姐，辛楣的爱自有令人心动的质素。小说中设置赵辛楣这个人，实际上传达了这样一个事实：肯定真挚爱情的存在。

同样，方鸿渐对唐晓芙的爱情，也是这部书异常动人之处，不容亵渎和否认。杨绛先生《记钱锺书与〈围城〉》中有一段话特别有趣，颇值得玩味："唐晓芙显然是作者偏爱的人物，不愿意把他嫁给方鸿渐。其实，作者如果让他们成为眷属，由眷属再吵架闹翻，那么，结婚如身陷围城的意义就阐发得更透彻了。"作为夫人，杨绛先生当然巴不得丈夫作者对一切女性都失望，但钱锺书自己是不会这么写的，每一个男人心中都会有一个唐晓芙式的理想女性的形象供养着。钱锺书将唐晓芙、将方鸿渐对唐晓芙的爱情理想化，就是给爱情留下了一个安置之所。

赵辛楣和唐晓芙这两个人物的设置和刻画，恰恰在对爱情、婚姻整体上的"围城"处境的观照中，给理想爱情留下了一个微小然而牢固的位置。所以，"围城"这个意象，在全书贯彻得并不彻底与完整。不过也幸好没有贯彻得彻底，要那么透彻干什么呢？为什么一定得给每一件人事下一个简单明快的结论呢？

关于"围城"意象，我们还可以引出另外一个难免不属于苛求和挑剔的批评。这是一个整体性的、抽象性的、象征性的意象，这样一个意象作为一部长篇小说的题目，我们有理由相信作者在小说里面融入了对于人类困境的抽象观照。但是，合上全书，我们还是不免一丝遗憾，小说直到最后，才出现了那个极富意味的"钟"的意象，呈现少许抽象性色彩，但是小说也就跟着结束了。一个强烈的感想，相对这么一个好的、高明的、超越性的书名，钱锺书在写作中显得太老实规矩了，尽管他有那么多讽刺、玩笑的神来之笔，他还是写得太老实太规矩了。或者说，太写实了，太拘泥了，飞不起来，真正的想象没有腾飞，真正的洞察并没有达到！也许，钱锺书先生如果在写作过程中，稍微想一想爱伦·坡、卡夫卡等人，可能小说就不是这个样子，他基本上还没有越出19世纪俄国和欧洲的现实主义文学传统半步，在文学本身的探索方面，这本书留给中国现代文学的新东西其实并不多。我甚至想，如果钱锺书写了三分之二，剩下来让王朔来写，让王小波来写，让余华来写，或者让莫言来写，可能都会写得更有趣得多，深入得多，大气得多。钱锺书太热衷讽刺，反而达不到人生和文学真正荒诞的层面。这本书象征性的书名与过于写实的风格之间，存在着一种显见的反差，因而让人略感不足。夏志清先生在他的《中国现代小说史》中说："《围城》是中国近代文学中最有趣和最用心经营的小说，可能亦是最伟大的一部。"好在这里用了"可能"两个字，评论一部作品，用"最"字时往往得格外小心，夏志清先生在同一本书中评价《金锁记》时说"这是中国从古以来最伟大的中篇小说"，就让人感觉夸大其词。每一个作家都有他难以避免的局限，属于他个人的或者时代的，又有哪个作家在文学史这个序列之中承受得起这种"最"的赞美方式。

第三节　萧红和张爱玲：文学天才的两种境界

一

两个罕见的才女，在整个中国现代文坛，好像已无法找到能与她们比肩的作家。即使是和那几个大师级的男性作家相比，她们展现的才华和锋芒，也是咄咄逼人、毫不逊色的。可惜的是，两位作家都因为一种自己难以支配和主宰的外在力量而无法完整、从容地建构属于她们自己的艺术世界，无法充分地完成自己。这是至今依然让热爱她们的人们痛心不已的事情。

萧红是困窘和疾病摧残了健康，是几个拙劣男人的背叛消耗了她的心智与心力。一部未结尾的《马伯乐》，一部早已酝酿却没来得及开笔的《呼兰河传》第二部。想想，萧红死时，才31岁！一百万多字的作品，对于这个年龄，对于这个文学生涯只有9年的柔弱女子，已经太多了，对于中国现代文学来说，也已经是万幸中的收获了！可是，萧红只有31岁，对她自己来说，这个创作数量是太小太小了。如果天假以年，一部中国现代文学史当然得改写。

正好在萧红满含身心痛苦离别人世不到一年，少女张爱玲以她那种与其年龄极不相称的老到与世俗，登上了1943年的文坛，接续了现代女性创作的一线血脉。而她呢，则是因为巨变的社会和时代的压力而中断了其幽婉、艰深的人性与艺术的双重探索。对这个自爱、独立甚至不乏自私的女子来说，胡兰成的用情不专并非能影响到她对于艺术的理解，但是她早已隐隐体会和感受着的时代之车的轰隆震撼，却使她无法再静静地打量这个世界，无法再一如既往地眼含热切与讥诮，来细细琢磨这个世界里空虚、自私、孤独却真实的男男女女。等到她满含悲愤写作《秧歌》和《赤地之恋》的时候，对于人世虚伪的体察一如既往，却再也难以回归那种纯净、纯粹的艺术视野，而自觉不自觉地滑入功利性文学的隐秘泥潭。人性的思考依然，但只剩反感与抨击，无法再拥有对于可怜人世中熙熙攘攘众生的体谅和同情，这种思考也因之失去了它圆润饱满的质感，变成让人伤怀的干硬和生涩。这是张爱玲个人无力把握的局面，挣扎一番之后，她只得草草收笔。

粗浅简略地看来，命运和时代分别是两个才女天才稍显即光华黯淡的原因。有什么办法呢？在那样的人人自危的时空之中。反而，我们却要因为这仅存的经过天才之光照耀因而熠熠生辉的少量作品而对这两位作家深表尊敬、倾慕与爱戴之情了。

二

"现在是一九三五年十一月十四的夜里,我在灯下再看完了《生死场》。周围像死一般寂静,听惯的邻人的谈话声没有了,食物的叫卖声也没有了,不过偶有远远的几声犬吠。想起来,英法租界当不是这情形,哈尔滨也不是这情形;我和那里的居人,彼此都怀着不同的心情,住在不同的世界。然而我的心现在却好象古井中水,不生微波,麻木的写了以上那些字。这正是奴隶的心!——但是,如果还是搅乱了读者的心呢?那么,我们还决不是奴才。"

我反复阅读、玩味过鲁迅先生《萧红作〈生死场〉序》一文中这段收束的文字,这里并没有谈及《生死场》本身,但是体现出先生对这部作品的珍视,以及这颗深邃的心灵与另一颗年轻的心灵之间深层次的共鸣与沟通。他已是第二次、更可能是多次批读这部篇幅不小的作品了,在这样的深夜,它依然让他难以平静,心中为之一凛。

颇值得玩味的是,胡兰成在《评张爱玲》一文中,也屡次将张爱玲与鲁迅相比,其中的意思是张爱玲比鲁迅先生有更高明的地方。胡兰成是在倾慕张爱玲时写这篇文章的,其中心绪和主观性因素自不难理解,自然不用太当真。一代名家傅雷先生,则在对《金锁记》表示完全的赞赏之余,对张爱玲整体创作流露出的一些倾向,给予了极为严厉的批评。傅雷的批评,无数"张迷"颇不以为然,张爱玲自己也曾写了像《自己的文章》等间接进行辩驳,拒不接受。但是我以为,多年以后,时光证明,傅雷先生依然是目光如炬的一代大师,"聪明机智成了习气,也是一块绊脚石"。"才华最爱出卖人!"一代大师似乎一眼看出又指出一个小女子暗暗的得意处,多少有失厚道,但这些话,用在张爱玲身上,又是多么合适呀!而且,推开来讲,在当今文坛上,才力心智能和张爱玲相比的,应该还没有,但是,被自己的"才华"出卖,"聪明机智成了习气"的人,则何止八九。傅雷先生的话并没有过时!

鲁迅和傅雷，两位大师对于两位年轻女子作品的评价，在文学史上的意义并非偶然。我们得由此出发，得出一些结论来。这种区别实际上划出了两位才女不同的位置，并意味深长地暗示出两种高下有别的境界。

萧红老是被视为一位抒情作家，她的抒情天分是与生俱来的，是性格深层内核性的东西。而在作品里，她恰恰时时在压抑表面性的抒情文字。《呼兰河传》谁都会认为是一部诗意浓郁的作品，自然也被文学史家定位为现代抒情小说系列的扛鼎之作。但是真正细心的读者会发现，除了第二章中有两句有关人生悲凉感的抒发的文字外，整部小说的文字实际上与抒情无关，一个三五岁的小女孩，她只是好奇地打量这个世界，这种儿童视角，压抑住了这种回忆性题材难以克制的抒情性冲动。正是在这里，萧红显示了一个优秀小说家的素质和一般人难以企及的天分与境界。这种艺术上的克制，使得萧红没有沉溺于一己的小小时空，她的视野是广阔的，北中国的苦难，社会底层中如牲畜一般挣扎的男男女女，他们对于苦难的正视与承担……这些，都是一般女作家难以进入的内容。生活中，萧红同样是一个渴望爱情、珍视爱情的普通女子，但是在她的艺术世界中，自传性爱情的分量并不重，早期一些涉及与萧军一起度过的日子的小说，其实更多的也是展示人世艰难这一点，与爱情关系并非紧密。而她最好的写爱情的作品《小城三月》，恰恰又不是写的她自己。

时时以自己的心体谅这个世界，而在下笔时，其实是时时在以别人的心来关注生活，和生活中的苦难，把自己的喜怒深深压在心底，压在文字的背后，这是萧红超越现代女作家的地方。这个极其柔弱的女子，她的内心其实是无比执着，无比的坚强与忘我。萧红的苦难少吗？她一生，不要说一个家，一间真正属于她自己的、可以安静写作的房子，都不曾有过！但她没有陷入那种自我的伤怀之中。艺术的自制真正地提升了她的文学品格。

从这种角度来看张爱玲呢，则多少有点相形见绌。张爱玲的作品时空不出上海和香港，所写的不出男女关系半步。而且在涉及人物的心理之时，你时时能够感知一个拥有着与她的年龄极不相称的老到和世俗的女孩子对于红尘中男男女女尖酸刻薄的打量与讥诮。作家的心理优势太大，又急于表白对人生世相的体察。在张爱玲的小说和散文中，本来别具一格的人生苍凉感的描述，因为频率太高，最后总让人感觉一种矫情与烦厌。作者的感触压倒了人物，原初的人生悲悯感的抒发最后沦为讥笑与嘲弄。张爱玲终于显得有些不加克制，以致无法迈出自我的篱藩，来真切地体会这个大千世界里的芸芸众生。

正因为她俗、世故，每一个读者也可以从自己的人生体验出发，和她一起去理会作品，甚至不失狡黠地打量主人公内心的隐秘与可笑之处。萧红的小说拒绝这些。它让你超出自我的局限，让你震惊与自省，而不是激发你因为识透别人而来的内心隐秘的满足感。伟大的文学与聪明的文学，这就是两个才女境界的根本区别。

本节发表于 2007 年 12 月 14 日《中国教育报》"文史"专栏

第四节　给"张迷"泼一点点冷水

很难说清楚"张迷"这个称呼的最初来源，但是，只要一说起它，在当下读书界却不会引起什么误解。这是一个相当有趣也很有意思的现象，在我们的大众阅读之中，"张迷"还是一个独一无二的称呼。20 世纪 80 年代至今，没有"沈迷""钱迷"，也没有"茅迷""巴迷"之类，即使是金庸小说的拥趸者，好像也还没有能够拥有深入人心的"金迷"称呼。相对于读书界，当代作家中也出现了一个"张派"传人系列，比如朱天心、朱天文、施叔青、苏伟贞、王安忆、须兰……哈佛大学的王德威教授开列过一个长长的名单。

对于张爱玲小说持续多年的阅读热情，在这个文学越来越边缘化的社会中，是值得文学研究者关注的事情。尤其是学术界，可能需要更多的反思和清理。因为张爱玲热，不像汪国真热、席慕蓉热，不像余秋雨热和所谓"八十年代作家"热等，这些更多的可能是商业炒作，并没有得到学术界的认同，一般读者也能及时抽身，不会沉溺太久，热一会吧，就会自然消歇下来。张爱玲热则事实上是首先经由学术界的"拨乱反正"，然后传导给一般读者的。伴随着读者对于多年意识形态阅读的厌倦，以表现琐屑、凡庸的生活片段为特点的张爱玲作品，经由学术界的"发现"、推重，逐渐成为当代中国"小资"阅读的范本，在许多读者眼中，张爱玲是中国现代文学史上少数几个靠得住的、能够保持长久艺术生命力的作家，是标示中国现代文学水准的少数几个作家之一。阅读和推重张爱玲，成为一种风尚，成为我们时代的一种标榜，一种心理优势。至今，学术界也已经推出了好几套规模宏大的张爱玲资料和研究丛书。在网络上，也经常可以看到一些学者坦陈自己是"张迷"。

像这样，能够同时在普通读者、学者和作家这三个圈子中掀起热潮的，中国作家中，只有一个张爱玲。但是，这个热潮，可能源于一个夸张的起点，热潮的最终形成，又为普通读者构造了一个有问题的文学史图景，从这个意义来说，这是从事中国现代文学研究的学者们工作的不足。

最初，是夏志清先生出版于1961年的《中国现代小说史》一书在20世纪80年代初期中国学术界的流传，使人们重新评价沈从文、钱锺书、张爱玲几位作家。在当时，这是学术界受到的一个较大触动，对于这些作家的重新发掘、研究，成为一时之热，并延续至今。这里面有一些很微妙的东西。经由对这样少数几个作家的重新理解和高度评价，逐步过渡到"重写文学史"，"抬高"了中国现代文学的品格。相应地，是逐步降低对于茅盾、老舍、巴金、丁玲、赵树理等一大批作家的文学史定位，并逐渐影响到一般读者，以为这种与现实政治关系紧密的作家，不值得今天的人们细心去品味、领悟了。

关键的是，夏志清在小说史中对于张爱玲过于主观的评价，一直没有得到我们清醒的认识。这是以后张爱玲热的起点，却是一个夸张、主观的起点。夏志清的功绩是引起了中国学界对于一些非主流作家的重新评价，但是，在一种普遍的厌倦意识形态阅读的氛围之中，夏志清反大陆主流意识形态的论述，又掺杂了不少主观和夸张。"成为中国当年文坛上独一无二的人物"、"张爱玲天赋既然灵敏，她所受的又是最理想的教育"。"她小说里意象的丰富，在中国现代小说家中可以说是首屈一指。钱锺书善用巧妙的譬喻，沈从文善写山明水秀的乡村风景；他们在描写方面，可以和张爱玲比拟，但是他们的观察范围，较为狭小。"……张爱玲、钱锺书、沈从文，都是夏志清此书"发现"和给予重新的、超出所有现代作家评价的作家，而钱锺书、沈从文与张爱玲相比，"较为狭小"。张爱玲由此成为夏志清小说史中最为优秀的作家。在我们的张爱玲研究和阅读中，夏志清此书被引用得最多、也最为人称道的是关于《金锁记》的评价："这是中国从古以来最伟大的中篇小说。"由此，2002年，我们的资深"张迷"们终于将这个三万字的中篇拉长为22集电视连续剧，算对得住这部"中国从古以来最伟大的中篇小说"了！但是，中国古代的中篇小说是什么，现代作品怎么和它们进行比较等，都不是我们在这里愿意深究、可以深究的问题。而且，夏志清这种"独一无二""首屈一指""最理想""最伟大"之类文学研究的言说方式，也让很多"张迷"觉得很过瘾。和这种对三两个作家夸张的称许相对应的，是对大部分作家从意识形态的批判进行的挑剔和否定。夏志清的一些具体观点难免存在问题，流风所及，连同那时一起介绍进来的司马长风的《中国新文学史》等，应该说对于大陆以后一种有失端正公允的、主观学风的形成，都要负一些责任。正是从这个层面，我们认为张爱玲热其实源于一个不失夸张、值得怀疑的起点。

后来，大导演李安在2007年年底上映的电影《色戒》，又一次将张爱玲热推向一个全新的高度。

我们是在一种急切的反意识形态写作和阅读的心态之中，接受西方一些学者颇为主观的文学史"发现"来定位的，延续的依然是一种肯定这个、就必须否定另外一批的简单思路，依然是要将喜爱和反感的东西二者都推向极端境地的思维模式。一边是对张爱玲无以复加的推重，一边就是对几位大家，尤其是一大批左翼作家草率的贬损。现代文学史看似新颖实则狭小的框架由此逐渐在不知不觉间形成。

其实呢，稍具常识，就可以掂量清楚张爱玲应该占据的文学史位置，还难以和鲁迅、郭沫若、茅盾、巴金、老舍、曹禺、沈从文这七个大师级作家相比，和郁达夫、萧红、施蛰存、骆宾基、师陀、废名、林语堂、周作人等许多一流作家相比，也并未显示出来特别大、特别明显的优势。一个见闻不广的女孩子，抱着"成名要趁早"的心态，在短短三四年之内创作、在一些通俗杂志上发表的一批小说，能够超越中国现代大多数作家吗？中国现代文学真的如此单薄、肤浅吗？而且，20世纪50年代的长篇小说，张爱玲陷入的也正是夏志清所一直诟病的意识形态的写作之中。只是个人的感觉，我曾经多次阅读张爱玲的作品，觉得"张迷"们津津乐道的"苍凉"（不少"张迷"还因为这种"苍凉"在22集连续剧中的失落而愤慨不平），因为过多地渲染，也不免给人以做作之嫌。那种大同小异的、过于"红楼梦"式的语言和细节描写，那种沉闷和琐屑，也不是一个境界特别开阔的一流作家的面貌。

另外，对于张爱玲的所谓"文化汉奸"问题，也应该摊开来，这并不是一个可以和对于其作品的评价截然分开的问题。张爱玲和大汉奸胡兰成的婚姻，为什么在"张迷"心中激起的总是同情和理解呢？一个人和大汉奸结婚，当然是她的自由，但是，如果这个人真是一个成就超出同时代大部分作家的作家，这样的婚姻对这个作家来说，就一点也不值得反思和批评吗？国内几部张爱玲传记，在处理50年代张爱玲在香港接受美国新闻处高额补助以翻译和写作《秧歌》和《赤地之恋》等"反共小说"的事情，也是持基本理解、认同的态度。事情果真如此就很容易得到理解和同情吗？

张爱玲的文学史位置，应该说在20世纪40年代已经基本确认，为什么我们总是好像新时期才猛然发现似的欣喜雀跃呢？在沦陷区短短三四年时间的写作，在整个文坛的影响本身并不是很大。曾经翻过完整的1949年前香港出版的《华商报》，这是1948年《华商报》某期介绍张爱玲的文字：

> 另一部国语片是文华公司的《太太万岁》，是一部家庭悲喜剧，导演桑弧，香港比较生疏，编剧张爱玲，是沦陷期间上海出过风头的两大下水女作家之一。张爱玲以奇装异服出名，常与陈彬龢等往还，另一女作家苏青，则以大胆描写男女关系著称。《太太万岁》是张爱玲"出水"后第二部作品，主演有石挥、蒋天流、上官云珠等。

在这里，左翼报纸并不存在故意曲解、贬损张爱玲之处，"下水作家""出水"等语，在这里基本是一种事实陈述。左翼文人对于张爱玲的来龙去脉，其实很清楚。对于自己喜欢的作家，我们总是在每一个细节都试图"发扬光大"，比如张爱玲晚年在美国长久隐姓埋名的"寓公"生活，往往被解读为淡泊名利之举，张爱玲自己，是否还有另外的隐情呢？我们为什么不能从另外的角度作一些探索？

看过一篇文字，张爱玲晚年在美国，曾经搜集了很多相关资料，想系统地阅读、研究丁玲。这篇文字的作者感叹，张爱玲这样的大作家去研究丁玲，真是有些难以理解、大材小用了。张爱玲自己呢，我想，她肯定不觉得自己阅读、研究丁玲有什么令她困惑或难堪之处，或者，她阅读丁玲，还有现实因素的考量呢。而且，"左翼文人"丁玲在现代文坛的影响，在很长一段时间内，都远远高于张爱玲，这是张爱玲十分清楚的事实，在她的内心，丁玲的文学成就，至少不会比她自己低一个档次。我们为什么总是直面一些很有价值的史料，还是不能客观地得出一些自然的结论，还在那里煞有介事地表示困惑呢？即使是为了争取研究经费而去阅读、研究丁玲，那也不应该生发出难以理解或大材小用之类的感慨。

不容否认，张爱玲至今拥有大量的读者，这些读者不会在乎少数学者出于文学史整体思考作出的判断。我不管你什么文学史，我就是喜欢张爱玲，我就是喜欢这种格调并不很高、然而真实的男女情爱的描绘，我就是喜欢这种"俗"。绝大部分"张迷"可能都有这样的心态。然而学术界却并不能认同普通读者的这种选择。我们这个时代多的是偏见，少的是客观和清明的理性。早些年，有人揭发郭敬明除抄袭作家庄羽之外还曾抄袭过日本的动漫作品，有些"粉丝"甚至在网上回应，小日本的就是要抄！这样狂热的年轻的文学读者，是充分蔑视文学史视角的研究的，也是很难尊重异见的群落。在这样的时代，专业的文学研究确实不必太在乎一个作家的读者群状况，而要进行更为独立的工作。

　　在行文之中，也不自觉中落入了一个俗套，好像在这里热衷给作家排名次。"张迷"们摆出一个张爱玲"独一无二""首屈一指"式的论调，在拥戴张爱玲的同时，贬低、否定一大片，我们重新排一排，似乎也难以避免。将张爱玲和几个大师级作家相比，固然没有必要，我只是想，一个当代中国的读者，如果更加喜爱萧红这个写作时间只有短短9年的女作家，而不是更加喜欢"成名要趁早"的张爱玲，可能会更让人感到欣慰。关于这两个都富有才华的女作家的比较，笔者也早有文章论及，这里先打住吧。

第八章　当代成长写作中的深潜诗意和忧伤:韩东的长篇小说《小城好汉之英特迈往》

一　热闹而落寞

韩东在当代文坛是一个独特的存在,不急不躁、不冷不热地坚持创作30余年,并成功地从新诗转型到中短篇再到长篇小说的创作。在20世纪80年代的新诗创作中,韩东就以《有关大雁塔》《你见过大海》等作品开启了第三代诗歌写作中独特的高雅而纯粹的平民化、世俗化写作小小的一股潮流。现在看来,这一段写作留下来的一本薄薄诗集《白色的石头》,① 抵抗了时间的侵蚀,成为当代新诗极富个性和魅力的存在。目前韩东已出版了三部长篇小说《扎根》（2003年）、《我和你》(2005年)、《小城好汉之英特迈往》（2008）,② 加上一大批中短篇作品,也算成绩斐然了。

2003年,韩东以长篇小说《扎根》获得第二届"华语文学传媒大奖"年度小说家奖。这一事件当然极大地扩展了作为小说家韩东的文学声誉。有意味的是,在授奖词中有这样一句:"他的小说意韵深长,读之

---

① 韩东:《白色的石头》,上海文艺出版社1992年版。
② 《扎根》,人民文学出版社2003年版;《我和你》,上海文艺出版社2005年版;《小城好汉之英特迈往》首先以《英特迈往》为名发表于2007年第5期《花城》双月刊（发表时删去6节）,2008年1月世纪出版集团、上海人民出版社出版。

却极为平淡；他的语言干净、节制，却显得过于单纯。这些特点，经常使他优秀的文学气质不经意地淹没于时代的喧嚣之中。"① 这个"华语文学传媒大奖"的授予，依然没有改变韩东的小说和其"文学气质"被"淹没于时代的喧嚣之中"的遭际。获奖作品《扎根》获得了充分的关注和研究，但随后的长篇小说《我和你》却并不为人看好，直到目前学术界的评论不过五六篇，② 媒体上对此作一些零散的评价也不见好。《小城好汉之英特迈往》是韩东的第三本长篇小说，首先以《英特迈往》为名发表于2007年第5期《花城》双月刊（删去6节），2008年1月上海人民出版社出版。小说发表和出版之际，作为获得过传媒大奖的小说家，这次不少媒体发表了通讯稿并对作家访谈，表现了充分的关注，好像也是一件文坛盛事，其实也是目前媒体竞争中的平常现象。③ 但是到目前为止，学术界的正式、严肃的研究性评论也不超过数篇。④

韩东始终就是这样，在当代文坛既让人无法忽略，又没有大红大紫赢得普遍的喝彩。而且，这种状况跟韩东作为一个小说家的追求基本上也是吻合的，他看重南非作家库切的写作："好的写作，在韩东心中，是像南非作家库切那样，严谨、朴实、一以贯之。他说库切最牛的一点是：'对文学不怀二心，不迎合读者，但吸引了他们。'"⑤ 不过，从目前的情形来看，韩东吸引的，只是一些比较有耐心的读者。长期欣赏和

---

① 韩东：《第二届华语文学传媒大奖年度小说奖 韩东 授奖词》，《明亮的疤痕》，华艺出版社2005年版。

② 单独集中论述这部长篇的很少，我仅见海力洪刊载于2006年第3期《南方文坛》上的《爱情或灵魂末路——评韩东长篇小说〈我和你〉》一文。

③ 就我所见，从2007年12月至2008年7月半年多时间内，发表过通讯和访谈的媒体大致有：《竞报》《晶报》《文汇报》《北京晚报》《文学报》《第一财经日报》《TimeOut上海杂志》《信息时报》《出版广角》《南方都市报》《文汇读书周报》《时代信报》《北京青年报》《新民晚报》《中华读书报》等。

④ 林霆：《小城人物：被挟裹的命运——论韩东小说〈英特迈往〉》，《文艺评论》2008年第1期；李勇：《卑微，这唯一的高贵！——论韩东及其小说》，《小说评论》2008年第1期；王春林：《回望1970年代——林白〈致一九七五〉与韩东〈小城好汉之英特迈往〉合论》，《扬子江评论》2008年第3期。

⑤ 孙小宁：《韩东"小写"〈小城好汉〉》，《北京晚报》2008年3月18日。

追踪阅读韩东的,始终是一部分较为专业的读者和批评者。不过,从当代长篇小说创作的整体情形和韩东自己的创作来看,《小城好汉之英特迈往》是非常重要的作品,值得充分关注和细细体味。单凭一种直觉,像韩东这样,2003年的《扎根》完全局限在8岁之前的生活,2008年的《小城好汉之英特迈往》完全接续8岁的生活往下写,这种耐心,这种对于自己生活体验小心翼翼的呵护和尊重,体现出一个成熟的小说家艺术的节制和信心。至少,韩东不会像王朔那样后悔其名作《动物凶猛》将生活"零卖"了:"我太急功近利,把它们零卖了。我最后悔的是写了《动物凶猛》。我刚刚找到一种新的叙事语调可以讲述我的全部故事,一不留神使在一个中篇里了。直接的恶果就是我的《残酷青春》没法写了。"① 小说家的生活积累和写作思考及艺术突破等,都需要这种细水长流的忍耐和韧劲。当然,这些,只是对那些不为时代风向所动、始终对于文学抱有野心或期待的马拉松式选手才有意义。

二 成长的无措比命运更让人无奈

小说第一节《放学路上》是这样开始的:"八岁时我随父母下放苏北农村,我们家在生产队和公社都住过。一九七五年,我十四岁,父母被抽调到共水县城里工作,我自然也跟随前往,转学来到了共水县中。"没有拖泥带水,然后直接就进入叙述。这一段表明,这部小说的写作内容在时间序列上完全接续《扎根》,《扎根》和《小城好汉之英特迈往》分别处理的是作家韩东的童年和少年记忆。

这是当代成长小说最合适的题材和写法,但是韩东自己却对此作了不同的阐发。他多次表明这部小说对于"命运"的关注:"我着力写了张早、丁小海和朱红军的父辈,这更说明我的意图:是'命运'。命运

---

① 《王朔文集·自序》,华艺出版社1995年版。

不仅从他们开始，甚至从他们出生以前就开始了。"① "虽然是几个县城少年一起玩一起长大，但韩东不认为这是个成长故事，'没有人成长，不过是命运的展开。'"② 我们目前学术界少数几篇研究论文也就基本上从作家阐述的"命运"的角度进行解读，林霆论文的题目就叫《小城人物：被挟裹的命运——论韩东小说〈英特迈往〉》③，王春林的论文《回望1970年代——林白〈致一九七五〉与韩东〈小城好汉之英特迈往〉合论》也有专节分别从"时间"和"命运"来解读林白和韩东的长篇，可贵的是，在具体到小说人物解读时，论者感觉很多东西并非命运使然。"谁应该为朱红军的死负责呢？难道应该是命运吗？倘若真是这样，小说文本所要呈现给读者的东西恐怕就无任何内涵可言了。"④ 这里不自觉间揭示，作家自己看重并一味强调的"命运"主题，并非能涵盖小说，反而有可能恰恰窄化了小说总体带给读者的丰富想象。也就是说，"命运"一说，并不能让小说显得深刻，反而是对小说阅读的一种限制。书中三个主要人物中的两个，张早的发达和朱红军的被枪毙，并非能从中看到命运的无常，在中国特定的社会转型阶段，反而显得无比的合理和自然。读者当能从中体会到无奈和枯涩，属于这个国家和那个时代的，而不是抽象的命运的离奇。

在阅读时，甚至会有一些遗憾，因为韩东自己念兹在兹的"命运"使然，有时不免显得用力过猛。比如张新生这个基本上是被想象和理念设置出来的人物从乞丐到国家职工再到杀人犯被枪毙的全部情节，就见出先行观念对于写作的强力干预。书中父亲入党的情节同样给人这样的印象。

所以，我们可以不尊重作家的这种"命运"的解读，将之依然纳入当代文坛的成长小说系列之中。对于《小城好汉之英特迈往》来说，

---

① 罗敏：《韩东：每个人都"英特迈往"》，《第一财经日报》2008年3月22日。
② 孙小宁：《韩东"小写"〈小城好汉〉》，《北京晚报》2008年3月18日。
③ 林霆：《小城人物：被挟裹的命运——论韩东小说〈英特迈往〉》，《文艺评论》2008年第1期。
④ 王春林：《回望1970年代——林白〈致一九七五〉与韩东〈小城好汉之英特迈往〉合论》，《扬子江评论》2008年第3期。

"成长"的内涵远远大于"命运"的抽象,这恰恰是这部小说拥有的独特之处。它几乎没有一般的当代成长小说必有的性的萌发和压抑,反而使它现出特殊的专属于韩东的个性。韩东其他的"成人"小说,性爱是一个处理得非常集中而高超的内容,《小城好汉之英特迈往》回避这些,小说中只有"农村分校"一节,写张早看到伍奇芳做高抬腿以手掌击打腿面时,有这样一段:"那声音如此地震撼人心,使我觉得,她的双手不是打在自己的腿上,而是在猛抽我的耳光。本人不禁血脉贲张、满脸绯红……"① 这里,见出作家的慎重,见出对生活和写作的忠实,他愿意那一段成长的岁月以一种清晰的外在的动作性片段呈现出来。在那个时代的压抑中,少年张早仅仅局限在心里的性方面的东西,于时代、同性伙伴和成年人包括父母加于他们的影响而言,当然是微乎其微的。当然,他也可以像余华的《在细雨中呼喊》和王刚的《英格力士》那样写手淫这样必有的外在事件,但是这些于韩东作为一个冷静超然的故事叙述者是不屑为的。它天然在这部小说之外,没有这些困扰,或者说不考虑进去这些性的方面的困扰,这一群少年的成长依然情绪饱满、异常生猛并惊心动魄,而这一切,都来自这群十四五岁少年在那个混乱年代的无措。

朱崇义只是要求朱红军将菜送出去,丁小海的父母沉溺在自己的病中,失意的张早的父亲也沉浸在扑克游戏之中,魏东的父亲魏顺堂则只是一个符号的存在,更让这群少年无措的是,他们陷入了更为冷酷的困境,没有可以寄托希望和精力的目标。不像《英格力士》中的刘爱和黄旭升,他们还有对于英语的热情和老师王亚军对他们的肯定和期待,不像《在细雨中呼喊》的苏杭、苏宇以及孙光林("我")这些少年,他们心中都有熠熠闪光的少女形象在激荡。他们只有一次次走向学校,在对老师的蔑视中,欺负与被欺负,只有比赛撒尿、抓屁,只有争勇斗狠或者忍声吞气。朱红军一次次送出自己的菜,一次次送出螃蟹和换来

---

① 韩东:《小城好汉之英特迈往》,世纪出版集团、上海人民出版社2008年版,第66页。

的苹果，尤其是在农村抱枪在雪中潜伏三小时然后激情满怀而归，好像都只是一次次对于这种少年无措的成功然而并无意义的解脱。

和同龄的 60 年代作家像余华、王刚、刘建东或稍早一点的像王朔、叶兆言、苏童、毕飞宇等 50 年代作家相比，韩东在《小城好汉之英特迈往》中展示的少年成长，显得这样枯燥，又这样尖锐，无措。

三 深潜的诗意与忧伤

还有一个将《小城好汉之英特迈往》解读为成长小说的理由，是小说的章节安排。小说用了全书四分之三的文字篇幅，用了共 21 节，来展示这一群小城少年在 1975 年至 1977 年度过的他们 14 岁至 16 岁的三年少年光阴，然后用了 8 节将"一九七八"至"一九八一"逐年份作小标题进行叙述，最后是以"一九九〇""二〇〇〇""二〇〇五"三个标题共 3 节收束全书的写作。韩东对此多有解释："当然，这样做是故意为之的。因为，我对'往事'有这样的印象，是我的心理体验，少年生活的丰富多端、时间停滞，到青年、中年这一段的风驰电掣。所以后面的章节标题我干脆用年代标出，也是故意的。"[①] 媒体还这样报道："这样的结构，被韩东形容为：'前面是空间，后面是时间，前面静止不动，后面一泻千里。'这是一种加速度的写作，韩东得意：'是我的发明，以后没准还会用。'"[②] 从小说完成后的事后回顾，韩东完全可以这么理解，但是真正的事实更可能是，在日复一日的写作中，不知不觉地在三年少年时光中沉溺太久，到了后面，无论是小说的容量还是作家的心绪和精力，已经无法再有充沛的写作空间了。客观的事实就是，这部书的四分之三的篇幅处理的是三年少年时光那些一般人看来并无多大意义、但对作家自己至关重要的生活体验。

---

① 真十:《就〈小城好汉之英特迈往〉的出版回答〈竞报〉》,《竞报》2007 年 12 月 22 日。

② 孙小宁:《韩东"小写"〈小城好汉〉》,《北京晚报》2008 年 3 月 18 日。

一切的少年往事，都在这个四分之三的空间里淋漓展开，所谓命运的力量，是后面的突变，与这里的全身心沉浸没有关联。这种前后篇幅的失衡，流露出生活和往事在这部书和作家心中不同的分量。在这里，也许是小说家和小说理论家福斯特区分的"时间生活"和"价值生活"，他说："故事叙述的是时间生活，但小说呢——如果是好小说——则要同时包含价值生活。"①

大致可以理解韩东在这里就这少年三年和后面三十年所做处理的不同动机。

所以在整体性地阅读完这部书后，就有一种恍然：尽管在整部书的写作中，作家韩东的语言以及叙述者张早"我"的语言，基本上是不动声色、平实客观的，并且这种客观和平实，还很难看到有意为之的痕迹。但是，这种前半部的沉溺和后半部的"一泻千里"，事实上已经蕴含一种内心的情感和价值选择。这里不但关于不再的少年体验，还有一大段生活不经意间流逝的伤感，有一种深潜的对于人性的体认和理解，对于生命的深切关注，对于岁月流逝有意克制的忧伤……

如果单凭前后篇幅就得出这样的结论，可能还失之主观。《小城好汉之英特迈往》的写作，还让我不时想起韩少功的《马桥词典》，表面上看，这两部小说并无共通之处，但是，在写作方式上，二者其实是有深刻的暗合的。韩东不列章节，只是用一个个的小标题基本上按时间和人物的顺序展开，而在小说前半部分的展开过程中，作家实际上享受着充分的写作自由。两部小说都采用了这种对生活进行片段化、碎片化处理的长篇方式。韩少功也是这样，表面上好像是在处理、诠释一个又一个词条，其实深蕴其中的是对那一段岁月的无限留恋，里面有不动声色然而让人动容的哀伤。这种片段化、碎片化的写作方式，往往与往事的抒写有关，它可以使写作更为舒缓、从容、节制，它可以于不动声色之间，随意而细细地打捞过往岁月中的任何吉光片羽，而不会因为这种几

---

① ［英］爱·摩·福斯特：《小说面面观》，苏炳文译，花城出版社1984年版，第25页。

乎让读者难以察觉的写作的沉溺，对小说整体产生何种明显不好的影响。也就是说，文字可以再克制、再冷静、再干枯，而这种写作方式本身，就注定是一种忧伤的回顾姿势。从另一个角度来揣测，成长小说的写作者，他真正的写作动力和快感，全来自于此！

对于韩东来说，作为小说家，他想极其客观地如实记录，但是那个长期潜伏的诗人韩东，可能更想不露痕迹地打捞过往生活的意蕴和隐约的诗意，尤其是关涉那段短短的少年时光。这里我们见出了韩东前后创作中某些一贯性的东西。

结束这里的论述之前，还有很有趣味的解读的比较，可以让我们更多一点思考。在《小城好汉之英特迈往》发表和出版之后，如前所列，很多媒体都做了访谈和报道，媒体的热闹其实对于理解这部作品可能反而有一种伤害。十多家媒体的关键词就是"命运""立传""时代""英雄""客观"，如此等等，难以详述。在这众多的简短的媒体文字中，有两篇特别值得我们重视，可能也为韩东自己所看重，因为它们来自邱华栋和张旻这两位专业作家。邱华栋说："表面上少年们英特迈往，可实际上大家都是时代玻璃罩里面找不到出路的苍蝇。""我想起来，只要回到了自己成长的那个小城市，我就可以看到很多从这部小说中走过来的人物。"这里从一个读者和优秀作家的角度见出了这部作品的客观写实的品质。随后，邱华栋赞赏韩东的写作："韩东这部小说里的零度叙事语调，明显地带有超越价值判断的特质，他不光是复原了被宣传语言和钦定教材所叙述的历史真相，但是即使是复原了这样的真相，他最终也导向了一种感情表达的零度，只是展现给我们看。"① 邱华栋看重的就是这部小说显而易见的平静和客观，这种表面上的"一种感情表达的零度"，一种"零度叙事"。但是，上海作家张旻则在一篇更短、只有600字的小文里说："常有人评说韩东的'零度叙述'，我自己也写小说，但我对这种说法不太理解。我感到情绪饱满是韩东小说叙述力

---

① 邱华栋：《韩东的马拉松》，《出版广角》2008年第5期。

量的源泉之一。在《小城好汉之英特迈往》里,韩东塑造了多个主角,对他们的描述可谓'用心良苦'。有时韩东固执的'回忆',更令我动容。"① 张旻并未说韩东在抒情,但是他不认同"零度叙述",认为韩东的写作"用心良苦"的看法值得尊重。确实啊,在这个时代,诗意、忧伤、抒情,对一个小说家来说,都是需要回避的不是什么好的词语。但是也真只有少数作家,才会真正拥有这种终生不变的抒情气质,即使他克制得再努力也会闪现出来。在我看来,韩东和张旻的写作中呈现出来的某些共同的气质,在当代文坛显得格外别致。大致在张旻看来,这种潜隐的抒情写作,真是深获吾心。

四 关于传奇,关于这些微妙的写作细节

行文至此,我们对于《小城好汉之英特迈往》的解读,大致已经越出这一年来媒体理解的流行观点了,也算越过了作家自己无形中带给我们读者的阅读界限。最后,完全从一个读者最感性的角度,我想补充一些阅读这部作品的零碎的想法。

首先,在读韩东这些自传性小说的时候,我常常想起一个似乎与他毫不搭界的女作家,那个在 20 世纪 40 年代中期专注地写着普通人人生"传奇"的张爱玲,张爱玲就是以 1944 年 8 月出版的一部《传奇》独步中国现代文坛的。这里描绘了一大群"软弱的凡人",如葛薇龙、聂传庆、白流苏、潘汝良……在历史和时代隐隐的威胁中,凡人不足道,但每一个凡人,也自有惊心动魄的人生传奇,有时候,连传奇也那么悄然,让人感到虚无。韩东的《小城好汉之英特迈往》写的也是朱红兵、丁小海以及"我"(张早)的平凡人生中的"传奇"。

这些东西,构成韩东自己理解的"命运"的因素,但是他没有张爱玲那种看穿一切的世故和透彻,而是在平实的记叙中隐隐透出一个诗

---

① 张旻:《诗从天而降,小说压榨自身》,《新民晚报》2008 年 5 月 18 日。

人有意克制的忧伤。一大块生命就那么消失了,有自身的成功,却也有拂抹不开的物是人非之感。这些平实而传奇的生活,这些早已流逝在远方的往日岁月,这些生命中的温柔部分,就像他的诗《温柔的部分》中所说:"这里永远怀有某种真实的悲哀。"① 韩东也许有意展示生活中某些荒诞的一面,但是更深层面的,是这种潜隐的忧伤。

其实所谓的"传奇",并非大部分平凡人的福分,恰恰意味着生活的灾难,生活出其不意的对于凡人们的捉弄,对于他们认认真真经营生活的破坏和颠覆。普通生活中的传奇,其实是一种悲哀,一种无奈。人们一种隐隐中不忍放弃的期待,带来的却是生活的棒喝和摧毁。而更让我们难以释怀的是,这种"传奇"对于凡人也自惊心动魄,其实依然不过是那么平凡。阅读张爱玲和韩东的凡人传奇,同样带给我们一种深长的哀婉。

其次,在阅读《小城好汉之英特迈往》的时候,常有一个细节让我稍感困惑又忍俊不禁,那就是整部小说中比比皆是的转折词"不禁"。"不禁"这个连词在这部小说里始终保持着高频率的出现,"发现问题的所在后,叶老师不禁释然"(第37页),"叶老师下不了台,不禁被气得哇哇大哭"(第38页)。这里还是这个词普通、正常的用法。"我和魏东同桌,不禁首当其冲"(第44页),"说到此处,黄老头不禁痛心疾首"(第235页),"我读大三的时候,有了比较稳定的朋友圈子,不再那么孤独了。对于和朱红军通信这件事不禁有些怠懈了"(第262页)。三个这样的"不禁",大致就可以看出韩东个人对于这个词不自觉的偏好了。"这看似平淡的一拳不禁凝聚了朱红军的平生所学"(第279页),这里的"不禁"已经不是一个连词,暗含了叙述者的某种复杂心态。全书让我感到意外的"不禁"是这一句:"父亲造的这副扑克不禁很大、很厚"(第182页),这里的词语搭配突兀、拗口,即使在韩东大量的"不禁"之中也不禁让人耳目一新。在阅读时,我甚

---

① 韩东:《白色的石头》,上海文艺出版社1992年版,第9页。

至过几节就在等待一个"不禁"的到来,成为阅读这部小说一种不足为外人道的乐趣。也许可以这样设想,韩东在写作时,"不禁"的出现也是一个令人愉悦的点缀。但是对于一个作家来说,如此的对于一些癖好的沉溺,终究是不可以成为创作的常态的。

　　有些写作的细节,可以成为作家个性和癖好的寄托,但事情总是过犹不及,即使仅仅只是词语的沉溺和放纵,有时也会将作家带到一个不佳的境地。沉溺会成为一种心态,渐渐腐蚀清明的、正常的写作状态。当然,"不禁"一词也可能与"文化大革命"的时代有关,比如"我们不禁要问"这样的句式。在阅读朱红军送菜这段时,我也有同样的想法。较之普通的人情物理,不会有一个像朱崇义那样将家里种的所有的菜、钱物、其他一切以至儿子都送人的人,但是可以想见韩东在写作这个章节时的快乐。韩东是一个性情温和、生活低调的人,这是我从他的大量小说中得到的印象,也是一个有着冷幽默气质的作家。但是韩东坚持写作20余年,写到现在,我倒是担忧,这种幽默的东西在韩东的写作中如果被放大,被扩张,可能于韩东的写作是一种损害。沉溺的写作有一种情不自禁的诱惑和危险,有时会使一个冷静清明的作家失去本心本性。韩东想改变自己,写完《小城好汉之英特迈往》后,韩东说:"有渐进,也应该有突变,我总是想着突变。从思路到方式都应该有完全的不同才好。"① 作家追求写作的变化是自然的选择,但是对于韩东来说,我觉得,他应该像张旻那样,坚持一种不急不火的写作,而不要有意无意间变成莫言、阎连科式的写作。如果对韩东可以有更大的期待,我希望韩东不要成为巴尔扎克式的作家,而是福楼拜式的作家,不要成为卡夫卡式的作家,而是普鲁斯特式的作家,不成为陀思妥耶夫斯基式的作家,而是契诃夫式的作家……

本章发表于《理论与创作》2009年第3期

---

① 真十:《就〈小城好汉之英特迈往〉的出版回答〈竞报〉》,《竞报》2007年12月22日。

第九章　王刚的《英格力士》：成长中的母亲阴影和来自另一种文明的启迪

王刚在 2016 年第 1 期《当代》杂志发表了 28 万字的个人最新长篇小说《喀什噶尔》，作家出版社 6 月出版单行本。这是一部厚重的、也较为典型的成长小说，我以《〈喀什噶尔〉：成长写作的饱满质地和克制品质》为题作了评论，① 在细致地阅读和研究《喀什噶尔》之后，个人感觉王刚 12 年前出版的长篇小说《英格力士》，对于当代文坛来说，是更为重要的一部作品。

《英格力士》发表于 2004 年第 4 期《当代》杂志，人民文学出版社 2004 年 9 月出版。小说发表和出版之后，很快获得良好反响。2004 年 12 月 23 日，获得由人民文学出版社和《当代》杂志社合办的"长篇小说年度奖"读者奖和专家奖第一名，"成为最大赢家"②。不久，《长篇小说选刊》2005 年第 2 期转载。2008 年进入第七届茅盾文学奖提名的 20 部作品之中。王刚目前已出版《月亮背面》《福布斯咒语》《关关雎鸠》《喀什噶尔》5 部长篇小说，在个人的阅读感受中，这也是一部最具经典性质的作品。2009 年年初，《英格力士》被企鹅出版集团买

---

① 刘继业：《长篇小说评论二题》，《创作与评论》2016 年 7 月下半月刊。
② 记者王玉梅：《〈当代〉评选长篇小说年度奖　王刚〈英格力士〉折桂》，《中国新闻出版报》2004 年 12 月 30 日。

断版权,①"于2009年推出英文版、意大利文版、法文版、韩文版、德文版和西班牙文版"②。在中国当代小说中,能有此境遇的作品,也还十分稀少。

这是一部应引起充分关注的当代长篇小说佳作。小说取得的成就已得到一定肯定。但是,对这样一部有影响的优秀作品,专业文学批评和研究界的关注还是不够的,目前学术期刊上关于《英格力士》的专门研究只有8篇。③ 当代文学批评和研究,在这个媒体主宰话题的时代,报纸和非学术性的杂志,一直盯着当下新作,不愿为甚至两三年之前的作品"奉献"一点版面,总在不断跟踪新的热点,缺乏细致的阅读和参与文学经典形成应该保有的必要耐心。

2017年10月27日《北海晚报》有报道《陈冲导演的〈英格力士〉杀青》：陈冲导演的电影《英格力士》已于2017年10月24日在新疆杀青。相信以后随着电影的上映,这部已面世16年的长篇小说会再度得到当代文学研究者的关注。

一 "不忠实的母亲",成长中的母亲阴影

小说写的是20世纪70年代的乌鲁木齐,刘爱从12岁、小学五年级到18岁中学毕业这一段成长历程。王刚非常具体地、似乎毫无必要地点出刘爱就读学校的名字："乌鲁木齐北门门外子弟学校。"④ 小说中

---

① 记者金煜:《王刚 中国作家应扎堆走出去》,《新京报》2009年3月18日。
② 王刚:《关关雎鸠》,译林出版社2012年版,内页封套作者介绍。
③ 戴瑶琴:《流氓的拳头与绅士的耳光——评小说〈英格力士〉》,《当代文坛》2005年第2期;张国龙:《从王刚的〈英格力士〉管窥"无性时代"的"性成长"景观》,《广播电视大学学报》(哲学社会科学版)2006年第2期;罗朋:《诗化与笑谑化——评王刚的〈英格力士〉》,《当代文坛》2006年第3期;孙希娟:《关于成长的叙事——解读王刚长篇小说〈英格力士〉》,《小说评论》2007年第6期;廖曾:《论小说〈英格力士〉的儿童视角叙事策略》,《阅读与写作》2007年第10期;仵亚平:《〈英格力士〉的追求》,《齐齐哈尔师范高等专科学校学报》2007年第1期;罗艳:《〈英格力士〉知识分子群像解读》,《兰州学刊》2010年第1期。
④ 王刚:《英格力士》,人民文学出版社2004年版,第65页。

还有这样的文字:"这本书我在写的过程中,在不断加深一种信念:它就是告慰自己的童年少年时代,告慰自己的记忆、半真半假的回忆录吧。我是说,在我这篇回忆录里,事情为什么要这样发生,而不那样发生。"① 这种包含自传成分的叙说,让小说具有流畅亲切、然而又因少年时光永远流逝带来的忧伤。"童年""忧郁""孤独"……小说第一章开始还不到两千字,就频繁出现的这些词语,暗示出这种回忆性写作的特质。

有论者指出:"《英格力士》是《活动变人形》以来最严厉的审父审母之作,是一个成长中的少年在寻求人生方向时对父母所做的初次判断。"② 这种观点有失偏颇,也与作品的实际内容差距很大。王刚恰恰是通过少年刘爱的视角,呈现一个有修养然而懦弱、也有着某种人性弱点的父亲在那个年代所遭受的巨大屈辱,来传达一种深沉的悲悯。在《英格力士》第一章,堪称真正情节的,就是目睹父亲的被打,而且打人者范主任又是那么蛮横、粗暴,12岁的少年刘爱冲上去拉曳范主任,反而遭到父亲的猛踢。以至这一节最后,王刚跳出少年刘爱的视角,直接以成人口吻作结:"总有一种力量让我们泪流满面,那就是看着父亲挨打的时候。"少年刘爱眼中,真正的"坏人"只有范主任和申总指挥这两个出场很少的男人。

从这个意义上来说,如果要说是"审母之作",初初一看,倒似乎还是成立的。

《英格力士》的写法,是按照时间顺序,从小学五年级时的12岁写到高中毕业时的18岁,这其中种种成长的经历。在刘爱的成长中,小说主要涉及的又是这样三大块内容:王亚军和英语学习;母亲出轨带来的阴影;生理变化及自我成长中出现的女性黄旭升、阿吉泰。这又是

---

① 王刚:《英格力士》,人民文学出版社2004年版,第203页。
② 仵亚平:《〈英格力士〉的追求》,《齐齐哈尔师范高等专科学校学报》2007年第1期。在2004年版《英格力士》的封底上,也附有学者许子东同样的判断:"《动物凶猛》般的角度,《活动变人形》以来最严厉的审父审母之作。"

三个齐头并进的线索、三条主线,彼此扭结、交织在一起,推动着小说中时间跨度长达六年的少年成长叙事。

首先让读者印象深刻的,是母亲的出轨带给刘爱成长过程中几乎拂拭不去的阴影。

从12岁到17岁,对于母亲的出轨,刘爱有一个由懵懂、怀疑到跟踪、确认,陷入痛苦的完整过程。黄旭升母亲骂黄旭升时提及王亚军"作风不好",被刘爱无意间听到,于是:

> 在晚饭时,我问妈妈:
> "什么是作风不好?"
> 妈妈十分吃惊,说:"你问这个干什么?"
> 我说:"就是想知道,什么是作风不好?"
> 妈妈变得气愤,她激动起来:"不知道!!!!!!!!"
> 爸爸生气地看着我,说:"吃饭。"①

小说在妈妈的回答后,连用了八个惊叹号,对母亲来说,刘爱的发问是突兀的,让她毫无心理准备,以至于她在情急之中做出失态的回应。此时的刘爱,对母亲的"作风"问题,还毫无所知,而作为回忆者的叙事者,则恰恰通过母亲的失态、刘爱的懵懂,在为整个成长的叙事做了细腻、扎实的铺垫。在这部小说中,这个在王亚军、黄旭升等人眼中近乎完美的母亲,却开始在少年刘爱面前呈现出一个福柯式的负面母亲的形象,福柯是这么提及的:"母亲及其负面形象——'神经质女人'——构成了这种歇斯底里化的最明显的形式。"②

在刘爱跟踪母亲、目睹母亲和校长在校长室的偷情之后,年仅12岁的他陷入深深的震惊和痛苦之中。此后,英语老师王亚军因为子虚乌

---

① 王刚:《英格力士》,人民文学出版社2004年版,第61页。
② [法]福柯等:《性经验史》,佘碧平译,上海人民出版社2005年版,第69页。

有的"作风"问题而被停课劳动，某一天，母亲问刘爱为什么老喜欢和王亚军在一起。

> 我说："他是英语老师。"
> 母亲说："可是，他作风不好。"
> 我说："什么叫作风不好？谁的作风好？你的作风就好？"
> 母亲伸手打了我一下，她出手的时候因为愤怒而有些狠，可是手在空中时，她控制了自己的力度，当那一下打在我的脖子上时，就已经很轻了。①

和母子之间第一次提及"作风"问题时的突兀不同，此时刘爱和母亲，都已经历了各自内心的煎熬和面对这一问题的心理铺垫，我已知道了母亲的秘密，所以关于作风的询问不像第一次是出于少年的求知欲，更多是一种无须答案的诘问和挑衅，母亲尽管愤怒，但也没有第一次被问及时的失态。两个场景之间，充盈的是真实的生活和人性带给少年的震撼。

父亲离家去马兰基地设计试验大楼的三个月里，刘爱感觉到了母亲的异样，母亲甚至穿起了多年不穿的高跟鞋，让跟踪她的刘爱感觉"她真是疯了"。刘爱跟踪到校长办公室门口，听见了母亲的说话和校长急切间弄出的动静：

> 母亲说："你那么着急干什么，我就是因为要找这双鞋，才这么长时间。"
> 然后，再没有人说话了，似乎听到里边的地板上咚咚地响着，然后，就听到了母亲的呻吟声。
> 尽管声音很小，可是我却听得清清楚楚。

---

① 王刚：《英格力士》，人民文学出版社2004年版，第196页。

我肯定能想象出里边发生的事，我应该喊叫起来，可是我却呆若木鸡。①

成长小说的写作，往往无须一条贯彻始终的情节，而在于通过一个个的场景和细节，串联起成长过程之中的关键性记忆。《英格力士》也是这样，但它同时将三条情节线索扭结在一起的写法，让这种成长叙事显得异常饱满、扎实。刘爱偷窥母亲出轨，是这部小说的高潮。

《英格力士》文本本身，从未有任何地方、任何细节直接涉及弗洛伊德及精神分析，但这样的成长主题的长篇小说，正是精神分析可以放心进入的领域，因为真正属于无意识层面的东西，无须伪装，较易辨识。《英格力士》中有这样的表述："有时，我想，我这一生中为什么老是留恋那些比我大一些的女人，我老是爱她们爱得死去活来，我在黑夜里无比渴望她们身上的气息，那是一种成熟女人身上散发出的香气，里边有着清清树叶加着红烧肉的味道，而对于纯洁的少女，我总是感到没有意思。"从小说本身的叙事脉络，可以极其自然地解读为对阿吉泰的倾慕而来的抒情，从精神分析角度来看，就是明显的恋母情结。从对母亲和校长奸情的跟踪，转移到对澡堂里阿吉泰裸体的偷窥，是刘爱心理创伤后的自我心理疏导行为。从这个角度来看，对阿吉泰的爱，正是来自母亲出轨带来的浓重阴影和创伤。

《英格力士》第一章，最末写到刘爱对父母的偷窥，用了"爸爸妈妈可怜的做爱"这样的词语。第五章最末，又写到刘爱半夜被父母做爱的声音吵醒，觉得母亲的笑声"无论如何都显得有些淫荡"。连父母之间的做爱在刘爱眼中都如此不堪，那么目睹母亲的偷情，刘爱内心所受到的震撼和伤害，又会多严重？在《精神分析引论》中，因为母亲生下另一个孩子，都会觉得自己的爱受到影响，弗洛伊德因此提出"不忠

---

① 王刚:《英格力士》，人民文学出版社2004年版，第116页。

实的母亲"概念。① 这么一个背着父亲和家人,在那么一个疯狂年代偷偷穿上锁进箱子里的高跟鞋去与校长偷情的母亲,无疑是另一种更为严重意义上"不忠实的母亲",目睹这个"不忠实的母亲"的出轨以及知晓母亲随后的不忠实,无疑是少年刘爱成长中真正构成心理创伤的事件,甚至是唯一的事件。

小说第二章,因为目睹黄旭升父亲的死,刘承宗发自内心地对妻子秦萱琪说:"我一生最大的成就,就是,就是找了你,一个像你这样温存的女人。要不是你,我在刚开始那会儿就坚持不了了,就坚持不下去了。"到了第六章,目睹母亲出轨全过程的刘爱,突然有这么极其粗俗的独白:

> 父亲是个傻逼,他其实是个大傻逼。他被人骗了,并长时间地戴着绿帽子,却还想着一个国家和一个民族的疼痛,你说他是不是个他妈的大傻逼?②

尽管十二三岁的少年刘爱还很难真正理解这件事情的全部意义,但是这种代为父亲感到不平的心理,表面上是在以这样粗俗的语言传达着蔑视,内里却是为父亲感到的深深屈辱和同情。而且,在小说的写作中,王刚以极其委婉的笔触,暗示出父亲其实也早已知道母亲出轨这回事,但是父亲始终隐忍,反而长久地保持着对母亲的爱和依恋。

这正是这部小说特别令人动容之处。

二 "英格力士",来自另一种文明的启迪

因为母亲出轨带给刘爱最大的心理创伤,所以,他必然也会在内心

---

① [奥]弗洛伊德:《精神分析引论》,高觉敷译,商务印书馆2004年版,第266页。
② 王刚:《英格力士》,人民文学出版社2004年版,第117页。

对母亲做出毫不容情的谴责，他不惜以"因为母亲的愚蠢""这说明了母亲的无耻"这样有悖母子人伦的苛酷言语来发泄少年的愤怒。而母亲，也因为亲眼发现刘爱手淫而陷入绝望之中。"她对我的绝望是彻底的。"母亲号啕大哭，"就像她死了自己的父亲那天"。"她一直哭着，就像永远流淌着的乌鲁木齐河。"小说将母子之间的对立，推向了一个难以化解的境地。

这是刘爱成长之中第一次面临的最大困境。

小说的叙事困境，和刘爱少年成长之中最大、最严重的困境，最终经由"英格力士"即英语的力量得以化解。

>Long Live Chairman Mao.
>狼立屋前门毛。
>Long Live Chairman Mao.
>狼立屋前门毛。
>我站在桌前，认真地念着这句英语。我知道自己的英语生涯就是从这儿开始的，好像早晨的太阳要从东方升起，阳光灿烂照耀天山。①

这是刘爱学英语的最初感受。从此，英语、文明、绅士、王亚军、词典等词语开始进入少年的日常生活之中，并占据着最为重要的地位。有意思的是，上述这句极具"文化大革命"色彩、初学英语时反复练习的话，在王刚的中篇《冰凉的阳光》也有涉及："乔伟不懂英语，他只会'毛主席万岁'，那是他五年级学的仅有的一句。在大学里他学的日语，现在也基本忘光了。眼前每个人都懂英语，这使他深受侮辱。下午的好情绪一时荡然无存，他默默沉思着，尽力保持着一种在厂里习惯了的威严态

---

① 王刚:《英格力士》，人民文学出版社2004年版，第24页。

度。"① 这种互文性细节,可反证《英格力士》的自传性色彩。

小说第一章,就写了刘爱目睹正在画毛主席像的父亲被范主任蛮横无理地扇了耳光而忍气吞声的场景,尽管对于"文化大革命"的暴力缺乏必要认知,但是,刘爱再次目睹王亚军老师被黄旭升母亲和自己的母亲扇耳光的场景,加之男生之间的踢屁股等日常游戏,至少让刘爱对那个连正常教学都无法维持的时代,产生了基本的判断:这是一个不文明的社会。而英语则是文明的化身。小说开始不久即有"只要我不是在为像英语这样文明的事物而发疯的时候"这样的句子,初遇英语"阳光灿烂"的好感,随之就被英语所代表的这种"文明"所增强。在少年刘爱的心中,这种"文明"当然还只是停留在词典、王亚军流利的林格风英语口语、香水、英文歌曲《月亮河》等事物之中,只是停留在对"绅士""爱""灵魂""上帝"等神秘词语的兴趣和探究之中。但是仅仅只是这些,和那个即使成人也能随便被人扇耳光的社会现实比较起来,就会对出生于高级知识分子家庭的刘爱,产生真正吸引,成为心灵的寄托。到王亚军即将直面刘爱谈论母亲出轨一事之前,刘爱已经对英语与文明有了这样更为深入的认识:"他所熟悉的那种'英语'里有着那么多让我向往的东西,那是文明和高贵以及金碧辉煌",正是有了这样关于英语、文明、高贵等的铺垫,一直被母亲出轨一事所困扰的刘爱,才终于顺理成章、水到渠成地依托英语和王亚军进行了一次深层次的沟通:

> 我对王亚军说:"我是我妈和校长生的吗?你是大人,你相信吗?"
>
> 王亚军用英语说:"我不相信。"
>
> "你说,我应该去问我妈吗?"
>
> "请你用英语说。"

---

① 王刚:《冰凉的阳光》,载王刚《秋天的男人》,人民文学出版社2005年版,第137页。

我用英语重复了"我应该去问我妈吗?"

"不应该。"

我继续用英语说:"我跟踪过我妈,知道她跟校长有那种关系。"

"不要跟我说这些。"

"除了你以外,我没有别人能说,能问。我很难受。我经常照镜子,看看我长得跟我爸爸像不像。我越来越发现,我不像我爸爸,可是,我也不愿意像校长。"

"在你这样的年龄,根本不应该探究这样的问题,你应该学会等待。"

"要等到什么时候?"

"你不能伤害自己的母亲。记住,任何时候,任何情况下。"①

这一段最容易为一般读者所忽视的是"王亚军用英语说""请你用英语说""我用英语重复了""我继续用英语说"这些词句,因为读者关注的是实质内容,而轻易放过"用英语说"及王亚军几次提示刘爱用英语说这样看似无关紧要的细节,这一切本来就发生在王亚军和刘爱的"英语角",不过是一种英语口语的练习而已。不单一般读者,目前为止仅有的八篇关于《英格力士》的研究论文,也无一篇涉及小说中这个"英语口语练习"的场景。

这个场景,事实上也承担了一个特别强的叙述功能。它暗示王亚军对于"文化大革命"之中初中生刘爱的英语教育,不是课堂上、教科书式的浅层次,而是达到了可以用英语描述较为复杂的现实生活的程度。事实上,小说最后部分也同样做出了一个明确却不经意的暗示。在对"流氓犯"王亚军召开的宣判大会上,刘爱和老师在大庭广众之中见面了:

---

① 王刚:《英格力士》,人民文学出版社 2004 年版,第 233—234 页。

王亚军看看我。

我也看看他。

他的表情平静，就像是我们正在台上演戏。是莎士比亚的《哈姆莱特》，我是王子，他是老国王。①

这一个很容易被读者忽略的小小的细节，同样说明，王亚军不单是教刘爱粗浅地学习英语这种外语，而是引领他接触到了莎士比亚所代表的英语文学和英语文明。

王刚在这里是颇具用心的。可惜这种良苦的用意，十多年过去，还从未被研究者领会。之所以在这么一段话中四次强调"用英语说"，是因为英语在这里代表了另一种文化和文明。这一点，在描绘这段对话之前，王刚特意在第十五章第一段写下了这么一段话："王亚军就像是一个在那种时节的殉道士，他布道的实质内容不过是一种叫作 English 的语言，以及围绕在这种与维吾尔语和汉语，哈萨克语，塔吉克语，锡伯语完全不同的语言氛围之上的文化。"英语是在刘爱的现实生活中，与他周围的文化不同的另一种文化，另一种文明。母亲出轨，对于目睹了这个过程的儿子来说，要在他的感情上抹去这个浓重的阴影，要在他的内心真正原谅、理解母亲，在他所身处的维吾尔语和汉语所代表的文明之中，是得不到依据的，尤其是在那个高跟鞋都不得不锁进箱子里去的时期。在那么一个非正常的年代，刘爱领受的，是来自以英语为代表的另一种文明的人生启迪和心灵的拯救。

作为读者，我们还可以稍进一步。20 世纪六七十年代，正是以英美为代表的西方国家经历性解放洗礼的混乱年代，"在美国，自 1968 年以来，离婚率每年增长 11%。纽约、巴黎等大城市离婚率已高达 50%以上"。一夫一妻制正经历来自基于性自由、性解放的耦合婚制最严重

---

① 王刚：《英格力士》，人民文学出版社 2004 年版，第 348 页。

的挑战。① 中国的乌鲁木齐和此时以英语文明为代表的西方，在性关系的理解上，正构成背道而驰的两极。在刘爱看来最为严重的事件，如果放在当时的美国社会来看，则是日常生活层面下的常态。正如人类学家所说："那些对于我们似乎是最重要的生活方面，在那些其文化丰富而又志趣相异的部族看来，却是不屑一顾的东西。"② 正是这样的思想背景，深受英语文明影响的、自上海学校毕业的王亚军老师，才可以真正从心底里不纠缠于刘爱母亲的"作风问题"，他只是用英语说了这么一句："你不能伤害自己的母亲。记住，任何时候，任何情况下。"就举重若轻地化解了刘爱成长之中这个最严重的精神危机，对深陷精神重负之中的刘爱给予最基本的、来自新的原则、立场上的启发和拯救。

这种来自另一种文明的启发和拯救，之所以能够对刘爱的成长产生影响，除了此次对话之前关于英语学习、"绅士""文明""爱"等的铺垫之外，小说也同时对母亲的情怀，做了充分暗示。刘爱羡慕王亚军身上的香水味，也偷抹过母亲的香水。母亲的高跟鞋和香水，父母偷偷听着的西方音乐，是在非正常的"文化大革命"年代，母亲向往另一种文明的象征。当我陷入母子关系困境之中的同时，在黄旭升和王亚军眼中，刘爱的母亲秦萱琪，却是真正有教养、值得敬重的女士。小说最后，通过校长为情所困、因情而死的情节交代，也使母亲的出轨洗刷了单纯欲望满足的意味。也就是说，正因为母亲对于英语文明的向往和追求，使得深受英语文明影响的王亚军能够在心底里理解她，也使得刘爱最终能够理解母亲。母子俩之间最深的、最隐秘的困境消散于无形。正因此，"文化大革命"结束之后，刘爱眼中的母亲、小说最后呈现给读者的母亲，是这样的："她的风度很好，没有人能像她这样，温和、大度、落落大方，她的个子挺高身材挺拔，像是一个经历过风雨又重新走到了阳光下的白杨。"

---

① 谈大正：《性文化与法》，上海人民出版社1998年版，第163—165页。
② [美]露丝·本尼迪克特：《文化模式》，王炜等译，生活·读书·新知三联书店1988年版，第25页。

"你不能伤害自己的母亲。记住,任何时候,任何情况下。"王亚军以英语表达的这个全新的伦理,正是《英格力士》这部小说表达出来的最为珍贵、超越小说中那个具体时代、具有永久性意义的价值!它使整部小说艺术和道德的品格,得到最大的提升。我毫不怀疑,这也是《英格力士》对于中国当代文化、当代文明建设作出的富有意义的启示。

三 岁月深处的忧伤和感恩

在当今文坛,一批五六十年代出生的作家,都拿出了自己的成长小说,比如王朔的《动物凶猛》(1991年),余华的《在细雨中呼喊》(1991年),迟子建《树下》(1991年)、《热鸟》(1997年),苏童的《城北地带》(1992年)、《河岸》(2010年)、《黄雀记》(2012年),严歌苓的《人寰》(1998年,后改名为《心理医生在吗》)、《穗子物语》(2005年),刘建东的《全家福》(2003年)、虹影的《饥饿的女儿》、《好儿女花》,林白的《北去来辞》(2014年)、艾伟的《风和日丽》等。因为年龄相近的缘故,这批作家的成长小说无一不涉及"文化大革命",这种成长的非正常背景,往往是屈辱性记忆的来源。但是,除了少数作品比如王安忆的《69届初中生》(2001年)、叶兆言的《没有玻璃的花房》(2003年)等作品直接描绘了"文化大革命"中的文攻武斗之外,一般都很少涉及时代的残酷和暴力,作家全力关注的是少年沉浸在自己世界中的悲欢。

《英格力士》也是这样,尽量略去"文化大革命"的具体背景,少年关注着自己身心和狭小周围的一切,为成长的苦恼所缠绕。尽管如此,在那个背景之下的少年时光,总是在少年严正的探究之下蕴含着荒唐和不堪。王刚尽量用少年刘爱的眼光来观察、叙述,他看到正在画毛主席像的父亲被范主任横蛮地扇了耳光而忍气吞声,看到黄旭初的父亲上吊自杀,看到最尊敬的英语老师王亚军被范主任侮辱、在自己的蛊惑下因偷窥阿吉泰而被公审、游街、判刑……

所幸在那个残酷的年代，少年刘爱并没有被带进残酷青春的惯例，像王朔在《动物凶猛》和余华的《在细雨中呼喊》等作品中刻意表现的那样，这让这部忧伤的成长小说显得特别流畅、清新、柔和、纯净，有成长的压抑与屈辱，但更多的却是感怀、感恩。

因为母亲出轨带来的成长之中最为浓重的心理困扰和价值困惑，却为王亚军老师经由英语口语对话轻松化解，反而因此体验、感受到另一种文明的魅力。相比之下，刘爱的同班女生黄旭升，就没有这么幸运。她对王亚军由"爱"生"恨"、爱恨交织因而主动离开了王亚军，放弃了英语学习。她还远非像刘爱那样目睹、而只是听说和揣测自己母亲的奸情，就用老鼠药毒死了母亲的情人申总指挥。两个少年面对同样严重的成长困境，结局却判然两别，这种对比也再一次显示出王亚军在刘爱成长之中的重要意义。刘爱在动乱年代得遇良师益友，这里就构成《英格力士》这部成长小说深深感恩的最主要内涵。

均为建筑工程师的父母刘承宗和秦萱琪，他们为儿子取的这个名字"刘爱"，刘爱自己最初是抵触的，认为真是一个做作的名字，但是因为自己尊重的老师王亚军数次对这个"爱"字的强调和解释，他逐渐接受了这种以"爱"为价值核心的人生追求，也使他在那个充斥暴力和背叛的年代，在成长不可避免的尴尬和屈辱中，依然保有了对于爱的信心，伴随着成长，逐渐有了对于爱的更深的理解。母子冲突的最终解决，使得母亲像风雨过后"阳光下的白杨"，对于父亲经由严重冲突之后的同情和理解，最终使这部小说脱离了成长小说中最容易出现的前述所谓"审父审母之作"的模式。作为两个清华大学建筑系毕业的建筑工程师所生的儿子，刘爱在那个年代，无形中拥有他自己当时都无法意识到的远超同龄人的幸运。

伴随着具体的英语知识的学习，跟随王亚军，刘爱不单学会了国际音标，学会了林格风英语，学会了流利的英语口语会话，而且王亚军一次次向刘爱灌输"绅士""文明""灵魂""爱""《月亮河》""高贵"等，既为解决母子冲突做了最为切要的铺垫，更让刘爱经由这一事件，体会到英语文明的魅力。从这个角度来看,小说的结尾就显得十分高明。刘爱没有考上大学,意味着在现实中的一次失败,但是,承受这种命运的刘爱内心并没有过多的懊悔和沮丧,而是平静地接受,偶然间得知这一消息的王亚军,也没有更多地表示遗憾。这里恰恰显示着另一种内心的强大和自信:经过了王亚军断断续续、长达六年的英语教育,刘爱已经接受了另一种文明的洗礼,对于通过高考才能得到的那种大学教育,足可以表现得不那么急切和寄予唯一的希望。《英格力士》这样的结尾,一些习惯了"大团圆"式结局和思维的读者可能觉得很失落,但这正是这部小说不落俗套、引人深思的地方。

除了英语学习的引导,对刘爱高贵人格的熏染,王亚军还直接解除了刘爱生理成长之中的巨大困惑。14岁,刘爱开始在晚上经常想象着阿吉泰和黄旭升的样子手淫,弄得面色很黄,"这个孩子因为自己的成长而感到自己有罪"。这个时候,也是王亚军细心地察觉到了刘爱的变化,最后以他惯有的见怪不怪、简洁明了的方式,一扫刘爱在发育中遇到的这个困惑和"有罪感":"王亚军就好像什么也没有听见一样地对我说:'你要学会自慰。'"

在小说中,王刚以小说叙述者的口吻,客观地对这一事件做了回顾:"我的英语老师除了让我学会了那首古老的《月亮河》之外,他还让我意识到每当黎明想念女人,浑身燥热是无罪的。"相比之下,《在细雨中呼喊》中的孙广平就无法得到来自老师和长辈的指导,只能从同龄人那里半信半疑地认知手淫是自然的事,从而稍稍减轻这种负罪感。①

在《英格力士》中,阿吉泰和黄旭升这两位女性,同样是寄托和承载这种成长中的感恩最为重要的人物。在小说中,母亲出轨带给刘爱成长中的阴影、英语老师和英语学习、成长中爱恋的萌发这三条彼此纠缠着的主线的发展之中,阿吉泰和黄旭升正是第三条主线中的主人公。阿吉

---

① 余华:《在细雨中呼喊》,上海文艺出版社2005年版。

泰和黄旭升,在少年刘爱从12岁到18岁的成长之中,见证着、寄托着刘爱从懵懂到逐渐清晰的爱的萌发,从这个角度说,刘爱也是幸运的。

黄旭升和刘爱既是邻居,又是同班同学,但他们的交往,没有青梅竹马的意味,两人都喜欢英语、崇拜英语老师,并暗暗为英语课代表竞争着。而且,刘爱渐渐清晰地感知了黄旭升对英语老师王亚军的爱,而刘爱呢,内心隐秘的爱慕,主要倾注在阿吉泰老师身上。但在和黄旭升的交往中,男孩刘爱感知了一个同龄女孩情感的丰富、矜持、尖锐和极端,使得那个混乱年代中的男孩,无形中感知了时代粗暴下面人性的丰富。黄旭升是一个矜持、高傲、要强而又特别敏感的女孩,在他们两个躲在王亚军窗外的树上窥视时,刘爱无意中触碰到了她的胸部,"我更加清晰地闻到了她身上的薄荷香味,而且,我感到她的胸脯上很软,而且有两处地方明显高起来。就说:'你们女生都这样吗?'她说:'我比她们都高,别看我别的地方都瘦。'"黄旭升行为、语言种种出乎常态的表现,以至于中年的作家王刚忍不住跳出来感慨:"现在回想起来,女孩们真奇怪,她们从小就很复杂,其实她们就没有真正地小过。"同龄的黄旭升,性格中有一种决绝的气质、一种具有杀伤力和毁灭性因素的气质,与之形成对照,男孩刘爱性格中柔弱、犹豫、文雅的一面更显突出,而二人不同的成长道路及命运,也顺理成章。较之于陷入牢狱之灾的黄旭升,高考落榜的刘爱显得无比幸运。

对于阿吉泰,正像前文所述,刘爱流露出的明显的恋母情结,不得不使我们再次回到弗洛伊德那里寻求相应的理解。弗洛伊德认为:"一个人从青春期起就必须致力于摆脱父母的束缚,只有当这种摆脱有所成就之后,他才不再是一个孩子,而成为社会中的一员了。就男孩而言,这个工作即在于使性的欲望不再以母亲为目标,而在外界另求一个实际的爱的对象。"这是少年必须迈过的反应伊谛普斯情结的一步,"然而做得理想的,即在心理上及社会上得到完满解决的,则寥寥无几"[①]。从这个角度来看,

---

[①] [奥]弗洛伊德:《精神分析引论》,高觉敷译,商务印书馆2004年版,第268页。

刘爱的成长又是何其幸运,他爱上了维语老师阿吉泰,数次偷窥阿吉泰洗澡都如愿以偿、并未因此受到任何现实的打击。小说最后部分,还有这样一个细节,当刘爱和阿吉泰被困于母亲设计的防空洞中时,他们有了充分的时间相互了解,曾经就偷窥有过这样的对话:

> 过了一会儿,她轻声说:"你为什么老是去澡堂偷看我?"
> 我更加抬不起头。
> 她说:"能看清楚吗?"
> 我点头。
> 她说:"你每次看我,我都知道。"①

因为亲眼见证母亲的出轨而陷入痛苦的刘爱,得到了王亚军来自英语对话的、代表另一种文明的开导和启迪,又能幸运得以由此将对母亲的爱转移到阿吉泰身上,而阿吉泰又正是这么一个美丽、大方、开朗、善良的女子,刘爱的成长面临的困境,最终都得以偶然又自然地解决。当然,从传统小说情节结构的角度来看,这部带有半自传性的小说,最后刘爱和阿吉泰在防空洞里的肉体之爱,从普通的人情物理来看,难以置信,但从小说自身的逻辑来看,出自纯然的虚构,也是合理的,而从完成刘爱艰难却幸运的成长这个角度来看,正是浓墨重彩的一笔。

从这个角度来理解,小说的最后部分,也可以理解为整部小说整体意蕴的一个象征。刘爱被困于母亲设计的防空洞,象征着母亲出轨曾经带给他的严重的心理阴影和成长中近乎致命的打击。但是,又正是在防空洞中,他得以在阿吉泰的引导之下完成了自己真正的成人礼,体味到了那个年龄难以拥有的爱情,象征着刘爱的成长,顺利地解决了伊谛普斯情结的困扰,成功地将之引导到母亲之外的、真正值得爱的异性身上。而最后,面临死亡绝境的刘爱和阿吉泰,终于从母亲设计时留下的

---

① 王刚:《英格力士》,人民文学出版社2004年版,第362页。

一个小口中逃离出来，象征着刘爱和母亲之间的彻底和解，以及作为儿子的刘爱对于母亲的理解和感激。只是这一切，可能并非作家创作时能够清晰意识到的。

成长中体会到来自成人世界的高贵、仁爱、平等以及无奈，对精神世界的追寻，《英格力士》既非常克制、很少直接描绘那个时代的残酷和暴力，又时时通过少年在成人感染之下良好品性的逐渐形成，对"爱"的多种含义的逐渐领悟，来抵触时代的粗糙、粗暴和庸俗，两者的反差让我们意识到，这部忧伤的成长之作，表达了内心深处长久的感恩。这是《英格力士》区别于当代成长小说的突出之处，也是五六十年代出生作家的成长小说中显得极为稀少的品质。当然，成人世界的不可信赖也不可避免地给少年刘爱带来了一些阴影。《英格力士》高超的是，在这里不是泛泛抒发某种时代性的、类似于"青春无悔"式的感恩，《英格力士》中的感恩，是独属于少年刘爱个人的，也是独属于作家王刚的。

第十章　王刚的《喀什噶尔》:成长写作的饱满质地和克制品质

艾伟的《南方》,显示了一个专业作家在长篇小说写作上的野心,而在我个人看来,却因寄托了过多的文学探索而显得驳杂,内容却又相对单薄,有点惋惜。如果单纯地写成一部成长小说,可能会好看得多、吸引人得多,因为它在展示罗忆苦、罗思甜姐妹直至中年的生活时,她们的童年和少年时代自然地占据了太多的分量,完全可以独立出来。倘如此,《南方》文学探索的面貌也会集中、清晰得多,而成长小说的写作,可能也能更多地纳入作家不可替代的个人体验。当代长篇小说写作,实在地说,即使对于成名已久的专业作家来说也不宜雄心过大,渴望将长篇小说艺术在一部小说里做一次全面推进型的突破,既不现实也面临风险。

读完王刚 2016 年发表在《当代》第 1 期上面的长篇小说《喀什噶尔》,让我在阅读《南方》时的惋惜大为平复。

王刚在当代文坛一直像一个执着的边缘人,20 多年来,这个非职业作家从未处于文坛中心,却又总不会让人忽略他的存在。1996 年出版长篇小说《月亮背面》,2004 年出版长篇小说《英格力士》,2009 年发表《福布斯咒语》。2011 年,又在《人民文学》杂志第 10 期发表长篇小说《关关雎鸠》。五年过后,又推出《喀什噶尔》。王刚一直坚持着韧性的、马拉松式的写作。他的每一部长篇,总有着出人意料的面貌，毫无某些职业作家因常年闭门创作带给研究者和读者的沉闷和疲惫之感。

《英格力士》发表于2004年第4期《当代》杂志，人民文学出版社2004年9月出版。2004年12月23日，获得由人民文学出版社和《当代》杂志社合办的"长篇小说年度奖"读者奖和专家奖第一名，不久，《长篇小说选刊》2005年第2期予以转载。2008年，《英格力士》进入了第七届茅盾文学奖提名的20部作品之中。以一部成长题材的小说进入茅盾文学奖提名，实属难得。2009年年初，《英格力士》被企鹅出版集团买断版权，并于2009年推出英文版、意大利文版、法文版、韩文版、德文版和西班牙文版。在中国当代小说中，能有此境遇的作品，还不算多。这是一部纯粹的成长小说，讲述"文化大革命"中的少年刘爱17岁之前在乌鲁木齐度过的成长岁月。在那种特殊的知识饥荒的时代里，少年刘爱因为英语老师王亚军的引导，对英语学习充满了罕见的热情和痴迷，伴随着少年成长之中的不安和悸动。作为一个读者和研究者，《英格力士》在我心目中一直占据着特别重要的地位。这是一部长期受到忽视的优秀之作，但却是王刚至今最为吸引人的作品。在阅读过《福布斯咒语》和《关关雎鸠》之后，我心里觉得，对王刚自己来说，《英格力士》也是一个难以逾越的高峰。

发表《喀什噶尔》的这期《当代》杂志，在封面上印着这么一句话："《英格力士》的姊妹篇章，青春痘时代的青春痘祭。"《英格力士》无疑一直是王刚标签式的作品，《喀什噶尔》依然未能超越《英格力士》，几乎是可以确定的。但《喀什噶尔》是目前王刚长篇小说中唯一能和《英格力士》比肩的作品，确实也是"姊妹篇章"。《英格力士》写的是少年刘爱12岁到17岁的事情，而《喀什噶尔》中恰好也只写了王迪化17岁至19岁这三年之间的生活，可以看得出王刚有意识地将小说主人公的年龄段限制得很严格，两段年龄既首尾相连，又都还限制在刚刚成年这个年龄段落之内，契合于典型的成长小说的题材。仅从两部不同的成长小说的时间安排，可以揣测：王刚是一位对于自己的整体性创作有着较长远计划的作家。

1977年5月，17岁的王迪化走进喀什军营，成为一名吹长笛的文艺兵，在正式穿上军装的第二天，就参加了美丽的女犯王蓝蓝的宣判会，并留下深刻而忧伤的记忆。夏天，又看到了曾副参谋长美丽的妻子周小都，以至于"我在那个夏天里，充满了不确定性"。17岁的"我"曾尾随周小都，"那个让白杨树更像白杨树的女人"，走进疏勒县电影院并坐在她身旁一起看完了电影《简·爱》，并因此受到了董军工和文工团伙伴不了了之的"审查"。在1978年9月5日这一天，18岁的我终于主动而大胆地认识了来文工团找女团员的周小都。我"跑马"了，我们去各地军营、去高山上、去三十里营盘、去西藏阿里，甚至去国境线只有两个士兵的哨所慰问演出，甚至历险死人沟。我们的团员中，有我的高中女同学、追求进步坚持早起扫厕所终于得到提干的艾一兵，有年仅12岁、却颇富音乐天赋后来成为芝加哥大学音乐博士的华沙，有成立"捉奸队"的欧阳小宝……在叶尔羌县城我的军装失而复得……回到喀什疏勒县军营，我的"告密"使得老兵乔静扬复员。我约艾一兵看电影《画皮》。春节，19岁的我和艾一兵在一起度过一个寒冷、孤独而终生难忘的夜晚。老兵龙泽枪杀领导，我因为向中央军委和总政写信反映文艺兵的艰难状况而被迫和华沙一起解职复员，离开军营前夕，在喀什噶尔那个风雨交加的夜晚，我吻了周小都的手……复员回到乌鲁木齐的我和华沙，却听到了文艺队其他队员在神仙湾出车祸全体遇难的消息，我俩赶回喀什噶尔政治部，我意外收到了已在神仙湾离世的艾一兵一年前写给我的信……22岁那年，我在北京街头，偶遇24岁的王蓝蓝。

应该说，这部篇幅近27万字的长篇小说，内容并不复杂，也只写了王迪化三年文艺兵的生活，和18万字还不到、时间跨度却近30年的《南方》比较起来，反而显得异常单纯。但是却质地饱满，情绪充沛，读来令人有酣畅淋漓之感。《喀什噶尔》是一部好读的小说。

在一篇已发表的论述贾平凹长篇小说《秦腔》论文的开头部分，我曾简短区分过贾平凹的"心迹"写作和莫言的虚构性写作。这无疑是当代文学中两类比较有代表性的写作路数。贾平凹以《废都》《高老庄》《秦腔》为代表的一系列作品，大致可看成自传式写作，《高兴》《古炉》《带灯》和新近的《极花》，都有一个顽强的、从未消退的作家个人的视角。即使是历史题材的《病相报告》等，也掺杂着不少个人的癖好、情趣和情绪；而莫言以《红高粱》《丰乳肥臀》《檀香刑》《生死疲劳》等为代表的系列作品，完全是虚构性写作，即使是以自己姑姑为原型的获得茅盾文学奖的长篇小说《蛙》，也基本上与作家个人情感寄托无甚关系。这二位几乎是这两种写作路数的两个极端性的代表。

《南方》的写作，可以说已经显示了虚构性写作在一个长年写作的专业作家那里容易遭遇的想象力枯竭的尴尬。王刚的写作，则基本上属于"心迹"写作的路数，早期的《月亮背面》和2009年的《福布斯咒语》，是他自己投身商海和房地产业多年经历的投影，所以尽管是写房地产，但一点不隔。《福布斯咒语》中，王刚还自然将在北京打拼主人公的故乡放在了新疆乌鲁木齐，遥远的故乡和亲人是他在商场拼搏的巨大精神支柱。王刚目前已经出版的五部长篇小说中唯一一部依据新闻素材写成的、缺乏清晰的"心迹"写作特征的《关关雎鸠》，在我的阅读感受和理性判断中，是一部不成功的作品。

《英格力士》和《喀什噶尔》则是融入了太多个人的记忆，是最为典型的"心迹"写作。《喀什噶尔》也充分体现出"心迹"写作在一个非职业作家那里具备的莫大优势和感染力。在《英格力士》的第二章中，王刚直接在小说里插入了这样的文字："这本书我在写的过程中，在不断加深一种信念：它就是告慰自己的童年少年时代，告慰自己的记忆、半真半假的回忆录吧。我是说，在我这篇回忆录里，事情为什么要这样发生，而不那样发生。"在《喀什噶尔》快接近尾声的第十三章，王刚又不知不觉地插入了这样一段文字："马明来了，我不知道我前边有没有说过这个人，如果前边说过了，那可以不算数，因为这是回忆小说，由于我的脑子现在越来越不好了，所以，可能我说错话了。"作家先后两次在两部写作时间相隔十多年的小说中提及的"回忆录""回忆小说",虽不可完全落实,但王刚两部成长小说的"心迹"写作性质,则是毫无疑义的。作家无须过多去虚构整体性情节和更多的不可替代的生活和写作细节,他只需全身心沉浸在新疆喀什噶尔那种不可替代的整体性氛围之中,过往生活中的种种令人忧伤之处,生活中流逝的美和感动,都会自动奔涌而来,即使掺入虚构,也只会是水到渠成的,这是使得《喀什噶尔》整体上情绪和质地异常饱满的主要缘由。专业作家的虚构性写作,几乎永远无法抵达这种境界(写到这里,我几乎想发问:全世界当今还有几个国家,是有我们这种专业作家制度的?)。专业作家的写作,只可能是一种逐渐衰竭的写作。《喀什噶尔》中某些一晃即逝、再无呼应的细节,比如第十章中一贯严肃正派的董军工突然喊出"假如她突然在你面前把裤子脱了呢?",第十一章中"似乎肝炎也开始在喀什噶尔周围流行"等,也让小说拥有一种回忆性写作带来的不可替代、毋庸置疑的异常坚实、饱满的品质。又比如第一章刚开始不久小说提及的何炳贤,"我当时还不知道他以后会成为我与其他几位女生的英语老师",后文也无任何呼应,但又无法不让读者与《英格力士》中的英语老师联系起来,这只能是这种回忆性的长篇写作在作家记忆中出现的偶尔的脱漏所致,这种不自觉的脱漏,可能恰恰是这种"心迹"写作带给读者和研究者不可忽略的细节,它反而让后面的阅读具备一种坚实的心理上的信赖和期待。

《英格力士》已具备一定的文学经典性,是成长小说的代表作,也是目前为止王刚最成功的作品。《喀什噶尔》在当代文坛会有怎样的影响和位置,毕竟面世不久,还得经受时间的检验。但是,相较于《英格力士》,《喀什噶尔》也有自己的特质,显示出岁月赋予一个有追求、从未停下前行脚步的作家的丰厚馈赠。2004年发表《英格力士》时王刚44岁,2016年发表《喀什噶尔》时,王刚是56岁,作家年龄的变化,对王刚来说在长篇写作上的一个明显表现就是写作的克制。尽管这部小说长近28万字,它还是时时让我们感知写作中这种难得的克制。

两部都是成长小说，都以新疆为背景，共同之处是不少的，比如写性意识的萌动，写成熟女性对于少年的魅力，对于生命中出现的美丽女性的感动、感激之情，都是一致的，也构成两部小说异常动人之处。两部小说也都避开或忽略了"文化大革命"这个具体的政治化背景，都极力在描绘新疆特殊的风物之美，伴随着一种对内地人的不屑。但是，《喀什噶尔》的写作较之于《英格力士》更显克制，更成熟，也是可以感知到的。

《英格力士》的主人公是刘爱，小说开始还对这个名字的来历做过不少铺垫和解说。《喀什噶尔》的主人公，则直到小说已进展到一大半，在第九章第23节中，才从朱医生的发言中自然冒出"迪化"这个称呼，整部小说中"迪化"或"王迪化"加起来也不会超过5次，名字已可有可无，作家也不再过多纠缠于少年自身的感受。这是两部成长小说中明显的区别。当然，也可能与题材有关，在军营里，身穿军装的少年不可能像在中学里的少年那样"自恋"。在《英格力士》中，还有范主任、申总指挥这样明显的"坏人"，对自己身为高级知识分子的父母，刘爱也对他们人性深处的幸灾乐祸情绪，作了清晰而生动的呈现。在《喀什噶尔》之中，则没有对任何一个人物做过任何的道德评判，对文工团的领导董军工，无拔高却也没有任何漫画化或者否定性的描写，这样的写法，带给读者的心理冲击是全新的。我在阅读中，时时感觉这一点对于一部长篇小说来说近乎奇迹，如果不是作家有意识地追求，几乎是不可能的。这一点，既体现了随着年龄而来的宽容心态，也显示出时时抑制个人喜好，只任由作品自身人物言行去呈现的难得的克制风格。

《英格力士》的最后，少年刘爱和维语老师阿吉泰，在防空洞里完成了他的成人礼，这是可以确指的颇为大胆的一个虚构，作家也对具体场景和细节作了耐心而性感的描摹。这一部分，既可以理解为前面刘爱偷窥阿吉泰洗澡情节的自然发展，也具备惊心动魄的因素，但是，掩卷沉思，则觉得又未免刻意了，真是只有写小说才会这样！而《喀什噶尔》的写作，一开始就是对涉嫌通奸谋害人命的美丽年轻女犯王蓝蓝的刻画，紧接着又是更具优雅气质、更美丽的二十六七岁女人周小都的出场，然后更重要的女主角、"我"的同班同学艾一兵才出场，中间还写了藏族女子阿珍，以至于作家又像在《英格力士》中的抒情一样，也不禁柔肠百结地抒情："我这一生太有运气了，走到哪儿都会遇上那么美好的女人，她们美丽、善良，就像阴天里时时出现的缕缕阳光一样，照亮了我压抑的青春时代。"（第十章第4节）读者以为也会有像《英格力士》中刘爱和阿吉泰在防空洞里那样"刺激"的情节，而且这种揣想也是合理和自然的，毕竟王迪化不像刘爱，已经不是一个中学生了，而且遭遇的女性也多出了一两位，但是，这种自然的阅读期待，到最后却不免落空。即使是那个19岁时的除夕之夜，"我"和艾一兵同处一床，"我"也脱下了她的衣服，柔情缱绻激情四溢，但依然不及于乱，两人皆守身如玉，读到这里，我没有预期落空的失望，反而对作家王刚充满理解和敬意。这里不再是像《英格力士》那样在写"小说"了，这里写的小说，是实在的"回忆录"，尽管记忆会有模糊，但是，生活不会像小说那么浪漫、放肆和刻骨铭心。从某种玄乎的角度来说，我敢说这恰恰是另一种更高级的小说观念，而不是真正的"回忆录"！

从这个角度理解，那么小说快结束的地方，第十四章第12节，写"我"最后和周小都相处的情节，就成为一个瑕疵。第一，我和周小都此前只有两次、实则一次真正的接触，彼此认识了而已，而这里却这么写："也许，在那个喀什噶尔风雨交加电闪雷鸣的夜晚，我完成了一个青春痘少年的成人礼？也许，我仅仅是实施了一次或成功或失败的性侵犯？"缺乏必要的行文逻辑或者情感的铺垫，有什么必要多此一举地提及"成人礼"或性侵犯？第二，这种模糊的写法并不高明，它让我立即想到王朔1991年在《动物凶猛》里写"我"和高晋为米兰打架的那一段著名的模糊性写法，太相似了，二十多年后再这么处理，就不见得高明了。当然，这是我在阅读时不免带着挑剔性眼光才意识到的唯一一个瑕疵。

像《喀什噶尔》这样，以一个 17 岁已经走上社会的年轻人为题材的小说，又主要处理他与三四位女性的关系为主要任务的小说，稍不加克制，即容易流入以性爱描写或性苦闷的展示吸引读者的路数上去，但是王刚没有这样做，甚至是有意回避掉这些可以"大卖"的因素，同时又让小说本身显得极富情绪的张力、充满一种饱满的激情，实属难得的高明境界。事实上它也完美体现了艺术克制的力量在纯文学作品和严肃的、有着文学史意识的长篇小说中的意义和地位。

本章发表于《创作与评论》2016 年第 14 期，中国人民大学书报资料中心《中国现代、当代文学研究》2017 年第 1 期全文转载。

第十一章　艾伟的《南方》：文学在当下语境中的探索和挣扎

　　2014年11月，人民文学出版社出版了作家艾伟的长篇小说《南方》。2015年第1期的《人民文学》，又全文发表了这部长篇新作《南方》。人民文学出版社和《人民文学》杂志，先后推出这部长篇，一个一直生长、工作在南方的、有成就、在文学界有一定影响的中年作家，发表题名《南方》的长篇，无疑是值得读者、批评者和研究者期待的。

　　2010年，在《收获》杂志上读到艾伟连载两期的《风和日丽》。我个人是将之作为成长小说来阅读的，因为对主人公从童年到少年及青年时代的生活着墨极多，占据了小说的大部分篇目，但是在呈现主人公杨小翼的生活和记忆之时，作家可能有意识地过多黏合、黏附了许多当代中国的真实现实，比如朦胧诗派诗人群体的某些人事，反而让人感觉到牵强和别扭，小说自身内在的真实反而受到了某种轻微伤害。试图通过这种写法，将个人成长与时代整体面貌的变迁及人性深层次的考量结合在一起，初衷是极具野心的，但是作品发表之后，至今反响平平，事实上也印证了这种追求并非已达到了完美的效果。

　　我当时感慨，可能正是因为在一部长篇小说中，寄予了过多的文学追求，反而使得《风和日丽》整体面貌显得模糊，无法在数量众多的当代长篇创作之中脱颖而出。如果就以成长小说的路数写下去，杨小翼可能会成为一个相对单纯，但却能够为人较为长久记忆的文学形象。当代许多成名小说家,许多都在盛年时留下了属于自己的成长小说。就我个人印象所及,张承志的《金牧场》,就可以视为一部略带自传性的成长小说,它同时也成为当代长篇小说创作中的一个标志性的经典作品,当年,张承志是39岁。1991年,中国文坛发表了《树下》《呼喊与细雨》和《动物凶猛》三部优秀的成长小说,当年,它们的作者迟子建、余华、王朔分别是27岁、29岁、31岁,均比张承志年轻。1997年虹影发表成长小说《饥饿的女儿》时是35岁。1998年,严歌苓发表成长小说《人寰》时是41岁。在我个人心目中,目前当代能称得上杰作的成长小说,是2004年出版的《英格力士》,当年作家王刚是44岁。从这几部长篇小说创作时作家的年龄来看,这些作家已经过了在文坛扬名立万的初始阶段,能够在接近中年或者盛年时较有余裕地回顾和处理成长经验。艾伟发表《风和日丽》时正是44岁,如果他有像上述这些作家一样的成长小说写作的自觉意识,在一部小说中稍稍放低一点文学追求的标准,文学野心、才力和精力、经历的结合,可能会更和谐一点,留下的作品会更简单、集中、凝练,也更能在当代创作中找到并留下自己坚实的位置。

  对艾伟新作《南方》的阅读,无须掩饰,我主要是为这个长篇小说的题目所吸引。它简单、直接,平凡却令人耳目一新。我相信,几个风格独特、一直待在南方的小说家比如苏童、韩东、张旻、朱文颖等,如果以这个题目写作长篇小说,都会引起读者的盎然兴味。长久沉浸在南方的作家写作这个题目,一定会画出"南方"某种独有的气息、面貌和灵魂出来。在《人民文学》这个身处北方的全国文学重镇刊出《南方》,更有一种天然的清新和醒目。但通篇读完,坦率地说,要问艾伟关于"南方"这个本身即富于魅力的命题,到底提供了什么新的质素和理解,我个人感觉模糊得很。从小说的内容来看,叫它《小城故事》或《永城故事》可能更贴切,叫《南方的谋杀》或《南方的姐妹和傻瓜》等可能更能吸引读者、也更能叫卖,叫《灵魂的飘逝与追寻》则好像也更富于文学意味。总之,读完小说,你会觉得"南方"这个命题作文，没能完成既定的任务，没能提供更新的关于"南方"的体察、理解和认知。

《南方》的问题，可能与《风和日丽》依然存在着一脉相通之处。那就是作家自己的文学野心，对于一部单独的作品寄予了过高的文学期待。

从作品整体来看，艾伟无疑是有野心的，从1963年写到1995年（我一直不理解，为何作家在2014年，会写作这么一个年代十分具体的1995年？这个20年的时间间距是否有某种特定的文学追求的寄托？反复翻阅小说仍不得而知），长达30多年，从傻瓜杜天宝和罗忆苦、罗思甜姐妹从童年到中年交往的种种经历，跨度不小。小说中对肖长春的刻画，更是从1949年前直到1995年他退休之后，可以看出，作家尽量想将小说的时间容量拉得再大一些，小说能容纳的内涵自然可以更驳杂丰富一点，这是第一。

第二，小说将成长题材（比如罗忆苦与夏小恽的中学时光，尤其是罗家姐妹与母亲杨美丽之间关系的描写，都是典型的成长小说写法。也是《南方》与《风和日丽》很一致的地方）、侦探题材（肖长春暗中独立调查破案）、亲子主题、情欲及金钱对于人性的侵蚀主题（罗忆苦及夏小恽两人）、性变态（主要通过隐藏极深的变态杀人狂魔须南国体现出来）、意识流（比如小说中写肖长春眼中的保姆形象，含而不露、乐而不淫，在细节上显示了艾伟写作中极为精致、节制的一面，给人印象深刻）等全部纠结在一起，体现了较为开阔的文学视野，事实上也体现了艾伟对于长篇小说艺术比较复杂、深邃的理解和追求。能够将这么多的文学探索层面的内容，经由细腻的写实性细节呈现出来，显示了艾伟在长篇新作中作为一个训练有素的作家的游刃有余。

第三，小说采取三条线索彼此交织又齐头并进的独特写法结构全篇。小说一共有85节，第1、4、7、10……85节，用第三人称"他"叙述，将有一颗金子般的心的傻瓜杜天保的生活呈现出来。第2、5、8、11……83节，用第二人称"你"承担肖长春破案这一条情节，这个

"你",是死者罗忆苦眼中的肖长春。第3、6、9、12……84节中的第一人称"我",是已经被谋杀死去的罗忆苦,这一条线写她死后灵魂飘荡在永城上空的所见、所忆、所想、所思。在当代长篇小说的写作中,第一次采用三线并进的格局和规模,可以看出艾伟对于小说结构艺术的试图突破。

第四,从前述小说结构安排来看,这部人物众多的小说的中心人物其实就是罗忆苦和杜天保,以傻瓜为主人公,并且用一个傻瓜来作为情节展开的主要依据和手段,也是这部小说试图突破既有小说写作所作出的一个尝试。

大致拈出这四点,至此我们已经可以比较清晰地认定:作家艾伟在一部不到18万字的长篇小说中,确实有点用心良苦,寄予了过多的文学探索的野心。这种探索,在一个不怎么想通过小说写作寄托个人"心迹"(贾平凹语,在《秦腔》后记中,他将"心迹"与"史诗"对立起来,认为当代长篇小说写作注重"史诗",而他个人则偏爱书写"心迹")的作家来说,文体的探索就是一个必然的用心之处。艺术上的精进,显示出艾伟至今的写作状态依然良好,还远没有陷入疲沓、拖拉的境地,还依然保持着英气勃勃的对于文学未知领域的不懈追索。

文体的探索从来是把双刃剑,我个人对于这部作品的批评也主要由此而来。整体来看,尽管时间跨度远超30年,人物也多达20余个,但小说的全部内容、情节等并不复杂,三个家庭、三对夫妻,主要围绕着罗忆苦被谋杀展开的叙述,线索其实非常明了清晰,也就是说,小说本身要传达的这段生活,其实头绪并非繁多,也没有承载更多的社会化、超出家庭之外的内容。事实上,不到18万字的篇幅,确实也只能容纳这些,这是一方面。另一方面,艾伟却运用了三条线索同时交错推进的方式,运用"他""你""我"三种人称不断变换的方式讲出这么一个略显简单的故事和人物纠葛,无法不让人有杀鸡焉用牛刀之叹!在文学探索的执着精进之中,同时也就显示出这种探索——当代文学整体性探索——表层下面的苦闷挣扎。要出新,并且"新"也已出了,但是文

第十一章　艾伟的《南方》：文学在当下语境中的探索和挣扎

学本身，依然难于摆脱单调、单薄之相。

在《南方》中，傻瓜杜天保形象，无疑是艾伟尽最大力量完成的一次创举，他不像《尘埃落定》和《秦腔》中的傻子主要承担情节叙述、推进的人物。除此之外，和罗忆苦一样，他本身还是一个最主要的主人公，罗忆苦代表着人性摆脱不了的"恶"，而杜天保代表着人性中罕见的"善"，艾伟在写作中毫不避讳这一点，并时时由此引发对于物欲横流的时代的批判。但是，这个形象本身的刻画，依然有着难以摆脱的困境。杜天保少年及青年时期，非常乐于自己的钱被罗忆苦拿用，但是这个自己常常吃不饱的独身之人，除养活自己之外，能有多少钱来供罗忆苦"挥霍"呢？另外，艾伟时时要凸显天宝的傻，但是小说情节的发展，很多时候必须要由天宝推进，那种傻，就很难是一种真正的傻，而只是天真。后来写天宝带女儿银杏时，就是一个真正负责的慈父了，这是我在阅读小说时，时时难以摆脱的印象。真正的傻子，太难写了，而在这部小说中，一个傻子承担的文学使命，分量又不免过大了一点。

"他""你""我"三种人称的变换和三条线索的彼此交织齐头并进，在当代小说的创作中，其实也难说是全新的尝试。1991年初版的《灵山》中，高行健即省掉任何人物姓名，完全以"你""我""她"来命名，并且"你"和"我"是一个人，而"她"是好几个女性共用的指称。高行健二十余年前的探索，现在看来仍然要激进得多，却也自然得多。艾伟的三条线，从不紊乱，严格交错，而《灵山》大体是"你""我"交错，却时有打乱这种次序的章节，中间还偶尔杂以"她"的章节。一部长篇，极其严格的章节安排，阅读效果往往不如章节安排大体上错落有致的小说来得好。并且，《南方》三条线，人称时时变换过快，阅读起来事实上给读者带来了困扰，反而有一种情节七零八落之感。而且，《灵山》中，"你""我"的变换，一是小说的两条线索，另一考量则是为了人物和作家自我的深层次对话，一种作家想尽力挖掘自己、了解内心的努力，不像《南方》，基本是一种结构本身的严格安排。为结构而结构,最后小说整体上就受制于这种既定的、规律性极强的结构,反而另有一种意想不到的机械、呆板出来!所以读到最后,我不禁悲从中来,想突破和出新,最后,却终于落到自制的藩篱之中而难以挣脱。

应该说,从文体上而来的这种挑剔,对作家艾伟来说,多少是有些不公平或者说失之过苛的。当代文坛依然有大量作家满足于抒发一己的小小悲欢,满足于讲述一个有始有终的事件,尤其是一些三四十岁左右的女作家,更陷入一种率性写作的泥淖之中,缺乏文学探索的意识。对艾伟的挑剔,是对于一个写作多年、颇有成就的作家的挑剔。

最后,放纵思绪,我在想,从文体探索的角度来说,当代有几部长篇小说是无法被忽视、被忘记的。1987年张承志的《金牧场》,厚厚一本,交错用黑体字和宋体字排版,分别承担知青下放生活和学者生活的叙述,那种粗黑体字的排版,给人的视觉冲击效果,回想起来至今仍然十分强烈,它和张承志的青春激情是紧系在一起的。1991年高行健的《灵山》,尽管也有模仿《尤利西斯》那样写上两三页不要标点不分行、现在看来不尽成功的地方,但它整体性的文体探索所达到的先锋性的境地,在整个当代文学发展中依然是难以超越的。1993年的《废都》,那种带方框的"此处省略多少字",以及贾平凹那种密密麻麻一路写来不喜欢分段的架势,无疑也是当代小说创作的神来之笔。1996年韩少功的《马桥词典》,也是一个独树一帜的创造,从文体的醒目来看,也已很难有后继者能够突破。21世纪张炜多卷本的长篇《你在高原》,尽管我们都很难读完,但这种对于长篇小说写作的圣徒般的付出,依然是值得尊重的……这些作品,文体的探索可谓标新立异,却又与小说本身的质地和内涵融为一体,它们的文体探索和它们的人生追问、人性探寻等密不可分。正是它们几乎不可重复的文体探索,使得它们成为当代长篇小说创作中稀有的经典。正是从这一个层面来反观《南方》,我感到了不足,不满。这种不足、不满之感,在阅读以文体探索为最主要特征的贾平凹新作《老生》时,也时时涌现。

在这个传媒发达,网络改变一切,也从根本上改变阅读状况的当下境况之中,长篇小说作家怎么样进行严肃的、"非如此不可"的文体探索,确实是一个至关重要、又倍感艰难的首要性工作。

本章发表于《创作与评论》2016年第14期,中国人民大学书报资料中心《中国现代、当代文学研究》2017年第1期全文转载。

第十二章　严歌苓的《心理医生在吗》:不断返回成长核心的女性写作

严歌苓的小说近些年高密度地在国内陆续出版,已构成当代长篇创作中引人关注的现象。《心理医生在吗》2009年3月由新星出版社出版,是严歌苓1998年的旧作《人寰》重新出版时新取的名字。这个新名字更直接、通俗,也与作品内容更为贴切。《人寰》1998年在上海《小说界》第1期发表后不久,即由台湾时报出版公司出版,同年获得第二届台湾中国时报百万小说大奖,2000年获得第五届"上海中长篇小说优秀作品大奖",但评论界相应地并没有给予充分的关注,专题研究论文至今不超过六七篇。

一　恋父情结与精神分析

严歌苓是一个经过严格训练的作家,一个工匠般的专业写作者,她的一系列长篇小说《扶桑》《雌性的草地》《一个女人的史诗》《第九个寡妇》《小姨多鹤》《寄居者》大都以一个女性主人公为中心,既体现出严歌苓对女性命运的关注,也体现出一个专业写作者高超的虚构才华。在这些小说中作家自己的性情、主观喜好等是严格摒弃开来的,她只是一丝不苟、细心而客观地投入到对女性生命传奇的勾画之中。相比之下,少数长篇像《穗子物语》《人寰》(《心理医生在吗》)、《无出路咖啡馆》大致可以视为基于自身体验的写作，对于真正热爱严歌苓的读者来说，这些作品更让人觉得亲切。当然《一个女人的史诗》因为以自己的母亲为原型，在表面的虚构和情节的编织之中蕴含了深层属于作家自己的情怀。在严歌苓的许多短篇小说中，这种非虚构的成分更多，一些基本的体验改头换面地不时出现在不同的作品中，构成意味深长的内涵。《心理医生在吗》正属于这种不断出现的严歌苓生命体验的集大成者，是阅读严歌苓所有小说的一个基本出发点。严歌苓自己也特别看重这部作品，获得中国时报百万小说大奖之后，严歌苓曾说："坦白说，如果这回《人寰》没有得奖，我可能会渐渐地放弃写作了。"①

这也是对这部11年前发表的小说作出重新解读的一个理由。

目前很少几篇评论《人寰》的论文，都是从心理分析的角度来解读和评价这部作品的。对于这本小说来说，这种思路是一个非常自然的选择，因为它叙述的就是一个"病人"对她的心理医生的几次叙说。在"我"的叙说之中，还不断掺杂着弗洛伊德、荣格、恋父情结等名词。严歌苓也毫不讳言自己是1996年在美国向一个女心理大夫支付了三个月的诊疗费之后才心有所悟，写下这篇小说的。②

从心理分析的角度来阅读这部小说，可以简单概括为：对恋父情结的审视。这也是目前绝大多数论文的主要论述重点。比较有代表性的是郝海洪的论文，论文三个部分的小标题分别是"恋父情结"，"伊底的躁动和利比多的投射"，"超我：性压抑的转移和升华"，③ 完全是在弗洛伊德的理论框架之下作出的一次中规中矩的解读。

一个45岁的女子在追述她的情感历程，她从一个6岁的小女孩到中年这半生之中对比自己大24岁的贺叔叔的爱情，到美国之后与大自己近30岁的舒茨教授的情人关系，对一个人两次这样的情感经历，当然

---

① 徐淑卿：《严歌苓说不尽历劫的故事》，《台港文学选刊》1998年第8期。
② 严歌苓：《我为什么写〈人寰〉》，《小说界》1998年第1期。
③ 郝海洪：《女性隐秘情感的揭秘——严歌苓〈人寰〉精神分析学解析》，《湖北经济学院学报》（人文社会科学版）2007年第1期。

只有恋父情结可以解释。但是，这种解读也因此完全停留在小说表层。

即使是从精神分析的层面，为论者忽略的东西，恰恰不是恋父情结中对年长男性的情感本身，而主要表现在与母亲关系的理解上。在《心理医生在吗》之中，母亲一出场就带着某种揶揄的色彩，她对家庭的奉献和牺牲，受到了丈夫和女儿的粗暴否定。对于父母之间的关系，"我"有这样的理解："不，我爸爸从来没爱过我妈妈。……我妈妈可能也不爱我爸爸。完全可能的，是我爸爸招惹危险和制造不幸的禀赋吸引了她。她在隐约的危机中，生发了她那学生腔的戏剧性激情。"① 父亲不爱母亲，其实更多的是经历了父亲拨乱反正之后的情感危机的"我"的事后体认，在这里则多年后被置换为少年时的潜意识。母亲不爱父亲，则更属于少女时期某种隐秘的心愿。在小说中，"我"的记忆中很少有母女关系温情的部分。我已近中年，这时父母也已离婚，在女儿眼中的母亲形象是这样的："她撅着已松坠因而大而失形的臀部，眼从杂志砌成的墙缝瞄准着我爸爸和新夫人。"② 而对父亲那个小他20多岁的"新夫人"，"我"没有任何不恭敬的、揶揄的描绘，反而在后面被堂而皇之将名称改为"继母"。父亲如愿以偿和比自己小了很多的女性结合在一起，这个从小就有着强烈恋父情结的女子，在她心目中，值得认同的爱情也只是这种男女年龄相差极大的爱情和婚姻。在她的潜意识里，这个按常理她本应该鄙夷的"后母"，可能正是她自己的心愿得以在内心中隐秘实现的替代者！父亲和年轻后母的婚姻，在"我"的内心，似乎是"我"对贺一骑的爱合法化的象征。

尽管恋父情结和精神分析只是这部小说表层的东西，但是，精神分析本身，还是给严歌苓的小说创作带来了深刻的、值得肯定的变化。以往的论者论及《人寰》，都没有涉及严歌苓的《屋有阁楼》《阿曼达》和《我不是精灵》这三部短篇小说。这几部作品同样涉及年长男子和

---

① 严歌苓：《心理医生在吗》，新星出版社2009年版，第78页。
② 同上书，第178页。

少女的"爱情",这几部作品的存在,可以确认这种恋父情结对于严歌苓这位作家心理特质的巨大影响,也可以确认《心理医生在吗》作为体现作家严歌苓核心的生命体验集大成者的重要位置。但是,这几部短篇可以视为长久的恋父情结不自觉的流露,而长篇《心理医生在吗》则是对恋父情结本身有了清晰的体认之后所做的"精神分析",这也带来这些作品的不同。《屋有阁楼》《阿曼达》和《我不是精灵》基本上处理为外在的事实和情节的推进,而《心理医生在吗》则一次次自愿又带着不易觉察的抵抗,沉入"我"内心深处最为隐秘的地方。这是精神分析带给严歌苓的小说创作积极的东西。

从精神分析的角度来看,很多的潜意识,在45岁回首之时,已发展且转换成为清晰的意识,这其实是一次不需要心理医生出场、心理医生也确实从未出场的治疗。成长的记忆与现实的纷乱纠缠着进入倾诉,回顾和倾诉本身就是自我的治疗,一位45岁的女性,她需要这一场盛大而郑重其事的倾诉的方式和姿态,一种郑重其事的仪式,以求面对此后的人生。与其说这是治疗,不如说是整理、告别和开始。从这种意义来看,精神分析对于《心理医生在吗》这部长篇小说,也可能只是一个精致的幌子。

二 是爱的追忆,更多的是成长

小说交织着讲述了两段轻重有别的爱情,一段是与大自己24岁的贺一骑(贺叔叔)长达近40年,却从来没有过真正的性爱;一段是只有半年,在美国与70岁的系主任舒茨教授却是由性开始的爱。而在小说中,我和同年龄的丈夫宋峻短暂的婚姻,缺乏必要的爱情的交代。这是人生中不正常的却又无力自拔的爱。以至于在"我"的讲述中,数次出现"自杀"这个词,可以想见这种爱情带给"我"的心灵重负。这是"我"去找心理医生的缘故。

在不多的几篇研究《人寰》的论文中,陈思和教授的解读别具眼光地着重于小说中贺一骑和"我"的父亲这两个男性主人公身上,从而将这部小说解读为"这毕竟是一部纠缠了几十年政治风雨,包容了难分难解的伦理因素的东方男人的精神史,让一把个人主义的小刀在上面划出了一道道口子,流出的人性汁液竟是如此的鲜活斑斓。"尽管涉及了"个人主义""人性汁液"这一层面,但陈思和教授的论述主要是在"东方男人的精神史",偏重于小说对特殊年代政治与人性纠缠的景观。也因此,他对小说中精神分析层面的内容有所保留:"不过我不认为叙事者在叙事中一再提到弗洛伊德理论是适宜的,一个病人不应该是读了弗氏的书再去接受暗示式的自我分析。从整体结构上说,11岁的小女孩在火车上遭遇的性的感受作为全部心理治疗的病因似乎是叙事人早就安排好的结局,这就违反了被暗示的逻辑,而且这个事件的重要性也不足以成为病因的理由。"① 2009年,严歌苓将这部《人寰》改名为《心理医生在吗》重新出版,更加强化了精神分析这一块,看来她并不认为是不适宜的。在我看来,精神分析是一个精致的幌子,但并不是这部小说的不足之处,恰恰是严歌苓别致而出人意料的地方。那么,她的用意到底何在呢?

《心理医生在吗》中大量出现弗洛伊德和荣格等精神分析大师的理论,一个病人,已经熟知精神分析的主要内涵,这种在三个月的时间内向心理医生支付诊疗费的事件,可能就只是徒劳,不会对她的心理困扰产生真正有实质性意义的东西。但是既然严歌苓强调自己对弗洛伊德理论的熟稔,而不是浅尝辄止,那么对作品的把握也还得从弗洛伊德出发。

小说共有七章,却在第一章中,就将整部小说所有的主干性事件全盘托出。6岁、11岁、18岁,这样一些关键性的记忆时段全部在45岁时的回顾中呈现出来。后面的六章只是不断返回这些少年岁月,使得这些记忆逐渐清晰、明朗起来。小说的最后,通过那个从未露面的心理医生对我

---

① 陈思和:《〈人寰〉:人性透视下的东方伦理——致旅美作家严歌苓》,《台港文学选刊》1998年第8期。

的催眠，展示出 11 岁在卧铺车厢贺一骑对假睡中的"我"进行抚摩的场景，无疑是这种记忆逐渐清晰化所达到的一个早已存在于"我"心中的高潮。但是，正像陈思和教授所论，这种安排"违反了被暗示的逻辑"。

问题是，对弗洛伊德下过那么多功夫的严歌苓，真的那么相信催眠吗？弗洛伊德在《精神分析引论》中，特别强调在治疗之中的"移情作用"，第二十七讲的题目就是"移情作用"，心理病人只有在对医生有可能产生移情作用的条件下，才有可能最终透露内心真正的，甚至有可能被她自己所遗忘、成为潜意识的东西。正是基于这样的思路，弗洛伊德不信赖被很多心理医生看重的催眠术，而催眠中恰恰有一种抑制的力量在活动着。他认为，"催眠术的疗法想要将心中隐事加以粉饰"，"因为我们已将暗示的影响追溯到移情作用，所以你们更可知催眠治疗的结果何以如此地不可靠"①。在小说里，最后的催眠之所以是一个更为精致的幌子，它让熟悉精神分析的人会想到更多一点的内容，就像那位从未出场的心理医生，一切都早已在记忆之中，而远远不是什么潜意识，只是因为它太重要、太私密，在少女的成长之中成为最核心的事件，她不愿那么轻易地将它和盘托出，而是一次又一次地通过断续、隐约的叙说，谨慎而缓慢地重新走近它。她要用精神分析的外衣紧紧包裹着成长的岁月，从而得以心安理得地将每一个细节加以细细体味，回顾，确认。

由此看来，成长本身，才是这部小说真正的主题。表面的精神分析，一段长长的有着强烈恋父情结的爱情，一段短暂的婚姻，这些都是成长之中的题中之义，这些男人们，连同父母，在更多的意义上只是因为参与了我的成长，才显得那么让"我"难以释怀。

一种气息，或说影响，是从她丈夫那儿来的，在我身上。不可

---

① [奥]弗洛伊德：《精神分析引论》，高觉敷译，商务印书馆 1984 年版，第 364、365 页。

能消散无痕。不可能否认：那个眼看着我成长、参与了我的成长的男人。①

这是我要他明白的。或许我根本不在乎他明不明白。我希望他知道：我成长得很好。

或许我想让他知道：一份美好的成长一直擦着他的边在溜走。②

在小说叙述推进到后半部分，这样两段关于成长的言说终于不经意间出现。对贺一骑长达30多年不正常的爱，主要因为它是"我"成长的见证。贺一骑在我11岁时，用不能自抑的方式让我感知了性的气息，在我18岁时，则成为我青春激情的寄托。此时，在这种爱中，和所有少女的成长一样，除了幼年的记忆之外，也有那个时代塑造的整体氛围的影响，英雄式的男人，受难的男人，沉默压抑自己的男人，在18岁少女眼中闪烁着特殊的色彩。故有论者将之称为"爱慕的政治"。③ 在"我"从知青点去贺一骑劳改的瓜棚看他时，贺一骑明白："这女孩是痴的，是不要命的。"④ 从一个中年男人的眼光，他明白这个18岁少女汹涌的激情意味着什么。它不能堆积在心里，需要发泄，需要寄托，需要通过奉献来确证自身，这也是贺一骑无法呼应这种爱，因而让"我"深感失落的原因。

这是一段刻骨铭心却压抑晦暗的爱情，这更是一个女孩平淡如水却又惊心动魄的成长。在那么晦暗、压抑的时代，严歌苓却在小说中用了"一份美好的成长"这个词语，这之中，有着深深的岁月感叹，有一种回首之时对成长和青春充满追怀的祭奠。

三 超越平庸、"惊世骇俗"的成长

这样"一份美好的成长"，它当然不会按照精神分析来确知11岁

---

① 严歌苓：《心理医生在吗》，新星出版社2009年版，第120页。
② 同上书，第142页。
③ 康正果：《红旗下的情感教育——说〈人寰〉》，《小说评论》2001年第4期。
④ 严歌苓：《心理医生在吗》，新星出版社2009年版，第137页。

时在卧铺车厢第一次感知成年人的性抚摸所遭受到的"创伤"。对弗洛伊德来说，丢掉催眠术才可以开始真正的精神分析，对于《心理医生在吗》来说，只有抛开小说最后在催眠术中呈现出来的 11 岁时遭受的"性创伤"的观念，才可以抵达它精神层面的核心部分。

严歌苓的短篇小说《屋有阁楼》中，展现的是父亲的精神迷乱，身在美国的申沐清，耳边每晚总出现隔壁女儿被洋女婿性虐待的声音，第二天却发现女儿女婿一样亲密。最后，父亲偷偷跑去看心理医生，医生有这样的问话：

> "你有没有想到……"医生开口道："你对你女儿的感情……"医生改了口："你在小的时候，是不是抚摸过她……？"①

医生的问话，使得申沐清在自己文绉绉的一生中第一次出言粗劣："操你妈！"父亲之所以被这样的问话触怒，在他自己是觉得过于荒唐、无聊和无礼，在心理医生可能就理解为正是神经症症候的一种。这篇写于《心理医生在吗》之前的短篇，已经出现了女孩子幼年被成人性抚摸的观念，但它展示的是其带给成年人的潜意识中深深的困扰。从这个角度来看，《心理医生在吗》中在每一章都会涉及但总是隐约其词直到最后在催眠术中才真正呈现的贺一骑对 11 岁"我"的抚摸，可能来源于作家严歌苓的一个心结。这里自然可以理解为逐渐呈现出来的性创伤的精神分析的结论，但是这一事件，却是"美好的成长"中最为核心的部分，小说在每一章中不断地、犹豫地接近这一个记忆的核心，只是一种强调和郑重其事。正是从这一理解出发，我每每翻到小说的终章，不是震惊或愤怒，也不是出乎意料，而是会了然于心地微笑起来。陈思和教授敏感地意识到："这个事件的严重性也不足以成为病因的理由。"但是他是由此而不满意小说中精神分析的内容，却没有进一步探究作家

---

① 严歌苓：《屋有阁楼》，载严歌苓《海那边》，时代文艺出版社 1995 年版，第 152 页。

一定要如此的用心。这当然不是病因，而是"我"的成长中最核心的秘密，小说在每一章中不断地加深着读者对这一未知事件的关注，最后谜底揭开小说也戛然而止，从中流露出来的绝不是记忆中的积年的创伤和痛苦，而恰恰是一种强调，一种炫耀。

> 他一寸寸地抚摸她。他的手到之处那寸肉体便苏醒。便是蜕变。她始终在观望他的眼睛从她的形骸内窥视到他的迷恋。对所有她这个年纪，这个生命阶段的雏形女性的迷恋。不止是他个人的，他代表着他那个年龄的男性：所有没有他这份突至的幸运的同类。他粗糙的掌心如树木的剖面，刚被锯或斧剖开，带一股湿气和温暖。
>
> 他跪在那里。
>
> ……
>
> 她明白她父母，她的家庭同他的关系。那份恩宠和主宰，她的牺牲可能会改变一切。他毁她，她就把他毁了。她惧怕被毁，更惧怕对毁灭的向往。
>
> 我那个时候不清楚：我会以这样高昂的代价来解脱那主宰。我翻了个身，把更多部位献出来，牺牲。
>
> 他没有过限。他只是看着、欣赏着那些雏形。①

是的，就是炫耀！少年时代美好的炫耀！一份如此生动的成长体验，足以使那个由父母和时代带来的屈辱和晦暗的少年时代顿然从平庸之中抽身出来，也足以使半生的记忆熠熠生辉。

小说中的恋父情结，体现为对贺一骑的情感，对舒茨教授的接受和抗拒。父亲好像是软弱的，可笑的，但是仔细品味，其中也有一种深深的同情和欣赏，一种骨子里的至爱，在上述情节中，"我"之所以不仅

---

① 严歌苓：《心理医生在吗》，新星出版社2009年版，第120页。

仅是被性骚扰，而同时是在"挑逗"，那是为了对在贺一骑阴影之中的父亲有所奉献。严歌苓还有一个令人叹服不已的短篇《冤家》，女儿即使已经知道自己的生身父亲是同性恋者，依然积攒着所有的零花钱给父亲买贵重的礼物，不惜冒犯一切说闲话的人，不惜牺牲母亲的生命！在严歌苓笔下，恋父是少女的一种美好的病，无关乎父亲真实的品性。小说中"我"的恋父情结，另一方面表现为小说中"我"对于母亲始终如一的不乏揶揄甚至讽刺的叙述，母亲在有着强烈恋父情结的女儿心中，总是显得可笑的。但是这也只是事情的一个方面，弗洛伊德在《精神分析引论新编》中详论过女儿在一定年龄对母亲的反叛。在严歌苓这里，女儿之所以反叛母亲，那是因为女儿和母亲之间，其实血脉里、骨子里是相通的。这一次次对异常的成长经历的不断返回，这一份强烈的对于平庸的反叛，恰恰来自母亲。小说中有这样的阐释：

> 出身市井家庭的母亲，她害怕再平庸下去。几辈子的安分和平凡，对于惊世骇俗的潜隐向往一点点积累，我妈妈就是这个积累。她需要我爸爸这样能力高却注定受贬抑的人。[①]

这一份和母亲血脉中相通的对平庸的害怕，对于惊世骇俗的向往，恰恰成为处于成长之中年仅11岁、18岁的"我"的一种潜隐的内心追求。对于严歌苓这个不时将一些基本的生命体验融入不同作品的作家，我们还可以从其他作品中得到启发。短篇小说《抢劫犯查理和我》中说："对我来说，什么都行，就别一般化。"[②] 与《心理医生在吗》精神气质相通的短篇小说《我不是精灵》中，更有明确的揭示，小说中男孩郑炼点醒了"我"对于比自己大20岁的画家的激情：

[①] 严歌苓：《心理医生在吗》，新星出版社2009年版，第78页。
[②] 严歌苓：《抢劫犯查理和我》，载严歌苓《失眠人的艳遇》，四川文艺出版社1996年版，第42页。

> 正是这种不近常理的东西使你感动。你不是一个一般的女孩。一般少男少女的恋爱你是不满足的。在火车上头回见你,我就觉得你不是个一般的女孩。①

在这种似乎与生俱来的对于"不近常理""惊世骇俗"事物的向往,对平庸和一般化的强烈厌恶,使得"我"即使在11岁遭遇"性抚摩"时不致惊慌,反而在默默地挑逗,使得"我"要在年近45岁之时,仍然要一次次在向那个虚拟的心理医生的若断若续的诉说中,不断接近那一次"惊世骇俗"的成长体验。在小说中,和这种超越平凡的成长内涵相应的,是作家严歌苓追求的性感的写作,和贺一骑长达30余年的情感纠葛,没有任何真正的性爱,却写得那么跌宕起伏,充满内心的紧张和触摸的质感,时时挑逗着读者的阅读兴趣,它所达到的境界,非一般的"身体写作"所能想象。

这就是《心理医生在吗》这部为严歌苓自己珍爱的长篇小说的真正内涵。它不是对于创伤的揭示,不是精神分析,不是真正的爱情或畸恋,而是回顾美好的成长,成长之中超越平凡事物、向往惊世骇俗体验的倾心。因为"我"有幸拥有这一份"美好的成长",不平凡的成长,它在表面的焦虑之中,恰恰潜隐着不易察觉的炫耀。而作家严歌苓在对于中国当代文学成长题材的开掘之中,展现出人性的丰富复杂、深邃幽微,是让人叹为观止的。

本章发表于《湖南大学学报》(社会科学版)2011年第1期,中国人民大学书报资料中心《中国现代、当代文学研究》2011年第11期全文转载。

---

① 严歌苓:《无非男女》,花山文艺出版社2003年版,第365页。

第十三章　严歌苓的《芳华》：再次重写的青春和岁月感怀

2016年11月6日，严歌苓11.9万字的长篇小说《芳华》在柏林定稿，2017年4月由人民文学出版社出版，2017年4月11日，冯小刚执导的电影《芳华》即在北京杀青，9月15日全国公映。一部长篇小说从完成到拍成电影不到半年，是这个高效率、快节奏、多媒体融合的时代中，小说屡屡被改编成影视作品的知名作家享有的正常待遇。《芳华》的上演，引发了好评和不少的争议，已表明它不仅仅是一次成功的电影商业化运作。《芳华》小说版和电影版在2017年的面世，对于严歌苓、冯小刚，对于当代艺术，都是一个非常有意义的事件。

2017年，严歌苓和冯小刚这两位均出生于1958年的艺术家，正值迈向60岁之际，都以一部《芳华》来回顾和追忆他们已逝的青春、已逝的岁月芳华，这里面有深切的忧伤和缅怀，也有着来自岁月深处的温暖。正是这样一种情绪打动了广大的读者和观众。而对他们自己来说，这样一部作品，他们更多的不是要继续探求新的艺术的可能性和突破，而是要细细打捞、梳理那一段40年前的岁月，在迈入老年之前，为自己的青春树一座心灵和物质性的纪念碑。从这个角度看，《芳华》的动机其实十分个人化。由此出发，我们也可以不必过于细察《芳华》小说版和电影版艺术上的突破，更不必过于挑剔技巧上一定会存在的某些纰漏和瑕疵，我们应该更多地将注意力放在他们创作这部作品时的"心迹"之中。

一　小说《芳华》：再次抒写的个人"心迹"

"心迹"这个概念来自作家贾平凹："中国文坛向来崇尚史诗，我更喜欢心迹。"① 我曾经就此对当代中国文坛的基本写作路数做过一次粗线条的分析和区分："当代文坛最为重要的两位长篇小说作家贾平凹和莫言，追求的是两种不同的写作方式，贾平凹以《废都》、《高老庄》、《秦腔》为代表的一系列作品，大致可看成自传式写作，即使是看似与作家毫无关系的《病相报告》等，也掺杂着不少个人的癖好、情趣和情绪；而莫言以《红高粱家族》、《丰乳肥臀》、《檀香刑》、《生死疲劳》等为代表的系列作品，完全是虚构性写作，即使是以自己姑姑为原型的长篇小说新作《蛙》，也基本上与作家个人情感寄托无甚关系。"② 应该说，这种划分还是比较符合当代文坛的创作实际的。

对作家严歌苓来说，至少从这个方面看，她的写作路数比这两位著名的男作家还要宽广。她的大部分长篇小说都是典型的虚构性写作，比如《马在吼》《雌性的草地》《扶桑》《霜降》《第九个寡妇》《一个女人的史诗》《小姨多鹤》《寄居者》《赴宴者》《金陵十三钗》《陆犯焉识》《补玉山庄》《老师好美》《妈阁是座城》《床畔》《舞男》等，这是严歌苓最为擅长、也充分体现出专业写作功力的代表性作品。但是严歌苓还有一小批类似贾平凹所说的写"心迹"的作品，我们不细究她的中、短篇小说，单就国内出版的长篇小说来看，有这几部：

1. 《绿血》，（1986 年，解放军文艺出版社）；
2. 《一个女兵的悄悄话》（1987 年，解放军文艺出版社）；
3. 《人寰》（1998 年，上海文艺出版社）；

---

① 孙建喜：《危崖上的贾平凹》，花城出版社 2008 年版，第 98 页。
② 刘继业：《最深处是歉疚和忏悔——论〈秦腔〉中的引生和白雪》，《湖南大学学报》（社会科学版）2013 年第 6 期。

4.《无出路咖啡馆》(2001年,百花文艺出版社);

5.《穗子物语》(2005年,广西师范大学出版社)。

单就数量看,严歌苓抒写个人"心迹"的作品也不少,但放在她总体性的长篇小说写作之中,则比重依然很小,这个靠着强大的想象力和细致专业的工作推出一部又一部高质量虚构性长篇小说的作家,在写作中展露自己的内心世界和生活体验的机会其实并不太多,它们无疑是理解作家严歌苓最好的途径,是热爱严歌苓的读者读着最感亲切的作品。新作《芳华》,无疑也属于这个小小的"心迹"写作系列。这一点,作家自己毫不讳言,在新作刚出版的当月,她就在面对媒体的采访时说道:"这本书应该说是我最诚实的一本书,虽然是虚构的,但是也有原型。"①

这是严歌苓在至今为止的长篇小说创作中,给予新作《芳华》的清晰定位。

在《穗子物语·自序》中,严歌苓有这么两段话:

> 我喜欢读人物传记……个人的历史从来都不纯粹是个人的,而国家和民族的历史,从来都属于个人。
>
> 应该说这小说是最接近我个人经历的小说。但我拒绝对它的史实性、真实性负责。小说家只需对他(她)作品的文学价值负责……我只想说,所有的人物,都有一定的原型;所有的故事,难免掺有比重不同的虚构,但印象是真切的,是否客观我毫不在乎,我忠实于印象。②

这一段话,几乎可以作为理解和《穗子物语》一样地书写"心迹"的《芳华》的极佳注解。《芳华》小说版和电影版里,穗子都是重要的

---

① 贺梦禹:《严歌苓〈芳华〉是我最诚实的一本书》,《北京青年报》2018年4月28日。
② 严歌苓:《自序》,《穗子物语》,广西师范大学出版社2005年版,第2页。

主人公，穗子还时常承担着叙述者的功能，都通过穗子的眼，来打量那一段成长岁月。

并且，令人惊讶的是，这六部长篇小说作品，《人寰》主要处理的是童年经验，《无出路咖啡馆》则集中处理赴美之后的异国中年生活。另外四部，从20世纪80年代第一、二部长篇小说《绿血》和《一个女兵的悄悄话》，到2005年的《穗子物语》，再到2017年的《芳华》，写作的主要人物原型和生活经验，基本上都是重合的。四部小说里面人物姓名各异，男女主角演绎的也并非大致相同的故事，但是部队宣传队或文工团的背景总是一致的，这一群年轻的文艺宣传工作者的身份也是一致的。而且，《绿血》的乔怡、《一个女兵的悄悄话》里的陶小童、《穗子物语》和《芳华》的萧穗子，如果读者或研究者将这四个小说人物和小说主要的叙述者都等同于作家严歌苓，也未尝不可。

身居海外的作家严歌苓的小说，尤其是大量的、题材各异的长篇小说如《小姨多鹤》《一个女人的史诗》《金陵十三钗》《陆犯焉识》等近年来屡屡被改编成电视剧、电影，已成为当代文坛一个显著的、引人注目的现象。冯小刚导演改编的《芳华》，无疑将严歌苓的长篇小说影响推向一个前所未有的高度。但是，一般读者、观众和研究者，未必有机会和兴趣读到或关注她最早期的长篇小说《绿血》和《一个女兵的悄悄话》以及稍后的《穗子物语》，大多数人更不会意识到，当下令广大观众耳目一新的"芳华"书写，对严歌苓自己来说，只不过是再一次回归一段她早已书写过多次的自己亲身体验的少女时期和青年时期的军营生活。小说尤其是电影版《芳华》激动着当下的读者和观众，对严歌苓自己来说，则只不过是又一次细细打捞自己过往生活的片段和场景，又一次在回味那一段近十年的部队文艺兵生活，她只不过是在书写个人的"心迹"，却感动了与她的生活并无多少相同之处的更多读者和观众的心灵。

当然，年近60岁时的"芳华"写作，与30岁左右时的"芳华"写作，虽然都是在写同一段生活原型，都是在书写个人的"心迹"，但其间的差别还是十分明显的。梳理清楚了这些,对于我们真正理解《芳华》,尤其是电影版《芳华》,有着举足轻重的意义。

二 年轻时的笔下"芳华"

1984年写毕、1986年出版的《绿血》,① 涉及的人物是一个部队宣传队的成员杨燹、乔怡、黄小嫚、宁萍萍、季晓舟、廖奇、田巧巧、桑采、丁万等,用两种不同字体将对越自卫反击战和他们战前的生活、战后的遭际交织着进行叙述(直到小说最后,读者才知道不时夹杂、穿插在宋体字小说正文中的关于对越自卫反击战的楷体字部分,是杨燹的小说手稿。当然,小说中有桑采写给乔怡的一封长信,叙及桑采在美国的遭际,也是用楷体呈现的)。文学编辑乔怡为了联系到一部长篇小说手稿的作者,坐了38个小时的火车回到了几年前生活、战斗过的部队,以此为线索,将过去和现在紧紧夹杂在一起进行书写。作家书写的当下距离要书写的生活原型并不遥远,还不需要回顾和眷念,而是要扯清现实和过往人事的纠缠和感情的纠葛。完成此书的写作时,严歌苓26岁。真正意义上的对越自卫反击战也还没有完全结束,所以小说最后,主角杨燹和乔怡都有再次返回战场的冲动和心理准备。这是严歌苓四部关于文工团题材的长篇"心迹"写作中唯一一部突出表现了对越自卫反击战题材的作品。

1986年写毕、1987年出版的《一个女兵的悄悄话》,② 写完此书作家严歌苓时年28岁。和《绿血》不同,也是在内容上有意和《绿血》有所区分,这部小说没有涉及对越自卫反击战。陶小童和徐北方并不热烈的恋爱,美丽的孙煤在徐北方和高力之间的犹豫,徐北方对于绘画的

---

① 严歌苓:《绿血》,解放军文艺出版社1986年版。此书最末注明"1984年4—6月初稿于北京 9—11月14日二稿于南京"。
② 严歌苓:《一个女兵的悄悄话》,解放军文艺出版社1987年版。此书注明"二稿于一九八六年四月八日"。

追求和最终的失意，团支书对陶小童突兀的表白及死亡，阿爷的离世及带给陶小童的悔恨……小说最后，宣传队同样面临解散，它写的也是从入伍到退伍这样一段文艺兵漫长的军营岁月。

《绿血》和《一个女兵的悄悄话》两部长篇，都是以严歌苓个人的部队文艺兵的经历作为生活原型的。它们的主旨和兴趣主要还在于记录刚刚过去不久的军营生活，《绿血》着重写了他们的日常文艺兵生活和对越自卫反击战，而《一个女兵的悄悄话》就完全避开了对越自卫反击战，也是有意为之的区分，各自承担着记录、展现文艺兵军营生活不同层面的内容。换言之，它们都沉浸在生活本身，这一段近十年的生活值得铭记的人物、细节和场景等过多，需要由两部长篇小说来分担。

并且，这两部小说，它们完全沉浸在细节、场景、人物和人物对话等之中，没有感慨和抒情的成分，没有审视和批判的成分，它们就是生活本身。这两部小说分别写于严歌苓的26岁和28岁，她刚刚离开那段生活不久，对于那段生活对于自己一生的影响，还不会有过多的意识和思量，当然也不会有不舍和眷恋。相反，因为年轻，她笔下的这段生活充满冲动和生机勃勃的力量。《绿血》男主人公杨燹，时时有挑战生活的勇气，在战场上如此，战后走出研究生入学考场后的自得、放弃读研的轻率等莫不如此。在和乔怡的恋爱中他也是咄咄逼人、不懂体贴的，甚至以狠狠扇乔怡一记耳光来结束这段恋情：

> 黑暗中，一记耳光打在她脸上，她懵了——不，她清醒了。一切都完蛋了。他就这样告别了她，以他的方式，告别了他们五年的爱。她在那天晚上想到了死……①

这样的事件，无论在小说还是生活中，都是情绪含量很重的，但是《绿血》中没有议论、评价和其他更多的情绪渲染，而且小说后面的部

---

① 严歌苓：《绿血》，解放军文艺出版社1986年版，第38页。

分也没有对这个细节的重复。

《一个女兵的悄悄话》也是这样,陶小童在和徐北方告别和分手之时,尽管徐北方尚存幻想,面对此时已经在带着八个新兵、极力追求进步的陶小童,面对分别时毫不扭捏、含糊和拖泥带水的陶小童,徐北方烧掉了大摞日记本,陶小童则带着八个新兵来打扫他烧出来的纸灰,好像和自己无关一样。

> 记得他当时很失望,看了我很久。
> "我想不通,你怎么会变成这样……"
> 我说:"我真的有事。"
> "我知道,你有许多重大的正经事!"然后他就急匆匆走了。最后一刹那,我看见他突然笑了一下,笑得怪可怕,有点像那种精神失常的人。①

这就是《绿血》和《一个女兵的悄悄话》的写作风格。它们只是记录和呈现生活本身,不需要感慨,不需要抒情,不需要回顾,更多的是讲述、探究,它们头绪繁多,事情纷繁。年轻人还有大把的青春可以、也必须要去挥霍,他们充满锐气,充满挑战的激情,充满了一种内在的满不在乎。

他们和作者严歌苓一样,正置身于青春之中,他们都还一样的没有任何关于青春的感慨。青春就是生活和小说本身,它还没有资格、没有必要成为追怀和眷顾的对象。"芳华"还只是事实本身,还没有成为一个蕴含过多岁月感怀的意象。

三 走入中年后的笔下"芳华"

《绿血》和《一个女兵的悄悄话》都写军营文艺兵,但人物、细

---

① 严歌苓:《一个女兵的悄悄话》,解放军文艺出版社1987年版,第327页。

节、场景基本上互不重叠，如果说它们都是充分原创性的青春写作，那么进入中年以后，严歌苓这方面题材的少数作品，基本是一种互文性写作了。

《穗子物语》出版的 2005 年严歌苓 47 岁，距离上两部军营题材的长篇小说的出版又过了十六七年了。这是一部由中篇小说组成的长篇，都是自传性题材，里面的《老人鱼》《爱犬颗韧》等和《一个女兵的悄悄话》的人物及事件多有原型和情节等的重合。尤其是《奇才》《灰舞鞋》《耗子》三篇，又是典型的文艺兵军营生活。其中与《绿血》构成一种明显互文性写作的《奇才》发表于 2003 年，[①] 里面的主人公音乐"奇才"毕奇与《绿血》中的廖奇非常明显都是来自于同一个生活原型。《灰舞鞋》发表于 2004 年，是一篇近 7 万字的中篇小说，[②] 此篇主要写萧穗子在军营里的几次恋爱事件，这一块内容在《绿血》和《一个女兵的悄悄话》里基本没有涉及，是刚刚步入中年的作家对少年、青春岁月中最重要的情感记忆的一次集中回顾。也正因为《灰舞鞋》已经将这一块写透了，所以，在《芳华》中，只用略微点出"我"因情书事件受到批评教育、地位和何小曼一样就够了。"我"的情书事件，对一般的《芳华》读者只是一个若有若无的背景性的存在，对于作家严歌苓来说，则是写作《芳华》之前早已在中篇小说《灰舞鞋》之中梳理清楚了的记忆，也无须更多的笔墨。《耗子》我未见发表，应也是写于作家年近 50 岁这一段时期。相比一同收入《穗子物语》里的《奇才》和《灰舞鞋》两篇，《耗子》和《芳华》则构成真正的互文性写作。

要真正梳理清楚《芳华》和严歌苓所有其他涉及军营文工团生活的小说之间的互文性关系，无疑是一项非常琐碎、繁杂的工作。这里只简略地比较严歌苓对出自同一个原型的黄小嫚、黄小玫、何小曼的书写

[①] 严歌苓：《奇才》，《上海文学》2003 年第 9 期。
[②] 严歌苓：《灰舞鞋》，《收获》2004 年第 5 期。

第十三章 严歌苓的《芳华》:再次重写的青春和岁月感怀

之间的异同来展示严歌苓文工团书写的互文性。同时抑或能呈现出作家不同年龄阶段对同一段少年、青春生活的细微差异。

在《芳华》中,作家严歌苓毫不避讳地以叙述者口吻交代了小说写作原型的真实存在:"我不止一次地写何小曼这个人物,但从来没有写好过。这一次我也不知道是不是能写好她。我再给自己一次机会吧。我照例给起个新名字,叫她何小曼。"① 其实不用作家在小说里的这种直接交代,"何小曼"对于熟悉和热爱严歌苓小说的读者来说,也是一个早已熟悉的"故人"。

在《绿血》中,她叫黄小嫚,是文工团众多女孩之一,也是贯彻全书始终的一个重要人物。和以后对这个原型的书写最大的一点不同是,《绿血》一开始就写黄小嫚当了英雄,不久和失散多年的父亲见面后得了"兴奋型精神分裂症"。② 然后再基本按顺序交代她进军营之后的种种:爱背着人吃一些不上档次的零食而被其他女兵称为"小耗子",洗澡被发现胸脯过小却仍然戴着乳罩,某天发现晾台晒着的一个乳罩用线缝着两块塑料泡沫,排舞蹈时男兵赵源因"不愿给伙伴们的刻薄话提供口实"而违抗黎教员的命令坚决不托举黄小嫚,田巧巧军裤失窃怀疑是黄小嫚最后却被证实是污蔑,黄小嫚妈妈寄过来的令小嫚先喜后尴尬的包裹及小嫚从小在继父家庭经历的种种……正像《绿血》的整体风格一样,对于刚刚告别的战友和生活,只是尽量如实地刻画,没有添加自己的感慨和情绪。

在《耗子》中,丑女孩黄小玫是唯一的主角。直到小说最后两个自然段才写到英雄黄小玫的发疯,这次在她当上英雄后、发疯之前见到的不是父亲,变成了母亲。和《绿血》不同的是,加入了对黄小玫唯一长处却是她自己时时加以掩饰的一头浓密长发的描写,那个晾晒的乳罩缝着的,由《绿血》里的泡沫改成了两块海绵,而且黄小玫还是最

---

① 严歌苓:《芳华》,人民文学出版社2017年版,第62页。
② 严歌苓:《绿血》,解放军文艺出版社1986年版,第34页。

关切它的主人是谁的那个,舞蹈队托举事件中男兵不愿托举黄小玫的理由,不是男兵怕伙伴们的刻薄话,而是她身上有汗馊味。除此之外,《耗子》加了一个新的情节,大家对走红的独唱演员池学春风流韵事的批判以及批判会上黄小玫不一样的表现。小说将英雄黄小玫的发疯安排在了最后一段,甫一提及就戛然而止。依然延续了《绿血》的风格,没有作家通过小说叙述者表达出来的个人感慨。

在小说《芳华》将近三分一篇幅处开始写何小曼,依次写了父亲的自杀,在继父家的屈辱经历,这次严歌苓补写了一个小曼将母亲已给新妹妹穿的红绒线衫拆散染色重织为黑毛线衣、被母亲发现而打耳光的情节,这个增加的情节分量不小,突出了小曼对新家庭的绝望,对军营生活的向往。这部分内容之后,小说中插入了第二段代表了作者心声的叙述者的交代:

> 在我过去写的小曼的故事里,先是给了她一个所谓好结局,让她苦尽甘来,跟一个当下称之为"官二代"的男人走入婚姻,不过是个好样的"二代",好得大致能实现今天年轻女人"高富帅"的理想。几十年后来看,那么写小曼的婚恋归宿,令我很不好意思。给她那么个结局,就把我们曾经欺负她作践她的六七年都弥补回来了?十几年后,我又写了小曼的故事,虽然没有用笔给她扯皮条,但也是写着写着就不对劲了,被故事驾驶了,而不是我驾驶故事。现在我试试看,再让小曼走一遍那段人生。①

这一番"夫子自道"中,"几十年"前写的这部小说,无疑就是距 2017 年长达 31 年、于 1986 年出版的长篇小说《绿血》,书中的"好样的'官二代'"是男主人公杨燹。最初他和乔怡的恋爱受到了"文化大革命"后官复原职的父亲和局长继母的阻挠,对越自卫反击

---

① 严歌苓:《芳华》,人民文学出版社 2017 年版,第 82—83 页。

战后杨燹经过艰难的抉择告别了和乔怡的感情、和小嫚同居并打算一生照顾小嫚,但他们的婚事依然受到了家庭中另外四位党员的一致反对。小说最后是小嫚留下一封信辞别杨燹,和父亲离开成都去桂林疗养院了。所以也不算是作家30年后所说的"好结局"。"几十年后"又写小曼的故事当然就是指18年或19年之后写作的《耗子》了,"没有用笔给她扯皮条",则是指此篇写到黄小玫的精神病后就戛然而止,没有涉及任何她的恋爱、婚姻等事。

在这个以"我"的身份出现的叙述者关于小曼的插叙之后,《芳华》基本上是接着再次重写以往写过两次的情节。

1. 长发事件。《耗子》里只写了女兵们终于在夜里用手电筒一齐照上去,才发现了被黄小玫刻意隐藏着的不单不是秃子,反而是带着天然卷的一头浓密的长发。《芳华》里小曼的长发被发现,却增加了女兵们太多的心理活动的描绘,以及长发与小曼刻意保存母亲的手艺的心理。

2. 乳罩事件。《绿血》只用了两百字,那个缝着塑料泡沫的乳罩,还"倒没人往黄小嫚头上猜"①。《耗子》中这个垫了海绵的乳罩,仍然让读者不知其主人是谁,而黄小玫也是试图守候这个乳罩的主人中的一个。这里第二次书写乳罩事件,篇幅扩充至一千字。《芳华》中,乳罩事件的书写骤增至近五千字,并且一开始就用了这样一个定性式的话语,"让我们对她的歧视重大升级的一件事是这么发生的"②,垫的是"黄颜色海绵",其他女兵守候至深夜,也没能直接守候到乳罩的主人,而变成了大家对何小曼的围攻,以及小曼的固不承认,最后以小曼一声"无词的号叫"结束了乳罩事件。尽管依然没有坐实,但严歌苓第一次强烈暗示这个乳罩的主人就是小曼,因为将乳罩事件与小曼少年时的绒线衫事件联系了起来。

3. 托举事件。朱克不愿托举何小曼,和《耗子》里一样,是因为

---

① 严歌苓:《绿血》,解放军文艺出版社1986年版,第125页。
② 严歌苓:《芳华》,人民文学出版社2017年版,第91页。

汗馊味，事件一样，但大大加强了场景和女兵们心理的描绘。和前两次完全不同的是，主角刘峰在这里的出场，给这个已经写过两次的、无比尴尬的场景增加了一个出乎意料和令人感到温暖的情节。此时刘峰主动托举小曼，既完成了舞蹈训练，也给两人的交往带来了一个坚实的情感支点。

紧接着是刘峰被下放到连队前，小曼去男兵宿舍送别刘峰，刘峰和小曼分别在对越自卫反击战战场的经历，相比以前的两次书写，《芳华》更增加了一些非常结实的内容：小曼三年的治疗，小曼和刘峰在战后的相遇，小曼和刘峰去云南烈士陵园，40年后，小曼和刘峰在一起、出乎穗子和郝淑雯意料之外的特殊的相偎相依的"同居"生活，小说结束，定格于小曼在自己的房子为刘峰设置的灵堂。全书最后一句："那是一九七三年的四月七号，成都有雾——她记得。"小曼的记忆回到了和刘峰最初相识的那一天。从这个结尾也可以看出，尽管《芳华》是一部回忆作家在军营里文工团时的生活，但和《绿血》《一个女兵的悄悄话》《穗子物语》不同，严歌苓个人的军营生活和情感体验退居其次，刘峰、何小曼、林丁丁三位才是主角，穗子和郝淑雯只是更多地见证着、参与回忆曾经的芳华岁月。由此，《芳华》舍弃了大量的、以前写过的个人文工团的纷纭人事和多个场景，却围绕着这三个人浓墨重彩地重写了已经数次写过的"长发""乳罩""托举"等事件，人物单纯了，事件减少了，却写得更集中，更饱满。《芳华》版的"何小曼"，同样的事件，得到了更多更长篇幅的场景和心理的描绘，一些小怪癖的表象都被赋予了更多内在合情合理的心理动因，相比30年前与20年前的"黄小嫚"与"黄小玫"，形象更清晰，精神病也治疗好了，她与刘峰虽然不是心身交融、却依然能在晚年相偎相依的结局虽然仍不乏心酸，却比黄小玫与杨燹的分手、黄小嫚的发疯温暖得多。只能说，这一次年近60岁时的重写"何小曼"，心态更从容，更宽和，作家除了三次写她时都有的忏悔之情，更多了一份理解、欣赏和祝福。

四 《芳华》中的反讽

除此之外，还有非常明显的一点，是在对芳华岁月的重写之中，掺杂了许多以前的"芳华"写作中没有的心理描绘、岁月感叹以及不少旁白式的解说，而这种种，一律地采用了一种掩饰不住的调侃、反讽的语调和视角。

> 那是个混账的年龄，你心里身体里都是爱，爱浑身满心乱窜，给谁是不重要的。（第25页）
> 林丁丁的成熟和世故是冷冷的，能给荷尔蒙去火。（第37页）
> 这是一句多么蠢的话。一旦蠢话出来了，蠢事就不远了。（第43页）
> 而一个被我们假定成完美人格的别类突然像一个军二流子一样抱住你，你怪丁丁喊"救命"吗？（第55页）[①]

文工团里的每一个少年，以及在他们走向青年的那个阶段，他们的言行、情感、生活等，在那个时代的氛围中，并不具备基本的反讽性质，他们排练舞蹈，外出演出。此外，他们也像任何一个时代的年轻人一样，向往爱情，珍惜亲情，也有着这个年龄常有的对他人生活的窥探，捉弄人和看别人的笑话……事实上，严歌苓刚刚结束那段生活不久即创作的《绿血》和《一个女兵的悄悄话》，也都是一种严肃的、记录式的书写，而在40年后，《芳华》重写这同一段生活之时，全书却到处点缀了这种反讽式的片段。

每一个读者和研究者都会将这个等同于即将年满60岁的作家严歌苓的叙述者，这个12岁就步入文工团的"萧穗子"，在她即将走向晚

---

① 严歌苓：《芳华》，人民文学出版社2017年版。

年之际，回顾这一段当年刻骨铭心的部队文工团生活之时，已经不再将自己完全沉浸在具体生活的一个个具体的片段、场景和各种情绪之中，她时时能跳出来、冷静地打量、反思那一段生活。一旦采用了这种40年后审视的姿态，那么就能时时发现那一段生活的荒唐，她不再为具体人事和情感所纠缠，反讽的语调自然就点缀了全书。在 D. C. 米克的名著《论反讽》中，曾有这样一段陈述："施莱格尔兄弟及其后继者卡尔·佐尔格等人，曾借用'反讽'一词来讨论艺术家在创作中的客观立场，'超然态度'和自由程度。"① 用这种视角来看《芳华》里的言语反讽，更可以确认，作家在40年后重写青春时，获得的是一份对于往事的"超然态度"，她的写作是客观的，是达到了自由程度的写作。

这种反讽的语调，在处理构成《芳华》核心中的核心事件——"触摸事件"时，运用得更多。"触摸事件"将《芳华》写作中的互文性和反讽姿态这样两个重要特质，展现得淋漓尽致。

"何小曼"至少已经大张旗鼓重写三次了，相比之下，"触摸事件"不是这么浓墨重彩地被重写，但依然是严歌苓记忆里抹不去的一个"阴影"，因而同样得到了多次的回顾。

1. 在《一个女兵的悄悄话》里，是宣传队团支书王掖生在"我"——即主人公陶小童提干了后，出乎陶小童意料开始表白，在"我"支开话题时，"就在我的目光与他目光相接的瞬间，他忽然跨上前一步，一把抓住我的双手。""一出门，我便撒开腿跑。"②

2. 在收入《穗子物语》一书的《灰舞鞋》中，团支书王鲁生也是在"我"——小穗子毫无心理准备之时开始表白，"小穗子只能看见团支书的大口罩。大口罩雪白雪白，突然和她没了丝毫距离。同时团支书的两只手抓住了她。她下意识地叫了一声，但嘴被大口罩捂住了。一面孔都是充满药水味的大口罩。她不顾一切了。抽出一只胳膊就往大口罩

---

① ［英］D. C. 米克：《论反讽》，周发祥译，昆仑出版社1992年版，第28—29页。
② 严歌苓：《一个女兵的悄悄话》，解放军文艺出版社1987年版，第284、285页。

第十三章 严歌苓的《芳华》：再次重写的青春和岁月感怀

上杵。""而正是他的阴郁和郑重使她夺路逃走。"①

王掖生、王鲁生，从这两个近似的名字来看，"触摸事件"的当事人都是有确定原型的，被触摸者都是"我"，可能真与作家个人的经历有关，但到了40年后写《芳华》，"触摸事件"的当事人变成了刘峰和林丁丁。这是一个较大的改变，应该不是为了避讳（不然以前也不会书写两次），而应理解为作家试图比以前两次书写时位置站得更远点，以一个局外人的眼光来审视这个重要的事件。

既然被触摸者不是"我"，那么尽可以写得比前两次更性感、更生猛！第一次是抓住手，第二次也不过是加上了捂嘴。到了《芳华》，则变成了真实的"触摸事件"，刘峰是在慌乱中"把丁丁扑在怀里。"不顾林丁丁哇哇乱哭，刘峰"手从脸蛋来到她那带柔软胎毛的后脖颈……都是夏天的过错，衣服单薄，刘峰的手干脆从丁丁的衬衣下面开始进攻"②。

与其相信这样性感的触摸，还不如相信40年前那样摸手和捂嘴更令人激荡，也更真实。那是一个保守的年代，而到了40年后的今天，就必须是《芳华》里这样的性感和直接了。这是当今时代风习对于记忆的合理改写。也正因如此，作家要一边回顾，一边审视加工，还不时要站在今天的角度，不断反讽那个情境中的"无非男女"。

最能体现这种反讽风格的，当属"触摸事件"的当事人多年后的感想。在一次离开军营30多年后的见面时，郝淑雯和穗子说：

> "你知道我当时想什么吧？我想说，刘峰你真傻，摸错了人，当时要是摸我，保证我不会叫救命。"
>
> 我很吃惊，但我没有表示。
>
> "谁让他去摸林丁丁，摸错了吧？要不他不会给处理到连队去。

---

① 严歌苓：《灰舞鞋》，《穗子物语》，广西师范大学出版社2005年版，第235、236页。
② 严歌苓：《芳华》，人民文学出版社2017年版，第91页。

也不会丢一只手。那只假手好可怕。一种……便宜货的感觉，还用旧了，破了。你不知道，那么多人摸过我，为什么不能是刘峰？刘峰跟他们相比，至少人品好多了。"①

刘峰当年受到处分被下放伐木连，而他的文工团战友则人人都在会上发言批判他，曾经那么严重的事件，三十多年后郝淑雯却希望当年刘峰能摸她！这当然只是时隔多年略带滑稽的评价，以一种极端的言语质疑了当年的较真，也质疑了那个时代。

另一次则是穗子、郝淑雯和林丁丁三人聚会，趁着林丁丁在客厅的空档。

> 郝淑雯炒菜，我当二厨，她借助叮叮当当的锅铲声对我说："估计现在刘峰摸她，她不会叫救命的。"

听了郝淑雯这句话，"我笑得很坏"。但紧接着有一段萧穗子，或者说是第三人称叙述者的感想：

> 前头没有值得期盼的好事，身后也没有留下值得自豪的以往，就是无价值的流年，也所剩不多，明明破罐子，也破摔不起，摔了连破的都没有了，那种笑。就是热诚情愿请人家摸，也没人摸了，既然最终没人摸，当时吝啬什么？反正最终要残剩，最终是狗剩儿，当时神圣什么？对，就那种笑。②

这三处关于"摸"的议论，正是通过与当下的时代气质、回忆者的年龄和经历等相契合的、自然而然的反讽，实现了对"触摸事件"

---

① 严歌苓：《芳华》，人民文学出版社 2017 年版，第 164 页。
② 同上书，第 177 页。

的重新审视,同时也对整个青春年代进行了一次重新认同的回顾,是一种深层次的缅怀。

有意思的是,也正是萧穗子、郝淑雯、林丁丁这三个 30 多年前的文工团战友聚会时的这个与"摸"有关的场景,也引起了陈思和教授的关注,他这么评论:

> 三个女人都经历了结婚离婚的风霜人生,以枯枝败叶的心态来回忆和议论芳华青春的当年,她们早已看倦了当年的理想主义是怎么一回事。①

这里的"误读"是显见的。如果真是"枯枝败叶的心态",那么她们就不会有再涉及年轻时的那些尴尬,她们会禁忌很多。这里是反讽,且带一点自嘲的心态,这正是面对往事健康的、自信的、宽容的心态,而绝非"枯枝败叶的心态"!

同时,《芳华》在重写已经回顾过多次的文工团年华之时,在面对从记忆里走出来的那些人之时,在记录、反讽和自嘲之时,也不时流露出一丝感伤。前述两次郝淑雯和萧穗子谈论"触摸事件"表现的宽容之时是如此,事实上,这也是往事不堪回首之意,同时又有不堪往事其实不失美好之意!

小说快结束时,萧穗子给刘峰看手机里林丁丁的照片,刘峰脸带静静的微笑,后来她才醒悟其实刘峰没戴老花镜,他根本不想看清楚,他更愿意一直保留当年的那个小林的印象!想及此,萧穗子一边开车一边哭了!"此刻我发现自己看见的红绿灯像是掉进了水里;我哭得那么痛。刘峰对林丁丁的爱使我也多情了。"② 一直冷静的、充当着叙述者的萧穗子,终于在全书逐渐酝酿着的这种与往事俱来的忧伤、伤感之情中失

---

① 陈思和:《被误读的人性之歌——读严歌苓的新作〈芳华〉》,《当代作家评论》2017年第5期。

② 严歌苓:《芳华》,人民文学出版社 2017 年版,第 195 页。

控地哭了！而萧穗子和小曼在殡仪馆送走好人刘峰，小曼在自己家为刘峰设置的灵堂前回忆起初见刘峰时的那一刻，即小说结束的地方，正是这种忧伤情绪达到的高峰。米克论及反讽时，还说过一句："反讽若兼具伤感效果和喜剧效果，就更能打动人，更能给人以深刻印象。"[①]

至此，《芳华》的秘密，我们已经到达了一个比较清晰的认知。

---

① ［英］D. C. 米克：《论反讽》，周发祥译，昆仑出版社1992年版，第50页。

第十四章 最深处是歉疚和忏悔

——论《秦腔》中的引生和白雪

《秦腔》是一部大著,需要长时间细密、深入的研究,刚出版不久,评论家白烨即认为:"这部书写出来是真正可以当枕头的书,可以终其一生死而无憾。对于评论和阅读来讲可能是最有持久性和耐久性的一部书。需要我们今后不断阅读不断解读。"① 这四五年来,随着它获得第一届"红楼梦文学奖"及第七届茅盾文学奖等重要的文学奖项,学术界的关注逐渐加大。

理解《秦腔》重要的一点,是在贾平凹的写作中特别注重的个人"心迹"。贾平凹曾说:"中国文坛向来崇尚史诗,我更喜欢心迹。"② 当代文坛最为重要的两位长篇小说作家贾平凹和莫言,追求的是两种不同的写作方式,贾平凹以《废都》《高老庄》《秦腔》为代表的一系列作品,大致可看成自传式写作,即使是看似与作家毫无关系的《病相报告》等,也掺杂着不少个人的癖好、情趣和情绪;而莫言以《红高粱家族》《丰乳肥臀》《檀香刑》《生死疲劳》等为代表的系列作品,完全是虚构性写作,即使是以自己姑姑为原型的长篇小说新作《蛙》,也基本上与作家个人情感寄托无甚关系。《秦腔》是一部细密扎实的乡土

---

① 参见《〈秦腔〉北京研讨会:乡土中国叙事终结的杰出文本》,http://book.sina.com.cn,2005 年 05 月 30 日 12:13 新浪读书。

② 孙建喜:《危崖上的贾平凹》,花城出版社 2008 年版,第 98 页。

写作,时时浸透着贾平凹自己的情感印痕,就像当年的《废都》是"在生命的苦难中又唯一能安妥了我破碎了的灵魂的这本书"① 一样,贾平凹这样说《秦腔》:"它是我的宣泄,一种说话,不写出就觉得郁闷和难受,就像一个人在他的父母去世时没有去奔丧而永远气堵、揪心,耿耿于怀。"② 这一点,在对小说中最为重要的主人公白雪的描绘上,体现得尤为深刻。

一 引生不是真正的参与者

理解《秦腔》,首先回避不了对引生的理解。小说大部分内容是由疯子引生叙述的,只是偶尔会出现引生之外作者的全知叙事。

在直至目前的《秦腔》研究中,陈思和教授的研究集中而独到。2005年第1、2期《收获》杂志刊完《秦腔》,尚未出版单行本时,由陈思和教授主持、贾平凹参会的《秦腔》研讨会即于2005年3月25日在复旦大学召开,这是学术界最早对于《秦腔》的集中探讨。2006年7月26—27日,香港浸会大学举办首届"红楼梦奖:世界华文长篇小说奖"评选,《秦腔》获得首届大奖时,陈思和教授是评委之一。2006年,陈思和教授在三次阅读《秦腔》之后,发表了《试论〈秦腔〉的现实主义艺术》和《再论〈秦腔〉:文化传统的衰落与重返民间》两篇共两万五千字的论文,③ 充分肯定《秦腔》几乎完全以细节和场景支撑小说的独特现实主义艺术的魅力,在中国当代文学发展的大背景之下充分阐述了《秦腔》的价值。但是陈思和教授的两篇论文中,关于引生有一个一致的观点,发人所未发,新奇而突兀:

很显然,夏风只是《废都》中庄之蝶圈子里的一个废人,白

---

① 贾平凹:《后记》,《废都》,北京出版社1993年版,第527页。
② 贾平凹:《〈秦腔〉台湾版序》,《美文》(上半月)2006年第11期。
③ 陈思和:《当代小说阅读五种》,复旦大学出版社2010年版,第90页。

雪与夏风的离婚是必然的。虽然没有明说，但引生与白雪有情人终成眷属似乎可以确定，小说里每次写到引生遭遇夏风总是落荒而逃，但是整部小说的最后一句话却是引生说的，"从那以后，我就一直在盼望着夏风回来。"充满了自信的语气中，预示了全书爱情故事的结局。①

从全篇的结构而言，引生与白雪的爱情故事仍然是主线。②

从普通男女的情欲出发，走向纯粹精神性的疯狂爱恋，最终在秦腔的精神层面上结合为有情人，是白雪与引生这一对民间精灵的伟大爱情故事。③

在陈思和教授的解读中，十分肯定地将引生和白雪理解为真正的恋人，整部小说的主线是白雪和引生的爱情故事。怎么理解这些问题，涉及的主要问题是对引生这个人物在小说中作用的理解。或者说，贾平凹设置这个人物、选择这种叙述视角的原因。

有学者认为，疯子引生视角的引入，是对传统的中国乡土叙事中根深蒂固的启蒙姿态的颠覆："一方面，他以一个疯疯痴痴的非理性的形象彻底颠覆了启蒙叙事传统中理性的正人君子式的叙事者形象，可以说，'疯子'的定位正是对叙事者身份的有效回避。另一方面，他又以自己的'全知性'的'疯言疯语'烛照出了知识分子的启蒙话语系统的虚假性。"④

在一些研究《秦腔》的论文中，都提及福克纳《喧哗与骚动》中的"白痴"和阿来《尘埃落定》中的傻子形象。"疯子"引生的设置，

---

① 陈思和：《试论〈秦腔〉的现实主义艺术》，《当代小说阅读五种》，复旦大学出版社2010年版，第104页。
② 同上书，第110页。
③ 陈思和：《再论〈秦腔〉：文化传统的衰落与重返民间》，《当代小说阅读五种》，复旦大学出版社2010年版，第123页。
④ 吴义勤：《乡土经验与"中国之心"——〈秦腔〉论》，《当代作家评论》2006年第4期。

并非贾平凹独创。也有学者对这几个白痴类人物进行了区别:"福克纳那个白痴的视点是为了表现理性不能看穿的真相,为了进入潜意识的深度,揭示人性和心理的复杂性。阿来的那个白痴,几乎从来就不痴,头脑比正常人还清醒。贾平凹的这个疯癫的引生却是看到生活的散乱,看到那些毫无历史感也没有深度的生活碎片。"① 陈思和教授的论文《试论〈秦腔〉的现实主义艺术》一文,也论及引生与《喧哗与骚动》中的"白痴"和《尘埃落定》中傻子形象的对比。

这些论及引生的论文,或多或少都存在理论先行、过于抽象归纳之处,没有涉及来自贾平凹在《秦腔》创作五六年之前的《我是农民》一书中关于"引生"的重要交代:

> 人窝里,我看到了邻村的引生。他是个疯子,过两天清醒了,过两天又疯癫,而且是个自残了生殖器的人。……那一个晚上,父子俩脚蹬脚地睡着,又为请媒人的一份钱争执开来,争执到鸡叫了三遍。引生毕竟是孝子,觉得不能再怨父亲,要生气就生气自己身上长了个东西,没有这东西也就没那么多焦躁、急迫和烦恼,便摸黑用剃头刀将那根东西割了。割了,蹬醒已睡着的老父,说:"我把××割了!"老父说:"今年不行了,明年养个猪,年终媳妇就有了……"他说:"我不要媳妇,我把××割了!"老父说:"睡吧睡吧,胡说些啥?!"他说:"我真的把××割了,就撂在炕下。"……②

这一段文字,和《秦腔》第 46 页中描述引生割掉生殖器时的语

---

① 陈晓明:《本土、文化与阉割美学——评从〈废都〉到〈秦腔〉的贾平凹》,《当代作家评论》2006 年第 3 期。
② 贾平凹:《我是农民》,陕西旅游出版社 2000 年版,第 89 页。引文中的省略号表示引用时被省略的原文。

言方式，几乎一模一样！可以确认，引生这一人物，在作家的安排中，既非为了回避启蒙叙事，也不是为了虚构一个文学中的痴傻形象来建构某一特殊的文学世界，和所谓"阉割美学"的距离更远。他来自贾平凹故乡的真实生活。这也是《秦腔》这部大作内含丰富魅力的一个方面。由此，我也感觉到，研究《秦腔》的学者，一方面充分肯定《秦腔》这种完全以细节客观呈现、真实还原生活、不表露作家主观意见的写法，但是在对《秦腔》进行研究和解读之时，又总是陷入抽象的"宏大叙事"之中，很难从生活实感和普通人情物理的角度进行品味、解读。

但是，引生又不是来自《秦腔》中清风街的原型棣花街，而是棣花街的"邻村"。这一点也至为重要。引生既来自故乡生活，但又没有直接参与真实的棣花街日常生活，即使从这个由现实到作品的转换情形来看，引生在《秦腔》中，可能也不会是承担主要生活实感和实体性情绪体验的人物。换句话说，他的作用不是直接参与清风街的生活，他是一个不时夹杂着、交混着客观观察和主观激情的见证者。他不同于清风街上那些真实地过着自己独有的一份日子的村民，他是一个活在自己内心、又时刻对清风街上每一个人保持高度关注的旁观者。引生是小说主要的叙述者，但他的存在，完全是依附着白雪而取得自身存在的理由。

这一点，从较为普遍的中外文学中痴傻类文学形象来看，也是自然的，痴傻类人物不可能成为小说实体性场景和情节的中心人物，他们的任务并非是为了直接参与行动，而往往是一个视角最为独特的见证者。仅从这一点来看，前述陈思和教授所说的"引生与白雪的爱情故事仍然是主线"，"最终在秦腔的精神层面上结合为有情人，是白雪与引生这一对民间精灵的伟大爱情故事"的论点，也是难以站住脚的。

在陈思和教授的论证中，特别关注了引生自宫前偷窥新婚的白雪在太阳照射下洗衣服的一段，认为"这一段描写非常奇特，给人一种光亮耀眼的效果"。然后推延至古代民族史诗和民间传说中"太阳照射而产子的传说",认为:"贾平凹在《秦腔》里描写包含了太阳神话的原型,而以引生对白雪的强烈思念和欲望——牡丹化的感情交流——太阳光的直射三者构成了一个完整的生命起源过程。"① 强烈暗示夏风和白雪的孩子牡丹其实是引生和白雪的孩子!得出这样的结论,难免求之过深,有过度阐释之嫌。2000年,陈思和教授撰就皇皇大文《凤凰鳄鱼吸血鬼——台湾文学创作中的几个同性恋意象》,② 文中从原型批评的角度对白先勇《孽子》作出的分析,是一次高难度、典范性的学术工作,直至现在都难以超越,但是这里对《秦腔》所做的原型批评,则显得牵强。

二 白雪的美、无辜和悲伤

小说第一句话,是引生的独白:"要我说,我最喜欢的女人还是白雪。"紧接着还让三踅说了一句:"清风街上的女人数白雪长得稀,要是在旧社会,我当了土匪会抢她的!"③ 在长篇小说的写作中,第一句话往往凝结着作家漫长的构思,一部近46万字的长篇,这样的开头,是否意味着贾平凹写这部小说的一个重要"心迹"呢?

在既有的对《秦腔》的解读中,孙新峰的研究也值得关注。他最先发表的是与人合写的论文《〈秦腔〉:贾平凹在自责中对前妻的追念》④,明确将白雪与贾平凹前妻韩俊芳对等起来,细致梳理了贾平凹与韩俊芳恋爱婚姻的一些材料,论证白雪就是韩俊芳,夏风和引生都是以贾平凹为原型的。这样,《秦腔》主要是对前妻的追念,是作家的懊悔和自责。之后,他又发表过两篇论文《〈秦腔〉荣获茅盾文学奖的文

---

① 陈思和:《再论〈秦腔〉:文化传统的衰落与重返民间》,《当代小说阅读五种》,复旦大学出版社2010年版,第124—125页。
② 陈思和:《凤凰鳄鱼吸血鬼——台湾文学创作中的几个同性恋意象》,《谈龙谈虎》,广西师范大学出版社2001年版,第233—239页。
③ 贾平凹:《秦腔》,作家出版社2005年版,第1页。
④ 孙新峰、席超:《〈秦腔〉:贾平凹在自责中对前妻的追念》,《商洛学院学报》2007年第2期。

化意义》》①《怪胎女婴：解读〈秦腔〉作品的一把钥匙》②，孙新峰是陕西人，对于贾平凹的生活非常熟悉，对于《秦腔》里面的生活也有感同身受的理解，他的《秦腔》研究主要是传记研究角度，对于注重在创作中表露自己"心迹"的贾平凹来说，自有许多精彩发现。《秦腔》内含作家的自责和忏悔，但完全将引生等同于贾平凹，白雪等同于韩俊芳，也未免拘泥。孙新峰同样忽略了引生这个人物的真实原型。而且，在他的论文中，也完全赞同陈思和从太阳照射产子的民间传说推演而出的牡丹是引生和白雪之子的论证和结论。两位学者也都引用了引生的心理活动："我甚至还这么想，思念白雪念得太厉害了，会不会就是她怀孕了呢？难道这孩子就是我的孩子?！"以此印证、加强太阳照射产子推论的正确性。这样的思路，是成问题的，并且也是在一些《秦腔》研究中普遍存在的问题，即将"疯子"引生的每一句话，都视为有微言大义而细加深究。引生疯狂地爱白雪，自己又时而清醒时而疯狂，上述心理活动的产生，无非表现爱之炽烈、疯狂而已。如果引生的每一句话都有深意，那他还是疯子么？如果在阅读时时刻想着引生某一言行的象征意义，还能真正接受贾平凹"这种密实的流年式的叙写"么？贾平凹真有必要写一个比哲人还睿智深刻，比正常人在思维、逻辑和心理上更可信赖的疯子引生么？评论家其实很难真正接受生活无尽的偶然和枝枝蔓蔓，总是带着一双寻求"规律"的眼打量作品。从这个角度看，白娥玩弄引生的场景，评论家很难将它归纳到哪个结论之中，却是小说自身拥有的妙趣和天然。

引生既有现实原型，是一个真正的疯子，言行中就不时会有《我是农民》中提及的那个邻村疯子引生的身影，他不能被视为作家贾平凹的一个化身，他本身也是故乡生活构成的一部分。但是，在小说引生的刻画中，确实又寄托了不少贾平凹的思考和主观情绪。贾平凹其实很难以

---

① 孙新峰：《〈秦腔〉荣获茅盾文学奖的文化意义》，《商洛学院学报》2009年第1期。
② 孙新峰：《怪胎女婴：解读〈秦腔〉作品的一把钥匙》，《当代文坛》2009年第3期。

客观的方式来写引生,在引生的言语行为中,不时寄寓自己的情绪和判断。比如引生经常看见这个那个头上别人看不见的火焰,其火焰之强或弱的区分,其实就是作家对于笔下那些自己无比熟悉的现实中农民原型的气质或性格的一种判断。这是写作的自由和方便,也是写作本身对于作家来说发泄胸中块垒的理由。

更重要的是,引生的存在,是为了印证白雪的美、无辜和悲伤。夏风和白雪是自由恋爱而结婚的,但书里没有任何两人相亲相爱的描绘,从新婚到离婚,夏风对白雪就总是平淡、冷漠的,这种写法不符合生活常识,也不符合贾平凹自身的婚恋经历。这是事过多年之后的一种安排,极力突出夏风对于白雪的伤害,也就开脱了现实中造成离婚状况时韩俊芳的责任,同时通过引生的炽烈、疯狂之爱,衬托出白雪的美,进一步加深着自己对于前妻的歉疚和对自己的谴责。正像现实生活中贾平凹非常喜欢听秦腔,平时也常"哼唱两句秦腔",① 夏风却一直特烦秦腔,也不理解秦腔对于父亲和白雪的意义,也出于同样的心理动因。在这部密实书写故乡的作品中,这种从现实到文学的转换,最深层的内容,就是这种深深的歉疚和忏悔。

引生是一个见证者,白雪才是《秦腔》中真正最为重要的主人公,有关白雪的一切,绝大多数由引生之眼呈现出来。由引生集中呈现出来的,是白雪的美、无辜和悲伤。

在最初的解读中,有论者认为:白雪没有为引生的痴情感动,而是"攀上"了夏风这个在省城工作的"高枝",夏风和白雪,"一个自以为是,以自我为中心,另一个则带有传统农村社会的迂腐与守旧。因而当这两个事实上属于两种不同价值观念的青年男女结合在一起时,他们婚后所生下来的其实必然是没有肛门的怪胎"②。这里的"必然"式思维,对于《秦腔》这部试图还原故乡生活之作,"必然"会是一种伤害。在

---

① 王建民:《〈秦腔〉大合唱》,陕西人民出版社2009年版,第50页。
② 同上书,第59页。这句话为朱靖宇发言内容,2005年第5期《当代作家评论》刊发《秦腔:一曲挽歌,一段情深——上海〈秦腔〉研讨会发言摘要》一文时,未予保留。

第十四章 最深处是歉疚和忏悔

《秦腔》的写作中，夏风对白雪很冷漠，却并未对白雪有任何人格上的贬低，细读全书，对于白雪的"挑剔"，其实只有两处：第一处是白雪和二婶聊天时，二婶问白雪："……白雪你高中毕业？"白雪说："没毕业。我不配你夏风了！"第二处是夏风和白雪就调动的一次吵架："夏风说：'在县上工作长了，思维就是小县城思维，再这样呆下去，你以为你演戏就是艺术呀，以为艺术就高贵呀，只能是越来越小，越来越俗，难登大雅之堂！'白雪说：'我本来就是小人，就是俗人，鸡就住在鸡窝里，我飞不上你的梧桐树么！'哭得更厉害，嘤嘤地出了声。"① 高中没有毕业和"小县城思维"，是白雪仅有的"缺点"，但是，读者谁又会认同这里白雪的自我贬低和夏风的批评呢？一方面通过引生这个时而清醒时而疯狂的疯子，夸张地、无保留地高唱"白雪诗赞"，另一方面，即使是刻画夏风的冷漠和薄情，小说也时时注意回避对于白雪人格的贬低，这是《秦腔》在描绘白雪这个人物时的分寸感，笔端是带着温情、带着歉意的。

白雪的悲哀，不单是和夏风婚姻的不幸福，也不单是挚爱的秦腔的衰败，更深的，是内心的落寞、深深的悲苦和孤独。

第一，引生的爱，是疯狂的，并非能打动白雪，也并非能增加白雪的荣耀。正是引生的疯狂引发了白雪的早产，这种爱的疯狂，带来了白雪的耻辱和灾难。白雪完全只是随顺自己博大的同情，对引生没有更多的反感而已，她和引生之间也从未有过任何情感的交流，"民间精灵的伟大爱情故事"，何从谈起！

第二，三踅巴不得是战乱，可以强奸白雪。夏风拥有了白雪，却是那样冷酷和不耐烦。

引生真挚而疯狂地爱着白雪，也总是试图让白雪感知这种爱，我们的研究过多地从小说整体寓意和引生的角度，阐发"阉割美学"的深意，但是从白雪这方面来说，这个爱着自己的人，尽管也数次暗暗地手

---

① 贾平凹：《秦腔》，作家出版社 2005 年版，第 64、298 页。

淫，却是生殖器被割掉的男人。这种永远不会真正实现灵肉一致的所谓"爱情"，对白雪不也是一种一生的羞辱、一种一生的巨大空虚、凄苦和不公平么？

第三，绝大多数论者从未重视的，是小说中关于百盛的简短文字。百盛是白雪在县剧团里善吹箫的同事，白雪总是搭乘他的摩托回家：

> 直到白雪订了婚，白雪是和百盛真的夜里坐在山梁上吹过一次箫，天上的星星都眨眼，而蝴蝶并没有飞。白雪说："你吹牛，哪儿有蝴蝶？"百盛说："你不是个大蝴蝶吗？"就在那个晚上，百盛将这只箫送给了她。这只箫白雪一直挂在自己的房中。百盛死去了，这只箫还挂在白雪的房中。夏风并不知道这箫的来历，白雪也不愿告诉他，他还问她会吹吗，她说不会吹，夜半里等着它自鸣哩。①

"那个晚上"，在小说的交代里是极其简短的，却也是含蓄的、浪漫、暧昧的。后来白雪去送还这只箫时，看见百盛的遗像，"心里还在说着，门外一只黑色的蝴蝶就飞进来，落在相框上，翅膀闪了闪，便一动不动地伏着。白雪打了个冷噤，腿发软，身子靠住了柜"②。百盛在小说中出现过这么一次，但我们由此感知夏风和白雪婚姻中最为隐秘之处，夏风的初恋是金莲，金莲此刻却是满脸雀斑的人妻、并和上善有婚外情，白雪在婚前，和百盛拥有那个浪漫、暧昧的夜晚。诗人冯至1923年写出抒情长诗《吹箫人的故事》，箫似乎总是和凄美爱情联系在一起。白雪的"冷噤"，就是白雪在情感生活中压在心底深处的凄苦和悲伤。

引生在追随县剧团下乡时，见到过一个白雪的戏迷，"人长得怪难

---

① 贾平凹：《秦腔》，作家出版社2005年版，第376页。
② 同上书，第379页。

看的，说话都咬文嚼字，口袋上插了个钢笔"，正是这个戏迷写下了700余字的"白雪诗赞"，引生为这一篇诗赞感染和陶醉，一遍遍背诵和表演。① 这个丑陋的戏迷，何尝不也是当年的青年贾平凹的化身。此刻这个迷狂的引生，又何尝不是多年后贾平凹想时光倒流成为的当年理想的"贾平凹"！我在阅读这700余字文绉绉的"白雪诗赞"时，总是感慨万千，这一段长篇诗赞文字，和小说总体情节场景的铺展，真是没有多大关系啊，不知有多少读者会轻易略过它们！但是作家写下这一段文字，又得耗费多少心力，得有多大的耐心，得调动多少悔恨和痛苦的情感啊！正是这些看似无关紧要的文字，有时恰恰透露着作家的真实"心迹"。从这个意义上说，《秦腔》整部作品，其实也就是一个长篇的"白雪诗赞"。

三 余论

最后，还有必要再回到文章开始处论及的"心迹"。

在阅读贾平凹先生作品的过程中，还有一个让人印象深刻之处：即他对两位著名女作家的理解和敬重。他有三篇广为流传的散文《哭三毛》《再哭三毛》和《读张爱玲》，充分肯定了两位女作家的才情和天才。此外，在很多零星的文章及段落中，也一再涉及对于三毛和张爱玲的理解。阅读和推敲《秦腔》之后，我脑海里突然浮现出这些内容，细细一想，这里也有和《秦腔》创作深层相通的地方。三毛所有散文都写自己的亲身经历，只写自己最深体验到的情感。张爱玲的文学史地位，则像贾平凹一样，更多来自小说创作，因而没有三毛这么明显的亲身经历的内容，但她所有的小说，写的仍然只是自己观察到、同时也正体验着的生活，没有像莫言那样整体性虚构的作品。张爱玲1973年写作的长篇散文《谈看书》里有一句："在西方近人有这句话：'一切好

---

① 贾平凹：《秦腔》，作家出版社2005年版，第191—192页。

的文艺都是传记性的.'当然实事不过是原料,我是对创作苛求,而对原料非常爱好,并不是'尊重事实',是偏嗜它特有的一种韵味,其实也就是人生味。"①在张爱玲去世后,她的亲弟弟张子静专门写了一本《我的姊姊张爱玲》回忆她,其中第九章《故事——〈金锁记〉与〈花凋〉的真实人物》的开始,就特意引用了张爱玲《谈看书》这篇长篇散文的上述段落,显示出作为弟弟对于姊姊作品中"传记性"深刻的理解。张子静还言及:"一般的读者,读她的作品大多欣赏她讲的故事,她流利的文字和独特的写作技巧。我读她的作品,则在欣赏之外还旁观她心灵的变化——如她所说:'要在两行之间另外读出一行'(这是她1945年7月21日与李香兰、金雄白、陈彬苏座谈时说的话)。"②正因为张爱玲创作强烈的"传记性",因之她的亲弟弟张子静才会较之"一般读者",更愿意从其创作中"旁观她心灵的变化"。正是从这样的角度,张子静才会在《金锁记》和《花凋》这样表面上看起来与张爱玲毫无瓜葛的作品里面,读出张爱玲心中深深的哀伤。

张爱玲创作中的这种"传记性",这种"心灵的变化",也正与贾平凹自己看重的"心迹"息息相通。或许正是在这种深层的对于创作理解相通的层面,使得他对从未谋面过的两位天才型女作家保持着强烈的关注、理解和敬重吧?也正是在这个层面,标示出贾平凹30余年的创作中最为重要、最为独特、最为动人之处。在这个日渐世俗化、功利化的当下社会,一个作家,始终不渝地倾听着自己内心深处、过往的岁月深处的真实回声,构成当代文坛一道最为动人的风景。在《秦腔》这部以故乡、以父老乡亲为原型的长篇小说中,这种"心迹"的因素更见浓重,正是极其自然的。它通过真实却又疯狂的引生,自由地表达了作家自己对于故乡人事不露痕迹的关注和评价,更通过对白雪这一美好形象毫无保留的刻画、兼之以对夏风与原型贾平凹自己性格及爱好等

---

① 张爱玲:《谈看书》,载来凤仪《张爱玲散文全编》,浙江文艺出版社1992年版,第370页。

② 张子静、季季:《我的姊姊张爱玲》,上海文汇出版社2003年版,第96页。

的区别取舍等微妙的处理，深刻地、却隐晦地传达出作家自己现实生活中对前妻的深深怀念、歉疚和忏悔，这一段"心迹"，正是"一般读者"所难以见到、却构成作品最为动人心弦的心灵诗章！

总的来说，阅读《秦腔》，最让我们动心的，不是乡土的衰落。西部乡村的衰落，在20世纪90年代，是一个清晰存在的事实，也是人们见惯不怪的现实，如果说《秦腔》的意义和价值主要在于揭示了这一点，恰恰是对《秦腔》意义的窄化。任何一部长篇小说，在当代中国，既缺乏真正认知复杂现实的广度和深度，更不具备解决现实困境的真实力量；让我们揪心的，也不会是秦腔的衰败，秦腔的衰败在小说中之所以是令人唏嘘的，仅仅只是因为秦腔是白雪的生命寄托！让我们久久动容的，是白雪菩萨般惊人的美！是白雪的无辜、白雪深深的凄苦、孤独和悲伤！正是在这个意义上，《秦腔》成为50岁时的贾平凹必须要耐烦写出的作品，是他的生命、他的心灵稍稍得以安宁的寄托。阅读和评价《秦腔》，必须探讨在很难看见的文本深层，浸透着、饱含着作家个人在这种乡土衰落进程中的忧思和感怀，饱含着作家个人内心深处的歉疚和怅惘，对岁月逝去的深沉追怀。

本章发表于《湖南大学学报》（社会科学版）2013年第5期

第十五章　韩少功的《日夜书》：向感性、诗意和文学性的谨慎回归

韩少功属于当代不依靠大量作品数量而建立稳固的文坛地位的少数几位作家。这位在大学阶段就于1980年、1981年连获两届"全国优秀短篇小说奖"的作家，这位1985年最早进行"寻根文学"理论探讨和创作实践的作家，至今只有《马桥词典》《暗示》和《日夜书》三部长篇小说。①

和韩少功几乎同时、在20世纪80年代初中期活跃于文坛的那一代作家中，很多像孔捷生、李杭育、郑义、古华、蒋子龙、冯骥才、丛维熙、李存葆、张承志等，在90年代即已逐渐退隐文坛，也有像高行健、张贤亮、张抗抗等，始终没有放弃小说创作，但数量并不多。而和韩少功同时成名、目前依然是当代文坛一线和主力作家的莫言、贾平凹、王安忆、张炜等几位，则每人都至少有10部的长篇小说。韩少功的姿态很独特，无法被纳入到这几种情形中，但他以三部长篇、数量不多的中短篇以及大量随笔札记等思考性文字以及译作，始终在当代文坛的发展中产生着持久的影响。在个人的阅读和理解之中，典型的80年代作家中，作品数量不太多、但始终在当代文学的发展中占据重要地位的，只

---

① 本章内容最初发表于2015年。2018年，韩少功发表、出版了他的第4部长篇小说《修改过程》。

有韩少功、张承志等寥寥几位。这也正是近 30 年来，当他的第三部长篇小说《日夜书》于 2013 年面世之后，即掀起一轮评论热潮的主要原因吧。

一

韩少功目前只有三部长篇小说，而三部小说主要还都关注着青少年时期的知青下乡生活，并且都保留着韩少功特有的理性思考、集中探究的兴趣和姿态，要理解《日夜书》，则必须将它与《马桥词典》和《暗示》进行对读。三部长篇小说，既有非常明显的一致，它们各自的题材和内容等的安排；也有区别，并且这种差异是意味深长的，从中或能呈现韩少功的用心和讲求，韩少功处理小说和生活关系的思考和安排。

1996 年的《马桥词典》，处理的全部是"我"知青插队的地方——马桥一带当地农民的生活，并时时深入到对他们的生活历史的探究之中，比如对马姓、罗姓的考察，对马桥"莲匪"之乱的典籍爬梳，对马文杰命运跌宕的描述等，表明作家不是泛泛地在介绍和描绘这块原本与自己毫无关系的土地，而是对这块承载过自己六年青春岁月的地方，做了尽量全面的横向描摹，也倾注了极为浓厚的对于马桥纵向历史的兴趣和考究。"我"是一个细致的、客观的、认真的马桥观察者，却几乎没有参与到这里的日常生活之中。除"我"之外，《马桥词典》也没有涉及其他插队知青。在这本小说开篇前开列的"主要人物"中，一共有 27 个人物，全部是马桥本地人，在这本包含了 115 个词条的《马桥词典》中，只有小说快结束时的倒数第五个词条"嗯"中，才多少有一点关涉到"我"个人的情感的文字，然而这里"我"和本地女子房英之间的情感描绘，也是极其隐晦、微茫的，就像一声迅疾消散在记忆和岁月深处的轻喟。

《马桥词典》关涉的全部是"我"青年时代长达六年的记忆，但是它与成长、与爱情、与忧伤等习见的文学情绪毫无关涉，它与下乡的知青无关，与作家和主人公"我"的情感无关，也与写作时马桥的当下生活无关，韩少功确实在耐心、细致地编撰着一本乡土、人文和风土词典。这种极为自觉的文体追求，即使在十多年之后来看，依然显得相当前卫、新颖和极具原创性。

2002年的《暗示》，同样以知青生活为背景，却是一本野心勃勃的"书"，试图从整体上、从哲学层面来探讨仪式、言、意、象的奥秘和它们彼此之间的错综。知青下乡之处由马桥变成了太平墟，和《马桥词典》最为不同的是，在写作中的感性材料，除了插队时的农村、农民之外，韩少功的长篇小说写作，开始有意识出现了对下乡知青这个群体的直接关注和正面刻画，并且不单写了他们的知青生活，也涉及了一些他们的现实处境。和《马桥词典》不涉及任何一个知青、只写马桥原生态生活不同，《暗示》里出现了小雁、老木、大川、大头等多位知青形象，这些人物，和《日夜书》中的很多知青，构成一种非常明显的"互文性"写作。

在题材的选择和安排上，《日夜书》又有不同，这里知青下乡的地名，变成了白马湖茶场，它同样增加了大量对于多个知青形象的勾勒，但是除了对吴天宝这个当地人的刻画之外，《日夜书》几乎在全力以赴地处理下乡知识青年自己的记忆和现实。同样写知青记忆，《日夜书》和《马桥词典》在题材的选择和安排上，正好构成有趣的、鲜明的两极，因而不得不让人意识到这是作家有意的安排。在十五六年之间，一位作家如此慎重，如此精心地对待、处理青少年时期那段并非漫长的生活，不能不说，韩少功在他大量文字之中一贯蕴含着的理性，同样在深刻、持久地影响着他漫长的、整体性的写作生涯。在这个充满喧嚣和浮泛的当代文坛，一个作家，有着这样清醒、持续的坚持，值得我们保持着充分的尊重。

具体到每一部小说，韩少功也体现出令人惊讶的慎重和耐心。蒋子丹1987年写作《韩少功印象》的时候，透露他已经在写作第一部长篇，并且已经有了七八万字了,① 谁会想到他的第一部长篇《马桥词典》的面世,会在这之后的八九年呢。第二部长篇小说《暗示》也如此,2000 年,在与崔卫平对话时,他这样说:"这样说吧,下一部小说我想研究一下'象'的问题,就是 image 的问题。比如人们在办公室谈话与在卧室里的谈话效果大不一样,比如沙发与太师椅怎样成为意识形态的符号。我觉得这里面有小说,或者说有一些以前小说家们重视得不够的东西。"② 可以看得出来,这时他关于这部小说的设想即已非常成熟,但这部小说面世也已是两年之后了。第三部《日夜书》,更是 11 年以后的事了。当一些作家不断地用长篇小说刷新着人们的眼目、却不断地让读者重复着失望的情形之时,韩少功的创作姿态,显得是那么"异常"而又"正常"!

在题材的安排和处理上,这三部长篇小说,处理的都是知识青年下乡的生活记忆以及知青一代的现实处境。熟悉、热爱韩少功的读者都知道,韩少功 1978 年进入湖南师范大学中文系,开始了正规、系统的学习,还在大学就读的 1980 年、1981 年,就分别以《西望茅草地》和《风吹唢呐声》两次获得全国优秀短篇小说奖,并且出版了小说集《月兰》,毫无疑问,这也是韩少功人生中,重要性不亚于下乡插队的一段重要生活(十余年前,我曾经当场听到当时湖南师范大学的校长张楚廷教授风趣地说:"湖南出了个毛泽东,师大出了个韩少功。"),但是在这三部长篇之中,以及在我个人对韩少功中短篇小说的阅读之中,还没有见到过对这一段大学生活正面、集中的呈现。基于韩少功在小说创作上一贯的慎重、耐心和成竹在胸,我们有理由相信,经由《马桥词典》《暗示》《日夜书》的写作,韩少功应该已经基本处理完毕知青下乡生活这一大块题材,已整理清楚了这一段记忆,即使是重返知青生活,

---

① 蒋子丹:《韩少功印象及延时的注释》,载韩少功《空院残月》,云南人民出版社 2005 年版,第 251 页。

② 韩少功、崔卫平:《关于〈马桥词典〉的对话》,载廖述务《韩少功研究资料》,天津人民出版社 2008 年版,第 114 页。

或许也不会再用长篇小说这种形式了。他的第四部长篇小说,如果奉献给我们读者的,是大学时代的独立思考、大学时代充满激情和灵感的读书、创作生活,或者再加上他处身中国当代文坛的所见所闻所感所思,那么,他带给读者阅读的惊喜,当不会亚于目前的这三部长篇小说。

二

《暗示》由一个又一个无须多少联系的、散乱的"词条"连缀而成,大致安放在四卷之中,还是作家驾轻就熟的词典式写作。《马桥词典》充满语言学、民俗学、历史学的兴趣,目标集中于下乡插队时的马桥一隅。《暗示》则再一次充分利用词典这种形式,在尽情地展示着韩少功一贯擅长的理性写作的路数,以至于常常偏离了"文学"。《马桥词典》是一种自然、成熟的长篇小说的面貌,而被刻意分成四卷的《暗示》则反而给人一种凌乱、随意的日常思考札记的印象,很难被视为即使是非常宽泛意义上的长篇小说。当然这一点,韩少功自己也是清醒的,同时也是他有意识的追求。几乎在写作《暗示》的同时,他涉及过对米兰·昆德拉小说形式的思考:"也许昆德拉本就无意潜入透明的纯艺术之宫,也许他的兴奋点和用力点除了艺术之外,还有思想和理论。已经是现代了,既然人的精神世界需要健全发展,既然人的理智与情感互为表里,为什么不能把狭义的文学扩展为广义的读物呢?"[①] 在写完《暗示》之后,在总结这本众说纷纭的"小说"时,作家自己又有这样的夫子自道:"在文体上,这本书同样是打破小说与散文的界限,甚至走得更远。说实话,我也对这本书的体裁定位十分困难,不知道它是什么东西。也许就是'一本书'吧。闲着的时候,给自己写'一本

---

① 韩少功:《米兰·昆德拉之轻》,载韩少功《在小说的后台》,山东文艺出版社2001年版,第20页。

书'看看，大概也很不错。"① 《马桥词典》深受《生命中不能承受之轻》的启发，采用了词条、词典式写作，这种在小说面世当年即引起激烈争论的词典式写作。《暗示》是一条道儿走到黑式的继续探索，《日夜书》则大体上告别、抛弃了词典式写作，不再纠缠于对于方言、言语、意象等的抽象思考。但是"日夜书"这三个字，尤其是这个"书"字，依然得从前述韩少功创作《暗示》前后关于"读物"和"一本书"与"小说"之间的关系进行思考。

从上述按时间顺序对于"词典"到"读物"、到"一本书"、到"日夜书"的梳理，可以看出韩少功近20年来对小说形式一以贯之的探索和突破性实践。更重要的是，在这种看似一贯性的注重对于小说形式的探索进程之中，韩少功的第三部长篇小说已在悄然之间发生了转向。

韩少功出于对传统现实主义小说的失望，同时受到拉美魔幻现实主义小说的启发，在1985年开始转向寻根文学的探索，词典小说的采用或者可以看作由寻根文学探索延续下来的在小说形式方面的大胆推进。这种形式本身就是对于狭义小说的一种解构，正如法国新索邦大学比较文学教授让·贝西埃认为："词典小说，专业词汇小说，是一些特殊方式的小说：它们不能绝对化，它们像词典、像百科全书一样，像生活叙事的系列一样，通过自己的展示手法，成为相对化的案例。它们呈现某些类型的整体，但我们不能说它们是纯文学。"② 这位国际比较文学学会荣誉会长明确地将"词典小说"排除在"纯文学"之外。而且，特别值得重视的是，让·贝西埃关于词典小说的思考，不单来源于对《哈扎尔词典》和米兰·昆德拉，而且来源于对韩少功的关注："词典小说的形式本身就是对小说的解构。应该说说它们的现实主义特点。于贝尔·阿达的具体引述很现实，与模仿某词典的条件相关；韩少功演练了

---

① 韩少功、张均：《用语言挑战语言——韩少功访谈录》，《小说评论》2004年第6期。
② [法]让·贝西埃：《当代小说或世界的问题性》，史忠义译，北京大学出版社2012年版，第41—42页。

中国文学传统的写实主义。帕特里夏·格雷斯倾心于对当代毛利人部落的'忠实'引述。现实主义意向是他们的最初意向，与西方传统解构叙事窠臼的情况分不开。"① 这种论述是值得重视的，它表明《马桥词典》的创作，作为词典小说在目前世界文坛已有一定影响和代表性。韩少功采用词典小说形式，恰恰就是对传统纯文学的一种反叛，一种远离文学性的探索，正因此，他才在接下来的《暗示》中越走越远，几乎已离开小说，以至于作家自己也觉得："说实话，我也对这本书的体裁定位十分困难，不知道它是什么东西。"② 由《马桥词典》开创的对于狭义小说形式的极为自觉的文体突破，到了《暗示》中已经走火入魔，小说文体探索的意义几近丧失，几乎是顺着惯性在写作。我多次读过《暗示》全书即将结束时的这样一段话：

> 一个将要成为白骨的人正在摸牌，一个将要成为腐泥的人正在出牌，一个将要成为化石的人正在点火抽烟，而电视上一个将要成为青烟紫雾的人正在介绍旅游节目并且哈哈大笑……③

这里写到了"哈哈大笑"，而我读到这里时，则觉得冷气逼人、冷透骨髓，继则又感到滑稽、荒唐。不是因为韩少功发现了什么深刻的人生秘密，这里表述的实质内涵，也只是中国文学最普通甚至已成滥调的常识而已，而是这种言说方式，这种看待人生世相的角度。他不单看透了，更是看得不耐烦了，看得冷了。这样的心态，对一个要热衷于演绎各种人生世相、演绎自己和他人爱恨情仇的小说家来说，实在是自废武功。有趣的是，差不多一样的想法和情绪，在《日夜书》第 34 节一开始就再次流露："一个将要死于车祸的人正在碰杯，一个将要死于癌症

---

① [法]让·贝西埃：《当代小说或世界的问题性》，史忠义译，北京大学出版社 2012 年版，第 129 页。
② 韩少功、张均：《用语言挑战语言——韩少功访谈录》，《小说评论》2004 年第 6 期。
③ 韩少功：《暗示》，人民文学出版社 2002 年版，第 372 页。

的人正在购物,一个将要死于衰老的人正在给女友献花,一个将要死于水源污染的人正在奉承上司,一个将要死于战争或地震的人正在点击网上关于死亡的话题……"① 但是细细体味这两段话,除了意识到韩少功,也是绝大多数专业作家写作中屡见不鲜的"互文性"写作特征之外,比较两段话中情绪的色彩和强度,后者已平淡多了。或者正是如此,《日夜书》大大减少了韩少功最为擅长的理性和抽象思考,而呈现出极为浓厚的日常生活气息和氛围。

或者说,在十余年后的新作《日夜书》中,韩少功长篇小说写作中这种稍显危险的倾向已得到抑制,他基本放弃了前两部小说显在的词典小说形式,也基本收敛或放弃了抽象的、哲学层面的零碎思考。这种从"词典""读物""一本书"到"日夜书"的写作中,对于小说连贯性情节、结构的书写丧失兴趣和耐心的倾向,是一致的,但《日夜书》在更为内在层面的变化,还是可以在细心的阅读中感知。

抛开韩少功自己翻译的《生命中不能承受之轻》带给他小说创作形式探索的启发不说,在中国现代文学之中,也一直存在着对于小说叙事功能的有意淡化的艺术追求。写了近20本小说、并于1934年就创作出诗意浓郁的小说《边城》的沈从文,到了40年代,已经不大去构思那种纯粹想象性、讲故事式的小说了,他只是在"写作",用一支笔记录自己的情绪、所见所思所想,不大考虑文体的限制和安排,从而带来一大批像《水云》《七色魇》这样抽象抒情的作品。还有萧红,也一直在追求一种散文化的、诗化的小说样式,即从她的代表作《生死场》《呼兰河传》的名字来看,就是一种不屑于按部就班交代故事情节的写法。"生死场""日夜书"等,都是在具体人事之外,深有寄托的长篇小说题目,而在这两个题目之下的文字,这两个相距大半个世纪的作家,在小说正文之中,都没有一句半句涉及解题、点题之处的文字。无疑,这是作家赋予作品的整体性的情绪、氛围和寓意。而"日夜书"

---

① 韩少功:《日夜书》,上海文艺出版社2013年版,第224页。

较之于"马桥词典"和"暗示",明显更具一种抒情的、文学性的意味,有一种深沉的气质、一种内敛的情怀。

正像《马桥词典》中,除了"嗯"这个词条之外,整部小说完全没有任何抒情的成分,《暗示》则将思考的气质推向极端。在《日夜书》里,也没有慨叹,没有悲伤和愤怒,没有伤感和忧伤,或者说,作家依然尽量避免了种种主观情绪的缠绕,在这里,只有记忆的逐渐打开和往事的呈现,只有今昔生活无形之中构成的对比。但是,正是"日夜书"这么一种隐约而独特的意味、气质和情怀,使得与《马桥词典》和《暗示》的写作相比,《日夜书》呈现出更为动人的风致。这一点,大致可以用面向"文学"的回归来加以概括。

三

那么,这里的"文学"是指什么?对每一个作家,尤其是小说家来说,答案是千差万别的,当然只能从韩少功自己的理解出发。在韩少功这里,既然他曾有过关于小说、词典、读物和一本书等的思考,那么,至少可以说,在他理解的词典、读物和一本书这些概念及依据这样的思路的写作,其实都体现了一种充分自觉的对于纯文学、文学性等的解构意识。这里所说的回归,则是对于在《马桥词典》和《暗示》中的"读物"等创作实践的明显的反拨。

1983年,韩少功在《人民文学》发表了中篇《远方的树》,[①] 这部作品不为论者所关注,但却明显融进了作家很多真切的体验,比如小说主人公田家驹,明显地和《日夜书》中姚大甲有着原型的重叠。下乡的地方和《日夜书》中一样,也是一个茶场。知青田家驹为当地女子小豆子画像,两人因被监督与监督的关系反而走得很近,但田家驹对小

---

① 韩少功:《远方的树》,载韩少功《梦案》,山东文艺出版社2001年版,第23—57页。

豆子朦胧的情愫缺乏感知。后来，田家驹用了文学爱好者、知青刘力的指标考进大学美术系，而刘力则留下来在公社中学教书，并与小豆子结了婚。家驹大学毕业后几年，不自觉间就回到了当年插队的农村，见到了刘力，而小豆子却有意避开了。在和刘力、茶场场长的对饮中，家驹突然丢开一切，开始画画，画一棵五月杨梅树（小说开始不久，就提到当年小豆子家门口的杨梅树）。小说没有抒情，家驹和小豆子之间，也没有任何关涉爱情甚至稍微深一点感情的交代，一切都交代得那么平实、平静，但是，经由家驹最后的失控，小说在最后无形中浸染着一种拂拭不去的忧伤。"树的枝干是狂怒的呼啸，树的叶片是热烈的歌唱，所有的线条和色块，都像在大鼓声中舞蹈。这棵树将以浓重的色彩占据整个画面。"读到小说最末这一段，我的眼眶濡湿了，这在阅读韩少功的小说过程中，实属不可多得的体验。但是，即使只有一篇这样的作品，我都可以认定，热爱抽象的哲学层面思考的作家韩少功，其实是一个心地特别柔软、情感细腻丰富的男人。仅从这一篇作品，都能感知一位作家内心深处深藏着的忧伤"诗意"。

2000年，韩少功曾在一次访谈中谈及："应该说，诗是小说的灵魂，一本小说可能就是靠一个诗意片断启动出来的。"①

四年之后，关于"诗意"，韩少功有过另一次更详细的思考和阐释：

> 诗意是我始终非常关注的一个问题。我觉得写作有两种，一种是用脑子写的，一种是用心写的，诗意就是动心的美。但诗意又有多种表达方式，就像同样是画家表现爱情，有的画一个大大的红嘴唇，有的可能画一张忧郁的风景画。你可以说它们都有诗意，都是美，但它们又是很不一样的东西。所以我主张宽泛地理解诗意，不仅仅把诗意理解为多愁善感，甚至理解为催泪弹式的煽情。一般来说，凡是动心的写作都含有诗意，包括一些看似冷静甚

---

① 韩少功、崔卫平：《关于〈马桥词典〉的对话》，《作家》2000年第4期。

至冷峻的作品。①

从《远方的树》及两次访谈中的思考，基本可以认定，尽管在具体的创作中，像《马桥词典》和《暗示》，韩少功展露的兴趣和才力，主要在于对生活充满兴味的观察，客观的记录，能够由表及里、由此及彼、触类旁通的抽象思维和哲学思考的能力，但是作家自己，始终保留着内心对于诗意小心翼翼的呵护，这一点甚至关乎韩少功对于文学的基本理解。

这里，同样有一篇不大为研究者所注意的小文，却对于理解韩少功和《日夜书》显得极为重要，它由一个大学女同学对于五年前的约定的遵守，过渡到韩少功对于真正的文学的思考和定义：

> 如果有人问：什么是文学？那么我想说：这就是文学。文学不是大学里的教科书和繁多考题，不是什么知识和理论。从本质上说，文学是人间的温暖，是遥远的惦念，是生活中突然冒出来的惊讶和感叹，是脚下寂寞的小道和众人忘却了的一个微不足道的约定。在一个越来越物质化、消费化、功利化、世俗化的时代，这样的东西越来越稀缺罕见，就像一个孩子的诺言可以被成年人的生计很快地淹没。②

结合前述关于韩少功诗意的思考，这里他对文学内涵的阐述，同时几乎就是对于人生中真正诗意层面的内核的解读。

梳理及此，《日夜书》独特的魅力就开始渐渐显露它真实的面貌了。

尽管在绝大多数时候，韩少功展示给读者的，是当代文坛中少见的

---

① 韩少功、张均：《用语言挑战语言——韩少功访谈录》，《小说评论》2004 年第 6 期。
② 韩少功：《人生的失约者》，载韩少功《在小说的后台》，山东文艺出版社 2001 年版，第 103—104 页。

一个对于思想有着独特兴趣、倾心抽象的哲学思考的作家，他主要的代表作《爸爸爸》《蓝盖子》《马桥词典》，尤其是《暗示》，都充分说明了这一点。但是，他早期的一些小说，尽管也往往是以很可观的笔触交代情节刻画人物，但是一些影响深远的小说的题目比如《西望茅草地》《风吹唢呐声》《飞过蓝天》等，本身自有一种独特的诗意，给予小说一种整体性的氛围和意蕴，而少数作品比如《远方的树》等，则充分流露出这个理性的作家内心无比柔软、忧伤的情愫。《日夜书》中打动我们的，正是这种内敛的忧伤诗意。

正是从这个意义上，《日夜书》显示出：韩少功在创作近30年之时，有别于《爸爸爸》《女女女》《蓝盖子》《马桥词典》《暗示》等一系列作品对于纯文学、文学性、"小说"等有意识的解构，再一次向着以内在诗意为核心的真正的文学、文学性的回归。当然，韩少功永远是理性的，因之这种回归也绝不会是大踏步的，而是一次依然内敛、谨慎的回归。

四

《日夜书》是一部平静舒缓、从容大度的小说，《日夜书》又是一部平静成熟、内蕴深情的小说，它在2013年文坛的出现，显得那么独特、卓然独立。对于《日夜书》的解读，会延续很多年，会随着当代长篇小说的整体推进而得到更深的理解。在此文剩下的篇幅中，我只能从一个极小的角度，试图做一番契合小说整体氛围和意蕴的阅读。

在小说的人物群像中，每一个知青都在小说这种看似随意、片段式札记式笔记体式的写法中得到了集中勾勒。正因此有论者以"列传"为角度对《日夜书》的人物刻画做了专门的研究。[①] 这些人也许正是因

---

① 张翔：《准列传体叙事中的整体重构——韩少功〈日夜书〉评析》，《文学评论》2013年第6期。

为这种少年时共同的知青背景，很少有在以后的岁月中能在社会上混得如鱼得水、游刃有余的，要么是境遇，要么是心绪，总是那么纠结、无奈。毫无疑问，韩少功的内心深处，和这个群体是有着深层沟通和认同的，但是，小说同样会显示出韩少功特有的冷静和对于理性的固执。这部由51节构成的小说中，有三节沿袭了《马桥词典》或昆德拉小词典式写法，除第43节全部涉及的是传奇电工贺亦民之外，第11节和第25节，分别可以命名为"当今时代知青群体的性癖札记"和"当今时代知青群体中的准精神病状"，这是小说阅读中让人特别感到兴味的两节。韩少功自身就是知青，相信每一位读者也会自然将小说中的陶小布和作家对等起来，他对这个群体的感情自然而深沉，而这两节的写作，则体现出一种深深的悲悯和哀怜，"我"的每一位青少年时的知青好友，甚至是"我"爱过的女人，都是这个时代的精神病者。粗略来说，这些人在"我"的理解里，大致可以分为三种类型：一是马涛、贺亦民、郭又军，三人的命运截然不同，但是他们身上，体现出明显的个人与时代之间的错位，时代变化了，个人的秉性气质，尤其是精神追求或者精神境界，还完全处于一种多年来的固着状态。二是陶小布、马楠夫妇，他们似乎在任何时候，都认真地对待着时代和生活，与时代纠缠在一起，但也没有能够融入进去。三是小安子和姚大甲，这是两个浪漫型、艺术气质的男女，眼光从未盯着当下的生活，真正的生活永远在别处，他们体现出一种与时代的主动的疏离。

不管是与时代的苦苦纠缠、被动的错位还是对于时代主动的疏离，这一个知青群体，他们的人生，从来没有与当今这个熙熙攘攘的社会合拍过。时代有病，他们自己，更是一群准精神病患。韩少功能够真正理解的、真正热爱的、真正能够感同身受的，正是这样的一群人。在这些饱含情感和理性的对于群体的刻画之中，《日夜书》呈现出向文学、文学性的谨慎回归。这种对于人生中忧伤"诗意"小心翼翼的呵护，这种欲说还休的情感流露和遮掩，在《日夜书》中，最为集中地由对两位女性——小安子和马楠——的刻画之中呈现出来。

《暗示》中的小雁,是小说中出现频率最多的一位。饶富意味的是,作家有意让"小雁"这个名字从头至尾频频出现,在"铁姑娘""老人""抽烟""爱情""拷字""党八股""鸡血酒""摇滚""距离"等多个词条之中,内容其实和小雁基本没有直接的关系,但是就是要让这个名字在这个词条的写作中出现一次。这几乎成为《暗示》的写作中一种标志性细节。比如词条"消失",涉及的大川和"我"参与的"反动组织"一事的一些枝节,以及事后"我"的自省,完全与小雁挂不上钩,但作家还是要写一笔,让大队支书找来小雁小青语重心长一番,以至"两个女生都哭红了眼睛"①。在《暗示》中,除了这样将小雁这个人物不断散落在一些实际与她没有什么关系的词条之外,还有少数几个词条,看似客观却集中在写小雁以及"我"和小雁。词条"精英"中,我第二次去美国,见到大大咧咧、有着精英知识分子式的粗疏。但还有不经意的一句:"四,一般不打香水——我在香港为小雁买的香水,算拍马屁在马腿上……"语调是满不在乎和调侃的,但毕竟交代了"我"为小雁买香水这一事实。词条"暗语"内容充实,全在处理"我"和小雁在美国草草收场近乎闹剧的"闹革命"的事情,两人的"反目"和和好,尽管作家处理得一如既往的"客观",但两人之间的这种随意,事实上恰恰是一种最深的理解和信任。小说最动人的词条是"秘密",返城之后的"我",腾出一天时间又回到了当年下放的太平墟茶场。"我"的所见以及因感觉当年流汗的青春虚掷的失落感,这中间有一段寒冷的回忆,"在另一个夜晚,我醒来时发现小雁的头发正顶着我的下巴,还有吱吱嘎嘎的磨牙声,有含含糊糊地嘟哝:'抱紧我,抱紧我,怎么睡了这么久还睡不热呢?'"这里没有任何抒情,只是"客观的"回忆(从文字上来看),但让作为读者的我为之内心一凛的,是接下来的这么一句:"她们现在都是人家的女人。"②

---

① 韩少功:《暗示》,人民文学出版社 2002 年版,第 286 页。
② 同上书,第 283 页。

我甚至想，要不是小雁，《暗示》对于我，会是一本太抽象、太难读下来的"书"，对于作家来说，或许也止是如此，他频频让小雁出现在与她关系不大的词条中，只是为了让她陪伴整本书的写作。小雁，或许也正是支撑着《暗示》内在写作的动力之源。但是，关于小雁的碎片，分散在整部小说中，显得毫不起眼，"我"的情愫事实上则是躲躲闪闪、若有似无。

毫无疑问，到了《日夜书》中，小雁变成了"小安子"，她们都是少年时期和"我"一同下放的知青，后来都到了美国，这两位均属大大咧咧、没心没肺型，"她们现在都是人家的女人"，却都与"我"相处得随意、像弟兄一般。比较起来，《日夜书》也采用了让小安子这个人物大致贯穿全书的写法，出现的频率要少很多，但是其中"我"的情愫却可能反而显得更清晰一些。小雁外貌怎样不得而知，小安子则是在知青点还敢一身泳装冬泳，小安子"脸盘子太靓，靓得有一种尖叫感和寒冷感"，① 我的好友、她的男友郭又军毫无疑问缺乏自信，只能成为她浪漫感情的懵懂的领会者。一次，郭又军不在，小安子为报答"我"为她帮忙耙地，为"我"补了衣服，"这个弥漫着烧草烟子味的橘红色黄昏，显得特别静也特别长"②。在她带"我"去当地农民家的葬礼混吃回来的路上，大大咧咧的小安子让"我"拉了一下手，并且，"突然冒出调戏之语"。关键时刻我提及"军哥"，小安子则一再怂恿"我"再拉她一下，鼓励"我"装着和她"私奔"一回，陶小布终于让她失望，她骂道："小菜瓜，去死吧你！"多年后，小安子托付给"我"她自己的几本日记，陶小布自问：

> 我与她之间有过什么吗？没有，甚至没有说过多少话。那么她要向我托付什么？把自己一生中的心里话交出去，也许比交出身体

---

① 韩少功：《日夜书》，上海文艺出版社 2013 年版，第 52 页。
② 同上书，第 59 页。

更为严重,发生在一个女人远行之前,不能不让我一时慌乱。我觉得这一包日记就是秋夜里伸来的那只手。①

像韩少功这样对于自己的创作题材、内容等有着十分理性和长远规划的作家来说,过于抽象理性的《暗示》中却涉及了不少有关小雁的枝节,在平静却感性的《日夜书》里,关于小安子的篇幅就反而因此压缩了不少,相应地就增加了关于马楠的篇幅。也许可以这样理解,两本小说中的小雁和小安子,来自生活中的同一个或两三个同一的原型。她们在"我"的生活中,大致扮演着类似红颜知己一般的角色,寄托着这个现实中认真刻板、冷静理性的"我"或者作家压在心底的浪漫情怀或是对于生活的一脉温情,一种对美的倾心。

小说第 17 节一开始劈头就是这么一句:"我一定要说她吗?"第 19 节中,竟然还有这样的语句:"流星在头上飞掠,我现在该往下写吗?"显示着一种写作的慎重和犹疑,一种面对生活时的小心翼翼。马楠在小说中出现得不早,却终于在这部小说中占据着特别重要的地位和分量。对于韩少功这么一位克制情感的作家来说,对作为陶小布妻子的马楠终于在小说已进行到三分之一篇幅时的出场,实在已经是在小说情感书写上大跨度的突破。这里面有些内容,比如马楠和家人,尤其是读到里面关于马楠二姐的少量篇幅(二姐与马楠,二姐与肖婷、马涛),一种惊人的逼真和现场感,让你难以区分或者无意区分小说与生活的距离和界限。为何如此处理亲情?是生活原型如此、作家的体验如此,还是另有考虑非得如此不可?这些都无法从小说本身得到理解,但是这样的片段,却让读者对于书中关于马楠的部分,对于马楠的善良、单纯、隐忍和不幸,以及中年后的准精神病状等刻画,产生了一种阅读上的踏实和信任之感。

从小雁到《日夜书》里的小安子,从陶小布、马楠的恋爱和婚姻,

---

① 韩少功:《日夜书》,上海文艺出版社 2013 年版,第 61—62 页。

韩少功的小说里，这么集中地将"我"的情感渗透进去的写法，让关注和热爱韩少功的读者为之感触不已。对这么一位从创作的起步阶段起，就显示着与众不同的冷静、客观、理性的作家来说，《日夜书》呈现出逐渐放弃对于生活的追问，而试图充分重返生活感性的努力，是一种对于诗意、对于"动心"之美、对于文学的谨慎回归。当然，我们依然愿意相信，这种重返生活感性的努力，在韩少功那里，依然来源于一种极为理性和有意识的创作思考。对于《日夜书》，或许我们还可以做一些挑剔，比如相对于贾平凹、莫言在长篇小说形式上多年来不断的大力突破，《日夜书》和《暗示》《马桥词典》之间的距离还比较近，相对于《秦腔》《丰乳肥臀》等作品的复杂繁复，《日夜书》也稍显清晰单薄，没有那种厚重得能够压住读者之感。当然，这仅仅是一种完全意义上的"挑剔"，对于韩少功来说，他需要挑战的可能还不是当代中国文坛，而是作家自己。

本章发表于《海南师范大学学报》（社会科学版）2015年第11期，中国人民大学书报资料中心《中国现代、当代文学研究》2016年第1期全文转载。

第十六章　笛安的《景恒街》：走向大作家之途

一

这部 17 万字的《景恒街》，发表于 2018 年第 11 期《人民文学》杂志，是作家迪安的最新长篇小说作品。无疑这是当期杂志重点推出的最重要的作品，在"卷首"语中，除了最后五行推介纪实作品《梦工厂追梦人》，前面十九行全部是关于《景恒街》的评价和推介，真是浓墨重彩的大力举荐。

在"卷首"的第一句编者就说："这些年常听人说，跟乡村小说相比，令人印象深刻的城市现实题材长篇小说少之又少。"而迪安的《景恒街》，则"无疑属于当代都市更属于人的元素，艺术地落实于小说中。于是，在长久的期待之后，我们读到的是由青年作家与城市生活书写这双重收获而让我们稳固信心并有话想说的力作"。可见杂志编者是从当代文学整体的创作状况、严重一点可说是从文学史的视角来衡量《景恒街》的。

这样来评价，将《景恒街》视为当下都市文学的重要收获，自然是妥当的。对于作家本人，却可能也并非十分恰当。这位在都市长大的作家，她以往的一些较有影响的作品比如长篇小说《告别天堂》《芙蓉如面柳如眉》和"龙城三部曲"《西决》《东霓》《南音》，无一不是典型的"都市文学"，甚至因为她不写乡村小说，即使是较近的长篇小说《南方有令秧》以古代为题材，也与乡村无甚关联。那么，这个"都市文学"的概念，对于笛安其实就并无多少实质性的区分意义，对于理解笛安小说，也没有什么帮助。她就是在她自小最熟悉的都市环境中观察、思考、记录。相反的情形呢，比如贾平凹开始发表作品时就一直生活在都市，但是除了《废都》《白夜》两部，其余十余部长篇小说都是典型的"乡村小说"。每一个作家都有自己基本稳定的文学视野，正因此，《景恒街》呈现给我们的，依然是那个读者熟悉的笛安。

二

被小说编者视为当今都市文学重要作品的《景恒街》，呈现给读者的，依然是笛安自己最熟悉、最愿意呈现的都市日常生活里的平实、细碎和庸常。

小说最重要的主人公朱灵境，在英国留学硕士毕业后，找到了北京一家创业型公司就职。几乎在公司宣布破产的同时，她得到公司投资人代表钢铁侠刘鹏的欣赏迅速跳槽到了MJ资本，小说主要的情节是从她来到这个办公室位于北京国贸桥附近一栋大厦25楼的MJ资本两年多后开始的。灵境未婚，小说也未涉及丝毫她此前的情感经历，只抓当下绝不拖泥带水，目前和潘垣——一个十六线艺人——合住一个套间出租房。小潘经常去英国读他那似乎永远拿不到的学位，偶尔回京，灵境相当于独住，算是一个运气还不错的"北漂"，作家非常理智和聪明，小说里没有一处用到这个当今北京现实生活中使用率颇高、无疑带有某种歧视性意义的词汇。在公司得力干将、也是钢铁侠一直爱着的小雅生产的当晚，灵境却和钢铁侠似乎鬼使神差般睡到一起，直至灵境认识创业者、歌手关景恒后两人才断了这层交往。整本小说在处理钢铁侠和小雅的婚外恋时，非常克制、隐约，不做任何流露作家意图的表述或暗示，我觉得是这部小说一个非常成功的地方。和野心勃勃、却又未必厚道的关景恒由工作关系而相识到萌生好感、到关景恒突兀的求婚和闪婚，以及婚后的并非美满、和谐，甚至关景恒事业的失落（关景恒成为创业型网络公司"粉叠"的老总，费尽心机，却最终无法使"粉叠"得到充分的天使投资、更无法使它上市，最后只得贱卖），灵境准备默默离职并离开关景恒，却因关景恒意外的车祸，最终恢复到注定比以前要更不堪、更为庸常的日子。

这部小说里，没有一般意义上的成功者，尽管小说写的是当今北京现实社会生活中一般人都觉得很风光的创投界，但却缺乏可以值得炫耀的炫目业绩，反而，每个人都有自己不堪的一面。灵境和关景恒是这样，年近六十的MJ资本老总孟舵主，也只有投资的"蔓越莓"赴港上市这一个还算成功、却几乎是小雅独立完成的案例，注定要过着衣食无忧却孤独终身的生活。钢铁侠真心却无望地爱着小雅，而表面风光、成功的公司骨干小雅，却常常经受老公的骚扰和虐待……

小说中曾被关景恒算计而被排挤到"粉叠"上海分公司的韦明江，在关景恒专赴上海道歉时说了这么一句话："你已经是一个非常厉害的人了，我说的是真心话。你做到了很多别人做不到的事——所以，你不用那么介意，早几年前，你没有成为白千寻。"关景恒出身于竞演歌手，却无法红起来，最后当了"粉叠"公司——一个粉丝网站——的老总，但他未竟的歌手事业，使他对成名歌手怀有一种骨子里的不敬，因而他花费融来的资金培养"蓝粉叠"，试图让歌手讨好粉丝从而得到利益，却因这个不厚道的创意使公司走向失败。他自己无法真实地理解到这一点，所以作家才让大韦说出这番话。这里，我对作家意图的理解是，每一个人，无需将证明自己才能的方式限定、固执在某一个点上。灵境也曾对关景恒说过一句话："可是，要是真的把碾压所有普通人的梦想当成是目标，那就太尴尬了。"而小说在最后一页，作家终于通过描绘灵境的心理活动，算是对小说作了一点多少让读者联想到"主旨"之类的暗示："有一句话，关景恒当初其实是对的，没有了'粉叠'的他，不过是个嗓子还不错的普通人而已。"由灵境在小说的最末如此作结，既发人深省，又不免有一丝拂之不去的悲凉——没有谁，愿意真心承认自己的"普通"，更不用说承认和直面庸常了——尤其是对于当今那些受过高等教育或者多多少少还有点各种各样名气的当代人群体来说。小说最后一句话，以灵境的自语作结："——那一点点的、片刻的欢愉，是我最后的去处。""片刻的欢愉"，在这里显得缺乏铺垫、失之于突兀，却也不免使每一个读者都会惆怅满怀：就算最后终于承认了自身的庸常，生活其实也无法得到真正的拯救。

相反地，笛安既不突出主人公朱灵境的教育背景，字眼中也一点都没有涉及她真实的"北漂"身份，她就是北京这个大都会里普通的、善良的芸芸众生中的一个。笛安在小说里有一小段灵境的心理刻画："不是每个普通人都渴望被荣耀被仰视——可是在这个国家，似乎没人相信这件事情。"这让我们想起"龙城三部曲"南音和东霓她们眼中的小叔叔和西决，他们都是非一、二线城市中同一个普通中学里的老师，并非有曲折的经历和耀眼的才华，但他们却是值得信赖、感情上让人深深依恋的人。这么解读，《景恒街》里的灵境，是在同一个人物谱系之中。

这是对于《景恒街》整体意蕴的一个基本理解。

三

笛安不是一个高产的作家，在当下的文坛，这无疑不是一个贬义词，她一直不急不慢地在推进着自己的长篇小说写作，似乎很少受到市场和虚荣过多的干扰。从《景恒街》的阅读中，我又一次感受到了经受了自我训练、真正专业的长篇小说写作的魅力和它必然会带给读者的惊喜。

《景恒街》讲的是一个与创投界和网络流行文化有关的故事，无疑是最能代表这个时代都市文化特征的内容。笛安没有就相关的专业性内容做多少铺垫和介绍，甚至在处理小说中很重要、有一定专业门槛的"粉叠"网站及其运营时，也将笔墨基本都放在相关人物言行的刻画上面。显示了一种绝不拖泥带水、举重若轻的对于当代都市文化的理解和优秀的对于长篇小说体裁的把握能力。整篇小说都体现了这一点。

在阅读《景恒街》的时候，虽然题材和内容高度契合于当下中国的现代化大都市北京,具体写的是2011年至2016年的北京,故事及人物本身很吸引人,但是细心的读者会发现,笛安恰恰有意避开了这个大都会人所共知的一些"热点",比如交通拥堵,空气污染,房价攀升和学区房,股灾、反腐、官场八卦等,一个都没有在小说里得到体现。就像前文提到的,笛安甚至可能是在小说中刻意避开"北漂"这个热词。这让我想起早两年的一些当代作家的长篇小说,比如2013年余华的《第七天》,利用了当时绝大多数人都知道的一些新闻热点;比如2014年贾平凹的《老生》里对非典和"华南虎"事件的直接处理;2014年年末阎真的《活着之上》,也有对于以前的网络热点人物芙蓉姐姐的改写;2015年年初盛可以《野蛮生长》中对收容遣送事件的直接改写;2015年年初迟子建的《群山之巅》,也有十分明显的对于清华大学"铊中毒"事件大幅度的改写;2016年贾平凹的《极花》,更是直接处理了一件贩卖妇女案件……很多知名作家直接将当下新闻热点处理进自己的长篇小说写作之中,这个现象怎么评价,是非常复杂的,也不是这篇文章的使命,但是至少我们可以看出,作家笛安对此一定是有意选择了另一种姿态。不靠热点,甚至是有意远离人所共知的新闻热点,而细致地返回到小说中特定的那个小群体里每一个人内心和他们之间微妙的关系。

这一点,可能也是笛安的创作中一个一以贯之的地方。新闻热点关乎的不是"普通人",即使是普通人,在得到新闻关注之后,其行为等也就同时失去了普通人生活的意义。

而在对日常平凡的现实生活的刻画之中,笛安的文笔却不是琐碎、拖沓、平庸的。在故事和情节的推进之中,一些细节的安排和铺垫独具匠心。至少,在《景恒街》中,我感觉、体现了笛安的两种特质。

一是并非有意为之而是随处可见、似乎与生俱来的"机智"。小雅在医院里说:

"我现在有了宝宝,"小雅眉头一皱,笑笑,咳嗽了两声,"我什么都不会怕。"有时候,人一说类似诺言的话,就会被教训。

紧接着，小雅就因羊水栓塞被抢救。这里的小片段，既突出了一个创投界女强人突发的母性，又机智地实现了情节的迅速转换。还是写小雅："一个'母亲'和另一个'不是母亲的女孩'，悬挂在她们头顶的并不是同一个月亮。"在小说的叙述途中，不时点缀有这样类似于格言的语句，它们既对于这篇小说的阅读填充了不期而遇的新颖感，也使小说具备了一种反思普通人生活的冥想气质。此外，有些机智则更是顺手牵羊而来，比如，钢铁侠在孟舵主的生日派对上，又一次"话当年"，作为当下的成功人士趁着酒意骂当年的自己"傻×"，随即笛安就给了这么一句："也不知道究竟什么时候才会有人来问他一个问题：你真的认为你自己只是在十一年前才是个傻×吗？"小说在写灵境和小潘男女合租的生活片段的时候，人物的对话中更点缀了这类机智的你来我往。

二是不拘一格、新颖突兀的"抒情"。小说这么写灵境和关景恒第一次性爱之后的心理：

那是他们的第一个夜晚。他们都不知道，就从那个夜晚开始，他们已经陷入了妄想之中。他妄想着日出之后，对他而言，这还是一个和平的世界；她妄想着不管中间会经历什么，她到最后都可以平静痊愈。就好像一定会有一场瓢泼大雨仁慈地从天而降，雨过天晴之后，每个人的任务就只剩下笑着闻到树叶湿润的香气。

这个心理描写，既从他们真正开始实质性接触之后，就预示了他们并非美妙的结局，又通过后面这个本体和喻体之间的距离过于遥远、清新脱俗的比喻，给小说里不堪的爱情赋予了一种别样的意蕴。作为读者，我读到这里的时候，既有美感的震撼，更有一种深深的感动。许多年以来，在阅读中文小说时，已经没有这样的感动了。首先还不是这个比喻本身的美感，而是意识到从这个比喻之中透露出来的作家对于文学的虔诚和长年以来对于长篇小说艺术的训练有素，使作为读者的我产生了一种真正的信赖。

这样的对于语言的经营，这样的不时散落在一部长篇小说中的机智和抒情的片段，往往让读者始料未及。这就是阅读的惊喜！我将之理解为作家对于艺术精粹化的追求，也理解为作家对于专心阅读的读者的奖赏。

正是这样的在当代长篇小说的创作中看似无关紧要的"机智""抒情"等细节，使《景恒街》的艺术品格得到了最扎实的保证。不满足于对日常生活的陈述，而是下意识般地沉溺于一个又一个融汇了生活和艺术双重意味的细节之中，它既来自于作家直觉般的对于生活和艺术的敏感，也体现了当代写作的专业品格。

四

《景恒街》只是一部17万字的长篇，并非厚重之作，作为当下都市文学的代表作，它对于北京这座大城来说，还显得相当的单薄。

小说中的人物关系也一点不复杂，简单、清晰。我突然想起中国都市文学的那一群开创者——20世纪30年代初的上海"新感觉派"作家群中的刘呐鸥、穆时英和施蛰存等作家的创作。他们在文学史上留下的知名代表作如刘呐鸥的《风景》《两个时间的不感症者》，穆时英的《白金的女体塑像》《夜总会里的五个人》，施蛰存的《四喜子的生意》《梅雨之夕》等，都有一个不变的情节模式——陌生人之间的偶遇，主要的情节都发生在素不相识的人尤其是男女之间，笔调大胆。并非这些"新感觉派"作家们喜欢或者有意要结撰这样的情节和故事，而是大上海光怪陆离的大都会的日常生活天然地将这样的生活推到作家手边，他们由此记录着都会的日常和离奇，打量着人的孤独和荒唐……正是这一点特质，使得"新感觉派"小说作家在乡土、农村题材占据绝大部分江山的现代中国文学中显得异常突出和醒目。从这一点反观《景恒街》，在人物和人物关系的处理上，其实与她以前写典型三线城市的"龙城系列"长篇小说《西决》《南音》《东霓》并没有太大的区别，不过一是职场同事，一是家族成员，主人公的活动环境，都是日常生活中每天都在接触着的那一群抬头不见低头见的熟人。这其实也就是我们对于《景恒街》稍觉遗憾之处，北京这个大都会的纷纭繁杂、光怪陆离，在小说中并没有得到多少呈现，人的丰富性也难以呈现，每一个人都是好人，和"龙城三部曲"一样。当然，既然小说活动着的人物都是一两个熟悉的圈子里的人，也只能这么写。

也许可以说，笛安的写作，精神气质上还是中和的，古典的，甚至是保守的。缺乏一点锐利的东西，一点震动人、警醒人、刺痛人的东西。

既如前文所说，《景恒街》的写作体现了一种训练有素的专业品质，语言的细节等方面的把握都体现出一种不同凡响的对于生活和语言的双重敏感，是成为一个大作家的必备素质。然而，无论是"龙城三部曲"等长篇还是新作《景恒街》，长篇小说的语言给予读者的整体性独属于笛安的特质，却并不明显。它们是规范的汉语。

这是什么意思呢？这是对于一个大作家的期待。比如林白，《妇女闲聊录》《北去来辞》的那种非一般女作家所能企及的芜杂和阔大；比如严歌苓的长篇，那种语言细节上和整体性的对于人物和世事保持距离的观察和调侃；比如莫言，一拿起他的长篇，那种夸张的、荒诞的、放肆的气息就会扑面而来；比如贾平凹，一拿起他的长篇，那种密密麻麻一路写下去的文本页面，那种绵密的、厚实的气息也会让你感到即使不看作者名字，你也知道这非贾平凹莫属。而且，莫言和贾平凹，基本不会写 20 万字以下的小长篇。这就是长久的写作，赋予一个大作家的整体性的面貌和气质。读者会轻松地从众多作品中自动走近它们、信赖它们……

也许，这就是通过《景恒街》的阅读，我们对于即将迈向大作家之途的笛安的期待吧！

第十七章　当代小说阅读批评

第一节　《世界上所有的夜晚》:死亡书写的悲怆、博大之境

迟子建多年前的中篇小说《世界上所有的夜晚》(《钟山》2005 年第 3 期),曾经在文坛产生过不小的影响,获得广泛的关注,也给作家带来了一般中篇小说很难拥有的荣誉。仅在 2007 年,这部小说就曾分别获得第二届"北京文学·中篇小说月报奖"、第四届"鲁迅文学奖"(2004—2006 年)、全国优秀中篇小说奖 (2007 年)、第五届黑龙江省文学精品工程奖一等奖 (2007 年)。无疑,这个中篇已成为作家迟子建的代表作之一。

这部中篇小说,有着迟子建小说特有的灵动、清净之感,也有着让热爱迟子建的读者稍感不安的东西。

令人不安的,并非有关小说的技艺层面,而是因为这是一篇全力追寻死亡、和死亡主题苦苦纠缠的小说。

但是,死亡体验对于迟子建的创作来说,其实是一种较为长久的存在。早在她 1991 年的长篇处女作《树下》之中,就充斥着令人瞠目的各种死亡,七斗的母亲跑到树林里上吊,父亲意外车祸死亡,还在读小学的七斗来到姨妈家,目睹姨妈一家四口惨死在邻居民警朱大有的枪口

之下，自己也差点死在朱大有的刀下，船长的自杀……及至七斗结婚之后不久，又遭遇到更让她心碎的儿子多米的因病死亡，在这部小说中，有近 20 个人物的命运以死亡作结！四匹红马拉着的丧车，成为七斗生命中的一个浓重阴影的象征。在后来的长篇《热鸟》中，也主要写了一个离家出走的少年参加的一个陌生家庭的葬礼，而《晨钟响彻黄昏》《白雪乌鸦》等长篇小说之中，死亡也成为一个主要的、频频发生的情节。这就是让我们惊心的地方，一个向来被我们认为风格清丽温婉、文风流畅的女作家，却写了那么多的死亡。只不过这些死亡惨烈的气息，往往被迟子建一贯的、萦绕不去的忧伤气息所覆盖，因而并非显得触目惊心。

从这个角度来看《世界上所有的夜晚》里的死亡和死亡体验，我们多少会安心一些。但是，这一次的死亡体验，又有着不同于以往之处。七斗的成长经历中，有很多细节可以看出独属于作家迟子建的个人印记，比如电影放映员，比如鄂伦春小伙，比如稠李子树意象等，都曾在迟子建的写实性散文之中出现，也就是说，在七斗这个女主人公的成长之中，渗入了作家个人的很多生活体验，但是尽管这样，《树下》的写作，至少在文字层面看来，还是非常客观的，排斥了将作家自身经历和情绪直接带入作品的可能。而像《世界上所有的夜晚》这样，直接以"我"的出现来直面种种死亡，则明显是要抒写自己胸中块垒了。

迟子建是一个有着稳定读者群的作家，热爱她的读者们都知道，自从 2002 年作家深爱着的丈夫因意外车祸离世之后，死亡主题之于迟子建，应该是更为内在化了。长篇小说《越过云层的晴朗》就以较为隐晦的方式，做了一次心灵深处的祭奠。但是，像《世界上所有的夜晚》这么直接、这么专注且这么残酷地处理死亡主题，在迟子建至今的全部创作中都极为罕见。迟子建小说素来以隽永、悠长的韵致轻轻拨动读者的心弦，而《世界上所有的夜晚》这部小说给予读者的，却是一种强烈的颤动、一种尖锐的冲击、一份始料未及的惊悸。

小说讲述的是"我"在丈夫魔术师因被一辆菜农破旧的摩托车意外撞倒死去之后，为了缓解心灵的哀伤去三山湖温泉疗养，途中火车遇阻，我在乌塘一个旅店住下后的遭遇。乌塘是一个煤炭产地，有很多小煤窑。短短几天的行程，我就无意之间遭遇或闻及种种死亡：一个小吃摊主，因为妻子被由兽医私自"改行"的庸医治死，从此极端脆弱，为极小的事情哭泣；一个年轻寡妇，在极度愤怒之际正准备亲手杀死婆婆，却得到早已死于矿难的丈夫的"帮助"，成功地杀死婆婆于无形；给"我"唱没有歌词的悲怆民歌的老画匠，在夜里竟意外被自己完成的画框砸死，这个退休后改作画匠的老人离奇的死，和"我"的丈夫魔术师的死一样，让"我"体验到令人惊悚的宿命之感；众多外来女人，来到乌塘嫁给矿工，瞒着男人买上几分意外人身保险，以期在男人死后得到大额赔偿，当地人称之为"嫁死"；独臂人的妻子，仅因为省下一百元未去注射狂犬疫苗结果赔上性命，给这个三口之家带来深重灾难。将这种死亡体验推向极端，同时也将小说推向一个冷酷境地的是，"我"在当地人人畏惧的女酒鬼蒋百嫂家，趁蒋百嫂喝醉之际，赫然发现蒋百嫂家的冰柜里，蜷缩着在矿上"失踪"已久的蒋百冻着的尸体！至此我才明白蒋百嫂害怕停电、酒醉后唱歌永远只有一句："这世上的夜晚啊——"的原因，才真正明白了人世的寒凉，"我打了一串寒战，告诉自己这是离开乌塘的时刻了"。

迟子建给人印象特别深刻的小说，如中篇小说《疯人院的小磨盘》《零作坊》等，都会给人一种奇妙的虚幻之感，尽管作品中的每一个细节都是那么真实、细致、可信。比如疯人院一个智障孩子的世界，比如一个单身女人开的杀猪作坊中渐渐展开的灰暗爱情，《世界上所有的夜晚》也如此，小说一开始点出的这个死去的丈夫"魔术师"身份，立即就将读者拉到这种无比真实、却又亦真亦幻的境界和氛围中去，小说主要情节展开的地方乌塘，也是这样一个属于失魂落魄的"我"亦幻亦真的人生驿站（迟子建许多小说包括长篇《树下》《热鸟》等主要情节也都在旅途之中展开）。这是迟子建充沛的艺术想象力最为擅长的飞洒之处。在当代文坛中，迟子建的创作从一开始，就很难归类，她也很少模仿某种风行一时的风尚或西方小说，她清晰地保有的，可能就是她的同乡作家萧红那种细腻的心理体验和无拘无束的思路及心灵体验的方式。

《世界上所有的夜晚》写"我"寻访民歌和鬼故事，稍带魔幻之感，却并没有刻意为之的"现代派"技法或后现代等痕迹，没有一些作家难以避免的自觉或不自觉的"探索"和先锋姿态。写矿难，也没有流于新写实的拘谨和刻板，更没有直接的现实控诉，她紧抓着现实生活，却没有为现实所拘束，而小说对现实中来自官僚的草菅人命的揭示，寥寥几笔就已力透纸背。除了充沛的艺术想象和严肃的现实关怀之外，赋予这部小说以独特魅力的，是作家自身深切的人生体验和内心最深情感的渗入，在交代乌塘系列的死亡及死亡体验的同时，小说多次写到"我"因思及魔术师丈夫时的哭泣和流泪。"我在异乡的街头流泪了。只要想起魔术师，心就开始作痛了。一个伤痛的人置身一个陌生的环境是幸福的，因为你不必在熟悉的人和风景面前故作坚强，你完全可以放纵地流泪。"

正是基于这种艺术的考虑，迟子建将对于死亡的展示放在一个全然陌生、同时也是无意之间到达的地方。也可以说，正是为了平息死亡带给自己的哀伤，作家才写了这么一篇与死亡紧紧纠缠的作品。所以，当她在乌塘经历一系列死亡，尤其是当她看到大冰柜中蜷缩着的蒋百的尸体之时，"我突然觉得自己所经历的生活变故是那么那么的轻，轻得就像月亮旁丝丝缕缕的浮云"。但是，因为这些死亡归于突兀与悲凉，它们又不单起着启发作家自己思考、减轻和平息个人哀伤的作用，它们自身也成为另一种刺目存在的主题。这篇有着强烈个人情感体验因素的小说，又承载着过于沉重和强烈的现实关怀，二者又始终纠缠在一起，相互增强这部小说感人至深的悲怆效果。不纯为抒发个人强烈而极端的心绪，也不单为了揭露、控诉丑陋现实，而是以一颗痛苦的心，向这个残破的世界充分敞开着。这些因素，使得一个年轻的女作家的创作境界，走向至为深沉、博大的艺术境界。

我们可以想见,这种极端性的死亡及死亡体验的刻画,对于遭遇丧失至亲之痛还只有两三年时间的作家迟子建来说,会有一种明显的疗伤的作用。

近些年中,在接受多家媒体采访之时,迟子建并不讳言文学对于作家个人的拯救。既然在创作的初期,就已自觉或不自觉带入对于死亡的高频率的刻画,那么,经历了现实的切肤之痛,同时也成功地奉献出了完全以死亡为主题、对死亡做极端式观照的《世界上所有的夜晚》,迟子建小说中对于死亡的关注和思考,完全会达到另一种更为内在、更为自觉、也更为清晰的境地。

2013年,迟子建又奉献了中篇新作《晚安玫瑰》,这又是一个频频触及死亡思考的作品,在强奸犯父亲穆师傅主动投江以解脱女儿的杀人之罪的举动中,在"我"的挚爱男友齐德铭随时携带着寿衣、并终于死于意外的这些死亡刻画之中,似乎摆脱了纯粹个人的心绪抒发,也摆脱了直接的对于现实的揭露和控诉,而是在卑琐和玩世的表象之后,闪耀着夺目的人性之光。这不能不说是在《世界上所有的夜晚》之后好些年,作家对于死亡主题更深一层的探索和开掘。

第二节 《教授》:信息过剩时代的浮泛描绘

拿到邱华栋的长篇新作《教授》,[①] 心里是有所期待的。邱华栋是一个有实力的作家,这次用37万字的篇幅关注教授这个特定的社会群体,应该让像我这样厕身高校并还关注当代文坛的读者读了有所感、有所思、有所获。但是全书读完,却总有难以掩饰的不满足感。

邱华栋的思维和感触是敏锐的。教授这个群体,在几年前还不大可能得到社会、媒体和文坛的过分关注,随着社会经济生活的深入发

---

① 邱华栋:《教授》,长江文艺出版社2008年版。

展和高校这些年的扩招，这个群体因为客观上人数的急剧增加及介入社会机会的增多，导致了它鱼龙混杂、良莠不齐的现状，也因而逐渐引起公众的非议，这些都是客观事实。对教授这样一个已成为既得利益的精英群体进行全方位、有规模的描述，显示了邱华栋对我们这个时代一些本质性层面的精准捕捉。小说中对于经济学教授与地方官员、房地产商交往等的一些描绘，尤其体现了这种对时代生活的把握。将学界与商场、官场联结起来进行整体性描绘，也显示了邱华栋的创作野心。

邱华栋的视野是开阔，同时也是庞杂的。《教授》设置了古典文学教授段刚（"我"）和经济学教授赵亮这两个主角，描述了段刚对作为二十年好友的赵亮的社交生活、婚姻危机等的观察和介入，在这个主体故事的推进过程中，纳入了大量时下最新的文化界、学界等的"花絮"性事件，比如苗逢雨制作假书骗取教授职称和对女生的性骚扰，比如孔繁林的高论和为人的不堪，比如杨琳前夫的暴戾等，都会让一些特定读者不免将之与北京现实生活中的某些人事直接对应起来。还有一些对于会议和聚会等的细细描绘，这些内容，都可以看出作家有意识的追求，试图为这个时代光怪陆离的社会精英群体做一个"实录式"的描绘。

这本小说让人不满足的其实也在这里。小说的故事主干非常简单，就是围绕着经济学教授赵亮的婚姻危机的大量事件的描绘，为了对这个时代进行充分展示，小说在情节的推进之中，穿插了大量"花絮"性事件，加上当下北京生活的一些奢靡性场景，比如酒吧、高级夜总会，富人别墅、富人的宠物等，这些元素太多，在小说的阅读过程之中，你几乎可以略去不读，而体会一种快速阅读的快感。换句话说，小说中夹杂了大量当下生活的过剩信息，看去去热闹非凡，好像可以将经济学教授赵亮的驳杂人生充分展现，其实不但使小说本身臃肿，成为一个大杂烩式的展览，也使小说本身呈现出对教授这个群体的真实隔膜。

这些驳杂信息的大量呈现，可以看出邱华栋为了写作《教授》，颇下了一些功夫。将这几年学界一些引人注目的负面报道，做了充分的收集和整理，其中对于中国古典文学学界的一些信息的处理，也还显得并非外行。但是作家过分渲染了这两位教授的社会活动，而忽略了教授这个群体另一面也是最为重要的一面，即他们的校园生活和学术研究。从小说中大量轶闻式情节和事件的展示来看，邱华栋对高校教授群体的了解，主要来自对媒体报道的凑合，他很难深入到当今高校更深的层面。也正因为在这方面无法深入，邱华栋其实无法较为客观地认识和展现这个群体。正因为隔膜，小说中才会多次出现对"叫兽"的过分强调和阐述。这一点，显示出邱华栋作为小说家应该尽量避免的先入之见，制约了其对于教授群体描绘的深度和广度。因为隔膜，"实录"也就失实了。因为隔膜，针砭终归流于意气。

这一缺陷事实上暗示出传媒发达时代文学的某种尴尬。作家于不知不觉中陷入了猎奇式、暴露式、展览式写作的浅易、浮泛路数，满足于表面的驳杂、光怪陆离和声色犬马，而无法真正深入到写作对象的真实层面。作家如果依靠媒体和道听途说进行创作，一方面能够搜集到大量素材，填充文字；另一方面则对于他所描绘的事物和人，只能是走马观花式的热闹和浮泛。热衷于靠近时代的某个层面，反而呈现出对于时代某个层面的深深隔膜。

小说中对于赵亮的沉湎情欲等做了不少渲染，对其妻——成功女性曾莉也做了不留情面的揭露，从文字的表述来看，作家试图依此展现人性的复杂和晦暗，小说第三十一节的标题就是"内心的黑暗有多黑"，其实这一点，也不过是这个传媒时代普通大众的一个常识性认同而已，并未对人性的发现有何新的贡献，尤其未能真正展现出教授群体的实质性病态。

邱华栋从"叫兽"的强调和阐释出发，对教授这一群体所作出的无情揭露，其实有点南辕北辙。每一个人，在这个时代都会为物欲所牵制，完全从这一点上来展示教授群体的没落，难免隔膜，难免挑剔，也难以深入，因为只是将教授当作与芸芸众生区别不大的群落。在我个人看来，教授群体的一些病态，并非来自这个时代每一个人都会受到蛊惑的物欲性力量，而是体现在一些教授专业上的平庸和创造力的整体性丧失，体现在某些教授对于专业的玩票式态度。

对邱华栋作出这样的挑剔，是过于严格的。要一个学院外的作家，对教授群体在专业、思想领域的无所作为和精神上的萎靡堕落作出较为精准的形象性描绘，难度太大。何况邱华栋原本就为学院外的声色犬马倾注了过多热情。教授不同于文人，当然也不同于一般高校教师，这一点，在《教授》中显得过于缺乏展现，因而此书对于教授群体的严厉批判，就显得落空了。可能真是要教授才能写教授啊，2007 年，朱晓琳出版的长篇《大学之林》中对教授群体堕落的呈现，就比《教授》要令人信服得多。钱锺书的《围城》，也远远超出了对这个群体的表层描绘，从而成为文学经典。

一种被过剩信息淹没的写作，一种漂在时代的喧嚣表面的浮泛写作，难以揭示这个时代某一层面的真实。多年前，王跃文的《国画》因为满足于官场病态的表面呈现，就显得比阎真刻画官场深层游戏规则的《沧浪之水》逊色不少。任何写作都不能满足于传媒那种单纯的迅速匆忙，而需要深深沉潜下来，也只是长篇写作的一个常识。

第三节 《长江为何如此远》：当代小说一种新的可能性

林白的《长江为何如此远》（《收获》2010 年第 2 期）是一篇别致的、耐人寻味的中篇小说，会让人有阅读时意想不到的惊喜和读后的久久流连。这部小说，对于林白的创作，是一个自然而然的新发展，对于当代小说，则是一个富于启示的存在。在我看来，它已展现了当代小说一种全新的可能性，尽管至今这部作品并未引起过多的关注。

这个三万多字的中篇，分为"黄冈""四年间"和"樱花"三节，集中处理主人公77级大学生今红有关大学生活的回忆和感慨，充满着四年大学中大量的生活细节，更像是一个散文的题材。在小说里，确实也没有更多的足以成为情节的内容。正像小说中作者自道："简直没有完整的事件，没有故事，支离破碎，灰突突的就像你留下来的全部大学时代的照片。"但是，一大段生活过去了，从19岁开始的、在一大群比自己大很多的人之中度过的四年大学生活，就这样轻易地逝去，是否同时也意味着：小说面对这样宝贵却轻飘飘逝去的日子，就真的无能为力了呢？在这里是否只有散文才能担当忧伤回忆的任务呢？

这关涉到某种写作状态对于作家自己具有什么意义的问题。《长江为何如此远》事实上也提出了一种参照，展示小说面对现实的可能性和能力问题。

林白让写作本身来解决这个问题，依由写作来整理这样散乱、零碎、琐屑的记忆，这样散乱的需要重新发掘的生活的意义和价值。

在一开始的"黄冈"一节，林白说："大学简直就是一笔糊涂账……只有跟南下去黄冈赤壁是有头有尾记得的。"于是整个一节就写和林南下去赤壁的琐屑的、却充满栩栩如生细节的全过程。在对这个"有头有尾"却着实平常的赤壁之行的细细回味之中，林南下逐渐浮现出来，她的连接着现在和过去、充盈着某种神秘气息却又着实平淡的日常生活，也随着这些芜杂一一呈现出来。第二节"四年间"的生活也依由对于林南下逐渐清晰的记忆而开始浮现。大学生活：南下包槐花包子、宿舍夜晚的灭火、野炊、刘纪纲老师和诗人高伐林、看电影、大年三十在宿舍的独自度过、正月初二林南下由上海寄达的明信片、毕业餐……一切一切，看似散乱而又充满着无可替代的生活实感一一浮现。小说里面，随处散落着许许多多特别动人心弦的片段，回忆中林南下脸上的梨涡，那种静水流深的美，对照现实中早已去世9年、却最近才发现和知晓的惊人的生活本来面貌,又显得有催魂丧魄的震撼。

  同学都是好的。学校也是好的。是你不好。
  你为什么不好,你不知道。

  有26年后的恍然,却依然留有困惑。一切的回忆、大学四年的生活,都在随着小说的舒缓的推行而在暗暗地发生某种变化。
  到了第三节"樱花",已是毕业26年后的同学在母校的聚会了,在这之前,"我"一个人重回了一趟赤壁,"在黄冈,今红重新看到了整个大学时代,本以为是一笔糊涂账,却忽然历历在目"。这才有勇气参加26年后的聚会。
  这种历历在目,其实是经由近30年后,这种看似碎片化的写作带来的。而且,在这种碎片化写作之中,林白不时掺杂进回首平凡、平静往事时微茫的心绪。那个当年懵懂、过度关注自己、始终和生活隔着一层、不乏自私的今红,在26年后聚会的野餐烧烤间歇的合唱中,"泪水突然涌上她的眼眶,并且顺着右边的脸流到了嘴里"。当年的一切,那么平凡,却在26年后的泪水中具有了生命中再难以取代的意义和价值。也使这篇看似平静的小说,有着河流底层一般静静流淌着的岁月逝去的忧伤和感怀。一种看不见的澎湃着的暗涌,正是青春生命的回音。
  在小说的最后,这个上学时比大部分同班同学小近十岁、一直懵懵懂懂度过大学四年的今红,这个不乏自私、总是依偎着大姐般安静的林南下毫无心机度过每一天,似乎一路麻木着走过来的今红,突然情绪失控:

  泪水突然涌上她的眼眶,并且顺着右边的脸流到了嘴里。她摸到了口袋里的纸巾,但她没有拿出来。她用食指按着脸上的泪痕,一边深呼吸。但眼泪还是没有止住。她不知道自己为什么会哭,仿佛是为了什么,但又好像什么都不为。眼泪滴到她的膝盖上,她感到绷紧的身体松开了,重浊的胸腔也变得清新起来。

这里的哭泣似乎毫无来由,却一点都不矫情,在小说整体性的情绪中一点不显突兀。岁月的流逝,在小说的推进途中,终于取得了它不可替代的意义和价值。

写作使得一段平凡却宝贵的生活,恢复了它真正宝贵的内核。这种写作,对于作家自己,是切要的,是内心深处隐埋已久的渴望,是林白这些年的写作,始终得以以比较丰润的面貌进行着的原因。她是在进行专业的写作活动,更是在经由写作本身,为自己逝去的平凡生命,赋予难以再被剥夺的价值和意义。

从这点来看,这又只是林白的写作一以贯之的地方,也是林白始终显得生机勃勃的原因。一般看来,林白的创作,经历了早期像以《一个人的战争》《守望空心岁月》等为代表的个人化和女性主义阶段的写作,向90年代中期以《说吧,房间》《万物花开》等为代表的客观化和自由写作阶段的转变。2007年的《致一九七五》,更是林白转变之后的最为清晰的呈现。但是,这样的转变是表面的,在林白所有的写作中,让写作关乎自己的心灵,让写作赋予生活以意义,让写作始终保有一定分量的自传性写作色彩,则一直是基本保持着的。王安忆不这样,迟子建不这样,她们更擅长真正的虚构和对别人生活客观的旁观。王安忆这些年的长篇,一部接一部,却总是让人感到有点勉强,像《桃之夭夭》《富萍》,还让人看出一定要写的捉襟见肘的艰难,即使是"盛年"的《长恨歌》,为文而文的做作之处亦不时显露。迟子建的作品像《疯人院的小磨盘》《世界上最黑的夜晚》等,充分显示出虚构的力量,里面却有一种带入个人心灵的融和。长篇《伪满洲国》就多少有点拖沓,到了长篇《额尔古纳河右岸》里面,这种与自己的生活和心灵关系并不太大的写作,要靠大量虚构的细节来填充,而细节恰恰是难以仅仅依靠虚构的,这就使得这部作品无论对作者还是读者，都多少显得有点"隔"。读者佩服作家，却很难真正融入作品之中去。男作家中，也有像麦家这样纯粹靠虚构展现某种结构性的才力和高超智商的作家，但是这样的写作，对心力的耗费既大，又因为难以避免的雷同，也不见得能较长时间地吸引读者。林白时时说自己不会写小说，但那种赋予自己过往生活以深潜意义的写作，使得她的作品永远有一种内生的饱满。也使同样平凡的读者，会对生活充满一种惊喜的重新打量和意外的发现。

《长江为何如此远》紧接着《致一九七五》，处理的生活的时间段，也是顺次连接在一起的，却更显示出凝练和深潜的意蕴。林白的这部小说，展现出当代小说一种新的可能性：无论生活有多么平凡，如何波澜不惊，甚至贫乏，小说面对它们，也都不会是无能为力的。

要是从这个角度来理解，小说写作，事实上已经抵达某种诗的内核。在中篇小说《长江为什么如此远》发表之后，2013年，林白又推出了更厚重的长篇小说《北去来辞》。毫无疑问，《北去来辞》里的女主人公"海红"，精神气质和对于人生的理解、面对人世的姿态，与《长江为何如此远》里面的"今红"其实正是一致的。而《长江为何如此远》中这种细密的、似乎用极密的渔网细细打捞着过往一切的写法，在《北去来辞》中仍得以保留。只不过，作为长篇小说，海红的世界不得不和更多的人事打着勉力为之的交道，一个拘谨内向、自私的海红，走到爱情婚姻社会等的纷繁交叉路口，内心的茫然和落寞，却依然显示出今红清晰的印迹。

作家棉棉在写完长篇小说《熊猫》之后，曾经心有所悟：提着一部录音机走上大街，每天回来再整理成文字，就将是下一部长篇小说的内容了。棉棉的这部长篇小说也许不可能完成，但是林白这种看似随意、碎片化的小说写作，它充分地包容生活，它向着生活的流逝全面敞开，它重新发现隽永的细节，重新赋予生活以全新的意义，却是成功了的。它是回忆性散文的写作路数，却有着真正小说的内核，像这篇小说中的主人公，一定不会是"我"，必须是"今红"，才能体现出少女时期的那种懵懂和矜持,那种心安理得的自私和自我封闭,也才能展现岁月逝去之后那种泪流满面的情不自禁。小说的写作,一切细节都这么平实,到最后却让读者恍然:这是看似随意、自然的写作,对于当下的文坛,却有着清晰的先锋性质。

本章发表于《创作与评论》2014年第16期,中国人民大学书报资料中心《中国现代、当代文学研究》2015年第1期全文转载。

第十八章　当代小说短论

第一节　《日夜书》之后的期待

韩少功目前只有三部长篇小说，而三部小说主要都关注着青少年时期的知青下乡时期的生活，并且都保留着韩少功特有的理性思考、集中探究的兴趣和姿态，要理解《日夜书》，则必须将它与《马桥词典》和《暗示》进行对读。三部长篇小说，既有非常明显的一致，它们各自的题材和内容等的安排：也有区别且意味深长，从中或能呈现韩少功的用心和讲求，韩少功处理小说和生活关系的思考和安排。①

1996 年的《马桥词典》，处理的全部是"我"知青插队的地方——马桥一带当地农民的生活，并时时深入到对他们的生活历史的探究之中，比如对马姓、罗姓的考察，对马桥"莲匪"之乱的典籍爬梳，对马文杰命运跌宕的描述等，表明作家不是泛泛地在介绍和描绘这块原本与自己毫无关系的土地，而是对这块承载过自己六年青春岁月的地方，做了尽量全面的横向描摹，也倾注了极为浓厚的对于马桥纵向历史的兴趣和考究。"我"是一个细致的、客观的、认真的马桥观察者，却几乎没有参与到这里的日常生活。除"我"之外，《马桥词典》也没有涉及另外的

---

① 2018 年，韩少功发表、出版了第 4 部长篇小说《修改过程》。本节内容是我 2014 年年初在阅读《日夜书》之后类似读书札记之类的写作，与本书第 15 章的内容有部分雷同。

插队知青。在这本小说开篇前开列的"主要人物"中，一共有 27 个人物，全部是马桥本地人，在这本包含了 115 个词条的《马桥词典》中，只有小说快结束时的倒数第五个词条"嗯"中，才多少有一点关涉"我"个人的情感的文字，然而这里"我"和本地女子房英之间的情感描绘，也是极其隐晦、极其微茫的，就像一声迅疾消散在记忆和岁月深处的轻喟。

《马桥词典》关涉的全部是"我"青年时代长达六年的记忆，但是它与成长、与爱情、与忧伤等习见的文学情绪毫无关涉，它与下乡的知青无关，与作家和主人公"我"的情感无关，也与写作时马桥的当下生活无关，韩少功确实在耐心、细致地编撰着一本乡土、人文词典。这种极为自觉的文体追求，即使在十多年之后来看，依然显得相当前卫、新颖。

2002 年的《暗示》，同样以知青生活为背景，却是一本野心勃勃的"书"，试图从整体上、从哲学层面来探讨仪式、言、意、象的奥秘和它们彼此之间的错综。知青下乡之处由马桥变成了太平墟，和《马桥词典》最为不同的是，在写作中的感性材料，除了插队时的农村、农民之外，韩少功的长篇小说写作，开始有意识出现了对下乡知青这个群体的直接关注和正面的刻画，并且不单写了他们的知青生活，也涉及了一些他们的现实处境。和《马桥词典》不涉及任何一个知青、只写马桥原生态生活不同，《暗示》里出现了小雁、老木、大川、大头等多位知青形象，在下文还将稍作梳理，这些人物，和《日夜书》中的很多知青，构成了一种非常明显的"互文性"写作。

在题材的选择和安排上，《日夜书》又有不同，这里知青下乡的地名，变成了白马湖茶厂，它同样增加了大量对于多个知青形象的勾勒，但是除了对吴天宝这个当地人的刻画之外，《日夜书》几乎在全力以赴地处理下乡知识青年他们自己的记忆和现实。同样写知青记忆，《日夜书》和《马桥词典》在题材的选择和安排上，可以说正好构成有趣的、鲜明的两极，因而不得不让人意识到这是作家有意的安排。在十五六年之间，一位作家如此慎重，如此精心地对待、处理青少年时期那段并非漫长的生活，不能不说，韩少功在他大量文字之中一贯蕴含着的理性，同样在深刻地影响着他漫长的、整体性的写作生涯。在这个充满喧嚣和浮泛的当代文坛，一个作家，有着这样清醒的、舒缓的、持续的坚持，仅这一点，就值得我们对他保持着充分的尊重和热爱。具体到每一部小说，韩少功也体现出令人惊讶的慎重和耐心。蒋子丹1987写作《韩少功印象》的时候，就透露他已经在写作第一部长篇，并且已经有了七八万字了，谁会想到他的第一部长篇《马桥词典》的面世，会在这之后的八九年呢。第二部长篇《暗示》也如此，2000年，在与崔卫平对话时，他这样说："这样说吧，下一部小说我想研究一下'象'的问题，就是 image 的问题。比如人们在办公室谈话与在卧室里的谈话效果大不一样，比如沙发与太师椅怎样成为意识形态的符号。我觉得这里面有小说，或者说有一些以前小说家们重视得不够的东西。"可以看得出来，这时他关于这部小说的设想即已非常成熟了，但这部小说面世也已是在两年之后了。第三部《日夜书》更是11年以后的事了。在这个忙碌、喧嚣的当代文坛之时，当一些作家不断地用长篇小说刷新着人们的眼目、却不断地让读者重复着失望的情形时，韩少功的创作姿态，显得是那么"异常"的"正常"！

在题材的安排和处理上，这三部长篇小说，处理的都是知识青年下乡的生活记忆以及知青一代的现实处境。熟悉、热爱韩少功的读者都知道，韩少功1978年进入湖南师范大学中文系，开始了正规的、系统的学习，在大学就读的1980年、1981年，就分别以《西望茅草地》和《风吹唢呐声》两次获得全国优秀短篇小说奖，并且出版了小说集《月兰》，毫无疑问，这也是韩少功人生中，重要性不亚于下乡插队的一段重要生活，但是在这三部长篇之中，以及我个人对韩少功中短篇小说的阅读之中，还没有见到过对这一段大学生活正面、集中的呈现。基于韩少功在小说创作上一贯的慎重、耐心，我们有理由相信，经由《马桥词典》《暗示》《日夜书》的写作，韩少功应该已经基本处理完毕知青生活这一大块题材，整理清晰了这一段记忆，即使是重返知青生活，或许也不会再用长篇小说这种形式了。他的第四部长篇小说，如果奉献给我们读者的，是大学时代的独立思考、大学时代的充满激情和灵感的读书、创作生活，或者再加上他处身中国当代文坛的所见所闻、所感所思，他带给我们的阅读的惊喜，当不会亚于目前的这三部长篇小说。①

对这三部长篇小说的阅读，辅之以对韩少功其他作品的阅读，有时也会有一种异样的感触。韩少功是当代作家中较少的曾专修过英语的作家，他翻译的米兰·昆德拉的长篇小说《生命中不能承受之轻》，也对当代小说的发展产生过巨大的影响，加之对于哲学思考的偏爱，应该说他对西方思潮是有着较为全面和深刻的个人理解的，视野是非常开阔的。相比较而言，这个中国作家，尽管1985年就写下了《文学的"根"》这篇在当代文学的发展史上有着举足轻重影响的文章，但在他个人的文学创作之中，还较少有真正属于中国传统文化内核层面的自然而然的流露。

2014年1月2日出版的第一期《文学报》，里面有韩少功为《钟山》杂志写作的《长跑、主粮及标高》一文，里面有这么一段话："哪怕文学的枯叶一时间铺天盖地，但三两本好刊物，为数不多的好作者，就足以撑起一个大国的文化标高，与古今中外优秀的心灵形成对话，抵消掉数以百计或千计的趋时之作，抵消掉不可一世的各种平庸与恶俗，并且使文明的春暖蓄势待发随时降临。"韩少功在这里当然不是说的自己，但是，他对于中国当代文学发展的使命感、责任感，则充分流露出来。每一位热爱和信赖韩少功的读者，都有坚定的信心等待着作家在蓄势待发之后带给我们的全新的文学启迪。而且，在我个人看来，贾平凹、莫言、韩少功、张炜等少数几个作家的整体创作，已经标示了当代中国文学的高度。

---

① 2018年的长篇小说《修改过程》，处理的果然是大学时代的生活以及大学同学毕业之后的生活境遇。我目前暂时还未来得及对之做出深思熟虑之后的写作。

第二节 邱妙津的《鳄鱼手记》：那些被悲伤压倒的年轻人

  1994年，台湾时报出版社出版了长篇小说《鳄鱼手记》。此时作者邱妙津已从台湾大学毕业，正在巴黎第八大学心理系留学。1996年，26岁的邱妙津用一把水果刀残忍地刺杀自己的心脏而死。2005年，我读到了这本繁体字版的小说，当时是为了开设一门选修课，读了大约20本台湾当代长篇小说，最后将这本书作为一学期要讲授的当代中国18部长篇小说中的一部。当时只是因为课程中有一个成长题材系列和同性恋题材系列，觉得这本书同时适合这两个系列，就将它纳入进来。作为一个男性的读者，我自己的触动其实并不是很大的。2012年，广西师范大学出版社出版了《鳄鱼手记》的简体字本，大陆有更多的读者能够读到这本小说了。

  我被打动的是这部小说独特的写法，不注重情节，由一个个片段性的场景连缀，中间点缀满一个又一个精致的细节。写的是主人公拉子四年的大学生活，拉子在大学遇到高自己一级的高中学姊水伶后，两人自然地走近了，但是她们无法摆脱同性恋的罪孽感，在大学四年中分分合合，彼此深深地吸引又深深地伤害。拉子还结交了另一对陷在这种恋情中黯然心伤的学妹吞吞和至柔，同时也认识了一对男性同性恋同学梦生和楚狂。所有身陷这种情感的年轻人，都那么炽热、狂乱，都无法拥有真正的爱情，结交多年的吞吞和至柔不忍再处在一起，各自有了自己的男友，但只是分别陷在迷乱的情欲之中。楚狂摆脱了梦生的伤害和阴影，和一个海员相处，被大学开除的性放纵者梦生最后从禁毒所逃出来，在围墙下注射毒品等待死亡……小说最后，到了大四，拉子还和双性恋者小凡有了实质性的同性恋爱，但也只是徒留伤害、无奈和悲伤而已。毕业了，水伶想参加拉子的毕业典礼，但是她最后只能在电话中，在疯狂的边缘对拉子哭泣，她一边又一遍地试穿衣服，找不到一件漂亮的配得上典礼，只好放弃。这是拉子的毕业典礼：

> 我独自披着学士服走在椰林大道上，敞开胸怀任雨狂打，几百只眼睛在建筑物里夹道注视我。直到天黑，我维持不动的姿势坐在校门口广场，一棵大椰子树下淋雨，眼眶被雨冲得肿胀。

悲伤的大学，悲伤的年轻人。小说情调是压抑的，沉重的，无奈的……

课结束后，有一个女生在后来交的作业中写道："读了《鳄鱼手记》，才知道自己在高中时错过了一些多么美好的感情。"另一位女生，在毕业前夕提及，读这些书（还包括白先勇的《孽子》和朱天文的《荒人手记》）让自己陷入一种迷乱的情绪和很深的困惑中。这样的反馈很让我惊讶。阅读、讲授这些作品的理由，在于接触一些与大陆文坛不同的题材和写法，也对同性恋这样的人群产生一种感性的认知和理解。如果真的因为这本书让学生陷入困惑，则是让人不安的。

因为要开始另一次讲授，有一天夜里，我又花了四个小时，再一次完整地阅读了这部作品，在深夜里合上书本，我感受到前所未有的震动。为什么这么年轻的生命，在大学校园里会体味到这样深的悲伤？我目前正当着大二年级的班主任，我想，如果我班上的哪个女孩子产生了这样的困惑、这样的精神纠结，我只会束手无策，深感悲哀。也就是说，这一次的阅读，我没有把它单纯地作为一部文学作品来看待，而是看成一段真实的生活，把小说还原到普通的人情物理的层面，试图理解这一群人的困惑和悲哀。

从这个层面来看，《鳄鱼手记》已经浸染着一层死亡的气息。邱妙津实在是用自己的青春和生命在写这本让人压抑、痛苦的小说，书中时时散发的腐败的死亡气息，让你恍然惊悟，两年后在巴黎她采取那么残忍的方式结束自己的生命，不过是《鳄鱼手记》和她第二部长篇《蒙马特遗书》这种写作的一种自然的延续。这是一个无法分开生命与创作界限的年轻人，她写作的不可替代的价值在此，她作为一位有着特殊性趋向的女性的最大悲剧也在此。在《鳄鱼手记》中，鳄鱼这种丑陋的动物，正是在邱妙津的写作中社会上人们眼中女性同性恋者的象征。她怀着深深的自卑和恐惧，看待自己的性趋向，看待自己对于同为女性的水伶和小凡的爱情，也充满体贴、无奈、悲悯地看待吞吞和至柔、梦生和楚狂这两对女同和男同恋者的痛苦。在20世纪90年代的台湾，其实人们已经开始较为宽容地看待同性恋了，但是小说中的这些年轻人的心灵，依然被深深的自卑、自责、恐惧和羞耻所占据，他们情绪激烈，像梦生的放浪形骸，像拉子用烟蒂对身体的自残……多么可悲啊，邱妙津这样一个出国留学学习心理学的台湾年轻的天才小说家，却被自己深深的难以自拔的心理困境带向死亡。

值得提一下，上海的棉棉有一部小说《熊猫》。外表丑陋、凶恶的鳄鱼是卵生动物，卵无性别、雌雄同体，依靠孵化时的温度定雌雄，邱妙津用它来指称为社会排斥的这一群性向复杂的同性恋者，可谓极为恰切。而熊猫，据棉棉在书里交代，则一年之中发情期只有那么短短两三天，那一群性冷的男女聚在上海酒吧中的一个个角落，是另一种让人感到锥心刺骨的画面。

许多年来，我一直在阅读弗洛伊德，我的思维的一些角落是这位心理学家、这位伟大的智者照亮的。一年前我读完了一本书《荣格自传》，作为弗洛伊德最为赏识的学生，荣格对导师也是特别尊敬的，但在这本书中，荣格也毫不避讳地写到，经过他多年的观察，弗洛伊德这位人类心理最为杰出的观察者和治疗者，自己也是一位精神病人。我难以接受这样的观点，但是荣格举出的事例也是可以得到尊重的。另外，读完《荣格自传》，我突然觉得，这位意识到导师弗洛伊德的精神病的杰出心理学家和思想者，可能也是一位执着的精神病人。比如，他那么热衷于自己的梦境，每一次新的理论创获之前，荣格都会做一个长长的梦，然后再做出精细的分析，再验证自己理论的合理性……于此，我感觉，真有可能啊，这个世界，其实是没有什么真正的正常与变态的明晰界限和区分的。但是一些人，却被这些勉强作出的区分所误导，也被别人误解为精神病人，并由此产生深深的自卑和恐惧，产生对自己的厌恶和自残。这些被悲伤压倒的年轻人，是死在社会的偏见之中，同时也是死在自己对于社会偏见的不自觉或者主动的迎合之中。社会的偏见可以杀死一个人，但是对一个人最大的伤害，最终还是来自于自己的内心深处……邱妙津最终令人恐怖的自残，就来自自己依据社会的偏见作出的对自己生命存在的残忍否定。多么可惜啊，那么有才华的一位女孩。相比于小说创作的成就，个人的生命毕竟是更为可贵、更为值得珍惜的。如果我们每一个人都意识到，这个社会是由各种各样、或轻或重的活动着的精神病人组成的，那么我们每一个人，又有什么理由不对别人、因而也对自己更宽容一点呢？又有什么理由被来自自己内心的悲伤最终压倒呢？

在阅读《鳄鱼手记》之后六年，我读到了台湾作家骆以军的简体版长篇小说《遣悲怀》（上海人民出版社2011年版），这是2001年骆以军在台湾发表的第一部长篇小说。《遣悲怀》其实是纪德写给死去的妻子的忏悔，正是邱妙津在《蒙马特遗书》中特意提及的一部作品。骆以军将这个书名直接挪用过来，那只不过是为了表达对于邱妙津的纪念，在小说的章节"第一书"和"第七书"中，骆以军直接回忆了拉子即邱妙津离开中国台湾去法国之前一天和"我"的交往、交谈，邱妙津甚至说过："如果……不是某些怪异的因素，你知道吗？我可能会喜欢上你喔。""喂，L，如果不是……如果不是因为……的话，我说不定会喜欢上你喔。"所以，《遣悲怀》这部以"运尸人a"一节开篇、以"运尸人b"一节结束的极其怪异的长篇小说，为死去的邱妙津而写，充满悲伤。与《鳄鱼手记》一样，《遣悲怀》也用一种精雕细刻的、曲折滞涩的语言在摹画着那一群悲伤的、为欲望所苦的年轻人的内心。这是一个无始无终、如影随形、隐秘而无忌的欲望世界。欲望、性爱世界的生动多方、错杂乖戾，既是生之冲动与寻索，也是生之无奈与悲伤，在这里呈现出生命最复杂、晦涩的一面，也呈现出骆以军走向极端的文学之旅。

邱妙津1994年的《鳄鱼手记》和骆以军2001年的《遣悲怀》，构成当代台湾长篇小说创作中最好的"互文本"。在这里，我们既看到了年轻的作家对于小说艺术精益求精的追索（骆以军显得更执着，似乎都能让人感觉到他要将笔刺进纸里去写的一种狠劲），更看到了艺术和人生紧紧贴着、黏附在一起的那种扎实。只是它们的诞生，以一个青春生命惨烈的离世为代价，未免让读者长久地难以从悲伤中抬起头来。

第三节　当今长篇小说创作中的数量崇拜

有数据统计，1949年至"文化大革命"前的17年中，共发表320部长篇小说，而1998年一年就超越1000部大关。中国社会科学院文学研究所2012年发表《文学蓝皮书》，估算2011年长篇小说数量稳定在4000部以上。

在这些数量疯长的长篇小说中，校园青春小说占据不少份额，另外就是官场、盗墓、玄幻、武侠、科幻、言情小说等，而这大部分长篇都没有进入正统的文学批评范畴。剩下来的一小部分即文学批评和研究关注的这部分专业作家的作品，数量还是太多。

这其中有少数几个作家，不应用这种数量崇拜概括。贾平凹习惯从自身的人生经验、心灵感受出发，将极端个人化的情绪及思考浸染到作品细部，甚至渗透进像《病相报告》《怀念狼》《高兴》这样看似与自己的生活体验没关系的长篇之中，在以基层乡镇干部为主人公的长篇小说《带灯》中，读者也能感知到作家的温情。莫言则擅长虚构性写作，比如《红高粱家族》《丰乳肥臀》《檀香刑》等纯粹历史性题材的代表作，以自己亲人为原型的《蛙》，其中也看不出多少作家的心绪。在《酒国》《生死疲劳》等鸿篇巨制中，那个叫"莫言"的家伙频频出现，你也不会将之与真实的莫言拉扯在一起。这两位都有一贯的对于长篇小说的理解，有自己不同的驾轻就熟又别出心裁的创作路数。

更多作家的创作现状，我们就很难保持宽容的理解了。60岁左右的这一批文坛主流作家,长篇小说数量超过10部的不在少数,一些作家已向第15、20部长篇发起冲击。

在男作家中,好像只有王蒙、贾平凹、莫言、韩少功、李洱、韩东、张旻、何顿、骆以军等,是中短篇和长篇俱佳的。刘庆邦的像《乡村女教师》《神木》等一大批中短篇,实已达到当代文坛的最高境界,但翻阅《红煤》《平原上的歌谣》等长篇,觉得还略显单薄。苏童的长篇《我的帝王生涯》《蛇为什么会飞》等,也很难让读者感知长篇小说应有的尊严。作家也许写得逸兴遄飞,作为读者却兴味索然,有被敷衍的恼怒。某次我把以高校为背景的长篇《教授》《风雅颂》放在一起读完,内心的郁闷难以言喻。粗线条的东西太多,无法深入到背景之中,在一个滑稽化、夸张性人物身上浓墨重彩地倾注作家自己过于主观、肤浅的理解。相比而言,女作家像宗璞、张洁、范小青、铁凝、迟子建、严歌苓、方方、林白、池莉、王安忆、残雪、盛可以等,倒一直能将长篇和中短篇的写作同时推进到一个很高水准。

作为普通读者,在我心中,不管作品质量怎样,对这种每年或一两年就推出一部长篇的作家,总是深感疲倦,不会有必要的尊重。一个终将置身文学史较稳固位置的作家,一个得到读者尊重的作家,长篇小说的数量从来是次要的。

鹿桥终其一生,只有一部《未央歌》,但是,到今天为止的台湾文学界,又有谁敢认为自己在长篇小说创作中的影响已超过鹿桥?白先勇创作三四十年,只有一部长篇《孽子》,又有几位能认为自己在文学史上可以和白先勇比肩?即使是大陆,那位1991年写完长篇《心灵史》就封笔不再写小说的张承志,又有几位同人能坦然捧出一大堆作品,觉得超越了张承志很多?在大陆,目前又有几位能自信地认为自己的文学成就已经超过了几乎可以说没有长篇小说的沈从文?那位远在法国、至今只有《灵山》和《一个人的圣经》两部长篇小说的高行健,会对那些轻松迈过10部长篇的门槛、正大踏步冲击第15、20部长篇的同人内心产生羡慕和尊重?托尔斯泰、肖洛霍夫、马尔克斯、略萨、川端康成、海明威、卡夫卡……他们终其一生，都只有三四部左右的长篇，我们当代，最终又真的能产生几位像左拉、巴尔扎克这样以饱满的长篇小说数量来奠定文学史地位的作家？

2013年的诺贝尔文学奖，瑞典诺奖委员会授予了他们称之为"当代短篇小说大师"的加拿大女作家爱丽丝·门罗。这位82岁的作家，至今没有一部真正意义上的长篇小说，但是，这丝毫没有影响她在世界文坛的地位和影响。这一事实，对于当下的中国作家，或许真有非常重要的启示意义。置身于整个社会浓重的数量崇拜的氛围之中，同时正激情满怀向诺贝尔文学奖发起冲击的当代中国作家，真有必要稍稍缓一缓踌躇满志、逸兴遄飞写作着长篇小说的电脑键盘。

第四节　勿为作家乱拿主意

因为在高校教学的缘故，我每年都要固定地接触一次《围城》，先布置阅读，然后在两周之内组织学生进行3课时讨论，再总结、讲授3课时，是费时不少的重点内容。周而复始，几个轮回下来，以前对小说并非特别用心的文学教师，对《围城》的方方面面也熟悉不少了。尤其是一些以前不大注意的很小的细节，玩味起来自己也会觉得有意思，很开心。

在人民文学出版社1994年出版的、现在基本视为定本的长篇小说《围城》中，后面附有杨绛先生的《记钱锺书与〈围城〉》一文，对于理解《围城》自然是特别重要、不可多得的文献，以前我也从中引述一些内容以支撑教学。因为熟悉，这次看得反而更慢了。在杨绛先生眼中，《围城》中的许多人物是和生活原型打成一片、难分彼此的，所以她那会那么津津有味、如数家珍地一一道来，作家夫人的交代具有不可置疑的权威性。鲍小姐、苏文纨等女性都有杨绛先生确知的生活原型，而对《围城》中唯一一个完美无缺的理想女性唐小姐（钱锺书在小说中这样总结她："总而言之，唐小姐是摩登文明社会里那桩罕物——一个真正的女孩子。"），则实在没有说出任何内幕性的东西来，不能不说是一个例外和小小的遗憾。

关于唐小姐，《记钱锺书与〈围城〉》一文中，只有这么一小段："唐晓芙显然是作者偏爱的人物，不愿意把她嫁给方鸿渐。其实，作者如果让他们成为眷属，由眷属再吵架闹翻，那么，结婚如身陷围城的意义就阐发得更透彻了。"读者一般都不会深究，而是会自然接受杨绛先生的这一说法，或者并不大深想这么一个命题，只是作为一段自然的文字往下读而已。但是，这次的阅读，我强烈地感觉到，这不是学者或普通读者杨绛在说话，而是作为作家的夫人不由自主的内心流露。作为夫人，杨绛当然巴不得自己丈夫心中不会对其他女性有过于理想的、完美的看法。但是，作为作家的钱锺书，是不会那么写的，他愿意在写作中保留一个完美无缺的女性形象，并倍加呵护，就像一个普通的男人，他接受现实生活，接受并维护现实婚姻，但同时他也会永存对于理想女性形象的想象和珍爱。这样的写作，才会保持一种真正支撑下来的激情，作品的情绪也才会显得饱满。《围城》每天写五百字，整整写了一年！

这是常识，作家的写作主要不是理性的事情，具有感染力的优秀作品，往往融合着种种生活情感、激情、体验等发自内心的冲动，优秀作家从来不愿意将作品作为一个理性命题的注脚，不管这个命题对于理解人类的命运有多么重要、多么深刻。一个在评论家看来矛盾重重的作家，有时恰恰是一个力量雄浑、胸襟博大的作家，比如巴尔扎克、托尔斯泰等。文学史家、文学评论者应该更多地深潜到作品之中，细细探究作品之内和之外的一切，以理解为第一要务，而不是挑剔，尤其是不能从自己的某个特定视角出发，替作家的写作乱拿主意，提出比作品的文本现实更为"合理"的设想。

如果杨绛先生写于1985年的这篇文章只是一个特例，也许我也不会这么郑重其事地强调这样一个"常识"。我教的是新闻系的中国现当代文学课，课时少，只能在一个学期内匆忙过一遍，当代文学的份额很少。我一般只布置《蚀》三部曲、《边城》《围城》和《呼兰河传》四部长篇小说作为精读内容。当代文学作品没有涉猎，只有一次在精读书目中加入了张贤亮发表于1984年《十月》杂志的中篇小说《绿化树》，一部已进入经典行列的名作。我记得大学时代初读《绿化树》，读到小说快结束章永璘和马缨花因为外在粗暴的、人为的障碍分开，并从此再未能有机会相见时，感动得流下了泪水，印象深刻难以忘怀。在准备教学的过程中，我读到了著名学者南帆先生的专著——2005年北京大学出版社出版的《后革命的转移》，第二章专门剖析张贤亮近20年的创作。南帆先生敏锐地看出，章永璘和马缨花之间的分歧，不在政治理想而在于日常生活趣味，这种分歧恰恰是潜伏在他们之间的巨大隐患。由此，南帆先生总结道："这个意义上，《绿化树》的结局相当勉强。章永璘突然遭受新的隔离，从此与马缨花失去了联系。生离死别，故事戛然而止。然而，这是外部力量的意外插入，如同为了悲剧而悲剧，不像是情节和人物性格自然而然地发展出的必然结局。人们觉得，这部小说还未飞翔到预定的高度就突然降落了。这个结局回避了另一种远为深刻的可能：章永璘和马缨花将在共同生活一段之后开始相互不满甚至相互鄙视，终于彻底地分崩离析。这将是远比《绿化树》结局更惨痛的悲剧——人们甚至有理由猜测，这是一种张贤亮所不敢面对的惨痛。"这种论述有上文逻辑的自然延展，也有作为一个目光如炬的批评家的锐利和睿智。但是我还是很惊讶，觉得很难接受这种论断，尤其是其中替作家拿主意的那种内在思路和语词表达，和杨绛先生评价钱锺书的刻画唐晓芙，有着太让人惊异的相似，尽管两位评论者年龄相差40岁左右，评论的写作时间也相隔近20年！只是南帆先生显得更为果断、自信和直接一点。

抛开当代文坛这些年流行的"酷评"及一些熟人之间大力吹捧的所谓批评之外，这样替作家拿主意的思路，在当代的文学评论、文学史研究领域一些严肃的写作中，也不是某一个人个别的写作现象，它经常不自觉地成为一种内在的思路。

南帆先生在评价张贤亮近20年的创作时，始终从张贤亮作品处理的知识分子与大众之间的关系为核心。对于《绿化树》结尾的批评，自然来自这种思考的延续。也就是说，批评者在进入一部作品或一个作家的整体创作之时，都带有自己特定的视角，以这个视角来观照作品，更多的东西就会被忽视和遗漏，知识分子必然与大众暌隔，因而章永璘和马樱花不管怎样努力，必然面临最终来自他们自身的惨痛分离。这样的分析并没什么错，但是它与作品之间的关系其实已经不大，因为它忽略了作品太多的东西。理性在这里走得过于自信，而忽略了人的情感的复杂和命运的离奇。和批评家相反，作家恰恰是不大相信命运"逻辑"和理性力量的另一群。比如，在沈从文1949年前近20年的创作生涯中，人的命运的偶然性、必然与偶然交织带来的命运的不可理解，成为支配他的小说创作的核心。另外，因为个性的温和等，他也常蔑视命运的残酷，按照自己的理想来处理笔下的人物。名作《萧萧》中，他不让婚前怀孕的童养媳萧萧被沉潭，只是因为她周围没有熟读子曰诗云的长辈。在《边城》中，不给读者一个明朗的结尾，他不忍心按照所谓命运的"逻辑"来直面人生现实，按照南帆先生指责张贤亮的，就是忽略这些"不敢面对的惨痛"。其实沈从文根本就不深刻，也不刻意追求深刻，他的小说所有涉及都市的价值判断都是负面的，所有涉及乡村的都是好的、可以理解的，是一种简单的二元对立的思路。但是，这并不妨碍沈从文成为一个大师级的作家。

从另外一个角度来看，杨绛先生觉得唐晓芙的完美无缺影响了主题和哲理的深刻性，南帆先生觉得张贤亮《绿化树》的结尾"回避了另一种远为深刻的可能"，这样的观点很大程度上根源于文学研究中的好像可以无须自证、不言自明的理性立场，伟大的文学必须达到对于人生的结论性的深刻理解。我们没有意识到的是，不单作家不屑如此，即使是一个读者，最后他也会发现，类似于杨绛和南帆先生阐明或期待的这种人生哲理，深刻是深刻的，却依然是普通的、普遍的，其实也只是一般人可以得知的人生常理而已。我们的作家在作品中没有达到这种理解，就让评论者失望了。在这里是否恰恰可以反问：即使作品达到了这样的结论，于文学本身，又有多大意义呢？于我们读者，又有什么意义呢？难道我们就是在作品的结尾等着作家抵达我们早已在理智上认识到了的人生哲理吗？

　　作家倾心的，恰恰是人生的不可理解之处，他的激情、迷茫和困惑，才成为他拿起笔来的真正动力，即使作品完成，他也往往达不到甚至是有意不达到某种单一结论性的东西。研究者倾向于抽象出简单明了的结论，作家则更倾心于人生和写作中的难以预料、突如其来之处。刘震云曾坦言自己"不透彻，挺混沌的"。他说："透彻是一个认识的词。作家则更多的应该在'悟'上面用力气。悟，可悟不透彻。"（《经过与穿越：与当代著名作家对话》，广西师大出版社2004年版）一个人太透彻了，就没有必要滔滔不绝写下那样的长篇作品。作家一直在悟，但是永远悟不透，他所倾心的，只是一大堆五彩斑斓的人生色相和纷纭思绪而已。评论家有什么必要要求作家更透彻一点呢，有什么必要要求作家放弃朦胧迷茫走向深刻明确呢？这样的评论和研究往往会走向挑剔，从而背离作品本身的现实。批评固然无须迎合作家，迎合读者，但是我们当代的批评，真正能够给作家的当下写作带来某种启示、让作家和读者都信服的确实不会太多。作为一个研究者，更多的可能还是需要不带任何预定的理论前见和特定的视角，就做一个真正的、轻松的、试图从阅读中得到直接的感性的乐趣和启示的读者，理解作品之所以然的深层的东西，在广博的阅读上纵横比较、触类旁通，发现这个时代文学的一些独特的地方。等到遇到了自以为重要或有意义的问题，再运用自己的思考或者某种特殊的理论或方法进行分析，而不是早早就设定一个诸如"女性主义""后革命""知识分子与大众""后殖民"等特定却与作品毫无关系的框架和视角进入作品，从而对作家不满足，并进而试图为作家乱拿主意，以干巴巴的"深刻"理性面对作家缤纷各异的情怀。

　　或者换一句话说，评论家和文学研究者，也可以像作家一样，并非一定总是追求"深刻"，他需要的是耐心、良好的感性、尊重和理解作家的愿望、长期阅读带来的广博……

本节发表于《文学自由谈》2014年第1期

第五节　文学批评的大度、宽容和分寸感

　　1993年《废都》的发表和出版,是当代中国文坛的一件重大事件。当年受到了普通读者、批评家和专业研究者的高度重视,有褒有贬,众说纷纭。不管当时的争论有多么激烈,20多年过去,《废都》已成为当代文学的一部特殊的经典,则是一个基本事实。尤其是从当代文学史的角度来看,《废都》是一部无法绕过去的作品,它是20世纪90年代中国文学发展的一个分水岭。关于《废都》的争论,也可以说是尘埃落定。

　　有趣的是,最近翻看一本文集《必要的反对》时,发现作者在2003年接连发表了三篇批评文章:《私有形态的反文化写作——评〈废都〉》《随意杜撰的反真实性写作——再评〈废都〉》《草率拟古的反现代性写作——三评〈废都〉》,仅从标题就可以看出,李建军对于《废都》这部长篇所持的极其严厉、火药味十足、全盘否定的苛刻批评态度。这样严厉批评和否定性的三篇论文,如果出现在《废都》刚面世不久的一两年之内,或许尚可理解,在出版十年之后的2003年集中出现,则不免令人困惑。

　　耐心将这三篇煌煌数万言的批评文章细细读完,不出意料的,是难以掩饰的惊讶和失望。

　　首先,尽管《废都》也许有这样那样的问题,需要细加厘清,但是,对于贾平凹这位在中国当代文坛早已有着举足轻重影响的成名作家的这种苛刻态度,是不足取的。不说批评家,就是一般的读者都知道,贾平凹的文学成就,早在《废都》发表之前的80年代,就已和王蒙、莫言、韩少功、张承志、张贤亮、余华、王安忆等一样,在当代中国文坛是第一流的。如果一位批评家,对于当代基本已有定评的重要作家缺乏最基本的信任,那么他只能永远保持一种对于当前文学创作愤世嫉俗式、鸡蛋里挑骨头式的挑剔,他永远保持着对于当代文学巨大的心理优

势而毫无忌惮地评头品足。退一步说，即使《废都》存在着极其严重的问题，批评家也应该是在考察他以前的创作和《废都》之间的同异基础之上的。也就是说，要理解一个作家创作的大致的历史，才能理解目前创作之所以然的真实原因，也才能真正理解目前创作的价值、意义，以及不足和缺陷，这样的批评，即使有可能是严厉的，却可以有它自己内在的理路，至少是可以成为一家之言的。但是，李建军先生的三篇文章，丝毫没有涉及贾平凹《废都》之外的任何作品。不管论者显得多么真理在握，这种虽然严厉，但只是就事论事式的挑剔，也难以令人信服，因为它既没有立足于文学史的考察，没有立足于对作家个人基本的整体创作历程起码的了解和掌握，对于作家的创作也不会有真正的建设性意义。

正因为在阅读和写作之前，就对作家有着强烈的先入之见，所以在批评中，有时会失去文学批评应有的大度和宽容，失之于刻薄。李建军先生是在批评《废都》，却时时将贾平凹和庄之蝶混为一谈，屡有这样的对于作家的侮辱性言辞："贾平凹就是一个过度自恋的作家"，"屡遭不幸，固然可怜，但作者似乎也太过软弱"，"贾平凹本来就是一个叙事经验贫乏和现代意识贫弱的作家"……即使是对一个真正低劣的作家，这样对于任何人所作的"一贯"式的言语评价，都已经涉及人身攻击，是不妥的。在同一本文集之中还有另一篇文章《消极写作的典型文本——再评〈怀念狼〉兼论一种写作模式》，也是这种风格。平心而论，当代文坛太多这种"酷评"，但是像这样老揪住一位知名作家不放，凡他所写即有严重问题的批评，表明我们的文学生态还并不十分健康。

其次，李建军先生《废都》批评的理论出发点也时有问题。从这三篇文章的题目即知，《废都》在李建军看来，是一种反文化的写作、反真实性的写作、反现代性的写作，如此的断语，显示论者是站在一个颇高的文学理念和文学理想之上的，尤其是论及所谓"反现代性写作"。但是，具体论述之中，频频引用的只是托尔斯泰、陀思妥耶夫斯基、巴赫金、别尔嘉耶夫、别林斯基、肖洛霍夫等俄苏作家，似乎只有这些作家就是文化的、真实性的、现代性的写作。从引用的作家绝大多数是俄苏作家就可以看出，李建军的《废都》批评，是基本立足于个人的文学口味、偏好，以一种既定的、先入为主的文学标准来衡量当代中国作家的创作。第一篇批评文章的第一段有挺有意思的这么一句："虽然我们不好像伍尔夫评价《尤利西斯》那样，径直说《废都》也是一部'无限的大胆，可怕的灾难'的作品，但是，我还是想坦率地说出自己的看法：《废都》的写作和出版，是令人遗憾的悲剧性事件和严重病象。"好像伍尔夫批判《尤利西斯》在文学史上是多么英明、有进步性意义的事件一样。这里明明是对论者自己不利的一个论据，拿出来好像只是随意炫耀一下自己的博学，却忘了对于自己的论证到底合适不合适。《尤利西斯》难道不是真正的现代性写作吗？论据和论证的随意，其实也透露出批评写作本身的随意。仅从这条论据，我们就不必真正在意李建军对于《废都》的严厉批判和全盘否定，也许《废都》恰恰会像《尤利西斯》一样，虽然在当时被一些论者看成"无限的大胆，可怕的灾难"，但终于是文学史上一部极具"现代性"的经典。

批评的苛刻既来自先入为主的单一的文学理念，也来自某些经不起推敲的自立的文学衡量标准。在每篇文章前半部分，李建军都对自己理解的"极端形态的私有化写作""反真实性写作"和"反现代性写作"做了阐述，将之作为批判《废都》的理论前提。而这些理论前提，往往是有问题的。在批评《废都》的"极端形态的私有化写作"时，先引用了巴赫金的观点，然后得出作为后面批评前提的结论："总之，正常形态的写作，必然具有指向他者的、可以被普遍共享的公共性，而这种公共性或'全人类'性，作家只有突破'个人生活的狭小场面'，才能追求得到。"这里的理论基点是很模糊和站不住脚的。一个作家在写作中，是否要明确考虑区分自己和"他者"，自我和"他者"的生活在写作中是否有判然两分的意义，都难以一概而论。对作家来说，所谓的"他者"也许仅仅是一个虚假的他者，对那些忠实于自己的内心体验和自己的创作感受的作家来说，他只能充分沉浸到个人的内心和自己的生活以及个人独特的对于世界的观察之中，才能真正作出自己对于人性和世界的发现。也就是说，真正了解和尊重自己内心，也可以丰富文学对于人和人性的普遍理解。马尔库塞在《爱欲与文明》一书中评论弗洛伊德理论时说："个体经历着人类的普遍命运。"这本是较为浅易和明白的道理，而我们现在还在言之凿凿地向作家宣扬，要区分"个人生活的狭小场面"和"普遍共享的公共性"，真的是可以令人放心的批评的理论出发点吗？《废都》达到当时一般作家难以达到的高度，恰恰在于贾平凹忽视一切即将会有的批评，完全沉浸在自己的生活和情感之中，放言纵笔，大胆铺陈，冲破一切现实的和艺术的禁忌，它才能在传达个人感受的同时，也真切地传达一批知识分子在20世纪90年代初勃兴的商品经济大潮之中的焦灼和困惑，同时也传达了那个时代的某种真实的精神氛围。

　　李建军先生另一个值得商榷的批评的理论出发点是对文学的道德化要求，这一点，在21世纪的中国文坛显得尤其生硬。三篇文章中，都存在以道德审判代替理解的同情和细致文本阅读的倾向，用真善美的衡量标准对《废都》的内容大加挞伐。第一篇末尾提出文化写作的功能："并用光明驱除黑暗，用美好战胜丑恶。"从这样的思路得出《废都》"助长了我们时代的道德混乱趋势和颓废、堕落倾向。它为九十年代的丧失耻感的性描写打开了通道"。紧接着还引用了《今晚报》关于一个少年看《废都》后将表妹强奸致死的报道。按照这种思路，《金瓶梅词话》等都称不上名著了，更何况历史上还有读者因为沉溺《红楼梦》而少年夭折呢！20世纪20年代郭沫若翻译的《少年维特之烦恼》，也引起了一些年轻人自杀弃世！每一个时代都有自己独特的道德标准，而一个优秀的作家，一般不会花费主要的精力对既定的道德准则大唱真善美的赞歌，而主要对囿于时代局限的某些道德层面的东西予以质疑与批判，尤其是在爱情、婚姻以及性的方式等方面予以伦理意义层面的质疑，有时并从这些极为感性的伦理层面，不经意间过渡到对于特定社会意识形态的质疑和反思。《废都》至少是在当代文坛第一次最集中地、极富勇气地展示了特定时代中国知识分子和普通人爱情婚姻和性的困惑，如果只看见其中的性描写，其实也是某种读者淫者见淫的阅读方式。即使从性描写方面来看，《废都》或有可以批评之处，但是那种坦诚的方式，那种因为忠实于内心而坦然面对读者指责的勇气，是将自己撕裂开来的忏悔和自剖之作，已不是后来性描写的追随者可以达到的境界。

最后，这三篇《废都》批评文章，在语言方式方面，也不时呈现出刻薄之处，一些语言的细节，是从对作家某种不言自明的敌意出发而来的自然流露。第一篇判定《废都》具有"消极的反动性质"，用上了"反动"这个让当代中国人颇为忌讳的词语。在援引了《废都》中庄之蝶与阿灿交往的情节之后，紧接着有这样对于作家的审判：

贾平凹的粗糙的文字和贫乏的想象力，实在令人失望；他不过是个平庸但却勤奋的普通的"著名作家"而已；他离"大师"和"天才"，比西京城离雅斯纳雅·波良纳还要远。

这是第三篇中另一个关于《废都》作品评价的比喻：

《废都》中人物讲的语言，是一种死的语言，看上去仿佛夏天沙滩上一堆腐烂的鱼，上面爬满了忙碌的蚂蚁和苍蝇。

这样两段分别对于作家和作品的比喻，喻体对于所要表现的本体，只是一种恶意的揶揄和嘲讽，比喻两造之间，是强行拉配在一起的，它不单折射出深深的敌意，而且也折射出论者自身批评的刻薄。话说得漂亮机警，但是失去了最基本的分寸感。

第三篇中，还不厌其烦地给《废都》指出大量病句，挑出大量"的""了"以及"的了"等字词运用的不当，感觉像一个中小学老师在耐心地给自己的学生指出病句。在李建军对于莫言《檀香刑》的批评中,比如《是大象,还是甲虫》一文,也有大量同样的病句挑选的工作,很难让人相信被批评的对象是当代最有影响的两位长篇小说作家。真要完全依照李建军先生的这种思路,《鲁迅全集》无疑会是一套现代中国最佳的病句大全。

当代文学批评至今有一种很难消失的酷评习气,有一种语不惊人死不休的狠劲,还偶尔夹杂这种对于一个特定的作家不依不饶、穷追猛打式的批评。像20世纪30年代刘西渭与卞之琳、沈从文之间虽相互不含糊、不妥协但友好、从容往返地讨论作品的风气,已很少在当代文坛出现。理想的大度、宽容和具有分寸感的文学批评,曾经依稀是我们的美好记忆,但又是一种为当代文坛尚难达到的境界。

第六节 当代中国文坛的长跑选手

仅32年的中国现代文学,却出现了鲁迅、郭沫若、茅盾、巴金、老舍、沈从文、曹禺等文学大师,在现代文学的作家阵容中,更有冰心、丁玲、林徽因、萧红、张爱玲、钱锺书、师陀、朱湘、闻一多、梁遇春、徐志摩、戴望舒、艾青、冯至、卞之琳、袁水拍、穆旦、沙汀、艾芜、何其芳、萧乾、路翎、朱自清、叶圣陶、林语堂、梁实秋、柔石、穆时英、施蛰存、废名、李广田、周作人、田汉、洪深、夏衍、汪曾祺、丰子恺、许地山、郁达夫、徐迟、萧军、骆宾基、端木蕻良、张天翼、叶紫、彭家煌、李劼人、张恨水、周立波、赵树理等一大批作家,这是一个群星璀璨、人才辈出的文学时代。

这样一个作家群像,足以让读者对中国新文学保持必要的、足够的敬意。我们甚至会有这样的想法,即使对某些作家的作品并非特别熟悉,但这些作家仍然让我们感到信赖。这种感觉相当微妙,这是中国当代文学很难让读者拥有的信赖感。要是谁贸然举出一个当代文学的"点鬼簿",一定会受到猛烈批评。2014年四月《文学报》"新批评"专版由陈歆耕先生批评程光炜论文引发的关于当代文学有无经典的争论就是证明。

从作品可读性来说，现代文学经典，很多比不上当代。比如当年《废都》《白鹿原》甚至是《上海宝贝》《狼图腾》《曾国藩》等作品所引起的阅读狂潮，一点也不亚于《家》《围城》等现代经典。不少当代作家的创作数量，也早已远超现代作家。问题并非是文学的受关注度以及作品的"好读"、作品数量等，它涉及的，可能是读者对于某些作家长久的文学工作产生的尊重，读者对作家独特人格魅力的敬仰。从这个角度来说，尽管鲁迅、郁达夫、汪曾祺等作家一生没有写过长篇小说，但当代要找出在文学史上能和这几位相匹敌的作家也难。对于读者接受一位作家来说，创作数量、作品的可读性、长篇小说有无等因素，都不是决定性的。读者的眼光，就是文学史的眼光。文学永远是一项长期的"苦役"，读者理解作家作品的时候，往往会超越具体创作的得失，而是从一位作家长期的工作和生活来衡量他的文学史意义。文学史中，也有依靠一两部作品建立文学史地位的作家，但是这样的情况毕竟不多，比如钱锺书，只留下了《写在人生边上》《人·兽·鬼》和《围城》，作品数量很少，但在中国现代文学史上占据着牢固地位。钱锺书是大学者，从事的又是文学研究，文学创作对于他，并非偶一为之的事业。他数量不多的纯文学作品，事实上和他一生的学术成就联系在一起。《围城》与《谈艺录》《管锥编》等叠加在一起，才让读者对钱锺书产生真正的敬意。

对于这些已获得读者承认的作家来说，文学是一种终生的长跑。正是这种对于文学始终保持着孜孜追求的姿态，才是作家获得读者信赖的主要缘由。这个话题之所以在今天还有意义，正是因为在当代中国文学的发展中，一些曾引起过巨大反响、确实留下了高质量作品的作家对写作的放弃。比如在八九十年代不少声名极盛的作家像蒋子龙、郑义、孔捷生、阿城、李杭育、矫健、马未都、古华、陈祖芬、理由、刘毅然、李晓、刘索拉、徐星、郑万隆、刘心武等，现在已很难再读到他们有分量的文学作品了。2015年6月，我曾在浙江乌镇规模宏大的茅盾文学奖展览馆中，盘桓了一整个上午，有一种感慨：茅盾文学奖获奖作品在中国当代，至少可以有理由认为是最高水准的，但是获奖者中，也有好几位已经放弃写作的作家。这些获奖作家中，真正一直笔耕不辍的，可能只有王安忆、阿来、迟子建、贾平凹、莫言、张炜、张洁、苏童、麦家、徐贵祥等不多的几位。这个展览，以"岁月磨洗后的辉煌"为名，但从这些依然健在的作家保持着的当下创作面貌来看，暂时还难以让观者产生"辉煌"之感。

还有更年轻的一些作家，曾经有过很"猛烈"的写作阶段，但这种状态的难以为继，让最初对他们的写作抱有较高期待的读者不无失落，比如陈染和卫慧、棉棉几位。当然，也许她们在某一天还会以一部或几部作品再次"震动"文坛，但这种起落无迹、倏忽来去的写作，对于当代文学的发展，是不值得抱有过大期望的。

当代还有一个必须言及的现象，是"作家学者化"。80年代中后期王蒙倡导"作家学者化"，引起广泛关注。王蒙、刘心武等著名作家还身体力行。现在看来，这一场"作家学者化"的实践，对于厕身其间、真正积极投入进去的作家比如王蒙、刘心武来说，并非一件特别值得肯定的事情。对于像《红楼梦》这样经典的研读，应该只是作家加强自身修养的必要功课，真要投身进去在研究中做出成果，理论上既不大可能，现实中更受到众说纷纭的批评。这些历经历史淘洗的少数文学经典，只是用来加强作家修养，而不是被用来让作家做科研对象的。

从这个意义上来看，格非虽受过完整的学术训练，但是这种常年的学术工作，对于一位长篇小说作家来说，是否真的积极意义更大，暂时难下结论，尽管他的《金瓶梅》研究受到关注。像马原中途进入高校，花费时间和精力做西方文学经典的解读，这种工作，能真正提供给学术史的东西一定也是不太多的。近些年，王安忆、阎连科、柏桦、于坚、王小妮、张悦然、叶舟、田耳等纷纷进入高校，从我个人的理解来说，无论对于学术史还是文学史，对这一现象，都不能评价得过于乐观。这里没有什么深奥的理论依据，只是常识性的、最为浅显的一心不能二用、鱼和熊掌不能兼得、隔行如隔山等而已，都只是文学的长跑选手，在他一生的奔跑中，受到时尚或风习影响所开的小差。鲁迅当年为了厕身大学教育，花费半生知识储备，完成了《中国小说史略》的写作，但他也意识到这种付出是难以持续的，在上海的10年，他多次拒绝来自多个大学的邀请，安心待在家中写作。老舍1936年从山东大学辞职，初衷也是为了能专心致志写长篇，不料仅仅一年后爆发的抗日战争，又中断了雄心勃勃的长篇小说创作计划。巴金则更自觉地终其一生保持着独立姿态，不依附于任何单位，一生沉浸于思考和写作，更是当代作家难达到的境界。

标示一个时代文学成就的，只能是文学的长跑选手。中国现代文学的七位大师级作家，都是几十年如一日，从未间断、终止过自己的思考和写作，其中老舍和沈从文因为政治原因要么自杀、要么被迫曾长时间中断了小说创作，但是在"文化大革命"前，他们一直保持着稳定的产量和质量。放眼当代，尽管有不少像前文列举因各种原因中断创作的作家，却也有少数几位可以和现代作家比肩而立且并不逊色多少的作家。

多年前，贾平凹曾描述过第一次来北京领文学奖之时，见到许多才气横溢的年轻作家，由衷地产生了一种人外有人之感。近30年过去，当时的佼佼者，能和贾平凹比肩的，可能只有两三人了。文学的长跑者不能单纯依凭视野、才气、学养等，更重要的是对文学的坚持，在中外文学史视域之中对于自己的文学境界能够达到的高度、广度的自信和始终如一的追求。贾平凹自身对文学的训练极有耐心，写《浮躁》之前的大量中短篇小说和散文、诗歌作品，已经奠定了他在20世纪80年代中国文坛的地位，但直到1993年推出《废都》之后，他的创作好像突然推开一道沉重的石门，从此走向自由无碍、极少条条框框和既定观念约束的繁复境界。《白夜》《土门》《病相报告》《高老庄》《怀念狼》《高兴》《秦腔》《古炉》《带灯》《老生》《极花》《山本》……这里的每一部，都能开拓出一个新的境界，贾平凹由此成为当代真正意义上的长篇小说艺术家。

  自从2012年获得诺贝尔文学奖以来，莫言研究方兴未艾。和贾平凹的精雕细刻不同，莫言是将短跑冲刺和长跑的坚持结合得完美的作家，他可以只用两个月就写一本50余万言的《生死疲劳》，但这么多年来，他始终没有让这种疯狂的创作激情耗损对于文学长远目标的追寻。莫言的可怕在于，你读了《丰乳肥臀》，以为这就是最高峰了，之后的《檀香刑》，当年我认为无论对文坛还是莫言自己，都是不可超越的巅峰之作。每一个读者都会有坚实的理由期待着莫言达到一个更高的文学之境，因为30多年至今，他从未让读者失望过。获得诺贝尔文学奖之后，莫言并没有止步，经常在《人民文学》等重要的文学期刊推出他全新的中、短篇、话剧等探索之作，相信假以时日，莫言能再为中国当代文学奉献出全新的长篇小说力作。

  从写出《檀香刑》的莫言的创作来看，写出《心灵史》的张承志就显得可惜。1991年，张承志在《心灵史》的代序里写道："这部书是我文学的最高峰。"在他看来，此前十余年的文学创作，只是一种必要的训练，而这部书的完成，他作为小说家的使命就已完成，再写小说已无意义。张承志的选择，对于他自己来说无可厚非，对于中国当代文学来说，则是一种损失。20多年过去，哪怕张承志只写了一部长篇小说，也将是当代文学的福分。对于那些终将在文学史上留下稳固地位的长跑选手来说，"文学的最高峰"永远不会出现，或者，这种判断只能留给读者，而不能作为作家自己中断小说创作的理由。

  韩少功是另一种类型的长跑选手。韩少功写作30多年，至今只有三部长篇，有时我甚至想，仅以三部长篇，怎么撑得起在当代文坛这么重要的地位。1996年的《马桥词典》关涉的是"我"青年时代长达六年的记忆，但它又和下乡的知青无关，而是全力写插队的马桥当地人生活。韩少功在耐心地编撰着一本乡土词典。2002年的《暗示》，同样以知青生活为背景，却是一本野心勃勃的"书"，试图从哲学层面来探讨仪式、言、意、象的奥秘。和《马桥词典》最为不同的是，在写作中的感性材料，除了插队时的农村、农民之外，开始有意识出现了对下乡知青群体的关注。2013年的《日夜书》，则几乎在全力以赴地处理下乡知识青年自己的记忆和现实。同样写知青记忆，《日夜书》和《马桥词典》在题材的选择和安排上，正好构成鲜明的两极，不得不让人意识到这是作家有意的安排。在十五六年之间，一位作家如此慎重、精心地处理青少年时期那段并非漫长的生活，不能不说，韩少功在他大量文字之中一贯蕴含着的理性，同样在深刻地影响着他整体性的写作。这是文学的长跑选手中较罕见的情形。

当代中国文坛，还有几位值得尊重的女作家：宗璞、张洁、铁凝、王安忆、迟子建、范小青、毕淑敏、严歌苓、方方、池莉、林白、虹影、徐坤、盛可以、朱文颖、须一瓜。她们二三十年来的文学工作，最大地丰富着当代文学的成色。还有作家刘庆邦，这个中短篇小说和长篇小说并举的、从不显山露水却异常坚实的长跑者，我刚刚读完他的长篇小说《黄泥地》，其中的深广忧愤所体现出的作家的功底和良知，实非一般追求数量的作家所能望其项背……还有刘震云、李洱、阎连科、阿来、艾伟、张旻、韩东、范稳、刘醒龙、王跃文、何顿、麦家、褚福金、陈希我、格非，还有一位真正在冲击文学高度、举十余年之力一直在创作、十余年从不间断在《收获》杂志连载发表《无愁河上的浪荡汉子》至今的、非文坛中人、已高龄90余岁的画家黄永玉！

正是有了这样一批真正意义上的文学长跑选手，当代中国文学在面对由一批大师代表着的中国现代文学的历史时，在面对更为丰富繁杂的外国文学时，才能找到真正的信心和方向，为中华民族的精神创造，奠定下坚实的基础，矗立起一种文明的高度。

本节以《可持续性：衡量当代文学创作的价值维度》为题，发表于《中国社会科学报》2015年2月13日B01版。

第十九章　近年来当代长篇小说中的"新闻"

　　近期集中阅读了几部新出的长篇小说，都是当代文坛真正实力派作家的新作，但是，阅读长篇小说的真实的、轻松的快感已经很少，总觉得这里面有些现象，对于当代长篇的创作来说，是值得重视、值得细细推敲的。

　　2013年6月，新星出版社出版了余华的长篇小说《第七天》，全书13万字，从篇幅看，仍然是和20世纪90年代的《在细雨中呼喊》《活着》和《许三观卖血记》一样的、典型余华式"小长篇"。在2005年、2006年分别以上、下册出版的《兄弟》，是余华在小说篇幅上唯一一部称得上是真正长篇的"长篇小说"。《兄弟》至今褒贬不一，尤其是对小说的下部，否定性的意见占了大多数，余华《兄弟》在长篇小说篇幅上的突破，并未带来更多的肯定性评价。

　　余华长篇小说的创作，目前为止只有上述五部，不到一百万字。仅从数量来看，在80年代成名的那一辈作家中，算是较少的了。余华对于长篇小说的创作，态度不可谓不慎重。正因为这样，在《兄弟》出版之后历经七年才出版的《第七天》，无疑值得余华的读者和当代文学研究者期待。

　　但近两年过去，大部分读者对于《第七天》，只不过是经历了又一次当年阅读《兄弟（上、下）》时所体验的失望和困惑。不过这一次，媒体的关注和七年前相比还要冷淡得多。

同为小长篇，《第七天》结构上的"创新"一目了然，小说七章依次以"第一天"至"第七天"简单结构，每一章内容，则全为一个已经死去、正走向殡仪馆待烧的尸体"我"的自述。这种探索，简单则简单，惊悚也够惊悚，书的封面也印着"比《活着》更绝望比《兄弟》更荒诞"的字样。但细读下来，我的感觉是，这部小说形式简单，但又是一个明显的形式翻新，无论从结构还是叙述人的安排上来看都是这样，但是小说其实就是一个真正的小长篇，内容单薄、贫乏，无法与90年代的三部写实性的小长篇《在细雨中呼喊》《活着》和《许三观卖血记》相比，也比争议很大的《兄弟》逊色。《第七天》扉页印着《旧约·创世纪》关于上帝的"第七日"短短的文字，明确揭示了小说题目的来源，但是小说七章内容，就算穷索寓意，也很难与《旧约》及圣经的文学传统扯上多大关系，小说最后一节的"第七天"，内容仍然只是前六章的延续，和前面六天完全并置的一章，没见出"第七天"有何奥秘。从这些安排的实际效果来看，不过显示出作家在做这种形式"创新"时的随意和任性，而非谨慎和严肃地对长篇小说创作形式的探索和突破。

媒体和批评界对于《第七天》非议最大的，是当下的新闻事件集中进入长篇小说的问题。很多的评论都在争论新闻事件是否可以进入长篇小说写作，比如有论者为受到"余郎才尽"指责的余华辩护时说，《老人与海》就是依据新闻事件写成的，莫言的《天堂蒜薹之歌》也是。在我看来，这种争论其实意义不大，好像也没有比20世纪50年代的题材决定论高出太多。没有什么不可以进入一部长篇，而余华小说大量加入当下新闻事件，之所以受到大量的、集中的批评，和整部小说的粗糙、做作是分不开的。从某种意义上来说，小长篇《第七天》只是一个急就章，缺乏真正的整体性意蕴，只是一个莫名其妙地游荡着的幽灵目睹的各种"黑暗"，中间掺杂着两段《兄弟（上）》最擅长的悲苦亲情、爱情，我在阅读时完全没有阅读《兄弟（上）》时的感动，只是觉得牵强。这种牵强，大概主要来自全书这样将多个新闻事件夹杂在小说里的写法，让你感知，作家在写作时既无个人深厚的自身体验，也无多少自身的情感寄托，却被光怪陆离的新闻事件所牵扯，并试图将这些驳杂的事件融进这个飘荡着的幽灵的生活和视野之中。小说用了这种对社会走马观花式的视角，其希望达到的所谓批判效果也自然大打折扣。在小说后部，余华将这几年媒体时有报道的卖肾换 iphone 手机的"新闻"，改写为鼠妹发觉伍超送的是山寨手机后跳楼自杀，伍超悔恨因之卖肾为鼠妹买了块墓地，中间还加进自杀现场看客的起哄等情节。看到这里，我深感悲哀：尽管余华辩解说现实比小说更离奇更荒诞，但是在这里，体现的却是面对现实，作家的想象力确实表现得那么拘谨、呆板、生硬。从这个角度来说，《第七天》正是这样一部被现实、被新闻所淹没了作家想象力和创造性的非常平庸的"小长篇"。

在《第七天》中，新闻事件的大量掺入，并未带来小说本身的丰富性，也没有达到对社会现实的深入批判，而长篇小说艺术本身，则呈现大踏步后退的迹象，它没有为当代创作提供真正的新意和丰富性。

2014年9月，人民文学出版社出版了贾平凹的第15部长篇小说《老生》。小说出版半年多，就已受到非常多的关注，也频频进入各种媒体的多种推荐书单。从小说艺术形式的探索方面看，《老生》可以说是目前为止贾平凹15部长篇小说中最激进的，但是我个人读完这部长篇，最大的感受是累，这种累不是来自文字层面，而是人物的繁杂，头绪的纷纭和过大的时间跨度等。在贾平凹的长篇中，文字层面看，《秦腔》应该是最为难读的，但我喜欢《秦腔》，因为那里有一个完整、丰富的小说世界，太多的细节绝大多数来自作家的体验，因而也浸透了作家自己的血肉和情感。《老生》则不然，贾平凹在多次访谈中，提及为写这部作品，怎么访问陕西山区，怎么参观河南娄师的红25军军部，怎么采访和询问姨夫等乡亲长辈。并且无独有偶，和《第七天》一样，《老生》里也组合了过多的新闻事件。小说中涉及的新闻事件，处理得最不成功的，当属把陕西华南虎事件直接改写成小说自身的情节，把人尽皆知的"周老虎"换成小说本来的人物戏生，这一添加上去的情节，不但丝毫不能为戏生的塑造加分，反而使得小说凭空添上生搬硬套的硬伤。《第七天》里涉及的卖肾事件，并非单独的事件，余华的改写至少从情理上看还是有依据的，《老生》将人尽皆知的、唯一的、不可复现的"周老虎"新闻事件，添加到小说人物身上，就使小说人物陷入不伦不类的境地。

可以这么说，生活的真实、新闻的真实片段直接进入小说，恰恰取消了小说自身的真实，生活的逻辑干扰、打乱了小说自身的逻辑，从而使得小说成为一个混乱的、不伦不类的存在。在《老生》中，对2003年的"非典"事件的改写，基本也可以这么理解。贾平凹在接受记者采访时说："为什么文学越来越难？因为它不如新闻直接。我爱看新闻和纪录片，我觉得那更震撼，电视剧反倒不震撼。我有时也想，别人看我的作品恐怕也存在这个问题。"（《南方周末》2015年1月29日）作家是在将文学和新闻的震撼效果做出对比之后，见出了文学的弱势。但是，在现实中已经产生震撼的、即时性的新闻，改头换面进入文学，还能产生这种震撼效果吗？而这种理解本身，我觉得就是作家对于自己的写作产生了犹疑、困惑和不自信，在这种心态之下将新闻事件掺入长篇小说之中，所取得的效果只会适得其反，应该是很清楚的。

2014年12月，湖南人民出版社出版了阎真的长篇小说《活着之上》，这部作品出版不久就迅速获得首届"路遥文学奖"，迅速扩大了自身的影响。这部小说是阎真的第四部长篇。2013年年中，小说还在写作阶段，我曾极偶然地和阎真教授有过一次短暂接触，他说自己正在写第四部、也将是自己的最后一部长篇小说，从作家的这种说法都可以感知，阎真创作这部小说的态度，是异常慎重和严谨的。小说写的也正是身处高校的知识分子组成的学术界，有太多感同身受的地方，因而在阅读这部小说的时候，作为读者的我也时时将自身投入进去，感慨之处良多，是一次非常愉快的阅读体验，这是在近来的长篇阅读中罕见。但是小说快结束时，花了不少笔墨来写突然成名的荷花姐姐，却马上让我想到几年前的芙蓉姐姐，小说对芙蓉姐姐事件的改写，也是非常清晰显豁的，即将结束时的这种意外之笔，让我的心紧了一下，莫非小说前面，也有这样融汇新闻事件的地方？一想及此，那种感同身受的阅读体验，立即受到了很大的干扰。我以为全书即将结束时的这种对于新闻事件的改写，对于《生活之上》这部小说来说，是不能加分的，它削弱了整部小说细致、扎实的写实基调，在这里，也恰恰是新闻的真实损害了小说自身的完整性，损害了小说本身整体性更高意义上的艺术真实。

还有一部值得关注的长篇小说，是2015年1月人民文学出版社出版的作家迟子建的《群山之巅》，小说名字极好，有一种统摄一切的气概，细细读完全书及后记，就会泛起一种真实的孤寂和悲凉之感。迟子建是我一直热爱的作家，书柜中藏有她所有的作品集，也曾发表过一篇关于迟子建中篇的小文章，2014年11月，我还曾花了近10天时间，将一套八本的《迟子建中篇小说编年》一口气看完，没有目的，只为了那种纯粹的阅读的快乐。可以这么说，出于多年来对于作家建立起来的信赖和热爱，我也不会批评和否定作家迟子建的任何一部长篇小说。《群山之巅》放在当下的长篇小说作品中，无疑也是极为优秀的、处于"巅峰"这个层级的作品。结构的讲求，庞杂、众多人物的细致刻画，对于人性深层次的探求，都是迟子建创作中较新的元素，看得出作家尽力突破的努力和达到的成绩。但是，因为有了前面几部长篇小说的阅读，所以对小说中的"新闻元素"，也就特别敏感。小说中写了唐眉，从林市医学院毕业后，主动来到龙盏镇卫生院，并将精神失常已失去自理能力的大学同学陈媛接到龙盏镇和自己同住。直到小说后半部分的"暴风雪"一节，唐眉才向安平暴露出自己的内心之恶：大学时因为由爱情而来的嫉妒，唐眉将毒化学制剂放到陈媛的水杯，才造成了陈媛的悲剧。看到这里我心里咯噔了一下，毫无疑问，这里用来展示人性之恶的素材，又是来自新闻，清华大学朱令铊中毒案，复旦大学林森浩投毒案，无疑是迟子建创作灵感的来源，只不过在这里她给投毒者安排了这么一个自我折磨、自我悔罪的方式，见出一位女作家内心的柔软和温暖。但即使是这样，多少还是影响了我的阅读兴致，一旦作家在自己的体验之外，还在依靠新闻事件的启迪，作品本身就会带来一些本质上是隔膜的因素。除此之外，有记者还发现了小说中融汇的诸多新闻事件："死囚器官移植、军队腐败、大学寝室投毒、虚构英雄事迹……"对此，迟子建是这么回答的："在一个以经济发展为主体的时代，没有任何一个地方会成为世外桃源，罪恶一样抵达鸟语花香之地。作为作家，关注时代和社会生活，写它的病，是希望它健康。"（《中华读书报》2015年2月4日）在这里，迟子建举重若轻地回避了新闻事件渗入小说的问题，但是，这部小说渗入了不少新闻事件的元素，却是她一点也不能也不想否认的事实。《群山之巅》对于新闻的融入，也不是像《老生》改写独一无二的"周老虎"事件那么直接和生硬，而是将某种新闻事件所代表的社会现象融入小说人物和情节的刻画之中，但是尽管如此，从前面三部融汇新闻事件的长篇小说的阅读走出来，再次在《群山之巅》中邂逅不少的新闻元素，还是让我感到了惊讶、困惑和不满足。尤其是当我看到小说第十二节的标题"肾源"时，内心的不适更是油然而生。

最后要提及的一部长篇也是2015年1月出版的，是作家盛可以的《野蛮生长》。读完这部小说的感觉，稍类似于读《群山之巅》的感觉：还不失为一部好作品，但是，同样显得头绪太多，人物纷杂、事件和场景凌乱。按说《野蛮生长》是一部成长题材、记忆性题材的作品，处理的是作家青少年时期的生活，相对来说情节等应该更单纯一些。但是盛可以在这部作品中，显得野心稍大，将处理个人的成长和针砭当下的社会病态这样两个明显的主题结合起来，反而使得两者都难以集中、彼此干扰。在阅读中，我甚至有这样的感觉，作家在写作途中，有时也未必知道自己接下来将要写什么，只是听任笔触的游动随性在写，她只是要写、并且正在写一部长篇，在动笔之初，却缺乏必要的整体性考量，以至于在写作中，又像上述几位作家一样，再次将大量新闻事件纳入进来。在这部写自己家人和自己成长性题材的小说中，却容纳了像学生运动（二哥李夏至死于北京）和农民工讨薪、小贩杀城管等热点新闻事件。最让这部小说显得牵强的，甚至难以忍受的是："我"（记者李小寒）的侄女刘一花的准男友六子，离奇地被送到收容站，最后不明不白死于收容站，"我"直接参与了这件事的暗访，并写出、发表了引起巨大反响的新闻稿件。最后，"学者联名上书，要求对收容遣送制度进行违宪检查"（小说208页）。"新任总理召开国务院会议，讨论废除收容制度，并且决定立刻实施。"（210页）这样的小说写法，太匪夷所思了，和《老生》涉及的"华南虎事件"一样，因孙志刚之死直接促成的收容遣送制度的终止，也是唯一的、不可复制的新闻事件，小说直接将孙志刚替换为自己亲人的男友六子，自己直接促成事件真相的被揭开，每一个中国人都不会相信长篇"小说"的这种"虚构"，而这种"虚构"恰恰最终彻底解构了小说应该给予读者的信赖感！这样的写法，在我个人看来，相当于长篇小说这种文体的变相自杀！

余华、贾平凹、阎真、迟子建、盛可以，在当代长篇小说的创作中，都是有代表性的实力派作家，也都处于一个小说家最好的年龄阶段，在他们最新的长篇小说创作中，一无例外地将当下发生的不少新闻事件以各种方式融入长篇小说的写作之中，实在不是一个偶然和巧合的文学事件、文学现象。当然，每位作家采用新闻元素，可能各自的动机和目的都不太一样，余华是为了批判现实，贾平凹是为了产生小说阅读类似新闻的那种震撼效果，阎真呢，可能就是一种纯粹的"戏笔"、顺手牵羊式的为我所用，迟子建则是为了从中找出社会的病状。这些都无可厚非。而《野蛮生长》中，新闻元素的大量纳入，只能理解为作家面对现实的无力，以及长期专业写作造成的素材贫乏，它对于长篇小说艺术的伤害，是严重的。

但是，这样的写法，对于上述四位作家来说，都是新近才有的选择，这里就不单是作家个人的艺术探索和艺术选择的问题了，它更多的是这个时代的社会生活、精神生活的某些特征在深刻地制约着作家们的写作。或者说，不约而同地借重于新闻，显示了作家们对于文学、对于长篇小说创作的某种危机感。

在这个时代，不单是文学作品的销量，就是报纸杂志这些传统的纸质媒体，也在互联网时代遇到了巨大的挑战。但是，新闻本身，则始终是这个传媒为王的时代中的宠儿，有所变化的只是承载新闻的媒体传播方式而已。在这个时代，谁也不敢说小说，尤其是长篇小说的读者在增加，但是，这个社会中的每一个人，都会热切地关注着新闻热点，则是无须论证的事实。难道作家试图将新闻事件中的热点融入小说中来，从而吸引和激发一般民众的文学热情？我觉得，这个发问本身，事实上就揭示了长篇小说融入，尤其是大量融入新闻事件这种做法的不可取。可以这么说，为了迎合读者而创作的长篇小说，基本不可能不被文学史所淘汰，这也只是一个基本的常识。

余华一再强调现实生活的荒唐远甚于小说，文学不可能高于现实，所以他嫉妒现实，但是，这也不能成为小说大量渗入新闻事件的合理理由。余华的发现，其实也无甚新鲜，因为即使是在古典时代，也不会有作家认为文学比现实更荒唐、更有想象力。文学的想象力，也从来不主要体现在事件本身，不主要体现在事件本身的离奇、残暴、悖乎人伦、乖戾……大量纳入新闻事件，恰恰是文学主动抛弃了最为可贵的文学自身的想象力的表现。按迟子建的理解，社会的病状，新闻事件中当然能够集中体现，但是，一个作家，始终得从自身的体验、自己周围的日常生活中发现社会真实的病态，如果将新闻事件直接拿来放到小说之中，安放在描绘着的自己周边的生活之中，只会现出文学"嫁接"新闻的生硬以及带给读者的不适。当我们在《老生》中再次遇到非典、遇到"周老虎"，我们不会有会心一笑的更深的理解，在《野蛮生长》中遇到作家详述自己怎么参与收容遣送制度废除的历史进程，则只能是哑然失笑了，还会有一种受到愚弄的感觉。小说中融入的新闻反而显得奇怪，因之变得陈旧、面目不堪，同时也给长篇小说带来一种远远落后于现实的面貌。我们在《活着之上》邂逅芙蓉姐姐的化身，不会有邂逅故人的惊喜，只会感到也许是作家无意识下写作中的取巧、偷懒。

长篇小说的写作，当然不会摒弃新闻事件，但是，像目前这样，众多作家纷纷在自己的长篇小说中直接融入大量新闻，则肯定不会是长篇小说艺术在当代发展中的康庄大道。长篇小说和新闻、和现实之间的关系处理，该采取怎样的方式、途径和面貌，都不是一个批评者所能探讨得出来的，这篇小文，目的和意义均只在于明确指出长篇小说创作中这一较为集中却令人不安的现象。我们只能拭目以待，期待作家们做出更为令人信服、更有想象力和穿透力的探索……

第二十章　论当代中国的"文学经典"

一

2014年3月13日出版的《文学报》"新批评"专刊中，刊有一篇占据整版另加三分之一个版的、篇幅7000余字的长文《当代文学的"鲁郭茅巴老曹"在哪里？》（作者陈歆耕），文章集中批驳程光炜教授发表于2013年第5期《南方文坛》的论文《当代文学中的"鲁郭茅巴老曹"》。

如此皇皇大文，毕竟引人注目。但是细读下来却让人颇为失望。文章虽是完全由对程光炜教授论文的批驳而来，却很少涉及被批驳的论文本身。在《当代文学中的"鲁郭茅巴老曹"》一文中，程光炜教授列举了不下于五六十余篇、大量当代文学的代表性作品，是在一个坚实的基础上立论的。而这篇批驳文章，可能是有意安排，恰恰连任何一篇当代文学的作品也未涉及，作者表示宁愿读五遍《鲁迅全集》，也不愿读完程教授推荐的当代作家任何一位的全集，里面还有这样一段："遗憾的是，当代作家的大量作品，在读第一遍时，就得不时地掐掐自己的太阳穴，免得'睡眼蒙眬'起来。这样的作品，今后会有人反复'重读'吗？"文中还有一句俏皮的、但明显流露出对当代中国文学鄙夷之情的话："酒厂可以把高粱米酿造成酒，但是无法将一堆'沙子'酿出酒来。"

正因为这篇文章完全不涉及任何当代文学作品,却沿袭了当下一种并未深研当代文学、却敢大胆放言当代文学是"垃圾"的颇为流行的思路,大力否定着当代文学的实绩,否定对当代文学实绩进行深入解读和肯定的研究成果,对被批驳的论文也未做认真解读,有一种明显的为批评而批评的倾向,所以也无须在这里细细介绍它的思路和结论。陈文除了反对程光炜教授关于当代文学中的"鲁郭茅巴老曹"论述之外,也再无任何自己其他的观点,基本上是一种搅浑水式的、意气用事式的"批评"。正因此,这样的文章才会出现一些无实际意义却极尽嬉笑怒骂之能事的语句,比如:"如此难捉的虱子,程教授也敢往自己头上挠,我真是佩服他的勇气。""而程教授尚未'化'起来,就指认某几位作家为'经典作家',把发酵中的酒糟直接就端出来招待客人,岂不是有点儿荒诞?"

程光炜教授在发表《当代文学中的"鲁郭茅巴老曹"》一文之后不到半年,又在《文艺争鸣》2013年第10期发表了论文《当代文学的经典化研究》,对自己提出的当代文学的"鲁郭茅巴老曹"论题,进行了更为深入的思考和论述。程文中,对当今整个中国文学在文学经典性研究领域,提出了很多可行而切要的设想,做出了高瞻远瞩的思考,极富现实意义和启发性。这篇文章距离2014年3月发表的这篇批评文章《当代文学的"鲁郭茅巴老曹"在哪里?》更近,却从未在这篇批评文章中被提及。而且,程光炜教授2004年即已出版27万字的专著《文化的转轨——"鲁郭茅巴老曹"在中国》,对于中国现当代文学经典性研究用力之勤,在目前的学界应该是最为突出的。所有这些理应与这篇皇皇大文《当代文学的"鲁郭茅巴老曹"在哪里?》有关的成果,都被严重忽略了。至少可以说,还未弄清楚被批评者关于一个议题思考的成果全貌,就对这一议题进行大力批评,反映的是一种很不严谨的批评态度。而陈文中,恰恰又有这样的文字:"作为持论谨严的学人和批评家,一般也不会轻易地去涉足这类时机尚不成熟的话题。"毫无疑问作者的言下之意,是认为程光炜教授不是"持论谨严的学人和批评家"。如果说对于中国现当代文学的经典性问题的研究花费了十余年、并且成果卓著的程光炜教授关于文学经典性的思考还够不上持论谨严，那么这篇批评文章自身的"持论谨严"又体现在哪里呢？如此，就算把《鲁迅全集》再读上10遍，也不见得能有多少直接面对当代文学发言的能力、底气和资格。

二

陈文对于关注当下中国文学发展的读者来说并无甚新意，无非是文坛和学界早已熟知的顾彬"垃圾论"的余绪。顾彬的"垃圾论"，很多研究者不屑与论，而我以为刘再复先生的几次发言和撰文批评，实际也已经澄清了"垃圾论"的不良影响。但这样的论调却又总是会不时冒出来，酷评、苛评充斥，也算当下中国文坛生态的一景，倒值得关注。比如知名学者和批评家李建军先生，十余年来始终如一地批评莫言和贾平凹的创作，这两位作家一有新作出来即进行严厉批评。莫言获得诺贝尔文学奖了，李建军先生也依然坚持着自己的立场。好像莫言在他看来作为修养一般的作家获得诺贝尔文学奖，反倒是中国当代文学的耻辱！这种不屈不挠的精神本身，也有令人尊敬之处，但是作为一个文学研究者，如果你连中国当下影响最大、最为优秀的两位作家30余年的创作成果也予以全部否定，认为一无是处，那么你自己推重的作家，到底又会在哪方面值得充分的肯定呢？且言必称俄罗斯、苏联文学，却又几十年提不出自己成系统的文学理论范畴和批评框架，那么自己的这种几十年如一日颇带悲壮性的工作，其价值和意义到底何在呢？

这种紧盯几位作家穷追猛打式的批评，总是会在许多细节上暴露出批评者自身的问题。比如我写作此文时，手边正有李建军先生11年前发表的批评贾平凹的文章——《私有形态的反文化写作——评〈废都〉》，里面有这样的论述："虽然我们不好像伍尔夫评价《尤利西斯》那样，径直说《废都》也是一部'无限的大胆，可怕的灾难'的作品，但是，我还是想坦率地说出自己的看法：《废都》的写作和出版，是令人遗憾的悲剧性事件和严重病象。"哈哈！好像伍尔夫批判《尤利西斯》在文学史上是多么英明、有进步性意义的事件一样。这里明明是对自己文章不利的一个论据，拿出来好像只是随意炫耀一下自己的博学，却忘了对于自己的论证到底合适不合适。论据和论证的随意，其实也透露出批评者写作本身的随意。就像上文提及的这篇《当代文学的"鲁郭茅巴老曹"在哪里？》，洋洋洒洒近八千言，却未涉及任何一篇当代文学作品，它对于理解中国当代文学，真会提出有建设性的意见和清晰的思路吗？

这样的文章，倒是也会促使读者对于当代中国文学取得的实绩，做出自己独立的判断。

我个人以为，无须摆更多的论据，自从1988年沈从文与诺贝尔文学奖擦肩而过之后，2000年高行健又以《灵山》获得诺贝尔文学奖（高行健是法籍华人不错，但其《灵山》用中文写成，且写的全部是一个中国人在中国境内的生活和感受，至少也在当代华人文学范畴之内），2012年莫言再次获得诺贝尔文学奖，就充分表明，至少在文学领域，中国人环顾宇内也无须再过于自卑了。要知道我们在自然科学领域，目前也只有屠呦呦一位获奖。我2012年下半年至2013年年初，曾在美国威斯康星大学麦迪逊分校访学五个月，到了那里才注意到，这个并未为中国人熟知的美国大学分校，至那时就已有18位教授和校友获得诺贝尔奖！我们在自然科学领域与发达国家的差距，会有多大呢！相比之下，中国当代文学的发展，在当代整体性的精神文明建设中，其实已可以算是值得骄傲的领域了，认同"垃圾论"式的妄自菲薄不值得提倡。

在程光炜教授被批评的这篇文章中，他认为莫言、贾平凹、余华、王安忆够得上当代的经典作家，《文学报》发表的这篇批评文章中，尽管未涉及任何一部作品，却也紧接着程教授的思路，列举了一份作家名单，以为均可和这四位平列，这份名单按姓氏笔画是：王蒙、白桦、毕飞宇、张贤亮、张炜、张洁、迟子建、刘震云、阿来、陈忠实、杨绛、汪曾祺、季羡林、苏童、范小青、阎连科、铁凝。批评者认为"面对如此长长的名单，程教授是不是感到头皮有些发麻？"值得注意的是，批评者这里的思路是混乱的。这个名单开出的人数越多，也正意味着中国当代文坛实在是英才辈出、成果丰硕的，也才有基础、值得和有必要进行当代文学的经典性研究。莫言的获奖，其实也正是因为中国当代文坛整体性的突破，得到了世界性的认同。既然作者连去世的汪曾祺、季羡林也列进来，我以为这个名单还可以继续开列下去：杨沫、丛维熙、刘绍棠、李国文、李准、理由、陈世旭、孙犁、柳青、周立波、马识途、刘恒、高建群、京夫、王朔、宗璞、霍达、毕淑敏、叶辛、格非、马原、洪峰、孙甘露、韩少功、张承志、阿城、陈建功、谌容、李锐、蒋韵、史铁生、路遥、德兰、陆文夫、林斤澜、冯骥才、艾伟、北村、尤凤伟、潘军、储福金、田耳、赵玫、张抗抗、严歌苓、林白、虹影、徐坤、张翎、张欣、哈金、於梨华、陈河、魏微、张悦然、笛安、朱文颖、须兰、须一瓜、张慧雯、任晓雯、姚鄂梅、甫跃辉、梁鸿、徐则臣、赵德发、叶兆言、刘醒龙、陈应松、盛可以、韩东、张旻、冯唐、晓航、吕新、红柯、刘继明、李修文、何顿、何立伟、王跃文、彭见明、彭东明、古华、叶蔚林、孙健忠、薛忆沩、聂鑫森、陈希我、范稳、麦家、李洱、宁肯、刘庆邦、刘建东、刘庆、路内、弋舟、荆歌、伊沙、残雪、曹文轩、陈村、方方、池莉、王小妮、海男、周大新、周梅森、张平、徐小斌、殷慧芬、金澄宇、刘慈欣、徐贵祥、唐浩明、二月河、熊召政、金庸……加上台湾作家白先勇、林海音、钟理和、陈映真、李昂、苏伟贞、朱天文、朱天心、骆以军、陈雪、钟文音、张大春……当代中国文学，实在是极其丰富多彩、精彩纷呈的，面对这么多优秀作家10年、20年、30年、40余年的努力和成果，认为其依然不能同现代的"鲁郭茅巴老曹"相提并论，其思路的合理性又在哪里呢？

　　我以为我们的思维里，常常有两种奇妙的倾向并存。一是在写文学史的时候，常常自觉不自觉地有一种进化论的思路，文学反正是进步的，总在寻找后来者对于前辈作家的超越，寻找文学发展的"线索"。

二是在当下文学阅读和批评之中，又总是怀着一种过于苛刻的眼光和心态，难以对正在写作的同时代作家做出发自内心的较高的评价。对同时代作家的工作保持必要的敬意和足够的耐心，几乎已是一种稀缺的品质。

三

2009年6月7日，我所在的高校中文系组织过一次"乡土中国现代化转型与乡土文学创作学术研讨会"。其时因为我已在学校讲授过两次"当代文学作品选讲"选修课，课程限于教学要求名称只得如此，在实际讲授中则是每周讲授一部20世纪90年代以后的长篇小说。因为参会的都是当代文学知名学者和作家，我利用参会的机会，发给每位与会者我2009年讲授过的长篇小说作品篇目（《动物凶猛》《在细雨中呼喊》《小城好汉之英特迈往》《英格力士》《蘖子》《鳄鱼手记》《心灵史》《废都》《白鹿原》《檀香刑》《灵山》《水在时间之下》《小姨多鹤》《心理医生在吗》《河岸》）和我2009年以前讲过但以后不讲的篇目（《欢乐》《生死疲劳》《长恨歌》《荒人手记》《树下》《晨钟响彻黄昏》《马桥词典》《上海宝贝》《熊猫》），并希望每位作家和学者为我的学生推荐新的篇目。结果得到了热情的回应，每位与会作家和学者都用文字当场反馈了他们的意见，在我个人也是一次珍贵体验，收获良多。这里列出他们在我的篇目之外新加的长篇小说篇目与大家分享：《尘埃落定》《受活》《秦腔》《石榴树上结樱桃》《旧址》（刘庆邦推荐）；《隐秘盛开》《西决》（李锐推荐）；《晚霞消失的时候》（李洱）；《故乡天下黄花》《一句顶一万句》（陈福民推荐，陈老师还特意在上面提醒："苏童《河岸》刚刚推出，社会评价尚不稳定。"现在看来他的意见是对的）；《花腔》《人面桃花》《刘庆邦短篇小说选》《无风之树》《万里无云》《九月寓言》（阎连科）；《受活》《花腔》（格非）；特别感谢丁帆先生对书单写了较详细的意见和看法，删掉了五部作品，并建议韩东的换成《障碍》，迟子建的换成《雾月牛栏》。有几位作家和学者没有在纸上写下他们的名字,他们是程光炜、林建法、王兆胜、王光东、王尧等,他们添加的作品篇目在这里合并为:《东藏记》《尘埃落定》《米》《妻妾成群》《丰乳肥臀》《褐色鸟群》《人面桃花》《山河入梦》《尖锐之秋》《活着》《透明的红萝卜》《欲望的旗帜》《酒国》《纪实与虚构》《额尔古纳河右岸》《厚土》《十年十癔》《受戒》《大淖纪事》。十多位当代活跃的作家和学者,他们不吝列举出自己心目中的当代经典,也是一件幸事。这一个小小的事情其实也说明,每一个当代文学的参与者,他们的内心,都有一个真实而持久的经典意识。

这至少说明,在每一个当代中国文学的建设者、参与者、亲历现场者的心目中,都有自己认同的"经典作家"和"经典作品";正是因为认同对于文学经典和经典性的追求,作家们的工作才会具有意义。不然,首先就认为当代没有也不可能产生经典作家和经典作品,哪个作家又仅仅愿意为一点稿费、版税等经济利益而坚持写作呢?这正是文学经典性研究得以成立且亟须进行的最大理由。这些不尽相同的名单同时也说明,当代文学经典性作品的遴选和认定、当代文学的经典性研究,是一项极其复杂、艰难、极具挑战性的工作。我自己讲授的这门选修课也已上了好多届了,2013年下半年的讲授,我们确定和已经完成讨论的篇目是:《欢乐》《动物凶猛》《英格力士》《孽子》《遣悲怀》《心理医生在吗》《废都》和《白鹿原》(一次课)、《檀香刑》《灵山》《秦腔》《日夜书》《好儿女花》《树下》《未央歌》。而2019年下半年,最新这一届讲授的篇目为:《动物凶猛》《英格力士》《孽子》《月球姓氏》《东藏记》、《未央歌》《废都》和《白鹿原》(一次课)《灵山》《秦腔》《北去来辞》《修改过程》《人世间》《主角》《繁花》。[①] 每年讲授的书目会有更换,会淘汰一两部并加入最新的作品。事实上,像我这样为数不少的高校文学教师,其实也一直在通过自己的教学和科研,参与着当代文学经典化的工作,尽管对于当代文学经典化这个系统性的庞大

[①] 2019年讲授篇目,本章最初发表时无,为书稿出版时加入。

进程所起的作用微乎其微。

20世纪80年代初，美国学界有过一场关于文学经典的论争，尽管不会取得什么共识，但是对当代美国的大学文学教育及文学理论的探讨还是产生了积极的影响，中国学界有阎景娟、王宁等学者对之做了集中性的、深入的介绍。自90年代中后期开始，随着网络等新媒体的兴起及文化研究的升温，国内学界出现了一种整体性的对于文学经典、文学经典性的解构的批评思潮，也有对于当代文学"经典焦虑症"的专题研究。但近年来，陈思和、程光炜、吴义勤、南帆、朱栋霖、陈晓明、王春林、谢友顺、李敬泽、丁帆、王尧、陈福民、王春林等不少学者，在教学和当代小说批评、研究领域，开始专注于"经典性"作品的文本梳理和解读。陈晓明在2000年《经典焦虑与建构审美霸权》一文中指出，没有必要为没有经典恐慌，"也许我们从此进入一个不再需要经典的时代也未可知"。11年后的2011年，他在《相信文学：重建启示价值》一文中，则说："因为有《白鹿原》《尘埃落定》《空山》《长恨歌》《笨花》《檀香刑》《蛙》《秦腔》《古炉》《受活》《四书》《一句顶一万句》《你在高原》《风和日丽》《天藏》《风声》《风语》（这个名单还可以稍稍扩展），这样也够了——其他文学可以为所欲为，一个时代有这些作品，文学的历史就站住了。"陈晓明的态度，由接受经典消亡的论调转向认同文学经典对于整个时代文学发展的意义，大致也折射出文学经典性研究在当下的意义。尤其是进入20世纪90年代以来，长篇小说的创作呈现出一种量的爆发式增长，有资料统计，1996年有近600部长篇小说，1998年超越了1000部，中国社会科学院文学研究所2012年发表的《文学蓝皮书》指出，2011年长篇小说出版发表的数量稳定在4000部以上。面对这样的创作实际，文学经典性理论和视角，几乎成为文学研究和文学批评必然的甚或是最为主要的选择。只有这样，才大致能不为研究对象所淹没，也才能衡量当代文学发展取得的实绩和真正的突破。

在我个人看来，当代的文学研究，经历了西方理论、哲学等一波又一波思潮的影响，尤其是在经历了文化研究的盛大洗礼之后，近些年在一些主流学者的工作之中，又出现了重新关注文学经典问题的倾向，重新回到具体、大量的中国当代文学文本，是值得充分肯定的。和西方理论保持一定的距离，可能恰恰是批评者自信的表现。每一种理论或文学研究的新方法，其最基本的冲动，其实都来自对于文学经典的重新理解。就像女性主义、后殖民主义理论等，注重对于女性文学、黑人文学、少数族裔文学等的研究，改变了西方文学经典的传统格局。尽管也解构了一些具体的传统经典作品，但是并未否定文学的经典性本身，反而是对于文学经典、文学经典性理解的极大丰富和深入。

本章初稿以《做持灯的探索者》为题，发表于《文学报》2014年5月8日。

第二十一章　我们时代的短促风月

一

浙江作家张旻最新的一部长篇小说《忧郁城》，由湖南文艺出版社2019年2月出版。这部小说最初发表于2017年第5期《作家》杂志，出版单行本的时候，增加了一点篇幅和小说结构方面的技术处理。书末，作家标明小说初稿完成于2015年，二稿完成于2016年，2018年4月16日最后"定稿"，从作家自己在最终定稿的文本后面注明的写作、修改等情况的交代，可以看出他对于这部作品是很看重的。

张旻的小说创作，在当代文坛中是富于个性、较为持久的。他从不张扬，也从来没有获得过比如华语传媒文学奖、红楼梦奖等较有影响的文学奖项，但是20多年来，他始终默默地坚守着，不断推出一系列中、短篇小说和长篇小说作品。从20世纪90年代初，张旻陆续出版《情幻》(1995)、《自己的故事》(1995)、《犯戒》(1996)、《爱情与堕落》(2000)、《我想说爱》(2000)、《良家女子》(2004)、《伤感而又狂欢的日子》(2011)、《求爱者》(2011)等多部中、短篇小说集，也出版了长篇小说《情戒》(1994)、《对你始终如一》(2006)、《邓局长》(2009)。在个人的阅读印象中，张旻是这个时代真正热爱文学、对文学永远怀着虔敬之心的作家。他对文学本身，可能并没有什么特别大的野心，却始终将文学与平凡的日常生活结合起来，将之作为理解自己、理解日常生活和社会的一种途径。

张旻出生于1959年，和目前中国文坛中的主力"60后"作家属于同龄人，在20世纪90年代的文坛，张旻和毕飞宇、鲁羊、韩东、朱文、陈染、林白、徐坤、邱华栋、刁斗、刘继明、何顿、海男、述平、东西等小说家，被评论界命名为"新状态作家""晚生代作家"，成为90年代文坛的一股引人注目的力量。在这个群体里面，有些作家的成就比如韩东、何顿、林白等，放在整体的当代小说格局中，都非常引人注目。极有意味的是，素以严谨著称的当代文学史家洪子诚先生，在其影响广泛的文学史著作、1999年由北京大学出版社出版的《中国当代文学史》中，在论述"90年代文学的总体状况"这个重大命题时，都是在描述文坛的整体状况，而在整个章节中却只列举、论及张旻一个作家的创作：

> "个人化写作"（或称"私人化写作"）是90年代作家和批评家谈论较多的话题。张旻的小说可以看作是这种'个人化写作'的一例。他的《情戒》、《情幻》、《自己的故事》等小说，多取材于校园人物的生活，以第一人称的视点展开主人公对自己故事的叙述。主要内容往往与人物的个人性情感经历与欲望体验相关，着意表现人物的内心冲突和体验。与许多类似主题的小说常常会有的情绪化叙述风格相比，张旻的叙述平静而委婉，有着对细节和感受的精确把握。

1999年，刚好满40岁的作家张旻，发表小说不过12年时间，那时他的一系列代表作《爱情与堕落》《对你始终如一》《邓局长》等还未面世，资历似乎尚不足以进入文学史，更不足以作为90年代"个人化写作"唯一一个享受单独论述的作家。这样的处理，可能既关乎洪子诚先生作为文学史家的慧眼独具和个人趣味，也一定更关乎这个一贯低调的作家张旻作品自身的特色。不管怎么样，这样短短一段论述，标识出张旻在当代小说创作中不容忽视的存在。

二

张旻很少有像莫言的《檀香刑》、苏童的《妻妾成群》、王安忆的《长恨歌》那样纯然靠虚构和想象写成的作品，也没有像迟子建的《群山之巅》、贾平凹的《老生》、余华的《第七日》那样写纯然与己无关的现实题材、大量取材于新闻事件的小说作品，而都是呈现在波澜不惊的平静生活中个人内心的情感，以及日常生活中几乎完全处于隐私状态之下的男女情爱。这些小说，题材范围经常性地出现这样一些场景和人物：师范学校的老师和学生、幼儿园老师、作家、官员，而男性主人公基本都是以第一人称"我"出现的，而这个"我"，还不时在好几篇小说中都叫余宏、余志或张宏。

这种创作路向，很容易让人联想起他的江浙同乡——作家郁达夫。在张旻的代表作之一、1999年发表的中篇小说《爱情与堕落》中，主人公余亮大学时读了郁达夫写给王映霞的情书集后说过，"这本书在我的感情生活中是一件大事"，从这个角度理解，江浙一带特有的地域风情，以及同籍前辈作家郁达夫等的影响，赋予张旻专写男女情爱的作品以一种细腻、平静、深入而又独特、大胆的特征。

张旻是当代文坛全力以赴地表现平凡男女情爱主题的唯一的一个作家。

1993年的文坛，最引人注目的事件是所谓陕军东征，这一年，五位陕西作家同时在北京出版了他们的长篇小说，当代文坛的长篇小说热潮自此正式拉开序幕。这五部作品，除了高建群的《最后一个匈奴》，另外四部贾平凹的《废都》、陈忠实的《白鹿原》、程海的《热爱命运》和京夫的《八里情仇》都集中出现了大量的性描写和男女情爱的内容。尤其是《废都》，不单在文坛引发激烈的讨论和争执，在全社会都引起了一种前所未有的阅读的热潮。同时，这一年诗人顾城在海外自杀，随即国内出版了他的遗稿《英儿》，也充斥了大量的男女情爱的细节描绘。可以这样说，自1993年起，当代小说的创作受到了世俗化、物质化的深刻影响，对男女情爱的关注，几乎成为一种与此前的文坛相比最为明显的不同倾向。

张旻早期的小说创作，无疑也可以理解为被裹挟于这样一个创作潮流之中的存在。但是，很难说有上述作品技巧和写法方面的具体影响，可能仅仅限于创作题材的启发。张旻个人的文学阅读、修养、兴趣和自身生活的阅历等，使得他只关注于个人的情感世界，而1993年度影响广泛的长篇小说热以及由此开启的描写男女情爱、性爱的热潮，可能使得此时张旻的写作，更少了一点不必要的顾忌。

张旻创作于1994年4月的中篇小说《情幻》，正是距1993年这个男女情爱书写热潮特别近的作品，也显示了张旻小说不落窠臼的特质。小说主人公作家余宏和妻子小岚，是以前师范学校里的师生关系，小岚毕业三年后在小区偶遇余宏，开始交往，自然而然地恋爱一年后顺利结婚。因新婚读物引起的小岚关于少女时期骑马的交代，并没有打消余宏关于处女的疑虑。小岚又或真或假地叙述了初中二年级时被一个男人尾随、在庄稼地里被强奸的"事实"，也似乎没有在余宏心里产生波动。真正影响夫妻关系的，是一次性生活中，在余宏的诱导之下，他们玩了一个性游戏，在即将抵达性高潮的时刻，余宏呼喊女同事吴兰、小岚呼喊着男同事曹正的名字，在这样和各自婚外的异性做爱的幻想中达到了高潮。但是，正是在这次完全由余宏自己导演的性爱游戏结束之后，他却心平气和地建议两人解除婚约、建议小岚好好和曹正聊一聊，并且当晚就尝试和小岚分居。1993年7月中旬，余宏提前结束了夏令营活动晚上回家时，在自己家里撞见小岚和曹正偷情，他没有当场点破，而是默默将两人的衣物鞋子都抱出去，丢在了楼下的垃圾桶里，然后自己住到旅馆……小说最后，和小岚离婚了的余宏，又和正在与刘忠恋爱的同事吴兰有着隐约、莫名其妙的交往。

这样一部小说，没有当时轰动一时的《废都》《白鹿原》中那样夸张的、浓墨重彩的性爱场景、性动作的描写，但是自有它别具一格、让读者永远记忆深刻的性爱动作之外的不凡细节，而正是这样看似不起眼的细节，成为颠覆男女情爱和婚姻关系的真正起点，应该说，这样的描写，即使在25年之后的今天重温，都是扣人心弦的。同样创作于1994年的中篇小说《自己的故事》，写的也是张旻最熟稔的、校园里的婚外情爱，也是同样路数的作品。

张旻另一部令人印象深刻的中篇是1999年7月完成、后来进入他多部小说选集的《爱情与堕落》，小说篇幅达7万多字，主人公是28岁已婚的"我"——余亮和"我"在师范学校的同事、39岁的郑老师。郑老师性格开朗，和很多男同事都很谈得来，丈夫关翔是海员，受郑老师的邀请，和她带的班级一起去杭州旅游之后，"我"和郑老师有了较深的接触，甚至自然而然谈及她和关翔的性生活细节。后来，在每周四住校的其中一晚，"我"去郑老师宿舍，有了身体接触，另一个周四晚，得到郑老师的邀请去"看电视"，再一次见面时，"我"却最终无法完成性爱，回到家和妻子小青却又正常了。不久小青去美国半年，"我"终于和郑老师完成了实质性的偷情。这一次在做爱之前，郑老师还告诉"我"："我可能很慢的，和你老婆不一样。""我"自然听不太懂，直到下一次见面长达一个多小时之后的性爱之后，"我"才理解了这句话。小说的后半部分，是写和学生许丹的交往，许丹和郑老师形同母女，而"我"却自然不自然地在旅游途中的轮船上和许丹有了身体的接触……小说题为《爱情与堕落》，实在浓墨重彩地描绘"我"和郑老师之间的交往，根本没有涉及"爱情"，全部可以理解为性爱的游戏，而"堕落"呢？无疑是对应着小说中作为老师的"我"和学生许丹之间的交往，但是，两人之间尽管有身体的接触，却始终得到了克制，且不时表现为"我"的自警，小说中"爱情"和"堕落"这二者之间微妙的歧义，是要指向什么呢？也许张旻想通过这部小说，解开一些成年人世界中的某些晦暗部分：不会有纯粹的爱情，或者说所谓爱情其实也就是性的吸引和接触，但也不会有真正的堕落，在性的吸引和追逐之中，人的性格、教养、人之为人的某些隐秘的东西，又时时在压抑着、自我监督着"堕落"的倾向。在小说中，"我"经由郑老师获得了婚姻外不同的、完满的性爱体验，由此也导向了对于郑老师情感的认同和依恋。在许丹身上，经由最初性的激情，却因自觉设置的老师和父亲的身份，阻止了性，也即"爱"的实现，亦即终于阻止了"我"的"堕落"。这部小说，事件、情绪和细节的密度都特别大、饱满，充满着私密性的、不可重复、复制的个人体验，也有对于男女情感、婚姻、人性以及性心理非常深入而富于个性化的探求，实在是当代描绘男女情爱的小说中不可多得的一部佳作，虽然它还没有引起评论家和研究者足够的重视。

这一时期，张旻还有两部同时发表的中篇小说：在2000年第2期《作家》杂志发表的《幼儿园老师》和2000年第2期《花城》杂志上发表的《良家女子》。前者写的是韦玉和胡佳青两位幼儿园老师怎么一同求学、工作、恋爱、结婚、生子，小说最后，两位好友怎么对于彼此和对方的老公偷情的心知肚明。后者写的是上海幼儿园老师赵玮青两年前和舞友赵中华无疾而终的婚外情，接着写赵玮青和无业人员余志的多次婚外性爱，以及千禧夜和同事林玉红在宾馆与两个不期而遇的北方陌生男人的一夜情，以及两年后和赵中华的再遇及两人的婚外性爱。两部小说的主人公不再是张旻小说中最常见的"我"，很巧的都是幼儿园老师，都是心地单纯、与人为善，但又不知不觉陷入婚外性爱中的"良家女子"，这两部不再出现"我"的小说，写得更为客观、平静，对女性主人公婚外性爱世界的呈现和描绘，没有批判和讽刺，偶尔在人物对话中显露一点克制不住的揶揄，只是于不动声色之中展现出平凡人生中的汹涌暗流。

三

张旻集中展现男女情爱世界的作品，还有三部长篇小说。1996年年初出版的《情戒》，是长篇小说处女作，这部作品以现在的视角来看，无疑显得有点粗疏，将之视为几个中篇小说的合集也未尝不可，展现的是"我"大学的性躁动时代一些莫名其妙的所见所为，以及此前的插队生活中经历的性躁动和性压抑的体验，是典型的早期作品的形态。

2004年发表于《收获》长篇小说专号上的长篇小说《桃花源》，后以《对你始终如一》为名出版。《对你始终如一》尽管是长篇，也仍然像张旻其他小说一样人物并不复杂，小说主人公林越，这是后来他曾隐瞒的本名，林越在婚外和杨一红等女性交往时，变成了余宏。林越从党校等单位到置身官场（报社副主编），大学时低自己三届的妻子万志萍因为乒乓球爱好和区长陈中接触密切，也从西亭一中得以调到区教育局，在官场更加如鱼得水，林越后来对妻子和陈区长的关系既有猜疑，但也没有或者不愿意去深究。这一时期，林越也和区妇联的小秦有过一次性爱，和保健中心代号05的女子有过约会和一次性爱，和中学同学、一起打麻将的郝雅静（其丈夫也是中学同学）有过几次性爱，和保龄球馆的女子谢经理保持着情人的关系，尤其是和已婚、后又离异的女子杨一红保持着多年固定的情人关系，直至2002年杨一红提出分手之前，余宏都会记录和她的交往情况。和杨一红分手之后，余宏还和单位的实习生姚黎菁发生过性爱。在林越、万志萍夫妻就要搬新家的时候，林越在某个晚上偶然在自己新家撞见了万志萍和陈中在忘情接吻，他们没有吵，而是万志萍带着儿子住新家，林越留在旧房中。从对小说内容的概括来看，很有点像林越的婚外性经历，同时，和林越的艳遇结合在一起书写的，则是妻子万志萍和陈中一直看似正常、坦然的乒乓球之交。而在整部小说中，余宏和杨一红的交往和性爱，始终占据了最大篇幅，这些是余宏在婚姻之外，"唯一保持长久的两性关系"。小说最后，余宏发给已经分手的杨一红的短信：

对不起，我只是骗自己。
对你始终如一。

第二十一章 我们时代的短促风月

对小说的整体来说，这个结尾构成一种明显的反讽，但这何尝不是余宏的心里话、真心话。而且，小说几乎不作任何交代，不作转换，直接混用林越、余宏这两个姓名，是不是也是对男主人公身心分裂状态的一种反讽？

2008年在《收获》增刊"秋冬卷"发表的长篇小说《谁在西亭说了算》，2009年上海人民出版社出版单行本时改名为《邓局长》，这部长篇小说，应该是直至目前作家张旻最擅长的描写男女情爱的题材中分量最重、也是最重要的一部作品。

《邓局长》的题材与此前张旻的小说有较大的差别。男、女主人公不再是师生、学校中的同事、舞厅邂逅的陌生人等，"我"是西亭建设局副局长，文昕是我表弟金钟来的妻子，本是幼儿园教师，在"我"的帮助之下调到地产公司老板刘德清的公司上班，因拒绝刘德清的性挑逗，文昕对家人谎称上班而临时住在"我"的一处闲置的住房里休息和学习自考课程。在不长时间的接触中，文昕自然而然和以前并不熟悉的"阿哥"邓局长（"我"）走近了，并终于发生了关系。有意味的是，他们的第一次性爱，小说中用了不算少的篇幅描绘了具体的场景和动作，这在张旻的小说中还并不多见，但是，这却是一场并不成功的性爱。第二次也是这样。某一天文昕在"我"这套房子里，遇到了"我"已经分手但还持有这套房子钥匙的女友季红，文昕一气之下重返刘德清的公司并当上了副总。"我"违背文昕的意愿强行和她发生了关系，却是两人之间第一次成功的性爱。表弟金钟来对"我"没有半点怀疑，在跟踪刘德清一段时间之后，在刘德清的办公室杀死了他。表弟入狱后不久，"我"离婚了，虽然自知"罪孽深重"，最后还是成功地和以前的表弟媳文昕结婚了。

张旻对于长篇小说的名字，似乎一直显得不太在意。这部《邓局长》发表时的题目《谁在西亭说了算》，紧扣的是小说中这起命案的线索，联结着的是次要人物金钟来，改成《邓局长》，似乎就是展现官场上一个男性隐秘的情爱世界和性心理等层面的内容了。确实，对于张旻来说，长篇小说的题目是"桃花源"也好，"对你始终如一"也好，都无关紧要，因为他的每一部长篇小说，并没有特殊的探索的主题，他只是经由长篇小说这个相对容量要大得多的体裁，容纳他一贯的对于男女情感，尤其是男女情欲世界的一段相对集中、完整的观察和描绘。

《对你始终如一》和《邓局长》这两部长篇小说，目前来看，是张旻对于成年男女情欲世界探索的中最重要的成果。不得不说，这两部小说给予读者的阅读感受是非常轻松、愉快的、感性的。但它们又没有满足于男女欲望本身的展示，张旻的小说其实很少有《废都》《白鹿原》式的性场景、性爱动作的集中描绘，而是始终关注于纠缠在情感和欲望之中的男女对于欲望的渴望、迷离以及欲罢不能等心理。张旻小说中的人物，尤其是男主人公"我"、余宏等，对于婚外性爱从无内心的纠结、道德上的犹豫，而是直接沉迷、投身于性爱的过程之中，似乎出轨倒是主人公婚姻生活中的一种"常态"，出轨不关乎个人的修养、不涉及道德的社会内涵，甚至无关乎对于婚姻和伴侣的忠诚与背叛，主人公只是看似自然地、心态平和地邂逅一个个婚外异性，上演着一个又一个细小而清晰的婚外性爱插曲，这一点，在当代小说男女题材的作品中，也是较为罕见的。如何从题材、主题、主人公形象以及对于当代小说的突破等方面给予这样的作品以及时而逻辑清晰、论证合理的判断，目前可能还是一个难题。

而张旻的文字始终如一地干净、平静、客观、不动声色，偶尔杂以毫无雕饰之感的反讽和揶揄，也显示了一个训练有素的小说家的智慧。它们不是猎奇的，不是庸俗的，而是真正纯粹的、质地纯净的、充满着真正"文学性"的小说。

四

简单勾勒和回顾了张旻小说的大致面貌之后，再来看张旻的这本长篇小说新作《忧郁城》，会有较为整体性的视角。

第二十一章　我们时代的短促风月

《忧郁城》的地点仍然是"西亭",这个上海近郊的城市。小说出版单行本时,在前面加上了"引子"和"自杀契约"这两节作为整体性的悬念设置,但是发表的小说,前面三分之一的篇幅,依然保留了此前张旻小说的典型风格。"我"(张越)参加工作后、结婚之前和同事吴秋月、幼儿园同学齐爱红各自只有一次的性爱经历,和妻子小顾的恋爱,这些内容,依然写得非常丰盈、饱满、感性,充盈着张旻小说一以贯之的那种对于男女情爱世界精雕细刻般的关注和客观描绘,对于张旻小说的读者来说,这依然是一次愉快的、充满期待的阅读。小说的中、后部分,开始出现了与单行本加在小说前面的两节"引子"和"自杀契约"相称的奇怪和令人不安的因素。

小说前三节交代"我"和师范时的同学乙红、康启明三人之间的关系,"我"和乙红是恋人,但是最后康启明和乙红结婚又离婚,以及康启明张罗已自杀的乙红的丧事。紧接着的篇幅则完全抛开这些头绪,另起一个线索,写"我"和吴秋月、齐爱红的交往,尤其是浓墨重彩写"我"和小顾的恋爱、婚姻,以及"我"和公司合伙人黄爱荷之间的婚外关系,这些都还是张旻小说中一贯的"常态"。《忧郁城》不同的、让人不安的地方,在于由此开始,张旻在小说后面的大半部分篇幅中,开始用心刻画在男女情爱之外男女主人公的种种心理异常、变态,以及这种异常怎么不知不觉之间成为人物的生活"常态"。妻子小顾知晓了"我"和黄爱荷的关系,开始关注小动物,由在家里救助小猫小狗,到在郊区农村租房养被抛弃的宠物,以至由此被媒体关注,意外成就了小顾的事业高峰。20多年后,"我"和师范时的恋人、已在西亭政坛官居高位的乙红相见,彼此之间有身体的激情接触,但并无真实的性爱,反而乙红于不知不觉间不时要和"我"讨论"我"处身妻子小顾和情人黄爱荷之间的尴尬境况。

而随着年龄的增长,一直和"我"秘密同居、一直在敷衍着相亲的黄爱荷隐瞒着"我"怀孕了,现状即将打破,在乙红自杀之前,"我"也已经确认自己罹患抑郁症。在小说第14节"拿什么拯救我"中,张越有这样一段近乎小说陈述的自白:

其实很多人只是因为有点精神压力就说自己得了这个病，区别在于他们遇到的那些问题至少在理论上都存在可假设的解决方案，而我的问题不存在任何解决的可能，即使让生活回到从前，或者让生活变得完美无缺，都无法使在我身上已然形成的病灶逆转。对症下药对我来说就是按它的本义严格地遵医嘱吃药，而不是用来打比方。

张越对自己无法治愈的抑郁症有着既绝望又清醒的体认，反而能坚持着、表面正常地活了下来。而张越事业成功的妻子小顾，即使多年对救助的小动物和教育事业的全身心投入，依然无法缓解她内心的压力，"身上也早有病灶出现"，即使张越的情人黄爱荷远嫁海外之后，她的深度失眠也未见改善。

直到乙红精心策划、毫不张扬的自杀完成之后不久，我才知道乙红也早已身患严重的抑郁症。更令人震惊的是，乙红"作为一名持有心理咨询师执照的领导干部"，即使在自己病入膏肓之时，还"照常下基层义务为各类单位的干部职工、学校老师、青年团员等开设心理辅导讲座"！乙红死之前留下了一段夜晚吻别女儿的视频，看了视频的张越猜想，如果当时她女儿对这个例行的吻有所回应，都可能成为乙红暂时放弃自杀的理由，她"要死没商量"，但"只需要一个简单或貌似简单的理由"，可能就能够暂时活着！

张旻的小说新作《忧郁城》，由我们熟悉的男女情欲世界，不知不觉之间终于滑落到一个毫无希望的绝望深渊、一幅每个善良的人内心中秘藏的晦暗场景。不管怎样，对于每一个熟悉、信赖、热爱张旻的读者来说，读到小说最后的这个结局，都会深深陷入震惊和恍惚之中。

小说最后一页，对乙红自杀的那段思考，已经非常深入，显示了张旻的小说艺术对于抑郁症这个时代病较之于医生、医学理论更细腻、更深入、更具个人化，也更富人性的观察和思考！它是有深度的。这一点，对张旻来说，也是一个自然而然的发展，在他90年代的中、短篇小说中，就有多处涉及弗洛伊德理论的细节。尤其像张旻这样较为长期地关注男女情爱世界、关注人的内心生活的作家来说，以感性的艺术走向深入化的心理学，几乎也是一种必然。这也让我们想起了作家严歌苓，1998年她出版了颇具自传性色彩的长篇获奖小说《人寰》，2009年重新出版这部小说的时候，她将它改名为《心理医生在吗》，这里面其实寄寓了一种10多年前的作家自己也不甚清晰的理解：写作其实也是一种心理治疗，对这些小说里的主人公是这样，对读者是这样，对作家自己也是这样。

五

我不知道，也不能判断，这样的变化，对于作家张旻，到底是好事还是不好？

从理性的角度来看，这是作家自身创作的发展、深入，是一个优秀的作家的必经之路。而纯粹从一个普通读者的体验来看，我则宁愿作家张旻依旧保持以前那种饱满、丰盈的状态，作品中那种对男女之间隐秘而丰富、性感又充满想象力的世界的描绘，是迷人的，是从纯正的文学角度，对有修养和富于文学理想的读者提供的长久的阅读激情和诱惑。

放到整个当代文坛，这种失落的感觉可能会更强烈一些。

张旻的小说像《犯戒》《情幻》等开始大放异彩的1994年，正是《废都》《白鹿原》等小说的影响在文坛乃至全社会无远弗届之时。直至今日，我相信很多读者依然会为《废都》中作家那种把自己撕扯进去、不管不顾的勇敢写法充满敬意，很可惜的是，《废都》面世几个月后就受到集中的批判，贾平凹的风月笔法戛然而止、不再重现。紧接着他出版的《白夜》，写男女之情甚至比《废都》更细腻、委婉，纯粹在我个人的阅读印象中，这是贾平凹所有作品中最值得回味的一部，同时却也是为评论界至今严重忽视的一部作品。可惜在《白夜》这一部纯粹的表现男女情爱的长篇小说作品中，作家完全有意识地回避了任何情爱细节、性爱场景的描绘，不免令读者一方面肃然起敬，另一方面却又怅然若失。2005年发表的《秦腔》，无疑是目前为止贾平凹最重要的作品，但里面也找不到一丝丝《废都》笔法的痕迹。一个能写出《废都》那样作品的作家，在此后的创作中却一直有意识地回避那种丰富的、细腻的男女交往的场景式、细节性的写法，是可惜的。

《废都》之后，贾平凹至今一直回避男女情爱中性爱细节和场景的描绘，陈忠实写完《白鹿原》之后再无长篇小说新作，陕军东征中的程海和京夫，也缺乏更有影响的新作，这是作家个人的选择，可能也是某种预兆。自1993年之后文坛风向已经变了，情爱主题、性爱书写开始大行其道，文学批评、文学史研究中也相应出现了欲望化写作、身体写作这样的概念，这是20世纪90年代小说当之无愧的"主题词"。整体性的身体写作喧嚣一时，但是很多作家个体的写作，也多少有点与"陕军东征"中的这四位涉性的作家相似。

在90年代之后的性爱书写中，上海女作家卫慧是最为引人注目的。卫慧1999年出版了引起了轰动效应的长篇小说《上海宝贝》和包含5个中篇的小说集《像卫慧那样疯狂》，这两部作品都有具体的、大量的、赤裸的性爱场景和细节的描绘，也有较为明显的自传性写作的痕迹。在这两部书中，卫慧真正做到了毫无顾忌、大胆坦诚地描绘了一个处身大都会上海中的年轻女子的生活世界，尤其是各种各样的性爱经历。直至今天回顾，我们都可以说，这种毫不忌讳读者将主人公和作家混同起来的小说写作，在中国现当代女性创作中还是第一次。直至今日文坛，可能也是女性"身体写作"所能达到的最高限度了。

2002年，卫慧出版了长篇小说《就这样一丝不挂》，题目比"上海宝贝"刺激，但基本褪尽了自传性因素，写的是一个叫王爱东的男人的事情，虽然也有性爱场景的描绘，以及不时会冒出的以第三人称叙述方式对于性爱的议论和理解，但再怎么"过分"地写，也只是女作家在写一个体制外的男人混乱的折腾罢了，作家开启了一种隔岸观式的、安全的写作状态。

2002年卫慧还出版了长篇小说《月亮床》，题目一样具有不言自明的挑逗性，书中主人公和《就这样一丝不挂》一样也是男人，并且，卫慧不是用第三人称，而是由这个男人以"我"的口吻来叙述，小说情节发生的地点则全部在日本，不能不说，这是又一次更为"安全"的小说创作了。

2004年，卫慧出版了长篇小说《我的禅》，从题目都能看出和《上海宝贝》等截然不同的意趣来，小说里女主人公甚至有"嫁给佛……"这样的语言，性爱描写相比《上海宝贝》，自然是大幅度收敛。2007年6月，卫慧出版了她的"封笔之作"《狗爸爸》，则完全摒弃了任何性爱描写。当然时至今日，《我的禅》和《狗爸爸》等也没有在主要由主流纸质媒体，尤其是文学杂志和学术期刊引导的读书界中引起多少反响，批评界更缺乏稍微深入一点的关注。

另一个和卫慧同时成名的上海滩作家棉棉，2000年出版了长篇小说《糖》，也是典型的"身体写作"。棉棉2004年出版的长篇小说《熊猫》，是一部形式上相当大胆、有明显创新质素的长篇小说，但是，这也是一部在题材和内容上和《糖》截然不同的作品。为什么题名为"熊猫"，小说中"K"说："熊猫一年只做两次爱，无论你怎么给它播放色情录像带，它只是吃它的竹子，一动也不动。"小说的整体意象"熊猫"清晰传达的是一个从身体到心理双重性冷淡的意蕴。从近些年棉棉的微博等社交媒体看，棉棉的兴趣也已转向对于佛教的探寻。有意思的是，90年代个人化写作的一个代表性作家林白，近些年也经常在微博上透露出自己对佛教文化的浓厚兴趣。

在她们最初的成名作中，两人在小说中都有过毫不掩饰的对于这种大胆书写性爱的写作方式的坦露："为了精妙传神地描写出一个激烈的场面，我尝试着裸体写作……"（《上海宝贝·21》）"这个时候，我告诉我自己：你可以做一名赤裸的作家。"（《糖·L》），这种"赤裸写作"的勇气，即使现在回顾，也不得不承认她们是极具勇气的。但难以想象的是，这一份勇气会迅速转换为对于佛教文化的兴趣！这个转换的跨度不可谓不大，是不是暗含对于此前写作的一种否定呢？几个女作家看似不约而同的选择，或许也蕴含着某些必然的东西。但不管怎样，这种快速的"转型"，可能意味着最初的欲望化写作更多的是出于一种投机、迎合市场和文坛风向的心理。这种"由色入空"过于迅速的转变，可能骨子里倒颇有梁山泊好汉杀人放火为招安的隐秘动机！

中国现代文学史上，也有苏曼殊、丰子恺等虔诚的佛教徒，但是确实寥寥可数。如果真的信奉对于人生持看透、看空的佛教，对待人生万事固然会平静得多，但对于一个作家，可能并非幸事。依靠一套既定的世界观、价值观，来看待世间万象，固然省事得多，但对于作家的探索所能达到的个性化和深度来说，则必然是一种损失。事实上，卫慧、棉棉后来创作的消沉，就是一个例证。林白，则几乎是当代作家中的特例，佛教文化对她，可能更是一种修养，而并非能深刻改变她丰富的文学世界。

此期还有陈染的许多涉及个人自传性的中短篇小说写作，虹影的《饥饿的女儿》等作品，也属坦诚书写个人生活和情感世界的作品。陈染后来作品稀少，虹影后来的《好女儿花》，一样执着书写个人的体验，应该算较为持续的创作。后来还有九丹的《乌鸦》和木子美的《遗情书》也引发过关注和轰动，无疑这也是两本大胆涉性的作品，但毕竟还不是真正属于当代文坛、严肃文学创作层面的作品，而且，两位作者也并无后续更新的作品。还有尹丽川的新诗和中短篇小说以及2002年出版的长篇小说《贱人》，都是这种"身体写作"留下的严肃的文学探索的成果。

只是，事后从整体上来衡量，这一次前后十来年的文学创作的尝试和探索，留下的实绩并不多，这些作家，就像一颗颗流星瞬间划过当代文学的星空。

我们这里，永远缺乏那种不管不顾、一味坚持下去的胆识和才气。永远四平八稳，张弛适度。也很难产生像乔治桑、杜拉斯、乔伊斯、劳伦斯、海明威、卡夫卡、川端康成、渡边淳一、米兰·昆德拉这样的小说大家。

　　从这个角度再回头看张旻的作品，定位会更为清晰，张旻的小说创作远早于 90 年代女作家代表的这一次"身体写作"的潮流，却能持续至今，即使从文学史的角度来看，也几乎可以说是这一种文学探索至今硕果仅存的一位。张旻的创作固然很难和前述杜拉斯、海明威这样作家相提并论，但是，和台湾文坛中的李昂、苏伟贞、骆以军等作家相比，可以说基本上还处于同样的高度。至此，也许我们更能理解 20 年前洪子诚先生对于张旻的关注、重视所体现出的一位严谨的当代文学史家的高度敏感、敏锐。

　　只是这一次，《忧郁城》将更多的笔墨和篇幅留给了病态的时代心理，而非以前 20 多年来张旻最为熟稔的日常平静的生活之流中的丰富、隐秘的情感世界。这一种创作的新变，到底会给张旻整体的小说创作带来什么样的面貌？作为张旻小说真诚的读者，我们只能拭目以待。

第二十二章　当代文学断想录

当代中国的长篇小说作品，对于读者和研究者来说，是一个浩如烟海、无法穷尽的阅读对象，而且一直在无尽地增长。每一个个人的时间和精力都是有限的，窥一斑以见全豹，都是过于天真的幻想。静夜沉思，无法对过多的作品和创作现象做出精细的、具体的研究，而很多作品又让你欲言又止，在集中研究之余，不免会有一些零零碎碎的想法。

以"断想"的形式结束全书对于中国当代小说的观察和研究，是一个偶然，对于正在蓬勃生长的当代长篇小说来说，也算是一个开放性的姿态、一次真正充满感性品质的阅读吧！

王刚 2004 年出版的《英格力士》是一部杰出的当代长篇小说作品，它的价值还远没有被发现、发掘，尽管它已经被译成多种文字发行。王刚 2016 年出版的《喀什噶尔》，同样是一部杰出的成长小说。林白的长篇小说《北去来辞》，也是一部严重被忽略的杰作，它细致，却又粗糙厚重，呈现出一个很大的境界。

1996 年的《马桥词典》，写知青点"原住民"的生活、习俗和民风，而 2013 年的《日夜书》，写的是知青一代自己的记忆和现实。两本书合在一起，基本完成了韩少功建构的知青文学世界，应该也梳理清楚了青少年时代知青生活的记忆。近 20 年了，两本书实际上一直在用着

《扎哈尔辞典》和《生命中不能承受之轻》那种考究、推敲词语的写作方式来写小说。一个阶段结束了，相信并祝愿韩少功能逐渐摆脱知青记忆的缠绕，写出全新的、直面当下生活的小说来。《日夜书》作出了努力，虽然还是和知青生活缠绕在一起。

朱天文、朱天心姐妹，修养深厚，气质优雅，对于语言有独到的发现和把握，但是她们的生活过于优裕，文学口味过于醇正，所以，即使她们想挣破自己原有的格局，显得大胆一点，狂放一点，也还是显得一如既往的"轻"。我无论是读朱天文的《荒人手记》和《巫言》，还是读朱天心的《初夏荷花时期的爱情》，都隐隐会有这样的想法。作家自己觉得已经很放得开了，但在有些读者看来，还只是纯纯的女生。

迟子建的《额尔古纳河右岸》，甚至难以超越她的第一部长篇小说《树下》。莫言的《蛙》，甚至可以列为目前为止他最差的几部长篇小说作品之一，尽管它也获得了茅盾文学奖。这两部作品，和这两位作家其他的长篇小说比较起来，有一种很勉强的东西，那种元气淋漓的东西少了，而恰恰是它们获得了茅盾文学奖。就我个人的阅读来看，《骚动之秋》《湖光山色》这样的作品获得茅盾文学奖，也很能够说明这个文学大奖本身的一些问题。这样的大奖，总是试图对当代文学的发展产生某种引导性作用，却又总是在斟酌一些作品之外的东西，或被文学作品之外的一些因素所左右。

2008年10月，贾平凹终于以《秦腔》获得第七届茅盾文学奖，对于以前几次被这个奖拒之门外的作家来说，真是好消息。但是他在领奖感言里说："当获奖的消息传来，我说了四个字：天空晴朗！那天的天气真的很好，心情也好，给屋子里的佛像烧了香，给父母遗像前烧了香，我就去街上吃了一顿羊肉泡馍。""感谢文学之神的光顾！感谢评委会的厚爱！"让我等热爱贾平凹的读者不禁感慨唏嘘：贾平凹先生未免太看重这个奖了,未免对于自己在当代中国文坛的地位和价值,看得稍轻了一点。当时很出了一口恶气的心情可以想见,但是四年后,当莫言获得诺贝尔文学奖的消息传来之时,我相信贾平凹自己也多少会后悔发表了那么一篇过于激动的茅盾文学奖获奖感言。贾平凹先生终将获得诺贝尔文学奖,这是我个人坚定不移的想法,但是目前来说,也许还要稍稍更自信一点。闲话一句,个人以为:哪一天贾平凹不再在一个长篇小说中写女人的背影(具体说是臀部)、不再写砸粪便等一再重复的细节了,也许就摆脱了"心魔",进入全新的写作境界了。这最后一句,大部分读者是不懂的,我相信作家自己知道是怎么一回事。

严歌苓才气纵横,创作勤奋。《人寰》《一个女人的史诗》《第九个寡妇》《小姨多鹤》《陆犯焉识》《芳华》《小站》等,无疑都是第一流的作品。但是,读过严歌苓数部长篇,隐隐觉得,这个作家的文字中,如果放任那种时时刻意打量作品中人物的评论性语言,放任那种在虚构故事中作家对于笔下人物呼之即来的揶揄和心理优势,读者慢慢会产生厌倦。也就是说,严歌苓还可以尝试稍为客观一点的创作方式,节制一点尽管并非过分、但确已成惯性的那种涉笔成趣的夸张性笔法。这一点,在读其长篇小说《补玉山庄》时,尤感明显。

作家有时写着写着,写得太顺了,很难避免一种自己都不太自觉的"油滑",最近,甚至在读韩少功先生2018年新出的长篇小说《修改过程》时,亦不时冒出这样的感慨,这其实是和一贯的韩少功多么不相称的名词啊。

《白鹿原》只是一部当代的伪文学"经典",对于它的评价,是检验一个研究者或批评者有无良好文学鉴赏力的一块不错的试金石。

《白鹿原》面世二十多年了,二十多年来,作家自己一直在谈论这部作品,还写了一本书,事实上把研究者的工作完成了一大半。在我看来,《白鹿原》这部可以被当作作家自己死后"枕头"的作品,体现出的却是一种衰竭式写作。陈忠实先生已经离开我们了，说这番话，并不是有意冒犯，而是对于当代长篇小说创作一种倾向的担忧。

一直很看重《心灵史》，总是把它视为当代小说创作中的空前绝后之作，确实不会再有这么一本将宗教史和小说艺术结合得如此完美、如此有激情的长篇作品了。近来稍有反省：像作家张承志这样，写完一部小说，就觉得终于完成了作为小说家一生的使命，从此永远放弃了小说创作，是否也是一种隐秘的、另一种形式的功利性文学观在作祟？向产生了《北方的河》《黑骏马》和《金牧场》的中国20世纪80年代文学致敬！

高行健的《灵山》，是值得反复阅读之作，也好读，有那么多可以让读者一再沉溺的细节！《一个人的圣经》，更耐读、也更吸引人。但是只要一接触高行健谈文学的文字，就难以忍受，一个作家，数十年来一直谈文学与意识形态的关系、文学与流亡等话题，有一种扑面而来的陈腐之气。这可能只是证明了，一个优秀作家，不要指望他在文学理论、文学评论或文学研究方面也同样做出真正有价值的工作来。也千万不要以他的文学理论探索方面的深度去参考衡量他的文学成就。

贾平凹的《废都》、高行健的《一个人的圣经》、张贤亮的《习惯死亡》、李敖的《上山·上山·爱》、骆以军的《西夏旅馆》和王小波的《黄金时代》，是当代男作家的六个极为优秀的欲望化文本，情绪和质地非常饱满，是真正的"中年写作"，为当代文坛难得的佳品。其中三位已经作古，可叹。

高行健的《灵山》，是一部必将流传下去的当代经典。2000年10月12日，高行健以法籍华人的身份获得诺贝尔文学奖，但是《灵山》是用中文写作，以中文出版，写的也完全是中国人的生活、在中国发生的事情，作者也是一位中国作家协会前会员，从这个角度来看，《灵山》无疑属于当代中国文学的范畴。高行健的获奖，使得长篇小说

《灵山》和《一个人的圣经》都成为当代中国文学中绕不过去的经典。

当代中国有浓厚的诺贝尔文学奖情结,这是无可讳言的事实。但对于真正获得诺贝尔文学奖的第一位华人作家及其作品,我们的关注可能还远远不够。近些年关于《灵山》的研究成果,在《华人文学》这样的学术期刊得到了较多的刊载,是一个较为积极的现象。《灵山》对于当代中国文学的重要意义和价值,还有待更深的发掘。

《灵山》基本按两条线交织、交错着推进小说的叙述,一条线是"我"在大半个中国的游历,另一条线是"你"在去往灵山的路上的遭遇。在前面三十多节,完全是交错着推进的,但是到后面开始有"混乱"发生了。在我个人的阅读感受里,这种"混乱",不是小说结构上的真正的混乱,恰恰是小说打乱读者的心理定式,出其不意的一个好的安排。阅读是需要读者聚精会神的一件事,一旦某种结构模式在一个长篇小说中完全固化、定型了,模式本身就会成为一个艺术上的负面事件。基于此,我私下对于高行健将《灵山》结束于第 81 章,颇有微词。九九八十一,终点又回到了起点,这个章节安排肯定是别具匠心的,或者有道教文化的影响。但是,恰恰是这种有意为之、稍显明显的"有意为之",会破坏小说本身的葱茏、参差之美。难道,结束于 73 章、79 章、83 章不好吗?为何一定要是 81 章呢?

苏童的《我的帝王生涯》《蛇为什么会飞》等,在我看来,是对于长篇小说这种文体形式不自觉的侮辱,而获得茅盾文学奖的《黄雀记》,也明显是西方现代主义文学思潮影响下产生的一个消化不良、不自然的作品。刘建东是有才气的,但是他写成长题材的长篇小说《全家福》里,同样有头发疯长的"现代主义"的东西,读之如鲠在喉。这一点,张悦然的长篇小说《茧》,就没有这样一些离奇的东西,让人放心得多,作品本身也成熟得多。当代中国文学,早就应该从概念到实质都抛弃"现代主义""后现代主义""探索小说"这样一些东西了。

刘庆邦的《红煤》《黑白男女》等,还稍嫌单薄。已故陆文夫先生,堪称中短篇小说的"圣手",而他的长篇小说、同样是写他最擅长的苏州市民生活题材的《人之患》,描写也很细腻、充实,但好像总缺乏长篇小说该有的某种"气势"和重量,至今引起的关注,和陆文夫先生的文坛地位也并不相称。

苏童和刘庆邦,是当之无愧的当代短篇小说之王。但是,当代文坛,能把长篇小说和中、短篇小说都同时玩得转、处理得得心应手的,还真要算严歌苓、迟子建、铁凝、林白、王安忆(王安忆近年来的长篇写得多少有点"轻"了)等少数几位女作家。

其实,一个小说家,有没有长篇小说,真的很重要很重要吗?鲁迅、郁达夫没有,沈从文其实也没有严格意义上的长篇小说,《边城》不到八万字,《长河》《一个女剧员的生活》《阿丽思中国游记》《冬的空间》等几个较长的小说,也都不超过十万字,沈从文的学生汪曾祺,一生坚持不懈地只写中短篇,这些人,他们的文学史地位,受到没有长篇小说的影响了吗?

笛安讲故事和驱遣词语的才华,在80后作家中应该是非常杰出的。还需要一点更深远的、更博大的胸怀,还需要一点对于人情世故,尤其是男女关系更透彻的体验和理解。还可以更深入一点,更放纵一点。只有谈到这里,我们才会真正理解张爱玲文学境界的不可企及。

卫慧写完《上海宝贝》,后来写了《我的禅》,棉棉多年来一味向佛,林白也对于佛学产生了浓厚的兴趣。贾平凹《废都》之后,再不正面写性。《白鹿原》之后,陈忠实干脆不写长篇。中国当代文学中,对于男女关系写得最为微妙和直接的作家张旻,写出《中国父子》之后,我尤其感到痛心和失望。在我看来,张旻的《邓局长》和韩东的《我和你》,是两部长篇小说杰作。我们的文坛,永远缺乏杜拉斯式的作家,缺乏忠告卫慧好作家不要结婚的渡边淳一式的作家。我们的文坛,永远只拥有短暂的风月。男女性爱描写之于当代中国作家,有点类似于《水浒传》里宋江的杀人放火,只是为了将来的招安。正是在这个意义上,张贤亮的几个作品,尤其是长篇小说《习惯死亡》非常难得,值得珍惜。当然,《习惯死亡》最末部分对于《绿化树》中马缨花形象原型的处理,同样让我痛心不已,俗了,太俗了,即使张贤亮先生已经离开了我们,我仍然要坚持这一点。有时,作家对于自己以前某部深入人心的代表作呼应式的、互文性的写作,可能是一场小型灾难。

目前,我个人在内心中,只能期待更年轻的小说家甫跃辉。能够写出像《亲爱的》这样好读而有深度的男女关系小说的作家,是值得期待的。

莫言的长篇小说《生死疲劳》最后,有一个丑化作家"庄蝴蝶"的段落,这个"风流成性"的庄蝴蝶在吼秦腔,"此人鹰鼻鹞眼,掀唇暴牙,其貌着实不扬,但驾驶女人有方。他那些情人一个个都是婀娜多姿,风流多情。莫言与庄蝴蝶是酒肉朋友,经常在自家小报上为之鼓吹呐喊"。作为读者,我异常珍爱这样的文字,虽然它们对于小说整体无足轻重,甚至完全可以忽略,也从来不会进入研究者的视野和笔触。我内心深处只是希望,当代中国作家别太端起架子来,而要为当代文学留下一些有趣的、涉笔成趣的、弥足珍贵的记忆,要幽默,要好玩,要有人性的温度,但这样的文字,不会多,不能多,实在也是可遇而不可求。

余光中对当代散文的贡献,还远远没有得到重视。在我的心目中,余光中的散文《听听那冷雨》,是不可超越的散文巅峰。史铁生《我与地坛》里,那种春夏秋冬一路写来的写法,十分"当代中国文学化",十分杨朔化,十分峻青化。为什么一定要写得这么有次序,一定要写这么多排比句呢?相比于沈从文20世纪40年代在昆明完成的两万字长篇散文《水云》及《七色魇》集等作品中对生命、对人性、对人生意义等的思考,《我与地坛》取得的真实的成就,其实非常有限,那种有意为文的痕迹稍显明显了。

几年前读余华的《兄弟（上）》，读到最后居然流眼泪了，但是一边很感动，一边告诫自己：这不太可能是一部好作品！在个人的阅读史上，也算是一次独一无二的体验吧。也许真正的大作家，并不只是会让你感动，而主要是让你难受、憋屈？余华的第一部长篇小说《在细雨中呼喊》格局并不大，就是一个小孩寻父、寻找混蛋父亲的小故事，但迄今为止，《在细雨中呼喊》只怕还是余华最耐读的一个作品。期待他的新作，期待比《第七天》更新、更有原创性的长篇作品。

当代作家中，要说真正理解天才曹禺后大半辈子心灵苦闷的，大概要算王朔了。曹禺大约在32岁之前，已经完成了自己一生中最重要的六部大作品，此后，他只是活在自己作品矗立起的高峰的阴影之中，而无法实现突围。王朔的80年代和1991年的《阳光灿烂的日子》，事实上也构成再也不会被他自己逾越的高峰。后半辈子的王朔，只会在内心深深地向33岁之前元气淋漓、充满无尽创造精神的王朔表以无尽的敬意。

长篇小说《饥饿的女儿》和它的续编《好儿女花》，都是当代文学中堪称独步的自传式小说，这两部作品中女主人公的精神历程，主要体现在和父亲型男人复杂的情感纠葛，有较为真实的自传性成分在内。在小说创作中，对于恋父情结的执着探索这方面，能够和虹影比肩的，是严歌苓的长篇小说《人寰》（后改名为《心理医生在吗》重新出版），"我"和比"我"整整大了26岁的贺叔叔长达30多年的情感牵扯，以及中年后赴美与同样比自己大了整整24岁的系主任美国人舒茨教授的短暂恋情。真是极端不正常啊，极端"三观不正"啊，而且，真正要有共鸣的读者，只怕也不会太多吧？然而小说本身情绪饱满，令人久久难以释怀。

作家赵德发 2012 年出版的长篇小说《乾道与坤道》，和作家张炜 2016 年出版的长篇小说《独药师》，是真正的、仅有的两部"道教小说"。哎，只是"道教小说"这个名词和概念，对于当代中国文学来说，就会有多么新鲜和独特。我们暂时还难以理解它们出现的真正意义，我相信以后的文学史是会作出集中的解读的。宽泛一点看，邱华栋的《长生》和台湾作家张万康的《道济群生录》也可以算上。

赵德发和张炜，两位都是山东作家，山东是儒家文化的发源地，但是山东又有道教圣地泰山和崂山，有蓬莱仙境，济南和济南郊区的千佛山里，有着大量的道教庙宇，这是一个奇特的现象，也正因此，当代仅有的两部"道教小说"，由山东作家完成，也不是偶然的事件吧？在我有限的阅读里，山东籍现代作家李广田，也是中国现代文学史上，极少数几个有着清晰的、自觉的道教文化意识的作家。

2019 年 3 月和 4 月，我连着在晚上去北大中文系李兆基人文学苑一号楼听了好几场讲座，听着听着，不免颇有感慨：母校这些可敬的教授们，学富五车，讲座中涉及的知识和史料，也极为繁富、精彩，但是，经常是听着听着就走神了。这些材料固然丰富，收集起来也颇费精力，但是，绝大部分也还是常见、易见的吧？稀有的史料，何其难得，而一个大学者，一生沉浸在这些史料中，再娴熟、再自如，又会有多少创见和真正属于自己的发现呢，由此获得的真正关乎自己心灵的快乐和满足，又会有多少呢？学术可能不单关乎史料、智商和阅历，也不单关乎心血和精力的付出，它可能还关乎信仰，学者必须有一个大的精神的依托，这个依托不是独创的，而是有着千百年历史的传承，它会给人以信心，它会解决你的精神的困惑，同样，它也会使一个学者面对研究对象时，能拥有独特的观察视角、源源不断的激情和灵感……

这一番沉思，同样关乎当代中国小说创作，光有长篇小说的数量、光是"著作等身"，对于一个作家来说，还是不够的。

谁在不拘一格地写作？谁的写作真正关乎自己的内心？谁还像鲁迅

的《彷徨》和20世纪40年代的沈从文那样，是在为读者、却更是为自己在写作？谁的写作真正是有一种文学史的视野的？谁在写作一部长篇小说之前和之中，自己的内心无比沉静、无比从容？抑或是恰恰相反，谁在创作一部长篇小说时，充满着一种感动了他自己的激情？

谁的哪一部长篇小说，是可以像《红楼梦》那样、像《三国演义》《水浒传》和《金瓶梅》那样，经得起阅读？

梁启超的《中国历史研究法》和弗洛伊德的《精神分析引论》，都读过五六遍了，而且直至今日，要重读这两本书，我相信依然会充满新鲜的激情和感动。

请给我一部这样的长篇小说！

我愿意向我的大学同学、亲朋好友们读高中或者大一的子女，向这些处于青春中最美好的一段岁月中的少年们，推荐鹿桥先生的长篇小说《未央歌》，而不是中国少年学生读得最多的、路遥的《平凡的世界》。

我很遗憾，自己不是在18岁或者20岁读到这本厚厚的长篇小说。如果少年时读了这本小说，也许这一生的过法，会有点不同。

为什么？如果你有兴趣，最好你自己去读一遍，不管你年龄多大了！

长篇小说阅读带给我最长久的感动，只有一部，它只能是作家霍达厚厚的《穆斯林的葬礼》。

因为那种感动的印象太过深刻，那以后，我都不敢再一次阅读、走近这部小说，更不用说细心做一点研读的工夫、去写一篇论文或者评论了。

有些小说的阅读，它就是单属于你自己的，它无法分享。

我最愿意花工夫去研究的一部小说，是茅盾先生的《蚀》三部曲：《幻灭》《动摇》《追求》。这三本小说，读过多少遍了，甚至将1928年《小说月报》几期杂志上发表的初版本和1954年的版本一个字一个字对照着读完了，1927年大革命的资料也翻了一些，还是不能着一字。面对着一个富矿，却真的不知道要从哪里下手啊！

私下以为，对于经典小说的研究，最高的境界其实是真正的索引式研究。这样的研究做出来了，就有可能成为定论性的成果，它能使小说研究完全摆脱读后感式的写作，这对于小说研究来说，是一个多大的诱惑啊！

但是，它是真正有难度的研究。

当代小说，好像还用不着花这样的工夫。是幸耶？还是不幸？

这十来年，个人的阅读印象中有两本称得上是真正厚重的小说。一本是贾平凹2005年在《收获》杂志第1、2期连载发表的、43万字的《秦腔》，另一本是金澄宇2012年年底发表于《收获》杂志"长篇专号秋冬卷"上面、35万字的《繁花》。这是两本沉甸甸的小说，不单是字数、厚度，更指小说的容量。贾平凹是一如既往地用那种一口气写下去的方式，没有分行的对话，一直这么密密麻麻地做着他耐心无比的汉字排列。《繁花》同样没有一个跨行的人物对话，页面中同样没有留下多少空白。两本书似乎都没有顾及让读者拥有一目十行跳读的快感，在密实的文字中，两本长篇小说同样堆满了各种各样、几乎无穷无尽的生活的碎片和细节。两本长篇同样塞满了上百个人物，充满了扯不清的头绪和错综复杂的人际交往的网络。

但是，就是这样两本似乎不近情理、和快餐式时代风格唱反调的长篇小说，是当代文学绕不过去的存在。两本小说全都只是写了一大堆平凡至极的人们，但它们却是我们这个时代文学真正的丰碑！

一个字一个字读下来这两本长篇小说，对于一个文学读者来说，是一种难得的锻炼和洗礼。

写下这段文字，我翻开了2019年8月16日以最高票数获得第10届茅盾文学奖的、梁晓声先生的三卷本、100万余字的长篇小说《人世间》，但愿是又一次充实的阅读体验。

第二十二章 当代文学断想录

"秋天的淫雨季节已告结束，长久弥漫在河川和村庄上空的阴霾和沉闷已全部廓清。大地简洁而素雅，天空开阔而深远。清晨的空气使人精神抖擞！"这是随手从当代文学经典《白鹿原》中摘取的一小段景物描写。

"天已快夜，别的雀子似乎都要休息了，只杜鹃叫个不息。石头泥土为白日晒了一整天，草木为白日晒了一整天，到这时节皆放散一种热气。空气中有泥土气味，有草木气味，且有甲虫类气味。"这是小说《边城》中的一小段景物描写。

两者有什么不同吗？当然有非常大的不同，前者语言流畅，"正能量"满满，但是，它是空泛的，是想象中的、是惯常中外"文学经典"中的景物描写！而后者是具体的、细致入微的，是来自生活实感的景物描写。汪曾祺先生曾经在某篇文章中，对"且有甲虫类气味"一语，大为叹服，以为仅仅是这一句，就足以区分一个平庸的作家和一个天才的作家！小说写作的奥妙，可能很多时候都隐藏在细节之中。这其实也是小说阅读、批评需要充分的认真、耐心和感性的一个理由。

沈从文不喜欢老舍及其作品，通读《沈从文全集》，偶尔能见出几句他自然而然冒出来的对于老舍作品的不敬和挑剔，在私人书信中更有自然或不经意间的流露，沈从文也从不提及同为小说大师的茅盾及其作品，沈从文似乎也不知道张爱玲的存在……张爱玲耽读《红楼梦》《孽海花》《醒世因缘传》等"旧小说"，却几乎不提鲁迅、茅盾、沈从文等，老舍的小说是她唯一喜欢阅读的新文学作品，原因是她少年时，几次见母亲坐在马桶上读老舍小说控制不住地大笑。少年的记忆以及对于母爱的渴望，使她认定老舍就是当时最好的作家。

文人相轻，是必然的，同时也是文学发展的一个隐秘、持久的动力。而我们现在，有时说某人和某人又闹矛盾了，真是劣根性，"文人相轻"！其实这往往是不对的。真正的文人相轻，首先得双方都是真正的"文人"。

2008年，作家阎连科出版了长篇小说《风雅颂》，我还记得当年出版的小说单行本腰封上，有"中国最有可能获得诺贝尔文学奖的当代作家"之类字样，这当然可以理解为书商吸引读者眼球的一个噱头。这部小说，有大量文字涉及"诗经"等的研究，因为小说主人公杨科就是一位研究古典文学的大学教授。当时和现在看来，这种大量涉及实际学术研究内容的小说写法，问题是不小的。作家其实很难真正进入具体的学术研究，尤其是将大量学术研究的具体内容纳入小说之中，并有所评价，风险尤其大，最后必然成为长篇小说中最为不伦不类的一部分。

2017年年末，陕西已故作家红柯，在《十月》杂志发表了长篇小说《太阳深处的火焰》，可以看出，为了这部长篇小说的写作，作家也作了大量的知识储备，小说中有大量关于具体学术问题的段落，我不得不说，这些部分读起来，一样的牵强，阅读感受是很生硬的。

2018年《收获》"长篇小说专号秋冬卷"发表的作家李洱的最新长篇小说《应物兄》，发表不到一年即获得了最新一届的茅盾文学奖，是有影响的新作品。小说里也有一些篇幅涉及学术界和具体学术问题的段落，应该说李洱处理得是颇为节制、理性的，但阅读时我还是想：学者，其实也就是一个最为普通的人，他的学术成就和"思想"，在小说里面，其实是可有可无的，而一定要处理这个内容，难度却是相当大的。

和小说内容比起来，"应物兄"，这个长篇小说的名字，取得又多么随意啊！

阎连科的长篇小说《丁庄梦》、李洱的长篇小说《花腔》，今天来看，仍然是值得高度肯定的大作品。

大学者钱锺书的长篇小说《围城》中，花大量篇幅写了三闾大学形形色色的教授人等，但是，《围城》没有一个具体的学术问题。鹿桥写西南联大的长篇小说《未央歌》，主要写联大学生，但也写了五六个西南联大的教授，但是，没有一个具体的学术问题。宗璞先生获得茅盾文学奖的长篇小说《东藏记》，全部在写西南联大的教师、教授群体，但是，小说同样没有涉及具体的学术问题。

小说不需要这些，至少，在文字表面和细节中，不需要这些。小说家不需要任何学问来装点门面。

还是 2000 年左右，在课堂上讲《檀香刑》时，讲着讲着，突然灵机一动张嘴就来，说像这样的作品，放在诺贝尔文学奖获奖作品中，也一样毫不逊色，我相信莫言获得诺贝尔文学奖，只是一个时间问题！

后来，这个瞬间冒出的想法还在以后的课堂重复过两三次，学生们的反应是惊讶的，可能是觉得太过夸张吧，那个时候，对于一个普通中国文学的读者来说，诺贝尔文学奖的地位是非常神圣、距离中国文学也是非常遥远的。2012 年 10 月，莫言获得诺贝尔文学奖的消息传出来的时候，我正在美国威斯康星大学麦迪逊分校访学，有好几个学生在当时还很火的人人网给我留言，说您太神了，那么早就预言莫言能获奖。我心下惭愧，如果我那么早就有这清晰明确的见解，我应该已经写出好几篇莫言的研究论文了，可是直到目前，一篇都还没有来得及撰写。后来，我发现麦迪逊分校的校报，从莫言获奖的第二周起，就陆续有好几篇介绍和评论莫言及莫言小说的文章，虽然内容都很浅显。诺贝尔文学奖的影响，真是无远弗届。

今天，我倒愿意以文字的形式留下一点为日后的"证据"：贾平凹获得诺贝尔文学奖，只是一个纯粹的时间问题。在我个人的理解里，诺贝尔文学奖当然是对作家文学成就的高度肯定，有时还是对某部具体作品的高度肯定，但是，它同时也是对于作家对文学虔诚的、终身的追求和坚持的一种高度肯定。贾平凹的文学成就和数十年来一以贯之的工作态度，当之无愧能获得这种肯定。

陈希我是一个不显山露水、却实绩突出的作家，一个中短篇和长篇俱佳的作家。《冒犯书》是一部中短篇，书名极佳！（和《应物兄》这个题目比一比吧!)《抓痒》《我疼》《命》也都是极好的小说集名字,《大势》是一本厚厚的长篇小说,看似冷静,可能也含蕴了不少作家个人的体会和情感。他对于变态心理和人性的关注及刻画,别具一格、独树一帜,很多时候可以将笔触推向某种极致境地,时时怀有着对于平庸化写作的警惕,同时也不需要显在的心理学或哲学理论知识,不需要任何显在的文学"探索",自然而然,就这么写下来了,还写得很多,这是一种需要长期有意识的写作训练才能达到的功力。

陈希我是一个非常有真正的"作家气质"的作家,尽管从未在现实中见过他。陈希我也是一个有着良好素养和开阔视野的作家。陈希我的最新长篇小说《心!》已在 2019 年《收获》杂志"长篇专号春季号"发表,也是当代长篇小说创作的一个重要事件。

居住在长沙市的作家何顿,一向取材于长沙市的世俗市民题材,写了一大堆小说,为近 30 年的长沙百姓生活,勾勒了一幅活色生香的画卷,拥有着非常稳定的读者群。何顿小说非常接地气,有一种世俗化的智慧。

2013 年何顿出版了以 1944 年的衡阳抗战为原型、近 40 万字的长篇小说《来生再见》,厚厚的一本,呈现出与何顿此前小说完全不同的气质。

2014 年,云南作家范稳也出版了以 1942—1944 年的滇缅抗战为背景、近 40 万字的长篇小说《吾血吾土》。

几乎是同时,湖南、云南的两个实力派作家相继推出了他们反映自己家园历史上的抗日战争题材的长篇小说。相比市井生活,这样的写作是艰难的,因为它要进行大量的调查、取证、走访等工作,它必须在写作的同时切实地走进历史,它基本上与抒发个人情感没有关系,却更需要一种饱满的激情支撑着。我只能理解为,这是两位作家沉着地、坚定地走向大作家之途的必经之路。

当代中国的职业作家制度，对于文学发展整体面貌的影响是深刻的，对于作家和研究者的思路及视野等也有着巨大的影响。譬如目前除了欧阳友权、邵燕君等将较多精力集中研究网络文学的学者之外，一般文学研究者盯着的，都是这些专业作家的创作成果，非职业作家的创作，目前基本上还不能纳入到文学史叙述的框架之中。

这种制度对于作家的影响当然更大。专业作家意味着不需要从事其他任何行业的具体工作。近十余年来，少数作家进入到高等院校体制之内，多少显得有点变化，但是和作家整体上比较，其数量和影响都是微乎其微的。专业作家，其实始终是这个社会真正意义上的旁观者。这一点，也从总体上制约了当代长篇小说对于社会真实状况描绘的准确性、广度和深度。举个例子，最近 30 余年，我们是否有几部有影响的长篇小说，真正能描绘出房地产市场、股票市场等的芸芸众生相？这一批人早已经不是社会的少数了，但在长篇小说中，几乎还没有分量。有时候专业作家也能接触真正的"底层"现实性题材，比如贾平凹 2016 年的长篇小说《极花》，专门涉及西部地区的妇女拐卖题材，但是这部小说，在贾平凹先生的整体创作系列中，是单薄的。那么多专业作家，在处理回忆性、自传性、历史性题材时会更加得心应手。整体上，他们对于剧烈变化的中国社会的多方描绘，却是明显薄弱的。最近刚读完格非的最新长篇小说、发表于 2019 年第 5 期《收获》杂志上的《月落荒寺》，文笔、叙述干净老辣，对个人来说是一次很愉快、充实的阅读体验，终卷合上书页，却不禁感觉，看得出作家试图捕捉北京这个无比复杂的大都会的努力，也体现出了远超一般写作者的功底，但是和现实生活相比，这部长篇小说，仍然显得异常单薄。

也许，这是苛求。

非专业作家、画家黄永玉先生的《无愁河上的浪荡汉子》，无疑是当代文坛的一个罕见的奇迹。从 20 年前即开始写作，这本自传性的长篇小说，到今天也只写到 1947 年。有几年时间，每一次拿到新出的

《收获》杂志，看到一期不落、一直在连载着的《无愁河上的浪荡汉子》，还不免有些觉得占了篇幅。这两三年呢，拿到杂志则总是第一时间先读《无愁河上的浪荡汉子》。很有意思，明明是一本长到不能再长的小说，主人公却不是"黄永玉"或"我"，而是"张序子"，张序子的二表叔、大师级作家沈从文在小说中则成了二表叔"孙茂林"。而主人公所有接触的文艺界的人，则都是真名。既可以自由自在以小说笔法评点人物、纵论时势，又保持了真实的自传性写作的基本要素。真是越读越让人沉迷的一本大书。

一本当代中国的"追忆逝水年华"，一座一直在生长着、孕育着的当代文学、文化富矿。

第10届茅盾文学奖获奖作品于2019年8月16日公布。很快我也读完了115万字的三卷本长篇小说《人世间》，这是一部大书，需要慢慢消化。同时也读完了78万字的《主角》。作者陈彦最重要的身份还是剧作家和戏剧工作者，而非一个长年写作小说的作家。目前他只出版有三部长篇小说《西京故事》《装台》和《主角》，从这个角度看，也基本可以衡量《主角》这部长篇小说的价值。

在长篇小说的文体探索上，《主角》是很少用心的。陈彦的兴趣和着力点，显然不在于此。他只需要中规中矩地坚持最基本的现实主义的文学要求，扎实地描绘忆秦娥这个当代秦腔名伶的成长，寄托着对这个毫无心机却又经受着罕见生活重压的天才名伶的敬爱。忆秦娥50年至今的生命和艺术历程，其间充满偶然的命运安排、用心险恶之人的造谣中伤和个人艰难的、宿命般的坚守，当然也有达到艺术巅峰时的满足、荣耀和怅然若失。在小说中，主要是描绘忆秦娥对于练功、对于秦腔艺术几十年如一日的发乎天性般的种种坚持，她"瓜""傻"，尤其忌讳别人说她傻，只是对练功倾注了所有的心力。而在小说中，似乎只是作为艺术生涯陪衬的亲人、婚姻、家庭、社交等，恰恰带给忆秦娥最大的困境和巨大心灵的磨难。忆秦娥从艺40年演出草草收场，但小说结尾处，她回到故乡九岩沟，和父亲、舅舅一起，在皮影戏《白蛇传》的激越高歌中让自己感动得泣不成声。读到这里，我也深受感动，并感到欣慰：忆秦娥追求了半生的秦腔，终于在摆脱种种现实纠葛时，以其最本真的艺术魅力，安慰、回报了这位当代秦腔大师，50岁时伤痕累累的忆秦娥，又何尝不是真正幸福的！

作家陈彦1963年出生，忆秦娥1965年出生，他写的，是同辈人，是当下的生活。

看完这部小说，联想起自己读过三遍，并发表过论文的贾平凹的长篇小说《秦腔》，感觉我这个南方人，一折秦腔戏都还没有看过，已经对秦腔这种地方戏曲，有了非常直接、生动、具体的感性认识了，我相信，即使我从专业介绍秦腔的书籍入手，也不见得会有这样靠谱的认识。这几天，偶然之间还看完了六集纪录片《中国梆子》，不知不觉之间，已经积累了较清晰的秦腔知识。

一本优秀的长篇小说，能够引领读者进入一个全新的领域；优秀的长篇小说，也是拓展视野、完善一个人的人文社科知识结构的极佳途径。

后　　记

　　这一部书稿，看得出孕育的时间不短。

　　从硕士阶段在湖南师范大学师从罗成琰教授开始，到博士阶段师从孙玉石教授，乃至博士毕业之后，平时主要的阅读、思考，和两次毕业论文的写作内容，都是现代新诗。这是真正专业的层面。

　　从中学阶段至今，一直没有间断的，则是对于中外小说的持续阅读，这是一种真正的兴趣。在北京大学中文系做博士论文的紧张时期，阅读长篇小说，也依然是一个从未丢弃的爱好。直到今天，写下了一点关于小说尤其是长篇小说的论文和文章，中外长篇小说的阅读，仍然是一个真实的、持久的个人兴趣。遇到自己真正感兴趣的作家、作品或文学现象，则会稍稍停下来，做一次更集中更深入的阅读和思考，并尝试去发现、写下一些或多或少，或大或小，然而一定是有点独特性的东西。这种独特，完全来自所阅读的小说作品。完成关于严歌苓、贾平凹、韩少功小说的论文之后，内心的那种充实和快乐，直至今日，依然无比清晰。

　　是一种真正的"感性"，和真正感性的阅读！

　　向来认为，对于小说尤其是长篇小说的批评和研究，具体理论和方法的运用是次要的，认真、勤奋、持久的关注、阅读和思考更重要。始终怀着一颗想弄懂某些作品、某些作家、某些文学现象的心，就好。

后　记

　　书稿涉及的这些作品，大部分都在我所讲授的选修课"当代文学作品选讲"中讲授过，自己将这门课开成了长篇小说阅读。这里面有些章节，对于中国青年政治学院、中国社会科学院大学选修过这门课的同学们来说，是熟悉的。

　　希望有更多的读者喜欢。

2019 年 9 月 27 日于北京